천
인
오
쇠

TENNIN GOSUI
by MISHIMA Yukio

Copyright © 1971 The Heirs of MISHIMA Yukio
All rights reserved.

Originally published in Japan.
Korean translation rights in Korea arranged with
The Heirs of MISHIMA Yukio, Japan through THE SAKAI AGENCY.

Korean Translation Copyright © Minumsa 2025

이 책의 한국어 판 저작권은 THE SAKAI AGENCY를 통해
The Heirs of MISHIMA Yukio와 독점 계약한 ㈜민음사에 있습니다.

저작권법에 의해 한국 내에서 보호를 받는 저작물이므로
무단 전재와 무단 복제를 금합니다.

천인오쇠

미시마 유키오

天人五衰

tennin gosui

유라주 옮김

민음사

일러두기
1. 본문의 각주는 모두 옮긴이 주이다.
2. 원작에서 강조점을 찍어 구분한 부분은 고딕체로 구분했다.

차례

천인오쇠 7

작품 해설 357
작가 연보 363

1

먼바다의 안개가 멀리 있는 배를 아련하게 보여 준다. 그래도 바다는 어제보다 맑고 이즈반도의 산 능선도 가늠할 수 있다. 5월의 바다는 잔잔하다. 햇빛은 강하고 구름은 미미하고 하늘은 푸르다.

극히 낮은 파도도 물가에서는 부서진다. 부서지기 직전 그 녹갈색 파도의 배 부분이 띠는 색에는 모든 해초가 가진 흉측함과 비슷한 흉측함이 있다.

'우유 바다 휘젓기'[1]라는 인도 신화를 매일매일 지극히 일

---

[1] 힌두교의 창제 신화. 태초에 신과 마신이 싸움을 벌였다. 창조신 브라흐마는 우주 관장의 신 비슈누를 찾아가 조언을 구했다. 비슈누는 신과 마신이 함께 바다를 휘저으면 거기서 영생의 약 암리타를 얻을 것이라고 말했다. 그래서 신과 마신은 휴전을 맺고 만다라산에 거대한 뱀 바수키를 감아 뱀의 머리와 꼬리를 잡고 바다를 천 년 동안 휘젓는다. 그 결과 암리타를 얻었고

상적으로 반복하는 바다의 휘젓는 작용. 아마도 세계는 그것을 가만히 두지는 않을 것이다. 그것이 가만히 있다면 자연의 악을 불러일으키는 무언가 있는 것이다.

 5월 바다의 출렁임은 하지만 끝없이 초조하게 빛의 점묘를 옮기고, 섬세한 돌기로 가득하다.

 새 세 마리가 하늘 높이 서로 모여드는가 싶더니 다시 불규칙하게 흩어져 날아간다. 그 접근과 이탈에는 어떤 신비가 있다. 상대의 날개바람을 느낄 정도로 가까이 다가가다가 다시 그 한 마리만 휙 하니 멀어질 때의 푸른 거리는 무엇을 뜻할까. 세 마리 새가 그러듯이, 우리 마음속에 때때로 나타나는 비슷한 세 가지 사념도?

 삿갓 아래 가로줄 세 개가 들어간 펀넬 마크[2]를 단 소형 검은 화물선이 먼바다로 멀어지는 뒷모습은, 구축물이 쌓여 있어 장엄하고 갑자기 키가 커진 느낌을 준다.

 오후 2시, 해는 옅은 구름의 누에고치 속에 몸을 숨겼다. 하얗게 빛나는 누에처럼.

 넓고 둥글게 퍼진 진한 쪽빛 수평선은 바다 풍경을 오롯이 담아낸 검푸른 강철 테다.

비슈누가 공평하게 나눠 주겠다고 하며 여신 모히니로 화한 후 암리타를 가져와 신들에게 주었다. 마신 라후가 신들 속에 숨어서 암리타를 같이 마시는 걸 본 태양 신과 달 신이 비슈누에게 알려 비슈누가 라후의 머리를 자르지만 라후는 이미 영성을 얻었다. 이후 라후는 태양과 달을 삼키려고 쫓아다녔는데 그것이 일식과 월식이라고 일컬어진다.
2 Funnel mark. 배의 굴뚝으로 선박 회사의 로고나 디자인을 넣은 간판으로도 사용된다.

먼바다 한 곳에서 순간, 하얀 날개처럼 파도가 솟구치다가 사라진다. 거기에는 무슨 의미가 있을까. 숭고한 변덕 아니면 극히 중요한 신호여야 하는 것. 둘 중 어느 쪽도 아닐 수가 있을까?

밀물이 조금씩 차고, 파도도 약간 높게 일고, 육지는 교묘하기 짝이 없는 침투에 당한다. 해가 구름 뒤에 숨어서 바다는 약간 험악한 어두운 녹색을 띠었다. 그 안에 동에서 서로 길게 뻗은 흰 선이 있다. 거대한 중계[3] 모양이다. 그 주위만 평면이 비틀려 보이고, 비틀리지 않은 사북[4]에 가까운 부분은 중계의 검은 갓대를 닮은 거무스름한 색으로 진녹색 평면에 섞여 든다.

다시 해가 또렷이 나타났다. 바다는 다시 하얀빛을 매끄럽게 품고, 남서풍이 명하는 대로 바다사자의 등 같은 파도 그림자를 동북으로, 동북으로 보낸다. 끊이지 않는 그 물 떼의 대이동이 육지로 넘칠 일은 없으며 범람은 먼 달의 힘으로 착실히 제어된다.

구름은 비늘구름이 되어 하늘의 절반을 덮었다. 해는 그 구름 위쪽에서 소리 없이 하얗게 파열한다.

어선 두 척이 나가고 먼바다에는 화물선 한 척이 움직인다. 바람이 상당히 강해졌다. 서쪽에서 들어오는 어선 한 척이 엔진 소리를 의식의 시작을 알리는 신호인 것처럼 울리며 다가

---

3 中啓. 부채 양끝의 갓대를 바깥쪽으로 휘게 해 접어도 삼각형으로 반쯤 펴진 모양이 되도록 만든 부채. 주로 승려가 사용한다.
4 부채의 아랫머리에 박는 고정쇠.

온다. 그렇게 작고 허름한 배여도 바퀴도 없이 다리도 없이 나아가는 것은 마찬가지여서, 옷자락이 끌리는 의상을 입고 무릎걸음을 하며 오는 것같이 우아하게 보이는 것이다.

오후 3시. 비늘구름이 옅어지고 남쪽 하늘에 하얀 호도애의 꽁지깃처럼 펼쳐진 구름이 바다에 깊은 그림자를 드리운다.

바다, 이름 없는 바다. 지중해든 일본해든 눈앞의 스루가만이든, 바다라는 이름밖에 붙일 수 없는 것으로 겨우 총괄되면서도 결코 그 이름에 따르지 않는 이 무명(無名)의 풍요롭고 절대적인 무정부주의(Anarchy).

해가 흐려지면서 바다는 갑자기 불쾌한 듯 명상에 빠지고 녹갈색 자잘한 모서리로 채워진다. 장미 가지처럼 가시투성이인 파도의 덤불로 가득해진다. 그 가시 자체에도 부드러운 생성의 흔적이 있어 바다 덤불은 평평하고 매끄럽게 보인다.

오후 3시 10분. 지금은 어디에도 배가 없다.

이상한 일이다. 이렇게 광활한 공간이 그저 내버려진 것이다. 갈매기 날개조차 거멓다.

그러자 먼바다에 환영의 배가 떠오른다. 그것은 잠시 서쪽으로 나아가다 사라진다.

이즈반도는 이제 안개에 감싸여 사라졌다. 잠시간 그것은 이즈반도가 아니라 이즈반도의 유령이었다. 그러고는 사라졌다.

사라진 뒤로는 흔적도 없다. 설사 지도상에는 존재하더라도 그것은 더 이상 존재하지 않는다. 반도도, 배도, 모두 동등하게 '존재의 덧없음'에 속했다.

나타났다가 또 사라진다. 반도와 배는 도대체 어디가 다를까.

　보이는 것이 존재의 전부라면 짙은 안개에 감싸이지 않는 한 눈앞 바다는 언제나 거기에 존재한다. 언제나 꿋꿋이 존재가 될 준비를 쌓는다.

　배 한 척이 전체 경치를 바꾼다.

　배의 출현! 그것이 모든 것을 다시 배치한다. 존재의 전 구성이 균열을 낳고, 수평선에서 다가오는 한 척의 배를 맞이한다. 그때 양도가 행해진다. 배가 나타나는 순간 그 이전의 모든 세계는 폐기된다. 배 측에서 보자면 그 부재를 보장했던 모든 세계를 폐기하기 위해 그곳에 나타났다.

　찰나찰나 저토록 다양하게 옮겨 가는 바다의 색. 구름의 변화. 그리고 배의 출현. …… 그때마다 도대체 무슨 일이 일어나는 것일까. 생기(生起)란 무엇일까.

　찰나찰나 그곳에서 일어나는 일은 크라카토아 화산[5]의 분화보다 더한 큰일일지도 모르는데 사람들이 알아채지 못할 뿐이다. 존재의 덧없음에 우리는 너무 익숙하다. 세계가 존재하는 것 따위 진지하게 받아들일 일이 아닌 것이다.

　생기란 끝없는 재구성, 재조직의 신호다. 멀리서 울리는 하나의 종소리 신호. 배가 나타남은 그 존재의 종을 울리는 일이다. 종은 서슴없이 울려 퍼지고, 모든 것을 지배한다. 바다 위에서는 생기가 끊이지 않는다. 존재의 종이 언제나, 언제나 울

5　Krakatoa. 인도네시아의 수마트라섬과 자바섬 사이에 위치했던 섬으로 1883년 유례없이 큰 분화가 일어나 사라진 것으로 유명하다.

리고 있다.

하나의 존재.

배가 아니어도 된다. 언제 나타날지 모르는 여름귤 한 알. 그것만으로도 존재의 종을 울리기에 충분하다.

오후 3시 반. 스루가만에서 존재를 대표한 것은 그 여름귤 한 알이었다.

파도에 가려졌다가 바로 다시 나타나고 떴다 가라앉았다 하며, 깜박임을 멈추지 않는 눈처럼, 그 선명한 오렌지색은 해안가에서 그리 멀지 않은 근처에서 순식간에 동쪽으로 멀어진다.

오후 3시 35분. 다시 서쪽 나고야 방면에서 검은 배가 우울한 그림자로 들어온다.

해는 이미 구름에 감싸여 훈제된 연어처럼 되었다…….

― 야스나가 도루(安永透)는 30배율 망원경에서 눈을 뗐다.

오후 4시 입항 예정인 화물선 덴로마루(天郎丸)는 아직 그 모습의 편린도 나타내지 않았다.

책상으로 돌아와 오늘 자 시미즈(清水) 선박일보를 다시 한번 멍하니 바라봤다.

    1970년 5월 2일 (토요일)
       예정 외 선박 입항 예정
    덴로마루   국적 일본
           날짜 2일 16시
           선주 다이쇼 해운

대리점 스즈이치
출항지 요코하마
목적지 히노데 부두 4·5

2

……혼다 시게쿠니는 일흔여섯 살이 되었다. 아내 리에가 먼저 세상을 떠나고 홀몸이 된 뒤로 혼자 여행하는 일이 많아졌다. 교통이 편리한 곳을 택해 체력에 큰 부담을 주지 않는 여행을 하며 노년을 보내고 있다.

마침 니혼다이라(日本平) 구릉지에 왔다가 돌아가는 길에 미호(三保)의 소나무 숲을 둘러보고 서역에서 온 것으로 보이는 천인(天人)의 날개옷 조각이라는 보물을 구경한 뒤, 시즈오카로 돌아가기 전에 혼자 잠시 해안가에 머무르고 싶어졌다. 신칸센 고다마호는 한 시간에 세 번 출발하니 한 번 놓쳐도 그리 큰일은 아니다. 타기만 하면 시즈오카에서 도쿄까지 한 시간 반도 걸리지 않는다.

차를 멈추고 고마고에(駒越) 해안까지 50미터 정도 되는 모랫길을 지팡이를 짚고 걸어가, 바다를 바라보며 이곳이 『동몽

초』[6]에서 천인이 강림했다고 전하는 우도(有度) 해변일 것이라고 옛 기억을 떠올리고, 또 젊은 날에 갔던 가마쿠라 해안을 떠올린 뒤 흡족한 마음으로 발길을 돌렸다. 모래밭은 노는 아이들과 낚시하는 사람 두세 명만 보일 뿐 한산했다.

가는 길에는 바다에 마음을 빼앗겨 눈에 들어오지도 않았는데 돌아오는 길에는 제방 아래 메꽃 한 송이의 촌스러운 분홍색이 눈에 띄었다. 제방 위 모래밭에는 엄청난 양의 쓰레기가 바닷바람에 굴러다녔다. 깨진 코카콜라 병, 통조림 캔, 가정용 페인트 빈 깡통, 영원불멸의 비닐봉지, 세제 상자, 수많은 기왓장, 도시락 껍데기……

지상의 생활 쓰레기가 여기까지 떠내려 와 비로소 '영원'과 직면한다. 지금까지 한 번도 만난 적 없는 영원, 즉 바다와. 결국 인간도 가장 더럽고 가장 추한 모습으로 죽음에 직면할 수밖에 없는 것처럼.

제방 위에는 빈약한 소나무가 새싹 위에 붉은 불가사리 같은 꽃을 피우고, 돌아오는 길 왼쪽에는 작고 쓸쓸한 네 잎 흰 꽃이 연달아 핀 무밭이 있고, 길 양쪽에 작은 소나무가 일렬로 선을 그었다. 그 외에는 전부 딸기 비닐하우스였는데, 반원형 비닐로 덮인 곳 아래에는 이시가키 딸기[7]가 나뭇잎 그늘에 무성하게 늘어졌고 파리가 이파리 가장자리의 톱니날을 기어

---

6 童蒙抄. 12세기 헤이안 시대에 쓰인 것으로 추정되는 후지와라노 노리카네의 와카 학문서.
7 石垣苺. 이시가키 재배법으로 재배한 딸기. 돌담을 쌓아 그 안에 있는 흙에 딸기를 심어 햇볕을 받은 돌담의 열로 재배한다.

갔다. 둘러보자 이 불쾌하게 흐릿한 흰색 반원형이 빽빽이 들어찬 곳 사이에 아까는 못 보고 지나간 아담한 탑 같은 건물이 있음을 혼다는 알아차렸다.

차를 세워 둔 현도(縣道) 가까이에 콘크리트 바닥이 이상하게 높이 올라온, 하얀 벽으로 된 이 층짜리 목조 오두막이 보였다. 감시소라기에는 높이 있고, 사무소라기에는 허름했다. 1층과 2층 모두 삼면이 창문으로 이어져 있었다.

혼다는 호기심이 발동해 건물의 앞뜰로 보이는, 산산조각 난 유리들이 충실하게 구름을 비추며 흩어져 있고 흰색 창틀이 난잡하게 내던져진 모래밭으로 발을 내디뎠다. 위를 올려다보니 2층 창문에 망원경처럼 둥근 렌즈가 그늘을 드리웠다. 콘크리트 바닥에서 붉게 녹슨 거대한 철관 두 개가 튀어나왔다가 다시 땅에 묻혀 있다. 혼다는 발밑이 불안한 기분으로 이 철관을 넘고 콘크리트 바닥을 돌아서 1층으로 올라가는 다 쓰러져 가는 돌계단을 올라갔다.

올라가자 오두막으로 이어지는 철 사다리가 있고 그 아래 지붕 달린 입간판이 있었다.

TEIKOKU SIGNAL STATION
주식회사 데이코쿠 신호통신사 시미즈항 사무소
사업 항목
1. 입출항 선박 동정 통지
2. 해상사고 발견 방지
3. 해류 간 신호 연락
4. 해상 기상 연락

5. 입출항 선박 환영 환송

6. 기타 선박 관계 전반

고풍스러운 예서체로 쓰인 회사명도, 덧붙인 영문도, 흰색 페인트가 벗겨져 글자가 군데군데 흐려진 점도 혼다 마음에 들었다. 그 사업 항목에는 바다 냄새가 거침없이 흘러넘쳤다.

철 사다리 위를 살펴보았으나 실내는 조용했다.

뒤돌아보니 아래쪽 현도 저편에, 군데군데 잉어 깃발[8] 장대가 빛나는 새 자재를 쓴 파란 기와지붕 마을 동북쪽에 시미즈 항의 어수선한 풍경이 보였다. 육지의 크레인과 배의 데릭[9]이 교차하고, 공장의 흰 사일로와 검은 선복, 온종일 바닷바람을 맞는 철재와 두껍게 페인트칠한 굴뚝이, 한 무리는 육지에 머무르고 한 무리는 수많은 바다를 건너와서 한곳에 만나 어우러지는 저 항구의 기구가 멀고도 또렷하게 보였다. 바다는 거기서 끊긴 채 빛나는 뱀 같았다.

항구 맞은편의 산들보다 훨씬 위쪽에는 구름 속에서 간신히 산봉우리만 내보이는 후지산이 있었다. 모호한 구름 속 산꼭대기의 하얀 고형은 마치 날카로운 하얀 바위 한 덩어리를 구름 위로 내던진 듯이 보였다.

혼다는 만족하며 이곳을 떠났다.

---

8 鯉幟. 3월 하순 춘분에서 4월 하순이나 단오절까지 집 밖에 걸어 놓는 깃발로 특히 남자아이가 건강히 성장하고 난관을 돌파해 입신하길 비는 소원이 담겨 있다. 잉어가 용문에 오르면 용이 된다는 중국 등용문 신화와 관련이 있다.

9 Derrick. 선박에서 화물을 싣고 내리는 데 사용되는 크레인.

3

신호소의 바닥은 저수조였다.

우물에서 펌프로 끌어 올린 물을 저장해 두었다가 철관을 통해 앞쪽 비닐하우스로 관개하는 것이다. 데이코쿠 신호는 콘크리트가 높이 올라온 이 자리를 발견하고 그 위에 목조 신호소를 지어, 서쪽에서 오는 나고야 출항선과 정면에서 오는 요코하마 출항선 양쪽을 빨리 파악할 수 있는 좋은 입지를 점했다.

신호원 네 명이 여덟 시간 교대로 근무했는데, 한 사람이 병으로 장기 결근 중이라 나머지 세 명이 각자 이십사 시간 교대로 근무하고 있었다. 1층은 가끔 항구 사무소에서 순찰을 오는 소장의 사무실이고, 교대 근무하는 사람이 혼자서 쓰는 작업장은 삼면이 창문으로 에워싸인 2층의 다다미 여덟 장 정도 되는 마룻바닥 방이었다.

창문 안쪽에는 붙박이 책상이 삼면으로 이어졌고 남쪽으로는 30배율 망원경이, 동쪽 항만 시설로는 15배율 쌍안경 망원경이 설치됐고, 남동쪽 네모기둥 쪽에는 야간 신호에 쓰는 1킬로와트 투광기가 갖추어졌다. 남서쪽 구석의 작업용 책상 위 전화기 두 대, 책장, 지도, 높은 선반에 나뉘어 놓인 신호기, 북서쪽 구석의 주방과 수면실. 이것들이 이 방의 전부다. 또 동쪽 창문 앞에 고압선 철탑이 있는 것이 보이고, 백자로 된 애자가 구름 색과 섞였다. 고압선은 바닷가 쪽으로 길게 내려가 다른 철탑으로 연결되고 다시 북동쪽으로 우회하여 세 번째 철탑에 도착한 뒤, 그다음에는 해안선을 따라 점점 낮고 작게 보이는 은색 망루를 따라가며 시미즈항으로 향했다. 이 창문에서는 세 번째 철탑이 좋은 표시가 됐다. 입항선이 이 철탑을 지나면 드디어 부두를 포함한 3G 수역에 들어왔음을 알 수 있기 때문이다.

배는 지금도 이렇게 육안으로 확인해야 했다. 화물의 경중이나 바다의 변덕스러운 성질이 배의 움직임을 지배하는 한, 배는 여전히 연회에 너무 이르거나 너무 늦게 도착하는 손님의 19세기 낭만파 기질을 잃지 않았다. 세관원, 검역원, 수로안내인(파일럿), 하역업자, 식품 공급업자, 세탁업자는 자신들이 일에 착수할 시기를 명확히 알려 주는 감독이 필요했다. 하물며 배 두 척이 앞다투어 들어와 단 하나 남은 잔교를 선착순으로 정해야 할 때는 어딘가에서 입항을 감독하며 공평하게 순서를 정해 주는 사람이 있어야 한다.

도루가 하는 일도 그것이었다.

― 먼바다에 꽤 큰 배가 보였다. 수평선이 이미 흐릿해져서 육안으로 그 출현을 재빨리 발견하려면 숙련되고 빠른 눈이 필요하다. 도루는 바로 망원경으로 갔다.

한겨울이나 한여름의 맑은 날처럼 수평선이 뚜렷할 때는 배가 나타나 수평선의 높은 문턱을 난폭하게 밟고 몸을 내미는 찰나가 보이지만, 초여름 안개 속에서 그 출현은 그저 '존재의 모호함'에서 서서히 멀어지는 것에 지나지 않는다. 수평선은 하얗고 긴, 찌부러진 베개처럼 됐다.

검은 화물선의 크기는 총 4,780톤인 덴로마루와 맞먹는다. 선미루[10] 형태도 명부에 기록된 그 배의 특징과 동일하다. 브리지의 흰색, 선미에 휘감기는 흰 파도가 선명하게 보인다. 노란 데릭 세 개. 검은 굴뚝에 보이는 빨갛고 둥근 펀넬 마크는? ……도루는 더욱 뚫어지게 봤다. 빨간 동그라미에 싸인 '대(大)' 자가 보였다. 틀림없이 다이쇼(大正) 해운이다. 그러는 중에도 배는 12.5노트 정도의 속도를 떨어뜨리지 않고 망원경의 둥근 시야를 계속 벗어나려고 했다. 포충망의 둥근 틀을 지나쳐 날아가는 검은 파리처럼.

하지만 선명은 판독할 수 없다. 세 글자라는 것만 알 수 있을 뿐, '천(天)' 자도 선입견으로 그렇게 보일 뿐이다.

도루는 책상으로 돌아와 선박 대리점에 전화를 걸었다.

"여보세요, 데이코쿠 신호입니다. 덴로마루가 신호소 앞을

---

10 船尾樓. 선미에 설치한 선루. 선루는 최상층 갑판인 상갑판 좌우의 선수, 선미에 설치한 여객실, 선원실 따위의 구조물을 가리킨다.

통과 중인데 확인 부탁합니다. 화물입니까? (그는 선복의 검은 색과 빨간색을 나누는 흘수선의 높이를 떠올렸다.) 맞아요, 절반 정도로 보입니다. 하역은 몇 시부터입니까? 17시부터?"

하역까지 한 시간밖에 여유가 없으니 연락할 곳도 많았다.

도루는 망원경과 책상 사이를 바쁘게 오가며 열다섯 통이나 전화를 걸었다.

파일럿 사무소에. 예인선 순요마루에. 수로 안내인 자택에. 식품 공급업자 몇 곳에. 세탁업자에. 항구 서비스 통선에. 세관에. 또 대리점에. 항만관리사무소 항영과에. 화물 무게를 측정하는 검수 협회에. 운송점에……

"덴로마루가 잠시 후 도착합니다. 잔교는 히노데 4호, 5호입니다. 부탁합니다."

덴로마루는 이미 제3 고압선의 철탑을 통과하는 중이었다. 망원경에 맺힌 상은 지상을 비추자 금세 아지랑이로 흐릿해져 일렁였다.

"여보세요. 덴로마루, 3의 G로 들어옵니다."

"여보세요. 데이코쿠 신호인데요, 덴로마루, 3의 G로 들어옵니다."

"여보세요. 세관이죠. 경무과 부탁합니다. ……덴로마루, 3의 G로 들어왔습니다."

"여보세요. 16시 15분, 3의 G 통과."

"여보세요. 덴로마루, 오 분 전에 들어왔습니다."

"……………………."

— 직항선 외에 요코하마나 나고야에서 시미즈로 출항함을 알리는 배의 수는 월말에 많고 월초에는 적다. 요코하마에서 시미즈까지는 115해리이며 12노트면 아홉 시간 반 만에 닿는다. 입항 예정 한 시간쯤 전부터 속도를 계산하며 지켜보기만 하면 딱히 할 일은 없다. 오늘은 오후 9시에 지룽에서 직항하는 닛초마루(日朝丸) 외에 입항 예정 선박은 없다.

도루는 언제나 배가 들어와 한차례 연락 업무를 치르고 나면 기분이 처진다. 그의 일이 끝남과 동시에 항구에서는 수많은 인원이 한꺼번에 움직이기 시작한다. 그 항구의 번잡함을 이렇게 멀리 고립된 곳에서 담배를 피우며 가만히 지켜보기만 하면 된다.

사실 담배를 피우면 안 되었다. 미성년자인 열여섯 살 소년이 줄담배를 피우는 것을 보고 소장은 처음에는 쓴소리로 주의를 주었지만 그 후로는 아무 말도 하지 않았다. 일의 성질상 눈감아 주는 수밖에 없다고 생각했을 것이다.

그는 언 듯이 창백하고 아름다운 얼굴을 지니고 있었다. 마음은 차갑고, 사랑도 없고 눈물도 없었다.

하지만 바라보는 행위의 행복은 알고 있었다. 천부의 눈이 그것을 알려 주었다. 아무것도 만들어 내지 않고 그저 가만히 지켜보면, 시야가 그 이상 명료할 수 없고 인식이 그 이상 투철할 수 없는 경계의 눈에 보이지 않는 수평선은 보이는 수평선보다 훨씬 저편에 있었다. 게다가 눈에 보이고 인식되는 범위에는 여러 존재가 모습을 나타낸다. 바다, 배, 구름, 반도, 번개, 태양, 달, 그리고 무수한 별까지. 존재와 눈의 만남, 즉 존재와 존재의 만남이 보는 행위를 뜻한다면, 그것은 그저 존재끼리의 맞거울질[11] 같은 것이 아닌가. 그렇지 않다. 보는 행위는 존재를 초월하고, 새처럼 보는 행위가 날개가 되어 아무도 본 적 없는 영역으로 도루를 데려갈 것이다. 그곳에서는 아름다움조차 질질 끌리며 낡아 빠진 치맛자락처럼 너덜너덜해질 것이다. 영원히 배가 출현하지 않는 바다, 결코 존재에 침범당하지 않는 바다가 있을 것이다. 보고 보고 꿰뚫어 보는 명료함의 극한에, 아무것도 나타나지 않음의 확실한 영역이. 그곳에는 또한 확실하게 진한 쪽빛이라 사물도 인식도 다 함께 초산에 잠기고 산화연처럼 녹아서, 보는 행위가 이제 인식의 족쇄를 벗어나 그 자체로 투명해지는 영역이 분명 있을 것이다.

그곳까지 시선을 두는 것이 바로 도루의 행복의 근거였다. 도루에게 보는 행위 이상의 자기 방기는 없었다. 자신을 잊게 해 주는 것은 눈뿐이다. 거울을 볼 때를 제외하고는.

그리고 자신은?

이 열여섯 살 소년은 자신이 이 세상에 오롯이 속하지 않음을 확신했다. 이 세상에 속한 것은 자신의 절반뿐이다. 나머지 절반은 저 그윽하고 어두운 진한 쪽빛 영역에 속했다. 그러므로 이 세상에는 자신을 규제할 어떤 법률도 규칙도 없다. 자신은 그저 이 세상의 법률에 묶여 있는 시늉만 하면 된다. 천

11　合わせ鏡. 뒷모습을 보기 위해 앞쪽 거울로 뒤편에 있는 거울을 비추어 보는 것.

사를 규제하는 법률이 어느 나라에 있겠는가.

그래서 인생은 이상할 정도로 쉬웠다. 타인의 빈곤에도, 정치나 사회의 모순에도 조금도 번민하지 않았다. 때때로 상냥한 미소를 지었지만 미소는 동정과는 관계가 없었다. 미소란 결코 인간을 용인하지 않겠다는 마지막 표시, 활 모양 입술이 쏘는 보이지 않는 후키야[12]였다.

바다를 보다 지겨워지면 책상 서랍에서 작은 손거울을 꺼내어 자기 얼굴을 바라봤다. 콧날이 오뚝한 창백한 얼굴에 항상 한밤중이 가득 담긴 아름다운 눈이 있었다. 눈썹은 가늘면서 곧은 사무라이 눈썹이고 입술은 완만하면서 팽팽했다. 그래도 가장 아름다운 것은 눈이었다. 자의식에는 눈 같은 것은 필요 없을 텐데. 그의 몸에서 눈이 가장 아름다운 것은 하나의 아이러니였다. 누구도 아닌 그의 아름다움을 확인하는 기관이 가장 아름답다는 것은.

속눈썹은 길고, 차갑기 그지없는 눈은 겉으로 보면 마치 끝없이 꿈꾸는 듯했다.

어쨌든 도루는 선택된 자로서 다른 사람들과 절대 같지 않았고, 이 고아는 어떤 악행도 저지를 수 있는 자신의 순진무구함을 확신했다. 화물선 선장이었던 아버지가 바다에서 세상을 떠나고 그 후 얼마 지나지 않아 어머니도 세상을 떠난 뒤 가난한 삼촌 집에 맡겨진 그는 중학교를 졸업하고 그 지방 보도훈련소에서 일 년간 일하면서 3급 무선통신사 자격증을 취

---

12 吹矢. 대나무 통 등에 화살을 넣고 입으로 불어 쏘는 것.

득해 데이코쿠 신호에 취직했다.

가난이 주는 상처가, 그 굴욕과 분노가 매번 나무껍질에 상처를 입혀 흘러나온 수액이 굳으며 만들어지는 마노 같은 덩어리를 도루는 알지 못했다. 도루의 나무껍질은 태어날 때부터 딱딱했다. 말하자면 딱딱하고 두꺼운 모멸의 나무껍질.

모든 것이 자명하고 모든 것이 기지(旣知), 인식인 기쁨은 바다 저편 보이지 않는 수평선에만 있었다. 사람들은 이제 와서 뭘 그리 놀라는 것일까. 속임수는 매일 아침 배달되는 우유처럼 집집마다 빠짐없이 찾아가고 있는데.

그는 자신이 속한 기구는 구석구석 잘 알고 있고 빈틈없이 점검했다. 무의식 따위 조금도 없었다.

'내가 만약 무의식적 동기에 휘둘려 어떤 말이나 행동을 했다면 세계는 벌써 무너졌을 것이다. 세계는 나의 자의식에 감사해야 한다. 통제 외에 의식이 자랑할 거리는 없으니.' 하고 도루는 생각했다. 자신은 어쩌면 그 자체로 의식을 가진 수소폭탄일지도 모른다고 생각할 때가 있었다. 어쨌든 인간이 아님은 확실하다.

도루는 언제나 온몸에 신경을 쓰고, 하루에도 몇 번씩 손을 씻었다. 손바닥은 늘 비누칠을 하기에 희고 기름기도 없었다. 세상눈으로 보면 이 소년은 그저 청결을 좋아하는 사람일 뿐이었다.

하지만 자기 외의 무질서에는 태연했다. 타인의 바지 주름이 말쑥하지 않다고 해서 그것을 신경 쓰는 일은 병적이라고 생각했다. 정치가 구깃구깃한 바지를 입었다 해서 그것이 뭐가 어쨌단 말인가…….

— 계단 아래 출입문을 살며시 두드리는 소리가 들린다. 소장이라면 조잡한 자재로 된 문을 선물 상자를 밟아 부수듯 무자비하게 열고 쿵쿵거리며 2층 철 사다리 위의 신발장까지 올라올 것이다. 소장은 아니다.

도루는 슬리퍼를 신고 나무 계단을 내려가, 물결무늬 유리문에 바싹 붙은 분홍색 그림자를 향해 절대 문은 열지 않고 이렇게 말했다.

"안 돼, 아직. 오늘은 6시쯤에 소장이 올 수도 있어. 저녁 먹고 다시 와."

"그래?" 하고 문 건너편 그림자가 생각에 잠겨 응결되고 물결무늬 유리에서 분홍색이 멀어졌다. "……그럼 다시 올게. 할 이야기가 많아."

"응, 그렇게 해."

도루는 무심코 들고 온 몽당연필을 귀에 꽂고 다시 계단을 뛰어 올라갔다.

방금 있었던 방문을 잊어버린 것처럼 그는 날이 저무는 창밖을 열심히 바라보았다.

오늘은 일몰이 구름에 가려져 있어 볼 수 없겠지만 일몰 시각이 오후 6시 33분이니 아직 한 시간 넘게 남았는데, 이미 바다는 어둑해지고 한 번 사라졌던 이즈반도는 희미하게 수묵화 같은 윤곽을 드러냈다.

아래쪽 딸기 비닐하우스 사이로 딸기가 가득 담긴 바구니를 등에 멘 두 여인이 지나갔다. 딸기밭 저편은 전부 원철 같은 바다다.

계류료를 절약하려고 일찍 출항한 후 항구 밖에서 다시 닻을 내려 느긋하게 배를 청소하는 듯하던, 오후 내내 고압선 제2 철탑에 가려진 곳에 정박해 있던 500톤급 화물선이 청소를 끝냈는지 닻을 올렸다.

도루는 작은 수돗가와 프로판 가스대가 있는 주방에 들어가 저녁 반찬을 데웠다. 그러는 동안 또 전화가 울렸다. 관리 사무소에서 오늘 밤 21시에 닛초마루가 입항한다는 공무 전보를 확인했다고 연락한 것이었다.

저녁 식사 후 석간신문을 읽고 나자 자신이 좀 전의 방문객을 내심 기다리고 있음을 깨달았다.

오후 7시 10분. 바다는 이미 밤의 어둠에 감싸였고, 아래쪽 비닐하우스의 흰색만이 전면에 서리가 내린 듯 어둠에 맞선다.

창밖에서 가벼운 엔진 소리가 연속으로 터져 나왔다. 오른쪽 야이즈(燒津)항에서 한꺼번에 출어한 어선이 이 앞을 지나 오키쓰 쪽으로 치어를 잡으러 가는 것이다. 빨강과 초록의 양색등을 배 중앙에 매달고 대략 스무 척 남짓한 배가 앞다투어 지나간다. 밤바다를 나아가는 수많은 불빛의 잔 경련에서 소구 엔진의 소박한 고동이 그대로 전해진다.

밤바다는 잠시 동안 마을 축제 같았다. 손에 손에 제등을 들고 떠들썩한 대화를 주고받으며 어둠 속 신사로 가는 군중을 보는 듯했다. 도루는 그런 배들끼리 나누는 수다를 알고 있었다. 바다 위에서 확성기로 대화하고, 생선 비린내 나는 근육을 쾌활하게 달구고, 치어로 그물을 가득 채우기를 꿈꾸며 물의 복도를 앞다투어 뛰어가는 것이다.

한바탕 소란이 가라앉은 고요가 건물 뒤쪽 현도를 달리는 차 소리로만, 늘 일정한 수위를 유지하는 소음으로 채워졌을 때 도루는 아까처럼 계단 아래 문을 노크하는 소리를 들었다. 기누에(絹江)가 다시 온 것이 틀림없었다.

계단을 내려가 문을 열어 준다.

입구 등 아래 복숭아색 카디건을 입은 기누에가 서 있다. 머리에는 커다란 하얀 치자나무 꽃을 한 송이 꽂았다.

"들어와." 하고 도루는 어른스럽게 말했다.

기누에는 미인들이 으레 그러듯 다소 의심쩍은 미소를 띠고 들어왔다. 2층으로 올라오자 도루의 책상 위에 초콜릿 상자를 놓았다.

"자, 먹어."

"늘 고맙네."

도루는 방 안 가득 울려 퍼지도록 소리를 내며 셀로판 포장지를 뜯어 직사각형 금색 상자 뚜껑을 열고 그 한 알을 집어 기누에를 향해 미소 지었다.

도루는 언제나 기누에를 미인을 대하듯 정중하고 소중하게 대했다. 기누에는 남서쪽 구석 책상 앞에 앉은 도루에게서 최대한 거리를 두고 반대편 동남쪽 구석 투광기 뒤의 의자에 자리 잡고, 언제라도 계단을 뛰어 내려가 도망갈 수 있도록 자세를 취했다.

 망원경을 들여다볼 때는 실내의 불을 다 끄지만 평소에 혼자 쓰는 공간에 어울리지 않을 정도로 밝은 형광등이 천장에서 빛나기에, 기누에가 머리에 꽂은 치자나무 꽃은 하얗고 촉촉한 빛을 발했다. 이 불빛 아래에서 보는 기누에의 추함은 참으로 근사했다.

 그것은 만인이 보고 느끼는 추함이었다. 어디에나 흔히 있는, 보기에 따라서는 아름답게 보일 수도 있는 평범한 얼굴, 혹은 마음의 아름다움이 투명하게 드러나는 추녀 등과 비교할 것도 없이 어디서 어떻게 보아도 추하다고밖에 할 수 없는 얼굴이었다. 그 추함은 하나의 천성으로 어떤 여성도 이렇게 완벽하게 추할 수 없었다.

 그런 기누에가 끝없이 자신의 아름다움을 한탄하는 것이다.

 "당신은 좋은 사람이야." 하고 기누에는 짧은 스커트 아래로 드러난 무릎을 신경 쓰며 되도록 무릎을 오므리고 스커트 끝자락을 두 손으로 열심히 잡아당기며 말했다. "당신은 좋은 사람이야. 나한테 손대지 않은 유일한 신사인걸. 하지만 당신도 남자니까 몰라. 확실하게 말해 둘게. 손대면 더 이상 놀러 오지 않을 것이고 말도 안 할 것이고 그때부터 절교야. 알겠지? 절대 당신만은 손대지 않겠다고 맹세할 수 있어?"

 "맹세할게."

 도루는 가볍게 손을 들어 손바닥을 보였다. 기누에 앞에서는 만사에 아주 진지해야 했다.

　기누에는 이야기를 시작하기 전에 꼭 이렇게 도루에게 맹세를 시켰다. 맹세하면 갑자기 태도가 편해지고, 항상 쫓기는 듯한 불안과 초조가 걷히고, 의자에 앉은 자세도 얼마간 부드러워졌다. 망가진 것을 만지듯이 머리의 치자나무 꽃을 만졌다. 그 꽃 그림자 아래에서 도루를 향해 미소 짓고, 그러고는 갑자기 깊은 한숨을 쉰 뒤 이야기를 시작했다.

　"나는 불행해. 죽어 버리고 싶어. 너무 아름답게 태어난 불행이 뭔지 남자들은 절대 모를 거야. 아름다움이 진심으로 존경받지 못하고, 나를 보는 남자들은 반드시 상스러운 생각을 떠올려. 남자는 짐승이네. 아름답지 않았다면 나는 훨씬 더 남자를 존경했을 텐데. 어떤 남자든 나를 보자마자 짐승이 되어 버리니 존경을 할 수가 없네. 여자의 아름다움이 남자의 가장 추한 욕망과 직접 이어지는 것만큼 여자를 모욕하는 건 없어. 이제 나는 시내에 놀러 나가기도 지겨워졌어. 스쳐 지나가는 남자들이 한 명도 빠짐없이 침 흘리며 다가오는 개처럼 보여. 나는 아무렇지 않게 조용히 길을 걷는데, 건너편에서 오는 남자들이 나를 번들거리는 눈빛으로 쳐다보고는 다들 '이 여자를 원해! 이 여자를 원해! 이 여자를 원해!'라고, 말로 하자면 그런 식으로만 들리는 엄청난 욕정으로 들끓잖아. 나는 걷기만 해도 너덜너덜 지쳐.

　오늘도 버스에서 누가 나한테 장난했어. 분하고 분해서……."

　기누에는 카디건 주머니에서 작은 꽃무늬 손수건을 꺼내

우아하게 눈에 대었다.

"버스에서 옆에 잘생긴 청년이 앉았는데, 아마 도쿄에서 오지 않았을까 싶은데, 큰 보스턴백을 무릎에 올려놨어. 등산모 같은 걸 쓰고 있었는데 흘긋 보니 옆얼굴이 그 누구 같더라고. (하면서 기누에는 어떤 유행가 가수의 이름을 말했다.) 그런데 자꾸 나를 쳐다봐서 또 시작이구나 하고 생각하는데, 토끼 사체처럼 흰 부드러운 가죽 보스턴백에서 한 손을 빼더니, 그 손을 보스턴백 아래로 밀어 넣어 다른 승객들 모르게 손가락을 뻗어서 내 허벅지를 만지는 거야. 그것도, 여기. 허벅지라고 해도 훨씬 위. 이쪽. 놀라지 않겠어. 대충 잘생기고 청결해 보이는 청년이라 나는 더 한심하고 딱해서. 꺅 소리 지르면서 자리에서 일어났어. 다른 승객들이 깜짝 놀랐고 나도 심장이 두근거려서 말이 안 나왔어. 친절해 보이는 아주머니가 '왜 그래요?' 하고 물어서 나는 더욱 이 사람이 희롱했다고 말하려고 했는데, 그 청년이 눈을 내리깔고 새빨개진 걸 보자니 나도 참 좋은 사람이지, 사실을 말할 수가 없었어. 덮어 줄 의리 같은 건 없지만 말이야. 그래서 '저기, 엉덩이가 핀 같은 데 찔린 것 같아서요. 이 의자 위험하네요.' 하고 속여 넘겼어. '그거 위험하네.' 하고 다들 거북한 표정을 짓더니 내가 일어선 초록색 의자 쿠션을 쳐다보더라고. '버스 회사에 항의하는 게 좋겠네요.'라고 말한 사람도 있었는데, '괜찮아요. 다음에 내려요.'라고 말하고 내렸어. 차가 다시 출발한 뒤에도 내가 있던 자리는 빈 상태였어. 아무도 그런 무서운 자리에 앉고 싶지 않았던 게지. 그리고 그 옆, 등산모 아래로 나온 청년의 검은 머리카락만 해에 빛나더군. 이야기는 그뿐이야. 그래도 나, 사람한테 상처 주지 않고 좋은 일을 했다고 생각해. 상처받은 사람은 나 하나만으로 족해. 그것이 아름다운 자의 숙명이지. 세상의 추함을 전부 몸 하나로 받아들이고 그 마음의 상처를 조용히 가슴에 안고 비밀을 밝히지 않고 죽으면 되는 거야. 얼굴이 아름다운 여자일수록 진정한 성녀가 될 수 있지 않겠어? 나는 당신 한 사람만 이야기를 들어 주면 그걸로 충분해. 당신은 꼭 비밀을 지켜 주니까.

맞아. 이 세상의 추함을, 인간 본연의 구원받지 못할 비참함을, 자신을 향한 남자들의 눈을 통해 자세히 알고 있는 사람은 미녀뿐이야. (기누에는 그 미녀란 말을 입에 침을 가득 머금었다가 내뿜듯이 발음했다.) 미녀는 지옥을 받아들이고 있는 거야. 이성에게서는 비열한 욕망을, 동성에게서는 비열한 질투를 끝없이 받고 입 다물고 미소 지으며 자기 숙명을 받아들이는 것이 미녀라는 거야. 얼마나 불행해? 나의 불행 따위 아무도 몰라. 나 정도의 미녀가 아니면 절대 이해할 수 없는 불행이고 게다가 그런 불행을 동정해 주는 사람조차 한 명도 없어. '당신처럼 아름답다면 얼마나 행복할까.'라고 동성이 말하는 걸 들으면 신물이 나. 그 사람들은 절대로, 절대로 선택된 자의 불행 따위 몰라. 보석의 고독을 알 리가 없단 말이야. 하지만 다이아몬드는 저속한 금전욕에, 나는 저속한 육욕에 끝없이 노출돼야만 하지. 아름다움이란 것이 이렇게 쓰라린 것인 줄 세상 사람들이 정말로 안다면 미용실이나 성형외과 같은 건 벌써 망했을 텐데. 충분히 아름답지 않은 사람만 아름다움으로 득을 본다고 생각해. 그렇지? 그렇지 않아?"

도루는 손바닥으로 초록색 육각 연필을 굴리며 이야기를 듣고 있었다.

기누에는 근처 대지주의 딸인데 언젠가 실연한 뒤로 머리가 이상해져서 반년 정도 정신병원에 있었다. 그 증상은 일종의 우울 성향 다행증이라고 할 만한 이상한 것으로, 이후에는 격렬한 발작을 일으키는 대신 머릿속으로 자신이 절세미인이라고 확신함으로써 가라앉았다.

기누에는 광기 덕분에 그토록 자신을 괴롭히던 거울을 깨고 거울 없는 세계에서 춤출 수 있었다. 이 세상의 현실은 보고 싶은 것만 보고 보고 싶지 않은 것은 보지 않아도 되는, 고를 수 있는 플라스틱 성질의 것이 되고, 보통 사람이라면 아슬아슬한 기예 같은 삶의 방식, 게다가 언젠가는 복수를 당할 것이 틀림없는 삶의 방식을 아무런 위험도 느끼지 않고 따르게 됐다. 낡은 장난감 같은 자의식을 쓰레기통에 버리고는 비할 데 없이 치밀한 제2의 자의식을 가상으로 만들어 내 그것을 인공 심장처럼 자기 안에 단단히 매달아 작동시킬 수가 있었다. 이 세계는 이제 금강불괴(金剛不壞)이고 누구도 침범하지 못했다. 그런 세계를 지었을 때 기누에는 완전한 행복을, 기누에 식으로 말하자면 완벽한 불행을 얻었다.

아마 기누에의 발광 계기는 실연하게 한 남자가 기누에의 추한 얼굴을 노골적으로 비웃은 일일 것이다. 그 순간 기누에는 자신이 살아갈 길을, 그 유일한 험난한 길의 빛을 알아본 것이다. 자기 얼굴이 바뀌지 않는다면 세계를 변모시키면 되는 일이다. 아무도 그 비밀을 모르는 미용 성형술을 직접 집도하여 영혼까지 뒤바꾼다면, 이처럼 추한 회색 굴 껍데기 안쪽에서 찬란한 진주층이 드러날 것이었다.

쫓기는 병사가 활로를 찾듯이 기누에는 이 세계의 근본적인 여의치 않음의 매듭을 발견하고 그것을 중심으로 세계를 뒤바꿔 버렸다. 얼마나 놀라운 혁명인가. 마음속으로 가장 바랐던 것을 비운의 형태로 받아들이는 그 교활한 지혜…….

도루는 조숙한 손놀림으로 담배를 피우며 청바지를 입은 긴 다리를 가지런히 뻗고 의자 등받이에 느긋이 기댄 자세로 이야기를 듣고 있었다. 기누에의 이야기에는 새롭거나 놀라울 것이 하나도 없었지만 도루는 지루한 기색을 상대가 조금도 느끼지 않게 하는 청자였다. 기누에는 청자의 반응에 민감했던 것이다.

도루는 이 마을 사람들이 그러는 것처럼 결코 기누에를 비웃지 않는다. 기누에가 찾아오는 것도 그것을 알기 때문이다. 그는 자기보다 다섯 살 많은 이 추하고 미친 여자에게, 같은 이류(異類)로서 동포애 같은 것을 느꼈다. 무엇에서든 이 세계를 완고하게 인정하지 않는 사람이 좋았다.

두 사람의 단단한 마음. 한쪽은 광기로 보장받고 한쪽은 자의식으로 보장받는 그 마음의 강도가 거의 같다면, 아무리 서로 닿는다 해도 어느 한쪽이 다칠 위험은 없다. 게다가 마음이 서로 닿는다면 몸이 닿을 걱정도 없다. 이곳은 기누에가 가장 경계심을 푸는 장소였지만, 갑자기 도루가 의자를 삐거덕거리며 일어나 성큼성큼 다가오자 비명을 지르며 문 쪽으로 달려갔다.

도루는 망원경을 보러 급히 간 것이었다. 달려들 듯이 눈을 댄 채로 뒤쪽으로 손을 흔들었다.

"일해야 해. 돌아가."

"어머, 미안해, 오해해서. 당신만은 그런 사람이 아니라고 믿으면서도 순간 무심코 그런 남자들과 똑같다고 생각해 버렸네. 용서해. 나, 너무 심한 일을 계속 겪다 보니 갑자기 남자가 일어서면 또 시작인가, 하고 생각해. 미안해. 하지만 늘 이렇게 벌벌 떨면서 사는 내 기분도 헤아려야 해."

"알았으니까 돌아가. 바빠."

"돌아갈게. 그런데……"

"뭔데?"

아직 신발장에서 머뭇거리는 기색을 등 뒤로 느끼며, 도루는 망원경에서 눈을 떼지 않고 말했다.

"저기. 나는 도루 씨를 무척 존경해. …… 그럼 안녕. 또 봐."

"안녕."

나무 계단을 종종걸음으로 내려가는 발소리와 문소리를 귓전에 남기며 도루는 망원경에 비치는 어둠 속 불빛을 좇았다.

그는 기누에의 이야기를 들으며 창밖을 흘긋 보다가 징후를 알아본 것이다. 흐린 날씨라 해도 이즈반도 서쪽 도이 근처의 산꼭대기와 기슭에 흩어진 불빛, 먼바다의 어선 불빛에 섞여 배가 다가오는 징후가 나타나면, 어둠 속에 불빛이 뚝뚝 떨어지는 것처럼 극히 미미하게 수상쩍은 이변이 느껴진다.

오후 9시 닛초마루가 입항하기까지 아직 한 시간 가까이 여유가 있다. 하지만 배에 대해서는 아무것도 믿어선 안 된다.

둥근 망원경 렌즈 안에는 가물대는 먼바다의 밤의 어둠에 섞여 벌레가 기어가듯이 다가오는 배의 불빛이 있다. 하나의 작은 빛 덩어리 하나가 둘로 나뉜다. 방향을 바꾸면서 앞뒤의 장등[13]이 모두 보이는 것이다. 조금 더 좇고 있자니 방향을 잡은 듯 앞뒤 장등의 간격이 일정해진다. 그 간격과 브리지의 불빛 덩어리를 보면 수백 톤급 어선이 아니라 4,200톤 남짓한 닛초마루임을 판명할 수 있다. 도루의 눈은 장등의 간격으로 배의 크기를 읽는 일에는 이미 숙련돼 있었다.

렌즈 방향을 옮기자 배의 불빛은 더욱 또렷해졌다. 이제는 이즈반도의 먼 빛이나 어선 불빛에 섞이지 않았다. 커다랗고 검은 확신을 지닌 것이 어둠의 수로를 미끄러져 다가오고 있었다.

마침내 그것은 물에 떨어지는 선교의 불빛과 함께 찬란한 죽음처럼 습격해 온다. 밤눈에도 확실히 보이는 배의 형태가, 그 독특한, 번잡한 고대 악기 같은 화물선의 형태가 장등과 현등[14]의 붉은빛을 두른 것을 확인하고 도루는 투광기로 가서 핸들로 방향을 조절했다. 발광 신호가 너무 이르면 배에서 분

---

13 돛을 다는 기둥에 설치한 등.
14 야간에 항해하는 배가 다른 배에게 진로를 알리기 위하여 좌우 현에 다는 등.

명히 보이지 않는다. 그렇다고 너무 시간을 끌면 빛이 이 방의 동남쪽 네모기둥에 가려져 충분히 가 닿지 않는다. 게다가 상대방의 확신이나 응답의 늦고 빠름을 가늠하기 쉽지 않아 적시를 잡기란 어렵다.

도루는 투광기 전원을 켰다. 낡은 기계 틈새에서 이쪽 손을 비추기에도 미미한 빛이 새어 나왔다. 투광기에는 개구리 눈알처럼 위쪽에 쌍안경이 달렸다. 배는 어두운 밤의 둥근 공간에 떠 있다.

도루는 차광판을 펄럭여 첫 신호를 세 번 보냈다.

돈돈돈쓰돈, 돈돈돈쓰돈, 돈돈돈쓰돈.[15]

응답이 없다.

다시 세 번 보냈다.

선교의 빛 옆에서 빛의 액체 같은 것이 번져 나오더니 쓰, 하고 응답했다.

도루는 이 순간 빛의 반응을 투광기를 조절하는 핸들의 무게로 느낀다. 도루는 보낸다. "선명은?"

돈쓰쓰쓰돈, 돈쓰돈쓰돈, 쓰돈돈돈쓰, 돈쓰, 쓰돈돈돈.

상대방은 알겠다는 뜻의 '쓰'를 친 후 갑자기 빛을 빠르게 깜빡이며 선명을 보내왔다.

쓰돈쓰돈, 돈쓰쓰돈, 돈돈쓰돈, 쓰쓰, 돈돈쓰, 쓰돈돈쓰, 쓰돈쓰쓰돈.

---

15 점과 선으로 구성된 국제적 전신 부호인 모스 부호로 주로 해상 통신이나 군사 작전에서 사용됐다. 점을 딧(dit), 선을 다(dah)로 읽으며 일본어로는 각각 돈(とん), 쓰(つー)로 읽는다.

틀림없이 그것은 '닛초마루'로 읽혔다.

그때 길고 짧은 빛은 어수선하게 흩어져 주변의 안정된 불빛 무리 한가운데서 하나의 빛만 환희로 미친 것처럼 보였다. 밤바다 멀리서 외치는 빛의 목소리는 조금 전까지 이곳에 있었던 미친 여인의 목소리와 비슷했다. 슬프지도 않은데 슬픈 듯하고, 절실한 지복을 계속 호소하는 그 금속성 목소리. ……이것은 단지 단순히 선명의 고시일 뿐이지만 갈래갈래 흩어진 빛의 목소리는 감정이 격한 나머지 불안정하게 뛰는 맥박을 그 빛의 파편 하나하나에 전해 왔다.

아마 닛초마루에서 발광 신호를 보내는 것은 감시 근무를 하는 2등 항해사의 일일 것이다. 도루는 밤의 브리지에서 이쪽으로 신호를 보내는 2등 항해사의 귀향의 감정을 생각했다. 하얀 페인트 냄새가 가득하고 나침반과 조타륜이 진주처럼 빛나는 밝은 방에는 긴 항해에서 온 피로와 남쪽 태양이 남긴 저녁놀이 떠돌고 있을 것이 분명하다. 바닷바람에 상하고 화물에 고단해진 배의 귀향. 투광기를 다루는 2등 항해사의 남성적인 나른함이 숨겨진 직업적 행동, 게다가 그 손의 숙련된 신속함, 게다가 그 눈에서 타오르는 귀향의 절실한 감정. 이 밤바다를 사이에 두고 고독하고 밝은 방 두 개가 마주 보고 있었다. 그리고 교신이 이루어졌을 때, 어둠 저편에 있는 사람의 흔들리지 않는 마음의 자리는 마치 밤바다에 빛나는 영혼 하나가 떠 있는 모습을 보는 것 같았다.

접안은 내일 아침이며 어쨌든 오늘 밤은 3G에서 대기해야 하는 배다. 검역도 오후 5시에 문을 닫으므로 일러도 내일 아침 7시부터 시작이다. 도루는 닛초마루가 제3 철탑에 왔을 때 도착 시각을 적어 두었다. 나중에 문의가 왔을 때 이 시각을 말해 줘야 잔교에서 트러블이 일어나지 않는다.

"직항선은 언제나 예정보다 빠르구나."

도루는 혼잣말을 했다. 이 소년은 가끔 혼잣말을 하는 버릇이 있었다.

8시 반이 넘었다. 바람은 잠잠해지고 바다는 잔잔했다.

10시쯤 졸음을 쫓고자 계단을 내려가 문밖으로 나가서 바깥 공기를 들이마셨다.

발밑 현도에는 차가 많고, 동북쪽 시미즈(淸水)시는 항구 주변에 모인 불빛들이 과민하게 깜박였다. 맑은 날에는 가라앉는 해를 삼키는 서쪽 우도산이 꺼멓게 있었다. H조선소 기숙사 쪽에서 취한 노랫소리가 유독 크게 들려왔다.

방으로 돌아와 라디오 전원을 켰다. 일기 예보를 들으려 해서다. 내일은 비, 해상은 파도가 높고 시야도 나쁠 것이라고 예보는 전했다. 다음 뉴스가 이어졌다. 캄보디아에서 보인 미군의 행동이 해방 전선의 사령부, 군사보급처, 병원 등을 10월까지 회복 불능 상태로 빠뜨릴 것이라고 라디오는 보도했다.

10시 반이 되었다.

점점 시야는 나빠졌고 이즈반도의 불빛도 보이지 않았다. 그래도 밝은 달밤보다는 낫다고 도루는 졸음이 괸 머리로 생각했다. 달밤에는 해면이 눈부시게 빛나, 오는 배의 장등을 반사광 속에서 판별하기가 어렵다.

도루는 1시 반 정도로 자명종 시계를 맞추어 놓고 수면실에 들어가 잠들었다.

4

──
•

　……같은 시간, 혼고 집에서 혼다는 꿈을 꾸고 있었다.
　여행의 피로로 일찍 잠자리에 들어 금방 잠들었는데, 낮에 본 날개옷 소나무의 영향인지 천인에 대한 꿈을 꾸었다.
　미호 소나무 숲 하늘을 천인이 한 사람이 아니라 무리를 지어 날아다녔다. 남자 천인이 있는가 하면 여자 천인도 있다. 혼다가 불서에서 얻은 지식이 꿈에 그대로 활용되었다.
　꿈속에서 혼다는 불서에 쓰인 이야기는 역시 사실이었다고 생각하며 맑은 환희에 젖었다.
　천인이란 욕계육천 및 색계제천에 머무르는 중생을 말하고, 특히 욕계천이 잘 알려져 있는데, 눈앞에 있는 천인은 남녀끼리 유희하는 모습을 보니 욕계육천의 천인인 듯하다.
　그 몸은 화(火), 금(金), 청(靑), 적(赤), 백(白), 황(黃), 흑(黑)의 일곱 가지 색으로 빛나 마치 무지개 날개가 달린 커다란 벌새가 난무하는 듯도 보인다.

머리카락은 파랗고, 미소 지을 때 보이는 이는 하얗게 빛나고, 그 몸은 유연하기 그지없고 청정 그 자체에, 바라보는 눈은 결코 깜박이지 않는다.

욕계의 천인들은 남녀가 끊임없이 뒤엉키지만, 야마제천의 남녀는 서로 손만 잡아도, 도솔타천은 서로 생각만 해도, 화락제천은 서로 보기만 해도, 타화자재천은 서로 말을 나누기만 해도 정을 통할 수 있다.

혼다가 보는 미호 소나무 숲 천인들의 유희는 이런 교제의 모임일 것이라는 생각이 들었다. 꽃이 흩어져 있고 미묘한 음악과 향기가 감돌아 혼다는 처음 보는 기이한 광경에 황홀해졌다. 하지만 혼다는 천인일지라도 중생인 한은 윤회를 벗어나지 못함을 알고 있었다.

밤인가 싶으면 밝은 오후이고, 낮인가 싶으면 하늘에 별이 빛나고 하현달이 떠 있었다. 어디에도 사람은 보이지 않고, 혹시 보고 있는 혼다가 이곳의 유일한 사람이라면 어부 백룡[16]은 자신이 아닐까, 생각이 들었다.

불교의 가르침에 따르면, '천인 남자는 천자의 무릎 언저

---

16 白龍. 시즈오카현 미호 소나무 숲에 전해져 내려오는 전설 속 인물. 한국 민담 '선녀와 나무꾼'과 비슷한 전설로 내용은 다음과 같다. 미호에 백룡이란 어부가 낚시를 하며 바다의 절경을 보고 있었다. 소나무에 아름다운 옷이 걸려 있어 집으로 가져가려고 하는데 나무 아래 서 있는 한 여인이 돌려달라고 말했다. 백룡은 천인에게 춤을 보여 주면 돌려주겠다고 말했다. 천인이 옷이 있어야 춤을 춘다고 말해 옷을 돌려주자, 어딘가에서 피리와 북소리가 들렸고 천인은 우아한 춤을 추며 하늘 높이 올라갔다.

리, 천인 여자는 천녀의 넓적다리 사이에서 태어나고, 자신의 과거가 생겨난 곳을 알며, 늘 하늘의 수타미[17]를 먹는다.'라고 한다.

혼다가 끊임없이 공중을 오르내리는 천인들을 바라보는 동안, 천인은 혼다를 희롱하듯이 발가락을 젖혀 혼다의 코끝을 아슬아슬하게 스쳤다. 그 하얗고 화려하고 깨끗한 발가락의 움직임을 따라가니 고개를 돌려 이쪽을 보면서 웃고 있는 것은 머리에 꽃을 단 잉 찬의 얼굴이다.

뒤이은 천인들도 혼다를 가벼이 보며 바닷가 바로 앞의 모래 언덕까지 내려와 어두운 소나무 밑가지를 빠져나가며 날아다닌다. 여기서 혼다 눈은 한 번에 모든 것을 아울러 볼 수 없고, 눈앞에서 계속 움직이는 반짝거림에 눈이 부시다. 하얀 만다라화가 비처럼 쏟아진다. 소(簫), 적(笛), 금(琴), 공후(箜篌) 소리가, 천고(天鼓) 소리가 울린다. 그 사이를 파란 머리카락, 치맛자락, 옷소매, 어깨에서 팔까지 드리운 생명주 히레[18]가 바람을 맞아 옆으로 나부낀다. 하얗고 순진무구하게 살갗을 드러낸 배가 갑자기 눈앞에 한들거리며 오는가 하면, 저편으로 허공을 걷어차며 깨끗한 발바닥이 멀어져 가기도 한다. 아름다운 하얀 팔이 무지갯빛을 띠며 무언가를 붙잡으려는 듯이 눈앞을 스쳐 지나간다. 그 순간, 부드럽게 펼쳐진 손가락 사이가 보이고, 손가락 사이로 떠 있는 달이 보인다. 천상의 향기를

---

17 須陁味. 하늘에서 내리는 상서로운 이슬. 혹은 중생에게 이로운 부처의 가르침을 뜻한다.
18 領巾. 고대 시대에 주로 여성이 어깨에 걸쳤던 길고 얇은 천을 말한다.

짙게 풍기는 풍만한 하얀 가슴이 가득 퍼지더니 곧바로 하늘로 솟아오른다. 푸른 하늘에 또렷이 윤곽을 남긴 완만한 허리 곡선이 가로진 구름처럼 옆으로 길게 뻗는다. 이어서 또 절대로 깜박이지 않는 한 쌍의 검은 눈이 멀리서부터 쫓아와, 걱정스러운 흰 이마를 거꾸로 두면서 몸을 뒤로 젖혀 별을 비추고, 발목을 위로 한 채로 날아 내려온다.

혼다는 천인 남자의 얼굴에서 분명히 기요아키의 모습과 이사오의 늠름한 얼굴을 알아보았다. 그 얼굴을 따라가려 해도 끝없는 무지갯빛 무늬에 섞여 버리고 유희는 느슨하면서도 한 순간도 멈추지 않아 곧바로 다시 눈앞에서 사라져 버린다.

하지만 잉 찬의 얼굴도 있던 것을 보면 시간 질서가 욕계천에서는 엉클어지고 시간도 자유자재로 형태가 바뀌어, 전생이 같은 시간 같은 공간에 나타나는 것일지도 모른다. 실로 조용하고 즐거운 장난이나, 언제까지고 끝나지 않고 새로운 연결이 이어지는가 하면 순식간에 덧없이 풀려 버린다.

소나무 숲의 소나무만 현실계에 속함이 분명하여, 침엽 하나하나가 자세하게 보이고 혼다가 손을 기대고 있는 적송 줄기도 거칠고 딱딱한 감촉을 지녔다.

결국에는 그렇게 끊임없는 유희의 유동이 혼다는 견딜 수 없고 시끄럽게 느껴졌다. 또다시 자신은 이렇게 보고 있다. 공원의 굵은 히말라야삼나무 줄기의 그늘에서 보듯이. 굴욕의 공원. 밤의 클랙슨. 자신은 언제나 보고 있다. 가장 신성한 것도, 가장 더러운 것도 똑같이. 봄으로써 모든 것을 똑같이 만들어 버린다. 똑같다. ……처음부터 끝까지 똑같다. ……말할 수 없이 어두운 기분에 잠긴 혼다는 마치 바다를 헤엄쳐 온 사람이 몸에 엉겨 붙은 해조를 벗겨 내며 육지에 올라오듯이 꿈을 벗어 던지고 잠에서 깼다.

……베개 옆에서는 수납함으로 쓰는 바구니 속 손목시계가 미미한 소리를 내고 있다.

사방등을 켜고 시각을 보니 아직 1시 반이다.

이대로 아마도 새벽까지 잠들지 못하고 밤을 지샐 것 같아 혼다는 두려웠다.

5

……자명종 시계 소리에 잠에서 깨자 도루는 습관대로 수돗가에서 꼼꼼히 손을 씻은 후 망원경으로 가 들여다보았다.

공기가 미지근하고, 렌즈에 댄 작고 동그란 흰색 쿠션도 불결하게 눅눅했다. 눈을 조금 떨어뜨려 속눈썹이 닿지 않도록 하고 들여다보았다. 아무것도 보이지 않았다.

오전 3시에 도착하는 즈이운마루(瑞雲丸)가 일찍 입항할 때를 대비해 1시 반에 일어났다. 두세 번 들여다보아도 기척이 없는 동안, 2시 즈음부터 해상이 소란스러워지고, 많은 어선이 왼쪽에서 불을 비추고 자잘한 소리를 내며 앞다투어 나타났다. 잠시 동안 눈앞 바다는 꽈리 축제[19] 같은 풍경이 되었다.

---

19 ほおずき市. 대나무 바구니에 꽈리를 넣고 파는 시장. 붉은 꽈리가 화를 막고 무병무탈과 장사 번창을 이루게 한다고 하여 에도 시대부터 성행했다.

오키쓰의 먼바다에서 치어를 잡은 배가 아침 시장 시간에 맞추어 야이즈로 서둘러 돌아가는 것이다.

도루는 초콜릿 상자에서 한 알을 꺼내 입에 넣고 수돗가에 서서 야식 라면을 끓일 준비를 했다. 그 와중에 전화가 울렸다. 요코하마 신호소에서 온 것으로, 3시 도착 예정이었던 즈이운마루가 늦어져서 4시쯤 온다는 연락이었다. 그러면 이렇게 일찍 일어나지 않아도 되었다. 하품이 쉬지 않고 나왔다. 가슴 속에서 밀어 흔들듯이 연이어 나왔다.

3시 반이 됐는데도 배는 아직 오지 않고 졸음은 심해져만 갔다. 찬 공기에 닿아 졸음을 깨려고 계단을 내려가 밖으로 나가서 심호흡을 했다. 달이 떠 있을 시각인데 하늘은 구름이 껴서 별도 보이지 않고, 근처 아파트 단지 비상계단에 줄지은 붉은 등과 먼 시미즈항에 불빛이 찬란하게 모여 있는 것만 보일 뿐이다. 어딘가에서 기생개구리가 조용히 울고, 찬 공기가 서린 새벽 기운에 첫 닭이 울며 새벽을 알린다. 북쪽에는 가로진 구름이 희미하게 하얬다.

방으로 돌아와 4시 오 분 전에 드디어 즈이운마루가 모습을 드러낸 것을 보자 도루는 졸음이 싹 가셨다. 이미 어슴새벽이 밝아서 전면의 딸기 비닐하우스는 눈이 쌓인 것처럼 하얗다. 배를 분별하기는 쉬웠다. 도루는 좌현 빨간색 등을 향해 발광 신호를 보내고 답신으로 온 선명을 확인했다. 즈이운마루는 새벽의 3G로 조용히 들어왔다.

4시 반. 동쪽 하늘의 구름 위로 아주 희미한 붉은빛이 보인다. 물과 해안의 경계가 뚜렷이 나타나 물의 색도, 어선 불빛의

그림자도 각자 자리를 얻어 견고해졌다. 책상 위 종이에 겨우 글씨를 쓸 수 있을 만한 빛 속에서,

    즈이운마루

    즈이운마루

    즈이운마루

하고 낙서를 하는 동안 이 분이 지나고 삼 분이 지나며 사위가 점점 밝아지고, 문득 눈을 들고 본 파도의 주름도 분명했다.

    오늘 일출은 4시 54분이다. 그 십 분 전 새벽녘의 아름다움에, 도루는 동쪽 창문으로 가서 유리창을 열어젖혔다.

    해는 아직 뜨지 않았지만 떠야 할 위치보다 훨씬 위쪽에 결이 촘촘한 구름이 마치 낮게 이어진 산맥처럼, 습곡산맥을 꼭 닮은 모양을 두드러지게 부조했다. 이 산맥 위에는 군데군데 옅은 파란색 간격을 둔 가로진 장미색 구름이 가득 흐르고, 산맥 아래에는 연회색 구름이 바다처럼 쌓였다. 그리고 산맥의 부조는 장미색 구름이 산기슭까지 비쳐 색이 빛난다. 그 산기슭에는 인가가 점점이 있는 모습이 보이고, 그곳에 장미색 꽃이 피어 있는 환영의 국토가 출현함을 도루는 보았다.

    그곳에서 자신이 왔다고 도루는 생각했다. 환영의 국토에서. 새벽하늘이 가끔 틈으로 엿보이는 그 나라에서.

    쌀쌀한 아침 바람이 불고 아래쪽 나무들은 싱그러운 초록이었다. 고압선 철탑의 자기 애자가 새벽빛에 하얗게 두드러졌다. 동으로 동으로 향하는 그 전선은 아득히 멀리 해가 떠오르는 하늘을 향해 수렴했다. 하지만 일출은 없었다. 정확히 그 시각이 되어서야 붉은색이 옅어지며 파란 구름으로 빨려 들

었고, 흩어져 사라진 붉은색 대신 비단실처럼 빛나는 구름이 흩날릴 뿐 해의 모습은 어디에도 없었다.

해의 위치가 뚜렷이 나타난 때는 5시에서 오 분 정도 지나서였다.

지평선을 덮은 거무스름한 구름 틈새로 마침 제2 철탑 주변에 양홍색의, 저녁 해 같은 멜랑콜리한 일출이 언뜻 보인 것이다. 구름의 미스[20] 너머에 있는 그 해는 위아래가 가려져 마치 빛나는 입술 같은 모양이었다. 양홍색 연지를 바른 얇고 얄궂은 입술의 냉소가 잠시 구름 사이에 떠 있었다. 입술은 점점 얇아지고 점점 희미해지며 있는 듯 없는 듯한 냉소를 남기고 사라졌다. 외려 꼭대기 쪽이 밝고 칙칙한 빛으로 가득했다.

6시가 되어 양철판 화물선 한 척이 들어왔을 때, 구름 너머 해는 이미 생각지 못한 높은 곳에서 육안으로 직시할 수 있을 정도로 약하고 둥근 빛을 내기 시작했다. 빛이 점점 강해져 동쪽 바다는 금빛 비단 허리띠처럼 빛났다.

도루는 수로 안내인의 자택과 예인선으로 전화를 걸었다.

"여보세요, 안녕하세요. 입항선입니다. 닛초마루와 즈이운마루가 입항했습니다. 부탁드립니다."

"여보세요, 기타후지 씨, 닛초마루하고요, 즈이운마루가 입항했습니다. 네. 즈이운마루는 4시 20분 3G 통과입니다……."

---

20 御簾. 비단 따위로 테를 두른 궁전에 치는 발.

6

9시에 인계를 한다. 초콜릿 상자도 다음 통신원에게 맡기고 작업장을 나선다. 일기 예보가 완전히 빗나가서 구름이 걷히고 쾌청해졌다. 버스를 기다리는 동안 길가의 햇빛에 잠이 모자란 눈이 부셨다.

시즈오카 철도 사쿠라바시(桜橋) 역으로 가는 길은 일찍이 전면이 논이었던 땅을 매립해 분양지로 만든 밝은 평지에 새롭고 무취미한 상점이 길을 따라 산재한, 미국 시골 마을 같은 넓은 큰길이다. 버스에서 내려 좌회전해서 작은 개울을 건너면 도루가 사는 2층짜리 아파트가 나온다.

파란 비덮개가 달린 계단을 올라가 2층 끝에 있는 집의 문을 열었다. 도루가 늘 그러듯이 깔끔하게 정리하고 나간 상태였고 부엌이 딸린 다다미 여섯 장, 그리고 네 장 반짜리 방은 덧문을 달아 두어 어둑했다. 그는 덧문을 열기 전에 안쪽 욕실에 가서 물을 틀었다. 작지만 프로판 가스로 데우는 실내 욕탕이 있었다.

　목욕물을 데우는 동안, 이렇게 보는 행위에 지친 상태에서도 보는 기술밖에 모르는 도루는 북서쪽 창문에 기대어 아래에 펼쳐진 귤밭 저편, 새로 지은 집들의 일요일 오전 활기를 바라보았다. 개가 짖는다. 참새가 귤나무 사이에서 날아오른다. 남향 툇마루에 드디어 자신의 집을 지은 남자가 등나무 의자에 기대어 앉아 신문을 읽는다. 앞치마를 두른 여자의 모습이 집 안쪽에 언뜻언뜻 나타난다. 새 자재로 된 밝은 파란색 기와지붕이 빛난다. 아이들의 투명한 목소리가 유리 조각처럼 여기저기서 반짝인다.

　도루는 동물원을 구경하기라도 하듯 이렇게 사람 생활을 바라보는 것이 좋았다. 물이 데워졌다. 일하고 아침에 돌아온 날은 목욕을 하며 몸 구석구석까지 깨끗이 하는 것이 습관이다. 수염은 아직 깎지 않는다. 일주일에 한 번 정도 깎으면 적당하다.

　옷을 벗고 나무 발판을 소리 내어 밟으며 아무도 신경 쓸 필요 없는 욕탕으로 씻지 않고 뛰어들었다. 그러기에 적절한 온도도 알고 있어 매번 2도도 다르지 않게 맞춘다. 일단 몸을 덥힌 후 나무 발판에 서서 천천히 몸을 씻는다. 잠이 부족하거나 피곤한 상태로 돌아오면 얼굴에 기름이 뜨고 겨드랑이에서 땀이 흐르곤 해 비누로 거품을 내 겨드랑이까지 꼼꼼히 문질렀다.

　위로 올린 자신의 팔을 창문으로 들어온 빛이 푸르게 미끄러져 내려와 비누 거품에 가려진 옆구리, 왼쪽 젖꼭지 바로 옆을 밝게 비추는 것을 흘긋 보고 도루는 미소 지었다. 태어날 때부터 그곳에는 검은 점 세 개가 스바루[21]의 별처럼 새겨져 있다. 언제부터인지는 모르지만, 도루는 그것이 자신이 모든 인간적 계기에서 자유로운 은총을 받고 있다는 육체적 증거라고 생각했다.

---

21 昴. 황소자리의 청백색 성단인 플레이아데스를 가리키는 말.

7

―혼다와 히사마쓰 게이코는 노후에 아주 사이좋은 친구가 되어, 예순일곱 살의 게이코와 둘이서 걸으면 어디서나 서로 어울리는 부자 부부로 여겨졌고, 사흘이 멀다 하고 만나 서로 조금도 심심할 새가 없었다. 두 사람은 사이좋게 콜레스테롤을 걱정하고, 또 끊임없이 암 걱정을 하여 의사의 웃음을 샀다. 그들은 모든 의사에게 의심을 품어 여러 병원을 전전했다. 작은 것에 인색한 점까지 서로 이해했고, 자기 일만 제외하고 노인 심리에 정통하다는 자부심을 서로 양보하지 않았다.

 짜증에서조차 두 사람은 균형을 이루었다. 상대방이 의미 없이 짜증을 내면 스스로 심경을 불편하게 하지 않는 객관적인 태도를 취해 각자 자존심을 충족할 수 있었다. 기억의 실수에 대해서도 서로 보완해, 방금 말한 것을 바로 잊어버리거나 방금 말한 것과 반대되는 말을 해도 결코 비웃지 않고 서로 마찬가지라고 생각했다.

그들은 지난 십 년, 이십 년간의 기억은 모호하기 짝이 없었으나 먼 옛날로 거슬러 올라가는 인척 관계 등에 대해서는 인사흥신록[22]처럼 자세한 기억을 겨루었다. 그리고 저도 모르는 사이 상대방이 하는 말을 전혀 듣지 않고 둘이 동시에 긴 독백을 하고 있을 때가 종종 있었다.

"스기의 아버지는 지금의 니혼 화성 전신인 스기 화성 창립자로 같은 고향인 혼지 가문에서 아내를 맞았는데, 바로 절연이 돼서 아내는 옛 혼지 성(姓)으로 돌아가서 결국 다시 사촌과 재혼했어. 안 좋은 감정이 남았는지 전남편이 있는 고이시카와 가고마치에서 엎어지면 코 닿을 곳에 저택을 샀는데 거기가 또 사연 있는 집이라, 우물의 방향이 나쁘니 어쩌니 해서 당시 유명한 점쟁이, 그, 뭐라고 하더라, …… 그 점쟁이의 지시대로 부지 바깥을 내다보는 이나리[23] 상을 세웠는데, 그게 굉장한 참배자를 끌어 모으면서 아마 공습 전까지 남아 있었을 텐데……."

이런 식으로 혼다는 옛이야기를 하곤 했다.

게이코 또한 "그분은 마쓰다이라가(家) 첩의 딸로 마쓰다이라 자작의 이복동생이었는데, 이탈리아 가수와 연애해서 가족에게서 의절당하고 그 이탈리아인을 따라서 나폴리에 갔다

---

22 人事興信錄. 1902년에 창간한 인물정보지로 일본 부유층의 신분, 직업과 호적 조사에 근거해 가족, 친인척 관계를 게재했다.
23 稻荷. 곡식을 관장하는 이나리 신 또는 이나리 신을 모시는 신사. 이 신의 심부름꾼이라 하여 일반적으로 신사 앞에 여우 동상이 세워져 있다.

가 결국 버림받고 자살 미수로 신문에 났었지. 그 삼촌인 시시도 남작의 부인 사촌이 사와토가에 며느리로 들어가서 쌍둥이를 낳고, 그 쌍둥이가 스무 살일 때 둘 다 잇따라 교통사고로 세상을 떠난 일이 그 유명한 『슬픔의 떡잎』이란 소설의 모델이래." 하는 식으로 때때로 옛이야기를 했다.

그리고 이런 식으로 혈족과 인척을 차례차례 더듬는 화제가 나오면 상대방은 듣지 않기 일쑤였지만 그것은 그다지 상관하지 않았다. 적어도 충실히 들은 뒤 심심한 얼굴을 보이는 것보다는 낫기 때문이다.

늙음은 이렇게 두 사람에게 제3자에게 알리고 싶지 않은 공통의 질병 같은 것이었는데, 누구도 자신의 병을 말하는 즐거움을 버릴 수 없는 이상 알맞은 상대를 찾는 일이 현명했다. 세상 일반의 남녀 관계와 다소 달라서 게이코도 혼다 앞에서는 젊은 척하거나 기교를 부릴 필요가 전혀 없었다.

불필요한 정밀함, 비뚤어짐, 젊음을 향한 증오, 사소한 일에 대한 집요한 관심, 죽음의 공포, 무엇이든 포기해 버리는 귀찮음과 무엇이든 신경을 쓰는 성가신 충실함, ……이것들을 혼다와 게이코는 결코 자기 안에서는 보지 못하고 상대방 안에서만 보았다. 완고하기로는 서로에게 조금도 뒤지지 않는다는 자부심에 가득 차.

두 사람 모두 젊은 여성에게는 관대했지만 청년에게는 용서가 없었다. 늘 마음 맞는 화제는 청년 욕하기로, 전학련[24]도

---

24 全學連. 전일본학생자치회총연합의 약칭. 1948년에 전국 약 145개 대학

히피도 그들의 날카로운 혀끝을 피해 가지 못했다. 젊다는 이 유만으로, 그 피부의 부드러움, 그 풍성한 검은 머리, 그 꿈꾸는 듯한 시선 등 모든 것이 두 사람의 마음에 들지 않았다. 남자인 주제에 젊기까지 하다는 게 이미 죄악이야, 하고 게이코는 말해 혼다를 기쁘게 했다.

가장 인정하고 싶지 않은 진실과 가장 자주 얼굴을 맞대고 살아가야 하는 것이 노년이라면, 혼다와 게이코는 늘 서로의 내부를 이러한 진실에서 도망치는 은신처로 삼았다. 친밀함이란 함께 있음(共在)이 아니라 성급히 스쳐 지나가 상대방 집에서 묵는 것이었다. 빈집을 교환하고, 서둘러 자기 뒤의 문을 닫는다. 상대방 집에 자기 혼자 있으면 편안히 숨을 쉴 수 있었다.

게이코는 혼다와 맺는 우정을 전부 리에 유언의 충실한 실행이라고 칭했다. 임종 때 리에는 게이코의 손을 잡고 몇 번이나 혼다를 부탁했다. 리에는 가장 현명하게 남편을 맡겼다.

그 한 가지 결실이 작년에 혼다와 둘이서 간 유럽 여행이었다. 아무리 같이 가자고 해도 완강히 응하지 않았던 리에 대신에 게이코가 혼다의 동행이 되었는데, 생전에 리에는 외국 여행은 질색이어서 혼다가 이야기를 꺼낼 때마다 게이코에게 대신 가 달라고 부탁하곤 했다. 남편이 결코 자기와 가는 여행을 즐거워하지 않으리란 것을 알아서였다.

의 학생자치회가 연합한 학생운동 조직으로 학문의 자유와 교육 기관의 민주화 등을 주장했다.

혼다와 게이코는 겨울의 베니스에 가고, 겨울의 볼로냐에 갔다. 노인에게는 제법 부담이 되는 추위였지만 겨울 베니스의 한적함과 퇴폐함은 멋졌다. 관광객이라곤 보이지 않고, 얼어붙은 곤돌라는 한가했으며, 걷고 있자면 아침 이슬 속에서 다리가 차례차례 무너진 회색 꿈처럼 나타났다. 베니스는 종말의 아름다움이 극에 달한 곳이었다. 바다와 공업에 좀먹어 아름다움이 그대로 백골이 될 때까지 멈춰 있는 이 도시에서 혼다는 감기에 걸려 열이 나고, 게이코는 부지런하고 극진하게 간호하고 영어를 할 줄 아는 의사를 부르는 등 재빠르게 손을 써서 혼다가 노후에는 우정이 불가결함을 깨닫게 했다.

열이 내린 아침, 더할 수 없는 감사를 수줍게 표현하며 혼다는 이렇게 말해 게이코를 놀렸다.

"거참, 이런 상냥함과 모성애라면 어느 여자라도 당신에게 빠져들 수밖에 없겠네."

"그거하고 이거하고 같이 취급하지 마." 하고 신이 난 게이코는 화를 가장해 말했다. "친절한 건 친구들에게만이야. 여자에게는 항상 냉담하게 해야 해, 사랑받으려면. 나, 가장 좋아하는 여자가 이렇게 열이 나서 누워 있다면 걱정하는 마음을 억누르고 환자는 내버려두고 어딘가로 놀러 가 버릴 거야. 세상의 그런 여자들처럼, 남녀의 결혼을 흉내 내서 동거하고 노후까지 보장하는 그런 관계는 죽어도 만들지 않겠다고 다짐했어. 남자 같은 여자가, 징그러울 정도로 충실하고 얌전하고 빈혈 환자 같은 젊은 여자하고 같이 사는 귀신 나오는 집은 많이 있어. 그런 집에서는 습기와 함께 감정의 버섯이 자라나 두 사람은 그걸 먹고 살고, 온 집 안에 상냥함의 거미줄을 치고 그 안에서 서로 껴안고 잠들지. 남자 같은 여자는 반드시 일을 하고, 두 여자는 이마를 맞대고 세금을 계산해. ……나는 그런 옛날이야기 속에서 살 수 있는 여자는 아니야."

혼다는 노년의 남자가 가진 추함 덕분에 게이코의 의연한 결의의 제물이 될 자격을 얻은 것이었다. 바로 이것이 자신의 노년이 준 뜻밖의 행복이며, 바라고 이루어진 것은 바로 이것이었다.

반격할 심산이었는지, 게이코는 혼다가 가방 속에 리에의 위패를 넣어 가지고 다니는 것을 놀렸다. 열이 39도가 넘으면 바로 노인성 폐렴을 걱정하며 유언을 말하는 혼다가 그때까지 계속 숨겨 두었던 위패 얘기를 하며, 자신이 객사한다면 일본까지 소중히 가지고 가 달라고 게이코에게 부탁했기 때문이다. "정말이지 당신이란 사람은 기분 나쁜 애정의 소유자네." 하고 게이코는 툭툭대며 말했다. "그렇게나 외국에 가려고 하지 않던 아내를 위패로 만들면서까지 억지로 데리고 오다니."

혼다는 쾌유한 아침의 맑은 하늘과 더불어 이렇게 거친 말을 듣는 것이 기분 좋았다.

혼다가 리에의 위패에 강요한 것이 무엇이었는지 게이코가 말하고 나서도 혼다 안에는 석연치 않은 것이 남는다. 리에가 평생 혼다에게 정절을 지켰음은 의심할 여지가 없지만 그 정절에는 구석구석 가시가 돋아 있었다. 혼다가 인생에서 안고 있는 여의치 않은 느낌을 이 불임 여성은 옆에서 적극적으로 체현하면서 혼다를 불행하게 하는 부분을 자신의 행복으로 삼고, 혼다가 때때로 보이는 사랑과 상냥함의 본질을 즉시 간파했다. 부부 동반 외국 여행은 요즈음에는 농민들도 할 정도이고 혼다의 재력으로 보면 사사로운 제안이었는데도 리에의 거절은 완고하기 짝이 없고, 강요하는 혼다에게 큰 소리로 욕을 퍼붓기도 했다.

"파리니, 런던이니, 베니스니, 그게 다 뭐예요? 나이 먹은 나를 그런 데 끌고 다니면서 무슨 구경거리로 만들 셈이냐고요?"

젊은 혼다였다면 자신의 사려 깊은 애정을 비웃은 것에 발끈했을 텐데, 지금의 혼다는 그런 식으로 아내를 데려가고 싶은 마음이 정말로 애정의 일종인지 아닌지 의심스러웠다. 남편의 애정으로 보이는 것을 리에가 하나하나 의심스러운 눈으로 보는 것에 언제부터인가 익숙해져 혼다 스스로도 의심하는 습관이 들었던 것이다. 그렇게 생각하면 이 여행 계획은, 달가워하지 않는 아내에게 여행을 강요하고 그 거절을 사려 깊은 사양으로, 그 냉담함을 숨겨진 열의로 일부러 바꿔 놓음으로써 자신이 가진 선의의 증거로 삼으려는, 세상 보통의 남편 역을 연기하고 싶은 마음의 발로일지도 모른다. 그리고 그 여행 전체를 혼다는 어떤 연령의 통과의례 같은 것으로 만들고 싶었는지도 모른다. 리에는 이 꾸며낸 선의의 속된 동기를 즉시 간파했다. 거기에 반항해 병을 구실로 삼는 동안 과장한 병이 나중에는 정말로 큰 병이 됐다. 리에는 드디어 자신을 비극으로 몰아넣는 데 성공했고 여행은 사실상 불가능해졌다.

리에의 위패를 여행에 가지고 온 것은 아내가 죽은 뒤 그

솔직함에 혼다가 경탄한 증거였다. 아내의 위패를 가방에 넣고 외국 여행을 가는 남편을 봤다면(그런 가정이 애초부터 모순이지만) 리에는 얼마나 비웃었을까. 이제 혼다는 아무리 속된 애정의 형태라도 용서받을 수 있었다. 그리고 그것을 용서하는 사람은 바로 새로운 리에인 듯이 여겨졌다.

다시 로마로 돌아온 다음 날 밤, 게이코는 베니스에서 간호한 공을 메꾸기라도 하듯, 두 사람이 묵었던 호텔 엑셀시오르의 스위트룸으로 호텔 앞 비아 베네토 거리에서 만난 아름다운 시칠리아 소녀를 데리고 와 밤새도록 혼다 앞에서 놀았다. 나중에 게이코는 이렇게 말했다.

"당신, 그날 밤 감기가 대단했어. 감기가 아직 다 낫지 않았나 보네. 밤새 이상한 기침을 했다니까. 바로 옆에 있는 어슴푸레한 침대에서 노인 티 나는 기침 소리가 울리는 걸 들으며 그 아이의 대리석 같은 몸을 애무할 때의 굉장함이란. 그 어떤 음악보다 훌륭한 반주여서 나는 호화로운 묘지 안에서 뭔가를 하는 느낌이었지."

"해골의 기침 소리를 들으며 말이지."

"그래. 나는 생과 죽음의 꼭 가운데서 중개를 했던 거지. 당신도 즐기지 않았다고는 말할 수 없어." 하고, 도중에 참지 못하고 일어나 소녀의 발을 만졌던 혼다를 게이코는 넌지시 비꼬았다.

혼다는 이번 여행 중에 게이코에게서 카드놀이를 배워 하게 됐다. 귀국하고 나서 게이코의 집에서 열리는 카나스타[25]

---

25 Canasta. 두 팀이 두 벌의 카드로 하는 카드놀이의 일종.

모임에 초대받았다. 예전의 그 거실에 네 대의 카드 테이블을 놓고 열여섯 명의 손님이 점심 식사를 마친 후 네 명씩 테이블에 앉는다.

혼다의 테이블에는 게이코와 두 명의 백인 러시아 여성이 있었다. 한 사람은 혼다와 나이가 같은 일흔여섯 살 노파이고 다른 한 사람은 체격이 큰 오십 대였다.

가을비가 끝없이 내리는 쓸쓸한 오후, 그토록 젊은 여성을 좋아하는 게이코가 자기 집에서 여는 모임에는 왜 노인들만 초대하는지 혼다는 알 수 없었다. 혼다 외에 남성은 은퇴한 사업가와 꽂꽂이 노선생 둘뿐이었다.

같은 테이블에 앉은 러시아인이 일본에 몇십 년이나 있었으면서 큰 목소리로 서툰 데다가 저속한 일본어를 말해 혼다는 기겁했다. 점심 식사도 그럭저럭 마치고 카드 테이블에 앉자 여성들은 갑자기 화장을 고치고 입술연지를 발랐다.

노부인은 같은 백인 러시아인 남편이 죽은 후 외국 화장품을 일본에서 독점 제조하는 공장을 이어받아 경영하고 있었는데, 인색하지만 자기 몸에 대해서라면 돈을 아끼지 않고, 오사카 여행을 갔다가 설사가 멈추지 않았을 때는 보통 비행기를 타면 몇 번이나 화장실을 들락거리는 것이 창피하고 불편하다며 전세기를 불러 타고 도쿄로 돌아와 그대로 알고 지내는 병원으로 가 입원했을 정도였다.

백발을 갈색으로 염색하고 짙은 튀르쿠아즈 블루색 원피스에 스팽글이 달린 카디건을 걸치고 알이 지나치게 큰 진주 목걸이를 한 노파는, 상당히 등이 굽었지만 콤팩트를 열고 연지를 바르는 손가락에는 결연한 힘이 넘쳐흘러, 주름이 자글자글한 아랫입술이 그 때문에 한쪽으로 비뚤어질 정도였다. 갈리나는 카나스타 실력자였다.

 갈리나의 화제는 "죽을 거야, 죽을 거야." 하며 위협하는 것으로, 이번이 마지막 카나스타 파티가 될지도 몰라, 다음 파티 전에 죽을지도 몰라, 하고 말하고는 모두가 소리 높여 부정해 주길 기다렸다.

 이탈리아산 요세기[26] 카드 테이블에는 정교한 트럼프 무늬가 새겨져 있어 카드가 반사하는 빛과 더불어 눈을 어지럽게 하고, 니스 칠을 한 겉면은 백인 노파의 억센 손가락에 끼워진 묘안석 반지의 호박색을 부표처럼 비추었다. 삼 일 동안 방치한 상어 배처럼 하얀, 기미가 가득한 하얀 손가락은 빨갛게 칠한 손톱으로 이따금 신경질적으로 테이블을 두드렸다.

 게이코가 두 벌의 카드 백여덟 장을 충분히 섞었는데, 그 손놀림은 거의 직업적이고 카드는 게이코의 손가락 안에서 부채처럼 맵시 있게 팔락였다. 각자에게 열한 장씩 나눠 준 후 나머지를 뒷면이 위로 오도록 테이블 위에 쌓아 놓고 가장 위에 있는 한 장을 뒤집어 옆에 내려놓자 광기같이 선명한 붉은색의 다이아 3이 나왔다. 혼다는 바보 서 아늑한 세 개의 검은 점에 피가 묻은 모습을 상상했다.

 각 테이블에서는 이미 트럼프 놀이 특유의 탁상 분수 같은

---

26 寄せ木. 색이 다른 나무 조각들을 조합해 접착제로 붙이고 기하학적 무늬를 넣어 만든 판.

웃음소리, 한숨 소리, 갑작스러운 경악 소리가 새어 나오기 시작했다. 그곳은 노인들의 만족스러운 미소, 불안, 공포, 의심과 시기를 거리낌 없이 드러내는 영역이었고, 마치 감정 동물원의 밤 같았다. 모든 우리, 모든 닭장에서 온갖 고성과 웃음소리가 무익하게 울리는.

"당신 차례야."

"나는 아직이야."

"아직 아무도 카나스타 안 나왔지?"

"너무 빨리 내면 혼나."

"이분은 댄스가 훌륭해. 고고도 잘 추고."

"난 아직 고고클럽에 가 본 적 없어."

"나는 한 번 갔어. 미친 놈들 같아. 아프리카 댄스를 봐 봐, 똑같아."

"나는 탱고가 좋아."

"옛날 댄스가 좋지."

"왈츠나 탱고 같은 것들."

"옛날에는 정말 멋지다고 느꼈는데. 지금은 귀신 같아. 남자도 여자도 똑같은 옷을 입고. 입고 있는 옷 색깔 말이야, 니키?"

"니키?"

"있잖아, 니키? 하늘에 있는 것. 색깔 여러 가지, 하늘에 있잖아."

"무지개[27] 말이야?"

---

27 虹. 일본어로 '니지'로 발음한다.

"그래, 무지개. 남자도 여자도 똑같이 무지개 같아."

"무지개라면 아름답잖아."

"무지개여도, 이대로 가다가는 동물이 될걸. 무지개 동물."

"무지개 동물……."

"아아, 이제 나는 시간이 많지 않아. 살아 있는 동안 카나스타를 하나라도 더 내고 싶어. 바람은 그뿐이야. 히사마쓰 씨, 이게 내가 살아 있는 동안 마지막 카나스타야."

"또. 그런 말 마, 갈리나."

— 이 기묘한 대화가 좋은 패가 나오지 않는 혼다의 머릿속에 갑자기 매일 아침 잠에서 깰 때를 떠올리게 했다.

일흔 살의 목소리를 들은 뒤로 혼다가 아침에 일어나 가장 먼저 보는 것은 죽음의 얼굴이다. 장지문의 희미한 빛으로 아침이 왔음을 깨닫고 가득한 가래의 무게에 목이 졸리며 눈을 뜬다. 가래는 밤에 이 붉고 우묵한 도랑에 쌓이며 광상(狂想)의 응어리를 키운다. 그리고 언젠가는 누군가가 젓가락 끄트머리로 천을 집고서 이것을 친절히 제거해 주는 역할을 맡을 것이다.

오늘 아침 눈을 떴을 때도 아직 살아 있음을 가장 먼저 혼다에게 알려 준 것은 목에 쌓인 이 해삼 같은 가래 덩어리다. 동시에, 살아 있는 이상 아직 죽음에 대한 공포가 있다고 가장 먼저 알려 주는 것도 이 가래 덩어리다.

잠에서 깬 후 오랫동안 침상에서 몽상 속을 떠도는 것이 어느새 혼다의 습관이 되었다. 간밤에 꾼 꿈을 그렇게 소처럼 오랫동안 반추하는 것이다.

꿈 쪽이 더 즐겁고 빛이 가득하며 인생보다 훨씬 삶의 기쁨이 넘쳐흘렀다. 점점 유년기의 꿈과 소년 시절의 꿈을 꾸는 날이 많아졌다. 어릴 때 어느 눈 오는 날 어머니가 만들어 주었던 핫케이크의 맛도 꿈이 되살렸다.

그렇게 시시한 삽화들이 왜 이리도 집요하게 떠오르는 것일까. 생각해 보면 이 기억은 반세기나 되는 세월 동안 수백 번씩 떠오르는 아무런 의미 없는 삽화인 만큼, 그 상기의 깊은 힘은 혼다 자신도 파악할 수 없다.

보수 공사를 여러 번 거친 이 저택에 이제 오래된 다실은 남아 있지 않다. 하지만 그 시절 가쿠슈인 중등과 5학년이었던 혼다는, 아마 토요일이었을 텐데, 하굣길에 교내 관사에 있는 한 선생님께 친구와 함께 찾아가 이야기를 들은 뒤 펑펑 쏟아지는 눈 속을 우산도 없이 배를 곯으며 집으로 돌아왔다.

평상시에는 안쪽 현관으로 들어오지만 정원에 쌓인 눈을 보려고 정원으로 돌아갔다. 소나무의 고모마키[28]가 하얗게 얼룩져 있다. 석등은 비단 모자를 썼다. 구두창을 삐거덕거리며 정원을 가로지르자 다실의 유키미 장지[29]를 통해 움직이는 어머니의 옷단이 멀리서 보여 마음이 설렜다.

"응, 어서 오너라. 배고프지? 눈 털고 들어와." 하고 일어서서 온 어머니가 추운 듯 소매를 가슴에 모으고 말했다. 외투를 벗고 고타쓰[30]로 미끄러져 들어가자 어머니는 무언가 생각

---

28 藁卷き. 병충해 방지를 위해 나무줄기에 감아 놓은 볏짚.
29 雪見障子. 하단부만 유리를 끼우고 그 윗부분이 모두 장지로 된 장지문.
30 일본식 난방기구로 나무로 된 탁자에 담요를 덮고 아래에 화로나 전기난로를 둔다.

에 잠긴 눈빛으로 화롯불을 불고, 귀밑머리를 불씨에서 지키려는 듯 쓸어 넘기며 숨을 부는 틈틈이 이렇게 말했다.

"조금만 기다려. 맛있는 거 만들어 줄게."

그리고 어머니는 자그만한 프라이팬을 화로에 올리고 신문지에 기름을 먹여 구석구석까지 바른 뒤, 그의 귀가를 기다리며 만든 듯한 하얀 핫케이크 가루가 떠 있는 유액을 금세 뜨거워진 기름 위로 솜씨 좋게 원을 그리며 부었다.

혼다가 꿈에서 가끔 상기하는 것은 그때 먹은 핫케이크의 잊을 수 없는 맛이다. 눈길을 걸어 집에 돌아와서 화로에 몸을 녹이며 먹은 그 꿀과 버터가 녹은 맛이다. 일생 동안 혼다는 그렇게 맛있는 음식을 먹은 기억이 없다.

하지만 왜 그렇게 사소한 일이 평생을 관통하는 꿈의 효모가 됐을까. 그 눈 오는 날 오후, 평상시에는 엄격한 어머니의 갑작스러운 상냥함이 핫케이크를 더욱 맛있게 만든 것은 확실하다. 그리고 이 기억 전체를 휘감은 어떤 정체 모를 슬픔, 숯불을 부는 어머니의 옆얼굴과, 절약을 중시하는 가풍으로 낮에는 절대 불을 켜지 않아 눈에 반사된 빛이 고작인 어둑한 다실에서 어머니가 숨을 세게 불 때마다 불에 뺨이 붉어지고 잠시 쉴 때 그림자가 은근히 뺨을 올라오는, 그 명암을 지켜보던 소년의 기분…… 더욱이 혼다가 아직 알지 못했던, 어머니가 평생 말하지 않았던 어떤 번민이 마음속에 있어 그것이 그때 묘하게 열심히 몰두하던 행동이나 여느 때 같지 않은 상냥함에 숨어 있었을지도 모른다. 그것을 핫케이크의 폭신폭신한 맛을 통해, 소년의 순진한 미각을 통해, 사랑의 기쁨을 통해 갑자기 투명하게 직시했는지도 모른다. 그렇게라도 생각하지 않으면 꿈에 휘감긴 슬픔이 설명되지 않는다.

하여튼 그날 이후로 육십 년이 흘렀다. 얼마나 짧은 시간인가. 어떤 감각이 가슴속에 솟아올라, 자신이 노인인 것도 잊고 어머니의 따뜻한 품에 얼굴을 묻고 하소연하고 싶은 심정이 간절하다.

육십 년을 관통해 온 무언가가 눈 오는 날 핫케이크의 맛이라는 형태로 혼다를 깨닫게 하는 것은, 인생이 인식에서는 아무것도 얻게 하지 않으며, 먼 순간적인 감각의 기쁨으로, 마치 밤에 광야에서 한 점의 모닥불 빛이 끝없는 어둠을 깨부수듯이, 적어도 빛이 있는 동안에는 삶이라는 어둠을 붕괴시킨다는 사실이다.

얼마나 짧은 시간인가. 열여섯 살의 혼다와 일흔여섯 살의 혼다 사이에 아무런 일도 일어나지 않았다고밖에 느껴지지 않는다. 그것은 그저 한 번의 뛰어넘기로, 돌차기 놀이를 하는 아이가 작은 도랑을 뛰어넘는 정도의 순간이다.

그리고 기요아키가 그렇게 자세하게 썼던 꿈 일기가 그 후 효험을 나타내는 것을 보고 혼다는 확실히 꿈이 삶보다 우위에 있음을 인식했지만, 자기 삶이 이렇게까지 꿈에 침범받을 줄은 상상도 하지 못했다. 태국의 홍수에 잠긴 논밭처럼 꿈의 범람이 자신에게도 일어났다는 이상한 기쁨은 있었지만, 기요아키의 꿈의 향기에 비하면 혼다의 꿈은 그저 돌아오지 않는 과거에 대한 그리움의 환기에 지나지 않았다. 일찍이 꿈을 꿀 줄 몰랐던 청년은 노년이 되어서도 꾸는 꿈만 늘어났을 뿐, 상상력과도 상징과도 아무런 연관이 없었다.

　이렇게 침상에서 오랫동안 몽롱하게 지난밤 꿈의 즐거움을 탐하는 것은, 일어났을 때 반드시 뒤따르는 관절 마디마디의 아픔이 두렵기 때문이기도 했다. 어제는 참을 수 없이 허리가 아픈가 싶더니 오늘 아침은 아무렇지 않고, 아픔은 그대로 어깨와 옆구리로 옮겨 갔다. 어디가 아픈지는 일어날 때까지 모른다. 누워 있는 동안 한천 같은 꿈의 잔재에 푹 빠져 결코 재미있는 일이 일어나지 않을 하루를 예상하면 살은 마비되고 뼈는 삐거걱 소리를 냈다.

　게다가 혼다는 오륙 년 전에 설치한 내선 전화로 손을 뻗는 것조차 귀찮았다. 가정부가 높은 목소리로 말하는 "안녕하세요."를 들어야 하기 때문이다.

　아내가 죽은 후 일시적으로 법 공부를 하는 서생을 집에 묵게 한 적도 있는데 바로 답답해져서 해고했고, 넓은 저택에 하녀 두 사람과 가정부 한 사람만 두기로 했다. 게다가 그 얼굴이 끊임없이 바뀌었다. 하녀의 무례함과 가정부의 거만함과 계속 싸우며, 혼다는 이제 자신의 모든 감각이 여성들이 가져오는 요즘 유행하는 태도나 말씨를 참을 수 없음을 알았다. 아무리 선의로 일하더라도 '비교적'이나 '의외로'처럼 아무렇지 않게 입에서 흘러나오는 유행어, 선 채로 후스마[31]를 열거나 입을 손으로 가리지도 않고 큰 소리로 웃거나 경어를 틀리게 쓰거나 텔레비전 배우의 소문을 떠드는 그 모든 것이 감각적으로 혐오

31　襖. 나무틀 양쪽에 두꺼운 종이나 헝겊을 바른 문.

를 불렀고, 참다못해 조금 핀잔을 주면 여성들은 모두 그날 내에 그만뒀다. 매일 밤 부르는 나이 지긋한 안마사에게 그 불평을 비쳤더니 그 불평도 안마사 입에서 흘러 나가 집안에 풍파를 일으키고, 게다가 안마사 자신도 '선생'이라고 불리고 싶어 하는 요즘 유행에 물들어 있었다. '선생'이라고 부르지 않으면 대답을 하지 않는 것이 부아가 치밀었지만 혼다는 이 안마사의 솜씨를 믿으므로 다른 안마사로 교체할 수는 없었다.

청소도 꼼꼼하게 하지 않고, 몇 번이나 말해도 손님방 가스미다나[32]에는 먼지가 쌓이고, 또 그것을 일주일에 한 번 와서 온 집 안의 꽃꽂이를 바꿔 주는 선생님도 불만스럽게 말했다.

하녀는 주문을 받으러 온 가게 사람들을 부엌으로 들여 다과를 내놓고, 귀중한 양주는 누군가가 마시는지 양이 줄어 들었다. 때때로 어두운 복도 안쪽에서 미친 사람이 내는 듯한 시끄러운 웃음소리를 꽃피웠다.

―아침 인터폰으로 가정부의 인사가 귀에 인두를 대고 나면 아침 식사를 준비하라고 말하기도 귀찮고, 덧문을 열러 온 하녀 두 사람이 온종일 땀이 밴 듯한 발바닥으로 다다미 복도를 끈적이게 걷는 발소리에도 화가 났다. 세면대 수도꼭지는 자주 고장을 일으키고, 치약이 다 떨어졌어도 혼다가 요청하기까지 새것으로 바꾸는 일이 없었다. 옷은 가정부가 살펴 다림질이나 세탁을 게을리하지는 않았지만, 목덜미가 까끌거려

---

32 霞棚. 도코노마 옆에 만드는 층이 다른 선반.

서 보면 세탁소 꼬리표가 옷에 그대로 달려 있곤 했다. 구두는 닦여 있어도 바닥에 쌓인 흙은 귀중히 보존되어 있고, 망가진 우산 걸쇠도 그대로였다. 이런 일들은 리에가 살아 있을 때는 어느 것 하나 생각할 수 없는 일이었다. 아주 작은 일부분이 찢어지거나 부러져도 바로 버렸다. 그 일로 혼다는 가정부와 언쟁을 벌였다.

"아니, 주인어른, 수리하라고 말씀하셔도 이런 걸 수리해주는 가게는 어디에도 없어요."

"그럼, 버릴 건가요?"

"할 수 없잖아요. 그렇게 비싼 것도 아니고."

"비싸고 싸고의 문제가 아니에요." 하고 혼다가 엉겁결에 날카로운 목소리를 내면 상대방 눈에는 곧바로 인색함에 대한 경멸이 어렸다.

그런 일들이 점점 더 게이코와 맺는 우정에 의지하도록 혼다를 내몰았다.

카나스타는 그렇다 치고, 게이코는 대개 일본 문화 연구에 정력을 쏟았다. 그것이 게이코의 새로운 이국 취미였다. 게이코는 올해 들어 처음으로 가부키를 보기 시작해 시시한 배우에게 감탄하고, 프랑스 명배우를 예로 들며 칭찬하곤 했다. 우타이[33]를 배우기 시작하고, 밀교 미술에 빠져 절을 순회하기도 했다.

---

33 謠. 반주(囃, 하야시), 성악, 춤(所作, 쇼사)으로 구성되는 일본의 전통 무대 예술 노가쿠에서 성악을 말한다.

어딘가 좋은 절에 함께 가고 싶다고 게이코가 계속 말해, 혼다는 그러면 월수사에 가자고 무심코 말할 뻔했으나 삼갔다. 그곳은 결코 게이코를 동반해 반쯤 재미로 방문할 만한 절이 아니었다.

혼다는 그 후 오십육 년간 한 번도 월수사를 방문한 적이 없고, 아직 건재하다고 이야기를 들은 주지 사토코와 한 번도 서신을 나눈 적이 없기 때문이다. 전쟁 중에도 전후에도 몇 번인가 사토코를 찾아가 그동안 적조했던 것을 사과하고 싶은 기분에 휩싸이기도 했지만, 그때마다 만류하는 마음도 강하게 움직여 결국 말없이 시간이 흘렀다.

하지만 월수사를 잊지는 않았다. 적조가 길어질수록 마음속에 월수사가 갖는 존귀한 무게가 점점 커지고, 별일이 아니라면 사토코가 사는 정적의 경계를 침범해서는 안 된다는, 지금에 와서 사토코에게 오래된 추억의 인연으로 다가가서는 안 된다는 스스로의 경계심이 강해져 해를 거듭할수록 사토코의 나이 든 모습을 보기가 무서웠다. 공습 때 시부야 폐허에서 다데시나가 말하길 과연 사토코는 샘물이 맑아지듯이 더욱 아름다워졌다고 하는데, 그런 번뇌를 벗은 경지의 여승의 미를 모르는 것도 아니고, 사실은 오사카 사람이 최근의 사토코의 아름다움에 감탄하며 말하는 소리를 들었다. 그래도 혼다는 무섭다. 아름다움이 피폐해진 모습을 보기도 무섭지만, 피폐에 생생하게 남아 있는 아름다움을 보기도 무섭다. 물론 늘 그막의 사토코의 깨달음은 인간의 경지를 넘어 혼다가 따라가지 못할 높은 곳에 있음이 확실하므로 설령 혼다가 늙은 모습으로 나타나도 사토코의 돈증보리[34] 연못에 파문 하나 일지 않으리라고 생각한다. 이제는 사토코가 어떤 추억에도 위협받지 않으리란 것을 안다. 하지만 모든 추억의 화살에서 안전한, 검푸른 갑옷을 몸에 두른 사토코를 상상하면, 죽은 기요아키의 눈을 빌려 생각하면, 절망의 씨앗이 또 하나 늘어날 것 같다.

한편 사토코를 찾아간다면, 다시 혼다는 기요아키의 추억을 업고 여전히 기요아키의 대리인으로서 찾아가야 한다는 생각에 마음이 무거웠다. 가마쿠라에서 돌아오는 차 안에서 사토코가 "죄는 기요 님과 저, 두 사람만의 것이니까요."라고 속삭였던 말은 오십육 년 후인 오늘도 여전히 귀에 분명하게 맴돈다. 만난다면 사토코도 그런 추억의 사슬 한 고리를 지금은 담백하게 웃으며 말한 뒤 혼다와 격의 없이 이야기를 나눌 것이다. 하지만 그곳에 가기까지가 성가신 일로, 자신이 늙어 점점 추해지고 점점 깊게 죄에 물들어 갈수록, 사토코를 만나는 데 더더욱 어려운 절차가 자신에게 부과된 느낌이 들었다.

봄눈을 은은하게 두른 그 월수사 자체가 세월이 흐를수록 사토코에 대한 추억과 함께 더욱더 혼다 안에서 멀어졌다. 멀어졌다는 것은 마음이 멀어졌다는 뜻이 아니다. 마치 히말라야 설산의 사원처럼, 절실하게 생각하면 생각할수록 기억이 찾으면 찾을수록 월수사는 이제 하얀 눈의 절정에 있는 듯

---

[34] 頓證菩提. 불교 용어로 수행자가 도달하는 깨달음의 경지를 말한다.

이 느껴지고 그 우아한 아름다움은 준엄함으로, 그 온화함은 위엄으로 바뀌었다. 가능한 한 멀리 있는 절, 이 세계의 끝의 끝에 고요히 있는 달의 절. 그곳에 나이 들어 더욱 작고 아름다워진 사토코가 보라색 가사를 입은 모습으로 한 점으로 박혀 거의 사고의 극한, 인식의 극한 속에 사는 듯이 절은 차가운 빛을 발했다. 지금이라면 비행기로든 신칸센으로든 몇 시간 만에 갈 수 있음은 알고 있다. 알고 있지만 그것은 방문자가 바라보는 월수사이지 혼다 안에 있는 그 절은 아니다. 월수사는 마치 그의 인식 속 어둠의 세계 극한의 틈새에서 비쳐 들어오는 한 줄기 달빛 같은 절이었다.

그곳에 사토코가 있는 것이 확실하다면 사토코는 영원히 불사로 그곳에 있을 것이라는 것도 확실하게 여겨진다. 혼다가 인식으로 불사가 된다면, 이 지옥에서 우러러보는 사토코는 무한히 떨어진 거리에 있었다. 만나자마자 사토코는 혼다의 지옥을 꿰뚫어 볼 것이 확실하다. 또 혼다의 여의치 않음과 공포로 가득 찬 인식의 지옥 속 불사와 사토코의 천상의 불사는 언제나 마주 보면서 균형을 유지하도록 짜여진 듯이 느껴진다. 그렇다면 지금 급하게 만나지 않아도, 삼백 년 후라도 나아가 천 년 후라도 만나고 싶을 때는 언제라도 만날 수 있지 않을까.

혼다는 자신에게 여러 가지 변명을 하고, 이 세상의 모든 변명이 어느 사이에 월수사를 찾아가지 않는 것에 대한 변명이 돼 있었다. 그는 제 몸에 파멸을 가져올 것이 분명한 아름다움을 거부하는 사람처럼 저도 모르게 그것을 거부했다. 그리고 자신이 완고하게 월수사를 찾아가지 않는 것은 그저 시간을 끌기 위해서가 아니라 사실은 찾아갈 수 없는 자신을 알기 때문이며 바로 그것이 자기 인생에서 가장 큰 여의치 않음이 아닌가 하고 생각할 때가 있었다. 억지로 찾아간다면, 그때 월수사는 내게서 물러나 잠시 빛의 안개 속으로 녹아 사라지지는 않을까?

그렇다 해도, 인식의 불사는 제쳐두더라도, 몸의 쇠약함을 깊게 느끼는 아침저녁에는 지금이야말로 월수사를 찾아가야 할 때가 무르익지 않았나 하고 생각하곤 했다. 죽기 직전에 자신은 월수사를 찾아가 사토코와 만날 것이었다. 처음부터 사토코는 기요아키에게 죽음을 각오하고 만나야 하는 여성이었으므로, 그 잔인한 불가능을 아주 잘 아는 혼다가 목숨을 걸지도 않고 사토코를 만나려고 한다면, 혼다 안에서 부르는 먼 기요아키의 젊고 아름다운 영혼이 틀림없이 금지할 것이다. 죽음을 각오하고 만나면 분명 만날 수 있는 것이다. 그렇다면 사토코도 역시 그때를 은근히 알고 은근히 때가 무르익기를 기다리고 있는지도 모른다. 그렇게 생각하면 말할 수 없는 감미로운 마음이 나이 든 혼다의 가슴 깊은 곳에 방울져 떨어졌다.

．．．．．．．．．．．．．．．．．．．．．．．．．．．．．．．．．．

― 게이코를 그런 곳에 대동하고 가는 것은 당치도 않다.

게이코는 첫째로, 정말로 일본 문화를 알고 있는지 아닌지 심히 의심스럽다. 하지만 이 굉장히 대범한 절반의 이해에는 호감 가는 구석이 있었는데, 게이코는 언제나 잘난 척에서 벗어나 있었다. 게이코는 교토의 절들을 순회하면, 처음 일본을 방문해 많은 잘못된 견해로 채워서 돌아가는 예술가 기질의 외국 여성들처럼, 이제는 보통 일본인이 느끼지 않는 사물에 가슴이 터지기라도 할 듯한 감명을 받고 그것을 제멋대로 한 오해에 근거해 아름다운 꽃다발로 엮었다. 게이코는 남극에 매료되듯이 일본에 매료되었다. 스타킹을 신고 서툴게 앉아 석정[35]을 바라보는 외국 여성에 전혀 못지않은 서투름으로 게이코는 장소를 가리지 않고 앉았다. 어릴 때부터 의자에 앉는 생활밖에 몰랐기 때문이다.

그래도 게이코의 지식욕은 왕성하여 얼마 동안 어딘가 석연찮은 면을 남기면서도 일본 문화에 대해서는 미술이든 문학이든 연극이든 일가견을 늘어놓았다.

예전부터 게이코가 취미로 열곤 했던, 각국 대사를 차례대로 집으로 초대한 만찬회에서 게이코는 일본 문화를 자랑스럽게 가르치는 입장에 섰다. 옛날부터 게이코를 알던 사람들은 게이코의 입에서 금벽장병화[36]의 해설을 듣게 되리라고는 꿈에도 생각하지 못했다.

이렇게 외교단과 갖는 교제의 허무함에 대해 혼다는 게이코에게 충고한 적이 있었다.

"그들은 그때뿐이고, 은혜도 모르고, 부임지가 바뀌면 예전 부임지 따위 완전히 잊어버리니 교제해도 보람 없지 않을

---
35 石庭. 바위, 돌, 모래 등을 사용해 꾸민 전통 정원.
36 金碧障屛畫. 모모야마 시대부터 에도 시대 초기에 걸쳐 왕성하게 제작된 병풍화로 금박을 붙이고 그 위에 화조풍월을 그려 색을 입힌다.

까. 도대체 당신이 무슨 득을 본다는 거야."

"떠돌이 직업을 상대하는 편이 더 편해. 일본인들처럼 십 년이 지나도 똑같이 교제해야 한다는 의리도 없고, 만나는 얼굴이 계속 바뀌는 편이 더 재미있어."

그렇게 말하는 게이코는 자신이 문화 교류의 일익을 담당하기라도 하듯이 순진한 자부심이 있었고, 춤 동작을 하나 배우면 바로 만찬 후 외국 손님들 앞에 선보였다. 흠을 알아보지 못하는 손님을 상대로 하면 더욱 자신감이 생겨 배짱이 커졌다.

아무리 지식을 닦아도, 게이코의 눈은 일본의 뿌리 깊은 곳에서 자라난 어둠까지는 미치지 못했다. 하물며 이누마 이사오의 마음을 동요시킨 그 어두운 열혈의 근원과는 아무런 연관이 없었다. 혼다는 게이코의 일본 문화를 냉동식품이라고 비웃었다.

외교단 사이에서 게이코의 남성 친구로 공인받은 혼다는 대사관 만찬회에 늘 함께 초대받았다. 혼다는 어느 대사관의 일본인 급사들이 모조리 몬쓰키 하카마[37]를 입은 모습을 보고 분개했다.

"저건 일본인을 너무나 현지인 취급 하는 증거야. 무엇보다 일본인 손님에게 실례이지 않나."

"그렇게 생각하지 않아. 일본 남성은 몬쓰키 하카마를 입

---

37 紋付袴. 가문의 문장이 새겨진 검은색 남성 전통 예복으로 주로 결혼식이나 장례식 때 입는다.

으면 더 위엄 있어 보이니까. 당신의 디너 재킷 따위 조금도 인상적이지 않아."

 대사관의 블랙 타이[38] 만찬회가 시작할 때, 여성들을 앞세운 손님 무리가 웅성거리며 느리게 이동하는 저편에는 식당 어둠 속 은촛대의 불이 죽 늘어서서 테이블 위 꽃들의 선명한 올록볼록한 그림자를 드리우고, 창밖에는 막 장마에 접어들어 비가 세차게 내릴 때, 이 찬란한 쓸쓸함은 게이코와 잘 어울렸다. 일본 여성들이 자주 짓는 간드러진 미소를 전혀 띠지 않고 당당하고 윤기 나는 등은 옛날 그대로였으며, 옛날 상류층 노부인의 애처롭고(Pathetic) 쉰 목소리까지 자기 것으로 가지고 있었다. 쾌활한 겉모습 아래 일에 지친 모습으로 떠 있는 늙은 대사들, 젠체하는 냉혈의 참사관들, 그런 사람들 사이에 섞여 서 있는 게이코는 오로지 혼자 활기찼다.

 어차피 혼다와 자리가 떨어질 것이기 때문에 이동하는 중에 게이코는 빠른 말로 혼다에게 이렇게 말했다.

 "방금 우타이로「날개옷」을 부른 참이야. 하지만 나는 미호의 소나무 숲을 아직 보지 못했어. 일본에서 보지 않은 곳이 아직 많아서 정말로 부끄러워. 이삼일 내에 함께 가 주지 않겠어?"

 "언제든 좋지. 요전에 니혼다이라 구릉지를 다녀온 참인데, 한 번 더 그 근처를 돌아다니고 싶었어. 기꺼이 동행하지요."

---

[38] 격식 있는 행사에서 입는 드레스 코드로 남성 복장은 주로 검은 슈트와 하얀 셔츠, 검은 타이로 이루어진다.

혼다는 턱시도 셔츠의 딱딱한 가슴 부근이 계속 밀려 올라와 애를 먹으며 그렇게 대답했다.

8

알려져 있듯이 우타이 「날개옷」은 '바람이 거센, 미호의 만에서 젓는 배, 뱃사공이 수선스럽네, 뱃길일까.'라는 어부 두 명의 렌긴[39]으로 시작하고, 그중 한 명인 와키[40]가 자기를 백룡이라고 칭한 후, '만리의 아름다운 산에 갑자기 구름이 덮치고'를 운운하는 미치유키[41]에 접어들어, 무대 정면 앞쪽에 있는 소나무에 아름다운 비단옷이 걸려 있는 것을 보고 가보로 삼으려고 가지고 돌아가려는데, 이때 시테[42] 천인이 나타나 불러 세운다. 천인의 종용에도 백룡이 완고히 돌려주지 않아 천

---

39 連吟. 노가쿠에서 우타이 일부를 두 명 이상이 함께 노래하는 것.
40 노가쿠의 주역.
41 道行. 노가쿠에서 등장인물이 여행하는 장면을 나타내는 작은 단락. 주로 지명, 풍경 등을 노래한다.
42 와키의 상대역.

인은 천상으로 돌아갈 방법이 없어 한탄하며 좌절에 빠진다.

"백룡이 옷을 돌려주지 않자 힘이 나지 않아, 천인의 눈물은 머리 구슬 장식에 맺힌 이슬 같고, 머리에 꽂은 꽃은 시들시들, 천인의 오쇠(五衰)도 눈앞에 나타나 깜짝 놀라네."

도쿄에서 시즈오카로 내려오는 신칸센에서 게이코는 이 부분을 암송하며 "천인의 오쇠란 무엇이야?" 하고 열심히 물었다.

혼다는 얼마 전 천인의 꿈을 꾼 뒤 불서에서 천인에 대한 사항을 찾아보았으므로 게이코의 질문에 술술 대답할 수 있었다.

원래 오쇠란 천인이 임종할 때 나타나는 다섯 가지 쇠퇴의 징후(衰相)를 말하며 출처에 따라 다소 차이가 있다.

즉 『증일아함경(增一阿含經)』 제24권에는, '서른세 명의 천에 한 명의 천자가 있고 신체에 다섯 가지 죽음의 조짐이 있으니. 다섯 가지가 무엇이냐 하면, 첫째, 화관이 저절로 시들고, 둘째, 옷이 더러워지고, 셋째, 겨드랑이 아래로 땀이 흐르고, 넷째, 본위를 즐거워하지 못하고, 다섯째, 왕녀를 반역한다.'라고 쓰여 있다.

또 『불본행집경(佛本行集經)』 제5권에는 '천의 수명이 다했음을 알리는 자연적인 쇠퇴의 징후가 있으니. 다섯 가지가 무엇이냐 하면, 첫째, 머리 위 화관이 시들고, 둘째, 겨드랑이 아래에 땀이 나고, 셋째, 옷이 더러워지고, 넷째, 몸이 위엄의 빛을 잃고, 다섯째, 본좌를 즐거워하지 못한다.'라고 쓰여 있다.

또 『마하마야경(摩訶摩耶經)』 하권에는 '그때 마야는 천상의 다섯 가지 쇠퇴의 징후를 본다. 첫째, 머리 위 화관이 시들고, 둘째, 겨드랑이 아래에 땀이 나고, 셋째, 머리 위 빛이 없어지고, 넷째, 두 눈을 깜박거리고, 다섯째, 본좌를 즐거워하지 못한다.'라고 쓰여 있다.

여기까지는 엇비슷한데, 『대비바사론(大毘婆娑論)』 제7권에서는 오쇠를 대소 두 종류로 나누어 가장 상세하게 말하고 있다.

먼저 '소(小)의 오쇠'란 첫째, 천인이 왕래하며 날아갈 때 평소라면 어떤 악사의 연주도 미치지 못할 정도로 아름다운 다섯 가지 음악 소리를 몸에 갖춘 악기로 내는 법인데, 죽음이 다가올수록 음악은 쇠하고 소리는 여의치 않게 쉬어 버린다.

둘째, 평소라면 천인은 밤낮을 가리지 않고 몸의 빛이 혁혁하여 몸 안에서 흘러나오는 빛나는 빛이 그림자를 드리울 일이 없는데, 한번 죽음이 임박하면 그 빛이 눈에 띄게 어두워져 몸이 어슴푸레한 그림자에 싸여 버린다.

셋째, 천인의 피부는 매끄럽고 기름층으로 덮여 있어, 예를 들면 향기 나는 연못에 들어가 목욕을 해도 물에서 나올 때는 곧바로 연꽃잎처럼 물을 튀기는데, 죽음이 임박하면 그 피부에도 물이 묻게 된다.

넷째, 보통 천인은 한 곳에 매이지 않고 회전하는 불의 고리처럼 결코 한 군데에 머무르지 않으므로, 여기에 있는가 싶으면 또 저기에 있고, 무엇을 해도 정교하게 해내고, 차례차례 내버려 두고 바깥으로 옮겨 가는 것이 천품인데, 죽음이 다가오면 오로지 한 군데에서만 헤매며 언제까지고 그곳을 벗어날 수 없게 된다.

다섯째, 천인의 몸은 힘은 가득 넘치고 눈은 결코 깜박이지 않지만, 죽음이 임박한 순간 몸의 힘은 가냘프고 쇠해지고 눈은 계속 깜박이게 된다.

이상이 '소의 오쇠'의 모습이다.

'대(大)의 오쇠'의 모습은 어떤가 하면, 첫째, 깨끗했던 옷이 때투성이가 되고, 둘째, 머리 위의 꽃이 예전에는 만발했지만 지금은 시들고, 셋째, 양쪽 겨드랑이 아래로 땀이 흐르고, 넷째, 신체가 불쾌한 악취를 풍기고, 다섯째, 본좌에 안주하는 것이 즐겁지 않다.

이에 따르면 다른 출처는 모두 대의 오쇠만 말한 것이고, 소의 오쇠가 일어나는 동안은 죽음을 미루는 것이 아주 불가능하지는 않지만 일단 대의 오쇠가 일어나면 더 이상 죽음은 피할 수 없다.

그렇게 보면 우타이 「날개옷」에서 천인이 대의 오쇠 중 한 가지를 이미 나타내었다가 날개옷을 돌려받자 바로 회복하는 부분은, 작자인 제아미[43]가 그만큼 불서에 구애받지 않고 아름다운 쇠망을 암시하는 시어로 과감하게 사용했음을 알 수 있다.

이것을 알 즈음, 혼다는 예전에 교토의 기타노 신사에서

---

43 世阿弥. 1363~1443. 무로마치 시대(1336~1573)의 노가쿠 배우이자 작가. 아버지 간아미(観阿弥)와 함께 오늘날까지 전해지는 노가쿠의 원류를 완성했다.

보았던 국보, 기타노 천신 엔기에마키[44]의 일부분을 차지하고 있던 오쇠도가 갑자기 선명하게 떠올랐다. 마침 가지고 있던 사진 판이 환기에 도움을 주어, 그때는 무심하게 보고 지나쳤던 것이 지금은 말할 수 없이 불길한 시가 되어 마음을 점했다.

그 그림은 안쪽에 있는 아름다운 중국식 전당 끄트머리가 엿보이는 정원의 정경인데, 수많은 천인이 쟁을 튕기기도 하고 큰 북의 앞뒤에서 북채를 들고 기다리기도 한다. 하지만 음악의 화려함은 조금도 전해지지 않는다. 소리는 이미 여름날 오후 파리의 나른한 날갯짓 같다. 튕기고 연주해도, 현은 탄력을 잃어 병들고 지쳤다. 정원에는 화초 몇 그루가 심겨 있고, 앞쪽에선 아이 한 명이 소매를 눈에 대고 슬퍼한다.

이런 갑작스러운 쇠망이 한꺼번에 닥치리라고는 누구도 예상하지 못한 듯, 천인들의 하얗고 아름답고 무표정한 얼굴에는 아직 믿기지 않는다는 기색이 어렸다.

전당 안에도 쓰러질 듯이 앉아 있는 천인이 있다. 또 히레를 길게 뻗어 지상으로 내려가고자 몸을 숙인 천인도 있다. 그 천인들이 서 있는 모습, 서로 간에 둔 거리에조차 손을 뻗어도 닿지 않을 듯한 나른한 기미가 떠다니고, 화려한 옷은 불필요하게 흐트러지고, 고인 강물처럼 이상한 냄새가 어딘가에서 흘러나온다.

무슨 일이 일어났는가? 오쇠가 시작된 것이다. 그곳은 열

---

44 縁起繪卷. 신사나 절의 유래 등을 그린 두루마리 그림.

대 궁정의 정원이고, 도망갈 새도 없이 갑자기 닥친 역병에 걸린 궁녀들을 보는 것 같다.

머리 위 꽃은 모조리 시들고, 내적 공허가 갑자기 수위를 높이며 목구멍 근처까지 올라왔다. 아름다운 사람들의 보드라운 집합 안쪽에 어느 사이에 투명한 퇴폐가 주위를 채우고, 들이쉬고 내쉬는 숨에도 쇠망의 냄새가 스며들었다.

그저 존재하는 것만으로 그렇게나 사람들을 미와 몽환으로 유혹했던 중생이, 금박이 그 몸에서 벗겨져 떨어지듯 미혹이 빠르게 벗겨져 떨어져 저녁 바람에 나부끼며 날아가는 모습을 제 눈으로 지켜봐야 한다. 이 단아한 정원 자체가 하나의 언덕처럼 됐다. 만능의, 미의, 쾌락의 사금이 한꺼번에 나풀나풀 언덕을 따라 미끄러져 떨어진다. 절대적 자유, 허공을 뚫는 비상의 자유가 도려낸 살처럼 무참히 몸에서 벗겨진다. 그림자가 늘어난다. 빛이 바랜다. 윤기 나는 힘이 그 아름다운 손끝에서 끝없이 방울져 떨어진다. 몸과 정신의 가장 깊은 곳에서 계속 깜박였던 불이 이제 사라진 것이다.

전당 바닥의 선명한 바둑판무늬도, 그 붉은색 난간도 조금도 쇠하지 않았다. 이들 사물은 공허하고 명료한 사치의 흔적이다. 천인이 죽은 뒤에도 이 공들여 닦은 전당이 그대로 남을 것은 확실하다.

천녀들은 윤기 나는 머리칼 아래에서 잘생긴 콧구멍을 높이 들고 있다. 이미 부패가 어딘가에서 시작한 기색을 맡은 것이다. 구름 뒤에서 뒤틀리는 꽃잎. 먼 하늘을 물들이는 연푸른색 부패. 눈을 즐겁게 하고 마음을 즐겁게 하는 것을 완전히 잃어버린 세계의 기가 막힌 광활함…….

"그래서 좋아. 그래서 당신이 좋아." 하고 이야기를 다 들은 게이코는 단정적으로 말했다. "당신은 뭐든지 아니까."

게이코의 감상은 그뿐이었고, 어미에 힘을 주어 말을 끝내더니 곧바로 유행하는 에스테로더 고체 향수 뚜껑을 열고 귀 뒤에 문질렀다. 게이코는 비단뱀 무늬가 프린트된 판탈롱에 같은 소재 블라우스를 입고, 부드러운 가죽으로 된 새시 벨트를 허리에 두르고, 머리에는 검은 펠트 천으로 된 솜브레로 코르도베스[45]를 썼다.

약속 장소인 도쿄 역 앞에서 이 모습을 본 혼다는 약간 주춤했지만, 게이코의 멋에 대해서는 전혀 참견하지 않았다.

시즈오카에는 오륙 분 뒤에 도착한다. 문득 혼다는 오쇠 중 한 가지, '본위를 즐거워하지 못한다.'라는 말을 떠올리고 오래전부터 본위를 즐거워한 기억이 없는 자기가 전혀 죽지 않는 것은 단지 천인이 아니기 때문인가 하는 어리석은 생각을 하였다.

생각에 빠진 동안 아까 도쿄 역으로 오는 차 안에서 순간 느꼈던 감각이 되살아났다. 혼고 집에서 출발한 혼다는 운전기사에게 서두르라고 재촉하며 니시칸다에서 고속도로로 들어갔다. 자동차는 언제 비가 내릴지 모를 장마철 하늘 아래를, 새로 지은 금융 관련 빌딩이 즐비한 우회로를 시속 80킬로미터 정도로 달렸다. 빌딩이란 빌딩은 전부 딱딱하고 정확하고

---

45 챙이 평평한 스페인 코르도바 지방의 전통 모자.

위협적이어서 철과 유리로 된 장대한 날개를 펼쳐 차례대로 덤벼들었다. 혼다는 어차피 자기가 죽을 때는 이 빌딩들은 전부 없어진다는 생각에 일종의 복수의 기쁨을 느꼈던 그 순간의 감각을 떠올렸다. 이 세계를 뿌리부터 파괴해 무(無)로 되돌리는 것은 어려운 일이 아니었다. 자신이 죽으면 확실히 그렇게 되는 것이다. 세상에서 잊힌 노인이라도 죽음이라는 최상의 파괴력을 가지고 있는 것이 조금 흐뭇했다. 혼다는 조금도 오쇠가 두렵지 않았다.

9

바로 얼마 전에 갔던 미호 소나무 숲으로 게이코를 안내하는 혼다에게는 한 가지 속내가 있었다. 이 경치 좋은 곳에서 닳고 닳은 속된 모습을 보여 주어 한가롭게 들떠 있는 게이코의 몽상을 깨부수어 주고 싶은 마음이 있었던 것이다.

평일이고 비도 오는데 미호 소나무 숲 입구의 넓은 주차장에는 차가 가득했고, 기념품 가게는 먼지 낀 셀로판지 포장에 회색빛 하늘이 비쳤다. 차에서 내려서서 이 모습을 봐도 게이코는 조금도 마음의 상처를 입지 않았다.

"와, 경치 좋다. 멋진 곳이네. 공기 냄새까지 좋아. 바다가 가까우니까 말이지."

사실 공기는 몹시도 자동차 배기가스로 가득 찼고 소나무는 빈사 상태였다. 앞으로 게이코가 무엇을 볼지 얼마 전에 자기 눈으로 확인한 혼다는 자신감이 있었다.

바라나시에서는 신성이 오물이었다. 또 오물이 신성이었다. 그것이 바로 인도였다.

하지만 일본에서 신성, 미, 전설, 시(詩) 이런 것들은 더럽고 경건한 손으로 더러워지는 것들이 아니었다. 이것들을 마음껏 더럽히고 끝내 목 졸라 죽이고 마는 사람들은 전혀 경건함이 없지만 비누로 잘 씻은 깔끔한 손을 가지고 있었기 때문이다.

미호 소나무 숲에서도 이 시의 사체들의 하늘에서 천인은 사람들의 상상 속 요청에 응해 서커스 예인처럼 몇만 번, 몇십만 번이나 춤추기를 강요받았다. 흐린 하늘은 그 춤의 보이지 않는 궤적으로 가득 차 있었다. 마치 교차된 은색 고압선으로 가득한 하늘처럼. 사람들은 꿈속에서도 오쇠의 모습을 한 천인밖에 만날 수 없을 것이다.

시각은 3시가 지났다. '니혼다이라 현립 자연공원, 미호 소나무 숲'이라고 쓰인 안내 간판도, 한쪽에 있는 소나무가 성난 비늘을 돋게 한 나무껍질도 빠짐없이 녹색 이끼에 묻혀 있었다. 완만한 돌계단을 올라가니 하늘을 번개처럼 종횡으로 가르는 불손한 소나무 숲 모습이 나타났고, 죽어 가는 소나무도 가지마다 달고 있는 녹색 등불 같은 꽃들 저편에 생기 없는 바다가 몸을 펴고 다가왔다.

"바다가 보이네." 하고 게이코가 환성을 질렀다. 여기에는 약간 파티 같은 구석이 있고 초대받아 간 별장을 칭찬하는 어조도 있어 혼다는 믿지 않았는데, 아무것도 없는 곳에서는 과장이 행복을 낳는다. 지금 두 사람은 적어도 고독하지는 않았다.

찻집 두 곳이 코카콜라의 빨간 범자(梵字)와 기념품을 가득 채워 내놓은 가판대에서 떨어진 곳에 얼굴 부분에만 구멍이 뚫린 기념 촬영용 그림 간판이 서 있었다. 색 바랜 진흙 물감[46]으로 풍정을 더한 그 그림 속 인물은 소나무를 뒤에 두고 서 있는 시미즈노 지로초[47]와 아내다. 지로초는 자신의 이름을 적은 삼도 삿갓[48]을 겨드랑이에 끼고 도추자시[49]를 차고 남빛이 약간 섞인 옷자락을 들어 올리고 손 토시와 각반을 갖춘 여행 차림이며, 시마다마게[50]를 한 아내는 노란 바탕에 줄무늬가 있는 허리띠를 두르고 연노란색 손 토시에 지팡이를 든 차림이다.

혼다는 게이코에게 아래쪽의 날개옷 소나무로 가자고 권했지만, 이 그림 간판에 매료된 게이코는 움직이려 하지 않았다. 시미즈노 지로초라는 이름을 어렴풋이 듣긴 했지만 그가 도박꾼인 것도 모르던 게이코는 혼다에게서 유래를 듣더니 점점 더 빠져들었다.

그 진흙 물감의 노스텔직한 색조가 머나먼 색정을 키우며

---

46 泥繪具. 호분이나 백토를 인공염료로 물들인 물감.
47 清水次郎長(1820~1893). 막부 말기와 메이지 시대 초기의 협객. 양부에게 쌀 도매업을 이어받았으나 후에 부하를 거느리는 도박꾼이 되었고, 후지산 근처의 개간과 해운업으로 세력을 얻었다.
48 三度笠. 대나무 껍질이나 사초를 엮어서 만든 삿갓으로 얼굴을 깊게 덮는 모양이다.
49 道中差し. 에도 시대에 칼 휴대가 허용되지 않았던 평민들이 여행 중 호신용으로 휴대했던 짧은 칼.
50 島田髷. 머리를 둥그렇게 올린 전통 머리 모양.

지나온 인생 어디에서도 찾을 수 없는 어떤 쓸쓸하고도 저속한 사랑의 시정을 자아내 게이코는 감격했고, 그 신선한 야비함에 마음을 빼앗겼다. 게이코의 장점은 선입견이 없는 점이었다. 자신이 본 적도 들은 적도 없는 것이라면 전부 '일본적'이었다.

"그만둬. 보기 흉해."

혼다는 그 간판에서 기념사진을 찍으려는 게이코를 반쯤 화내며 나무랐다.

"우리한테 보기 흉한 데가 아직 남아 있다고 믿는 거야?"

게이코는 비단뱀 무늬 판탈롱을 입은 다리를 벌리고 서서 서양의 어머니들이 아이를 꾸짖는 자세로 손을 허리에 대고 눈을 부릅떴다. 자신이 느낀 시정을 멸시했다고 느낀 것이다.

이 말다툼을 보고 주위에 사람들이 몰려들어 혼다는 할 수 없이 물러났다. 안쪽이 붉은 벨벳으로 된 검은 천을 건 사진기와 삼각대를 어깨에 지고 기념사진사가 달려왔다. 사람들 눈을 피해 간판 뒤로 가니 얼굴이 저절로 구멍으로 보였다. 그것을 보고 사람들이 웃고 체구 작고 머리가 벗어진 사진사도 웃어, 지로초가 웃으면 이상하다고 여기면서도 혼다는 할 수 없이 웃었다. 한 장을 찍고 나자 게이코가 혼다의 양복 재킷 팔꿈치를 강하게 잡아당겨 자신과 자리를 바꿨다. 지로초의 얼굴이 여자가 되고 아내의 얼굴이 남자가 되어 사람들은 포복절도했다. 혼다는 엿보기 구멍이란 것을 그토록 가까이 했던 과거를 가졌으면서 엿보기가 곧 사람들의 웃음거리가 되는, 거의 단두대에 올라간 듯한 무시무시한 감정에 빠졌다.

구경거리의 인기를 고려했는지 이번에는 사진사가 렌즈 초점을 맞추는 데 일부러 상당히 시간을 끌었다. 그러던 중 "조용히 하세요!" 하고 외치는 사진사의 목소리에 갑자기 사람들은 조용해졌다.

혼다는 노란 줄무늬 허리띠를 두른 아내의 얼굴인 낮은 구멍에 엄숙한 얼굴을 들이댔다. 등을 구부리고 엉덩이를 내밀고, 바로 예전에 니노오카의 서재 구멍으로 엿보았던 자세와 똑같이.

이런 장난의 굴욕 깊은 곳에서 어느 순간부터 미묘한 뒤바뀜이 일어났다. 혼다는 사람들의 웃음거리가 될지언정, 보는 행위에 자신의 세계가 달려 있음을 확인했다. 그때 구경꾼들이 있는 세계가 변질되어 이쪽에서 엿보는 저쪽이 그림이 됐다.

바다가 있다. 바닷가에 뿌리박은 거송, 줄기에 금줄을 늘어뜨린 그것은 날개옷 소나무다. 그 주위, 이쪽으로 완만하게 올라오는 모래 경사면 곳곳에 수많은 구경꾼들이 모여 있다. 흐린 하늘 아래 제각각의 옷 색깔도 침통하게 보이고, 바람에 곤두선 머리카락은 썩어서 굴러다니는 솔방울처럼 보인다. 어디서는 한 무리를 이루고, 어디서는 남녀 한 쌍만 따로 떨어져, 각각 모두 희고 거대한 눈꺼풀 같은 하늘에 눌려 있다. 그리고 앞에는 일렬로 빙 둘러싼 사람들이 웃음을 금지당해 하나같이 멍한 얼굴로 이쪽을 본다.

쇼핑백 같은 것을 든 몇 명의 기모노 차림 여성들, 만듦새 나쁜 양복을 입은 중년 남성들, 초록색 체크무늬 셔츠를 입은 청년과 파란 미니스커트를 입은 굵은 다리의 여성, 아이들, 노인들……. 혼다는 자신의 죽음을 가만히 지켜보는 사람들이 그곳에 있다고 느꼈다. 그들은 무언가를 기다리고, 숭고할 정도로 웃긴 어떤 일에 함께하고 있었다. 다들 선량한 인품을 보이려는 양 입가가 풀렸고, 눈만 짐승처럼 적나라하게 번득였다.

"됐어요!" 하고 사진사가 끝났다는 표시로 손을 들었다.

게이코는 재빨리 구멍에서 목을 빼고 사람들 앞에 장군처럼 당당하게 모습을 드러냈다. 방금까지 시미즈노 지로초였던 사람이 비단뱀 판탈롱에 검은 솜브레로를 들고 머리카락을 나부끼며 나타나자 사람들은 갈채를 보냈다. 사진사가 내미는 종이에 게이코가 사진 받을 주소를 유유히 적는 동안, 아마 옛날에 유명한 배우였을 것이라고 짐작하고 사인을 받으려고 오는 젊은 사람들도 있었다.

……이런 이상한 장면을 겪은 탓에 정작 날개옷 소나무에 다다랐을 때 혼다는 피곤에 지쳐 있었다.

날개옷 소나무는 문어처럼 사방팔방으로 다리를 뻗은 굵직한 거송으로 고사 직전의 상태였다. 줄기의 갈라진 부분은 콘크리트로 메웠다. 구경꾼들은 잎사귀조차 파리한 이 소나무 주변에서 제각각 어울렸다.

"천인은 수영복을 입었을까."

"이것은 남자 소나무일까. 여자가 다가왔으니."

"가지가 이렇게 높으니 우선 닿지를 못해."

"직접 보니 대단한 소나무도 아니네."

"잘도 이렇게 버티는구나. 늘 바닷바람을 맞는데도."

정말이지 날개옷 소나무는 소나레마쓰[51]보다 더 바다 쪽으로 뻗어 있어서, 마치 좌초된 난파선처럼 해난으로 입은 수많은 상흔을 몸에 지니고 있었다. 이것을 에워싼 화강암 신사 울타리에서 좀 더 바다 쪽으로 가면 10엔을 넣으면 볼 수 있는 양각대 망원경이 선명한 붉은색의 열대 지방 물새처럼 모래 위에 무기력하게 서 있었다. 저편에는 이즈미반도가 아득하게 보이고 그 앞에 화물선 한 척이 떠 있었다. 해변에는 마치 바다가 자질구레한 물건들을 경매에 내놓은 것처럼, 밀려온 나무 조각이며 해조류, 빈 병 등이 한 줄기 곡선을 그리며 늘어서서 만조 시 물의 경계를 보여 주었다.

"이것이 날개옷 소나무로, 여기서 날개옷을 돌려받은 천인이 천인의 춤을 추었다고 하네. 봐 봐, 또 저기서 사진을 찍고 있어. 요즘에는 제대로 보지도 않고 사진만 찍고 부랴부랴 돌아가는 게 보통인데, 도대체 저 사람들은 자신이 어떤 특별한 장소에 셔터를 누르는 동안만 있었던 것이 어떤 굉장히 중요한 일이라고 생각하는 걸까."

"별로 어렵게 생각할 것 없어." 하고 게이코는 돌 벤치에 앉아 담배를 꺼냈다. "그것도 그것대로 괜찮아. 난 조금도 절망하지 않아. 아무리 더러워졌어도, 아무리 죽어 간다 해도, 이 소나무도 이 장소도 환영이 받쳐 주고 있는 건 확실한걸. 오히려 우타이의 가사처럼 다 쓸어내 버리고 꿈처럼 소중히 여기기만

---

51 磯馴れ松. 바닷바람으로 가지와 줄기가 낮게 자란 소나무.

하면 거짓말 같지 않아? 나는 이런 면이 일본적이고, 인위적이지 않고, 자연스러워. 역시 오기를 잘했어." 하고 혼다의 생각을 먼저 읽은 게이코가 말했다.

― 게이코는 모든 것을 즐겼다. 그것이 게이코의 왕권이었다.

이 푹푹 찌는 장마철 하늘 아래, 이 모래 섞인 바람처럼 곳곳을 떠도는 저속함 속에서 게이코는 청량하게 구경하고는 어느덧 혼다를 거느리고 있었다. 돌아오는 길에 들른 미호 신사에서도, 배전 처마에 있는 봉납된 편액에, 촌스럽게 나뭇결을 묘사한 테두리 안에 푸른 바다에서 물보라를 일으키며 나아가는 새 여객선이 삽화 식으로 도드라지게 그려진 것을 보고, 그 지극히 항구의 신사 같은 정취에 감탄했다. 다다미를 깐 배전 안쪽에는 육 년 전 이곳 가구라덴[52]에서 연주한 봉납 노가쿠 장면을 새겨 넣은, 커다란 나무판으로 된 부채꼴이 걸려 있었다.

"여성 노가쿠네. 가미우타, 다가사고, 야시마, 그리고 날개옷을 한 것도 모두 여자들이야." 하고 게이코는 흥분하며 외쳤다.

흥분이 가라앉지 않았는지 돌아오는 길에는 참뱃길에 늘어선 벚나무에서 버찌를 한 알 집어 먹었다.

"그걸 먹으면 죽을 텐데. 이 표지판을 보라고."

마침내 걸음도 느려져, 초라한 허영심 때문에 지팡이를 가져오지 않은 것을 후회하는 혼다는 숨을 헐떡이며 따라가면

---

52 神樂殿. 신사 경내에 있는 무악을 연주하는 무대.

서 이미 뒤늦은 충고를 큰 소리로 외쳤다.

낮은 벚나무들의 줄기에서 줄기로 이어진 끈에는 이런 팻말이 길목마다 매달려 흔들리고 있었다.

'해충 퇴치. 유독합니다.

열매를 먹지 마시오. 버찌를 따지 마시오.'

소원이 담긴 종이가 무수히 묶인 나뭇가지들에는 아직 창백한 열매부터 이미 새가 쪼아 씨가 드러난 것까지, 희미한 새벽빛에서 진하게 응결된 핏빛까지 색색깔의 작은 버찌 알맹이가 주렁주렁 달려 있었다. 팻말은 그저 위협이라는 생각이 들었지만, 큰 소리로 외치면서도 혼다는 게이코가 절대 사소한 독 정도로 해를 입지 않으리란 걸 알고 있었다.

10

아직 더 볼 곳이 없느냐고 게이코가 재촉하여 혼다는 피곤에 지치긴 했지만 운전기사에게 구노 가도를 지나 시즈오카로 가 달라고 부탁하고, 요전에 들렀던 데이코쿠 신호 통신소 근처에서 차를 세웠다.

"조금 재미있는, 마음을 꾀는 듯한 건물이야." 하고 혼다는 채송화가 만발한 돌담 아래에서 오두막을 올려다보며 말했다.

"망원경 같은 것이 보이네. 무슨 일을 하는 오두막이지?"

"이곳에서 배의 출입을 망보는 거야. 한번 들어가 볼까." 하고 지난번에는 호기심이 일었어도 혼자 문을 두드릴 용기가 없었던 혼다는 말했다.

두 사람이 서로 손을 잡아 주며 바닥을 에워싼 돌계단을 위태롭게 올라가서 입간판 앞을 지나 2층으로 올라가는 철 사다리까지 왔을 때, 철 사다리를 삐걱거리며 내려오는 여자와 부딪칠 뻔하여 가까스로 몸을 피했다. 누런 회오리바람처럼 원피스 치맛자락을 휘날리며 달아나 버려서 바로 얼굴을 확인할 수 없었지만, 어떤 추한 순간의 환영이 두 사람의 눈에 남았다.

한쪽 눈이 찌부러지진 않았다. 큰 멍이 있지도 않았다. 그저 사람들이 아름다움이라고 생각하는 극히 평범한 체계를 순간적으로 정교하고도 치밀하게 거스르는 듯한 뒤틀린 추함이 눈앞을 스친 것이다. 그것은 몸의 가장 우울한 기억이 마음속에서 마찰하는 것과 닮았다. 하지만 또 극히 상식적으로 생각하면 밀회를 한 여자가 사람 눈을 피해 서둘러 돌아간 것으로 생각할 수도 있었다.

두 사람은 철 사다리를 올라가 문 앞에서 거친 숨을 골랐다. 문이 반쯤 열려 있어서 혼다가 어깨를 밀어 넣었지만 인기척은 없었다. 문 안쪽 좁은 계단에서 이어지는 2층을 향해 사람을 불러 보았다. "실례합니다."……목소리를 낼 때마다 격렬한 기침이 이어졌다. "실례합니다." 위층에서 의자를 삐걱거리는 소리가 들렸다. "네." 하고 계단 위에서 러닝셔츠 차림의 한 소년이 얼굴을 내밀었다.

그 소년의 머리에 보라색 꽃 한 송이가 비스듬히 꽂혀 있는 모습을 보고 혼다는 놀랐다. 수국 같다. 소년이 얼굴을 내민 순간 꽃은 머리에서 떨어져 계단을 굴러 내려와 혼다의 발밑에 멈췄다. 그것을 본 소년이 화들짝 놀라는 기색이 느껴졌다. 머리에 꽂은 꽃을 잊고 있었던 것이다. 꽃을 주운 혼다는 그 수국이 벌레 먹어 반쯤은 갈색이고 심하게 시들었음을 알

왔다.

이 자초지종을, 솜브레로를 쓴 게이코가 혼다의 어깨 너머로 지켜보고 있었다.

계단이 어둑해서 잘 보이진 않지만 소년은 창백하고 아름다운 얼굴이었다. 이 불길할 정도의 창백함은 계단 위의 빛을 등지고 그늘졌는데도 스스로 발하는 빛으로 빛나는 듯했다. 꽃을 돌려줘야 할 수순이었으므로 혼다는 편하게, 하지만 벽에 손을 짚으며 신중하게 한 단 한 단 가파른 계단을 올라갔다. 꽃을 받으려고 소년도 계단을 반 정도 내려왔다.

혼다와 소년의 눈이 마주쳤다. 그때 혼다는 소년 안에 자신과 완전히 똑같은 기구의 톱니바퀴가 똑같이 차갑게 미동하며 더없이 정확히 똑같은 속도로 돌고 있음을 직감했다. 아무리 작은 부품도 혼다와 꼭 닮았고, 구름 한 점 없는 허공을 향해 드러난 그 기구의 완전한 목적 결여까지 똑같았다. 얼굴도 나이도 이렇게 다른데 강도도 투명도도 조금도 어긋나지 않은 이 소년의 내적 정밀함은, 혼다가 사람들이 망가뜨릴까 봐 두려워 가장 깊은 곳에 담아 둔 것의 정밀함과 꼭 닮았다. 이렇게 눈을 통해서 혼다는 찰나에 소년의 내부에서 갈고 닦인 황량한 무인 공정을 본 것이다. 그것은 다름 아닌 혼다의 자의식의 모형이었다. 무한히 생산하고, 그러나 소비자를 찾지 못해 무한히 폐기하는 그 공장은 불쾌할 정도로 지극히 청결하고 온도도 습도도 엄격히 조절되어 하루 종일 은은하게 새틴 천을 끄는 듯한 소리가 났다. ……하지만 소년이 똑같은 기구를 가졌으면서도 혼다와 달리 그것을 완전히 오해하는 일도 있을 수 있었다. 아마 그 점은 나이에서 연유할 것이다. 혼다의 공장은 인간이 전혀 없어서 인간적이었는데, 소년이 도저히 그것을 인간적이라고 생각하지 않는다면 그것도 그것대로 괜찮았다. 어쨌든 자신이 소년을 간파한 것처럼 소년이 자신을 간파하지는 못할 것이라는 생각이 혼다를 안도하게 했다. 젊을 때부터 묘하게 서정적이 될 때는 이런 내부 기구를 가장 추한 기구라고 생각하기도 했는데, 그것은 그저 청년이 자기 자신을 잘못 눈가늠한 나머지 육체의 미추와 내부 기구의 미추를 뒤섞었기 때문이다.

'가장 추한 기구'…… 그것은 굉장히 청년답고 과장되고 로맨틱한, 자기를 극화하는 명명이다. 그것도 괜찮다. 지금 혼다는 차가운 미소를 지으며 그것을 그렇게 부를 수 있다. 자신의 요통이나 늑간 신경통을 그렇게 부르는 것과 전혀 다르지 않게. …… 그래도 눈앞에 있는 소년처럼 '가장 추한 기구'가 이렇게 아름다운 얼굴을 지닌 것은 나쁘지 않았다.

— 이 순간적인 눈과 눈의 대치에서 무슨 일이 일어났는지 소년은 물론 깨닫지 못했다.

계단 중간쯤까지 내려와 꽃을 받자 곧바로 수치심을 으깨듯이 손바닥으로 꽃을 망가뜨리고는, "쳇, 장난이나 하고는. 머리에 꽂아 놓고 가 버린 걸 잊고 있었어요." 하며 상대방이 누군지는 말하지 않고 변명을 했다.

본래 얼굴을 붉혀야 할 상황에서, 부끄러워하면서도 그 뺨의 투명한 창백함이 조금도 흐트러지지 않은 점이 혼다의 주의를 끌었다. 소년은 급히 화제를 바꾸며 물었다.

"무슨 일이시죠?"

"아, 그냥 우리는 여행자들인데, 신호소를 견학하려면 어떻게 해야 하나 싶어서요."

"그러면 어서 올라오세요."

소년은 가는 허리를 민첩하게 굽히고 두 사람 앞에 슬리퍼를 가지런히 놓았다.

방으로 들어가니 흐린 날씨이긴 했지만 삼면의 창문에서 들어오는 발가벗은 외광에 혼다와 게이코는 땅속 도랑에서 갑자기 광야로 나온 기분이 들었다. 남쪽 창문에서 50미터 정도 앞에 있는 고마고에 해안과 탁한 바다가 보였다. 노령과 부유함이 사람의 경계심을 푼다는 것을 잘 아는 혼다와 게이코는 소년이 권한 의자에 앉자 곧바로 자기 집 의자처럼 사양하지 않고 몸을 편하게 했다. 하지만 작업장 책상으로 돌아가는 소년의 등을 향해 말만은 과장되게 예의를 차려 이렇게 말했다.

"저희는 상관하지 말고 어서 그대로 하시던 일 하세요. 그런데 이 망원경을 좀 들여다보아도 될까요?"

"그럼요. 지금은 쓰지 않으니까요."

소년은 쓰레기통에 꽃을 버리더니 부산스럽게 물소리를 내며 손을 씻고, 다시 일하는 척을 하며 책상에 놓인 필기장 위로 하얀 옆얼굴을 띄웠는데, 뺨을 보니 그 안에 자두를 품은 것처럼 곧바로 호기심으로 부풀어 감을 알 수 있었다.

게이코가 먼저 망원경을 들여다본 후 혼다가 보았다. 렌즈에 배의 그림자는 하나도 비치지 않고 누적된 파도만 가득하다. 현미경으로 왜인지 모르게 계속 꿈틀거리는 검푸른 미생

물을 보는 듯하다.

  두 사람은 아이들처럼 망원경 놀이에 금세 질렸다. 특별히 바다가 보고 싶은 것은 아니었고 실은 다른 사람의 직업과 생활에 잠시 들어가고 싶은 흥미만 있었으므로 심심해지자 각자 방 구석구석으로 고개를 돌려서, 바다의 술렁임을 멀고도 외롭게, 하지만 충실히 반영하는 수많은 비품들, '시미즈항 재항 선박'이라는 큰 글씨 아래 각 부두의 이름을 나열해 적고, 그곳에 정박 중인 선명을 분필로 기입하게 해 둔 대형 칠판, '선박 대장', '일본 선적 명부', '국제 신호서', '로이드 선주 등록부(LLOYD'S REGISTER LIST OF SHIP-OWNERS 1968~69)'[53] 등이 나란히 꽂힌 책장, 대리점과 예인선, 수로 안내인, 세관원, 식품 공급업자의 전화번호를 적어 벽에 붙여 놓은 종이 등을 신기하게 둘러보았다.

  거기에는 의심할 수 없이 바다 냄새가 넘치고, 여기에서 4, 5킬로미터 멀리 떨어진 항구가 비쳤다. 항구란 그 자체가 금속성 애상을 띤 발광체로, 아무리 멀리 있어도 항구가 있는 곳은 그 독특하고 나른한 부산함으로 눈에 띈다. 그것은 또한 크고 광적인 금(琴)으로, 반드시 바닷가에 가로놓여 바다에 그림자를 드리우고, 갑자기 울리기 시작하면 잠시간 멈추지 않아, 일곱 부두의 칠현이 제각기 소리를 내며 소음 속에 깊은 파국을 울리곤 한다. 혼다는 소년의 마음속으로 들어가 그런

---

53 17세기 말에 설립된 영국 해상보험회사 로이드에서 분리된 로이드 선급이 발행한 선명록의 일종.

항구를 꿈꿨다.

　그 느린 접안, 그 느린 계류, 그 느린 하역 모든 것에 바다와 육지가 정신이 아찔할 정도로 서로 달래고 타협하는 절차가 필요하다. 육지와 바다는 서로 속이며 결합되고, 배는 아양을 떨며 선미를 비틀고, 다가오는가 싶으면 멀어지고, 위협적이고 슬픈 기적 소리와 함께 멀어지는가 싶으면 다가오곤 하였다. 얼마나 불안정하고, 그러면서 얼마나 노골적인 기구인가.

　여기 동쪽 창문으로도 항구가 어수선하게 연무 아래 응결된 모습이 보이지만 반짝이지 않는 항구는 항구가 아니다. 항구는 침착하지 못하게 반짝이는 바다를 향해 튀어나온 하얀 치열이기 때문이다. 바다가 좀먹는 하얀 부두 치열. 모든 것은 치과 의사의 진료실처럼 반짝반짝해야 하고, 금속과 물과 소독약 냄새가 넘실거려야 하고, 잔인한 기중기가 머리 위에서 덮어 와야 하고, 마취가 깊이 든 배를 몽상과 정박의 무위에 잠기게 해야 하고, 또 때때로 소량의 피가 흘러내려야 한다.

　항구와 이 작은 신호소 방은, 항구의 반영이 이곳으로 수렴되며 단단히 실합되고, 결국에는 이 방 자체가 마치 자신이 높은 바위 위로 밀려 올라온 배인 것처럼 꿈꿨다. 이 방과 배의 닮은 점은 한두 가지가 아니었다. 간소하고 필수불가결한 비품의 배열, 그 비품들이 흰색이나 원색 같은 선명한 색을 띠고 언제 올지도 모르는 위기에 대비하는 점, 해풍이 좀먹은 창틀의 일그러짐. ……그리고 지금은 전면에 흰 비닐하우스가 뒤덮은 딸기밭 한가운데에 고립돼 있으면서 혼자 바다와 거의 성적인 관계를 맺고, 밤낮으로 배와 바다와 항구에 구속된 채 단지 보는 행위만이, 응시하는 행위만이 이 방의 순수한 광기가 돼 있었다. 그 감시(Watch), 그 흰색, 그 내맡김, 그 불안정, 그 고독 자체가 배였다. 이곳에 오래 있자니 취한 느낌이 들었다.

— 소년은 더더욱 일에 열중한 척했다. 하지만 배가 오지 않는 동안은 크게 할 일이 없음을 혼다도 안다.

"다음 배는 언제쯤 들어오나요?" 하고 물으니,

"밤 9시 정도예요. 오늘은 적은 편이죠." 하고 소년은 대답했는데, 그 지극히 귀찮은 듯한, 어른스러운 척하는 사무적인 대답 자체가 소년의 지루함과 호기심을 비닐하우스를 통해 비치는 빨간 딸기처럼 비치게 했다.

손님에게 경의를 표하지 않겠다는 의지인지 소년은 여전히 러닝셔츠 한 장 차림이었지만 창문을 활짝 열어 두어도 바람 한 점 들어오지 않는 무더위에서는 부자연스럽지 않았다. 그 희고 청결한 셔츠를 꼭 맞게 입을 만한 체격은 아니어서 식물처럼 마르고 흰 몸에 느슨하게 걸친 셔츠의 어깨 부분은 두 개의 흰 원이 되어 앞으로 숙인 가슴 부근으로 늘어져 있었다. 서늘하고 단단한 느낌의 몸이지만 유약하지는 않다. 조금 마모된 은화 속 초상 같은 옆얼굴은 사무라이 눈썹도, 콧날도, 코 아래에서 입술로 이어지는 선도 매끈하다. 속눈썹이 긴 눈이 아름답다.

소년이 지금 무슨 생각을 하는지 혼다는 훤히 알 수 있었다. 아까 머리에 꽃이 꽂혀 있던 일이 아직도 부끄러운 것이다.

부끄러움이 그를 가타부타하지 않고 손님을 들이게 만들었지만, 그 때문에 지금도 마음속으로 그 부끄러움을 빨간 실타래처럼 돌돌 말아야 하는 상황에 처했다. 게다가 아까 뛰어나온 여자의 추함을 손님이 봐 버린 이상은 손님의 오해와 숨겨진 비웃음도 참아야 한다. 따지고 보면 소년의 관대함이 이런 오해를 낳은 원인이고, 그것이 또 자신에게 돌아와 되돌릴 수 없는 자존심의 상처가 됐다. ……소년은 틀림없이 이렇게 생각할 것이다.

과연 확실히 그렇다. 혼다도 그 여자가 이 소년의 연인이리라고는 믿지 않는다. 두 사람은 전혀 어울리지 않는다. 애초부터 이 소년은, 유리 세공품처럼 깨지기 쉬운 섬세한 귓불 모양을 보아도 희푸른 목덜미의 유연함을 보아도 결코 사람을 사랑할 것 같지는 않다. 그가 누군가를 사랑할 일은 만에 하나라도 없다. 게다가 결벽이 심해 꽃을 쥐어 망가뜨린 손을 바로 씻고, 책상 위에 흰 수건을 놓아두고 목덜미와 겨드랑이 아래를 닦기도 했다. 책상 위 필기장 위에 펼친 그 씻은 손은 청정 채소처럼 얼마나 깨끗한지. 호수 위로 뻗은 어린 밑가지처럼. 고귀한 손임을 스스로 의식하는 손이므로 손끝까지 불손하고 나른하고, 어떤 초월적인 것에만 친숙함을 자각하는 손이므로 세상의 것들을 잡으려고 하지 않고, 손이 무언가 공허하게 용건이 있는 척을 한다. 기도하는 손만큼 겸허하지는 않고 보이지 않는 것을 애무하려고 하는 손. 우주를 애무하는 데만 쓰이는 손이 있다면, 그것은 수음하는 자의 손이다. '나는 간파했단다.' 하고 혼다는 생각했다.

별, 달, 바다만 만지려 하고 일상적인 용무는 소홀히 하는 이런 아름다운 손을 고용하기로 한 고용주의 얼굴이 보고 싶었다. 그들은 사람을 고용할 때 가족 관계, 교우 관계, 사상, 학교 성적, 건강 등의 지루한 조사에서 도대체 무엇을 배우는 것일까. 그들이 제대로 알지 못하고 고용한 이 소년은 그야말로 순수한 악이었다.

보아라. 이 소년이야말로 순수한 악이다! 그 이유는 간단했다. 이 소년의 내면은 거의 혼다와 닮았기 때문이다.

……언제까지나 바다를 바라보는 척하며 창가의 붙박이 책상에 한쪽 팔꿈치를 괴고 노인이 풍기는 음울함을 자연스럽게 가장해 거기에 숨어서, 혼다는 이따금 소년의 옆얼굴을 훔쳐보며 자신의 생애를 한눈에 훑어보는 듯한 생각에 잠겼다.

그 생애 내내 자의식은 그야말로 혼다의 악이었다. 그 자의식은 결코 사랑할 줄 모르고, 자기 손을 쓰지 않고 많은 사람들을 죽이며, 멋들어진 조의문을 씀으로써 타인의 죽음을 즐기고, 세계를 멸망으로 이끌고 가면서 자신만은 살아남으려고 했다. 하지만 그동안 창문으로 비치는 한 줄기 빛을 쬔 적도 있다. 그것은 인도였다. 그가 악을 자각하고 잠시라도 악에서 벗어나고자 만난 인도였다. 자신이 그렇게까지 부정했던 세계가 도덕적 요청에 따라 반드시 존재해야 함을 가르쳐 준 곳, 자신이 결코 도달할 방도가 없는 그 머나먼 광명과 훈향을 포함하는 인도였다.

하지만 자신의 사악한 경향은 이 노년에 이르기까지 끝없이 세계를 허무로 바꾸고, 인간을 무로 이끌고, 전체적 파괴와 종말로만 향했다. 이제는 그것도 이루지 못해 자기 개인의 종말로 다가가는 시점에서 또 한 사람, 자신과 꼭 닮은 악의 싹을 틔우고 있는 소년과 만난 것이다.

이것은 모두 혼다의 환상일지도 모른다. 하지만 한눈에 간파하는 인식 능력만은 수많은 실패와 차질을 겪은 후에도 혼다 안에서 자신하는 부분이었다. 욕망을 갖지 않는 한, 이 눈의 투철함과 맑음은 실수하는 일이 없었다. 하물며 자신의 본의가 아닌 일을 간파하는 것 정도야.

악은 때때로 조용한 식물 같은 모습을 띤다. 결정체가 된 악은 하얀 알약처럼 아름답다. 이 소년은 아름다웠다. 그때 혼다는 어쩌면, 자신도 타인도 인정하려 하지 않았던 자기 자의식의 아름다움에 눈떠 매혹되었는지도 모른다……

― 점점 지루해져 입술연지를 고쳐 바르던 게이코는 "이제 돌아갈까?" 하고 혼다에게 말을 건 뒤 노인이 건성으로 대답하자, 이번에는 입고 있는 옷에 걸맞게 열대 지방의 나태한 큰 뱀처럼 방 안을 천천히 돌아다니기 시작했다. 그리고 발견한 것은 천장까지 닿는 높이에 마흔 개 칸으로 나뉜, 한 칸 한 칸마다 먼지로 덮인 작은 깃발을 수납해 둔 선반이었다.

아무렇게나 말아 놓은 깃발이 언뜻 보이는 빨간색, 노란색, 파란색의 선명함에 매혹된 게이코는 팔짱을 끼고 계속 위를 올려다보다가, 날카롭게 빛나는 상아처럼 뾰족한 소년의 맨살 어깨에 갑자기 손을 올리고 이렇게 물었다.

"저건 뭐 하는 데 쓰는 거야? 저 깃발."

소년은 흠칫 놀라 몸을 뒤로 뺐다.

"저건 지금은 쓰지 않아요. 수기(手旗) 신호기예요. 밤에는 발광 신호만 쓰니까요."

소년은 방 한구석에 있는 투광기를 기계적으로 가리키고는 다시 서둘러 필기장으로 시선을 돌리며 대답했다. 그 어깨 너머로 게이코는 소년이 열심히 보고 있는 배의 펀넬 마크 도표를 들여다봤지만 소년은 조금도 움찔하지 않았다.

"하나 보여 줄 수 있어? 수기는 아직 본 적이 없어."

"네."

소년은 지금까지 최대한 앞으로 구부렸던 자세에서 숨막히게 더운 밀림의 밑가지를 헤치듯이 게이코의 손을 피해 일어섰다. 혼다 앞으로 온다. 발돋움해 서서 선반에서 깃발 하나를 꺼내려고 한다.

혼다는 그때까지 멍하니 있었지만 바로 옆에서 소년이 발돋움해서 무심코 올려다보았다. 그때 늘어진 러닝셔츠에서 안쪽 겨드랑이가 보였고 소년의 옅은 달콤한 체취가 코끝을 스쳤다. 지금까지 가려져 있던 유난히 하얀 왼쪽 옆구리에 나란히 있는 검은 점 세 개가 확실히 보였다.

"왼손잡이구나." 하고 게이코가 거침없이 말해 깃발을 꺼내 게이코에게 건네던 소년의 눈빛에 분노가 어렸다.

혼다는 반드시 확인하고 싶었으므로 소년 옆으로 다가가 한 번 더 눈여겨보았다. 팔이 다시 하얀 날개처럼 접혀 시야를

좁혔지만, 조금 손을 움직이자 러닝셔츠 겨드랑이 부분 경계선의 검은 점 두 개는 셔츠 아래에 거무레하게 가려지고 한 개는 분명하게 눈에 보였다. 혼다는 가슴이 고동쳤다.

"와, 멋진 디자인이다. 이건 뭐니?" 하고 게이코가 검은색과 노란색으로 된 바둑판무늬 깃발을 손으로 펼쳐 유심히 바라보았다. "옷으로 만들고 싶네. 천은 리넨일까?"

"그건 모르겠어요." 하고 소년은 퉁명스레 대답했다. "신호는 L입니다."

"이게 L이라고? LOVE의 약자야?"

소년은 벌써 화가 나 대답하지 않고 책상으로 돌아가며 "그럼, 천천히 보세요." 하고 자기를 타이르듯 쉰 목소리로 말했다.

"이게 L이라고? 어째서 이게 L일까. L을 연상케 하는 건 아무것도 없는데. L이라면 반투명 파란색에 늘씬한 느낌이잖아. 검정과 노랑 바둑판무늬는 절대 아니야. 이건 오히려 G나 다른 무엇 같아. 묵직한 중세 기마 시합 같은 느낌이야."

"G는 노란색과 흰색으로 된 세로 줄무늬예요."

소년은 반쯤 히스테릭하게 울 것 같은 목소리로 말했다.

"노란색과 흰색으로 된 세로 줄무늬? 아냐, 그것도 느낌이 달라. G는 절대로 세로 줄무늬가 아니야."

점점 열을 올려 말하는 게이코를 보고 혼다는 적당한 틈을 타 자리에서 일어섰다.

"정말 고마워요. 이렇게 방해를 하다니. 신경 쓰게 만들었네요. 오늘은 선물도 없이 찾아와서 결례가 많았는데 도쿄에

가면 과자라도 보낼게요. ……명함을 주실 수 있을까요?"

혼다가 소년에게 지나치게 정중한 말을 쓰는 데 질색한 게이코는 깃발을 소년의 책상에 도로 내려놓고, 동쪽 창문 앞 작은 망원경에 덮어 놓은 검은 솜브레로를 가지러 갔다.

혼다는 직함이 적힌 명함을 소년 앞에 공손히 놓고, 소년은 신호소 주소가 적힌 '야스나가 도루'라는 명함을 꺼냈다. 혼다 변호사라는 직함에 소년은 명백히 안심하고 경의를 가진 듯 보였다.

"매우 힘들어 보이는 일인데 혼자서 하는 것이 대단하네요. 나이는 몇 살이세요?" 떠나기 전에 혼다는 아무렇지 않게 물었다.

"열여섯 살입니다."

소년은 일부러 게이코를 빼놓고, 나이 많은 상사를 대하듯이 일어선 채로 또박또박 대답했다.

"사회에 도움이 되는 중요한 일이니, 아무쪼록 열심히 하세요."

혼다는 틀니 소리에도 분명하게 단어 하나하나를 격식 있게 말하고, 생글거리며 게이코를 재촉해 신발을 신었다. 소년은 계단 아래까지 내려와 배웅했다.

─차를 타자 혼다는 고개를 드는 것도 힘겨워 시트에 몸을 기대고 운전기사에게 니혼다이라 호텔로 가 달라고 부탁했다. 오늘 밤 둘이 묵을 곳이었다.

"빨리 목욕하고 안마라도 받고 싶네."

혼다는 이렇게 말하자마자, 게이코가 눈을 크게 뜨고 잠시 아무 말도 하지 못할 말을 담담하게 내뱉었다.
"나는 저 소년을 양자로 들일 생각이야."

11

 두 손님이 돌아가자 도루는 자기 안에서 엉켜 오는 마음의 혼미함이 괴로웠다.
 지금까지 여행자가 일시적으로 견학하러 방문한 일은 드물지 않게 있었다. 그만큼 사람들의 호기심을 돋우는 건물인 것일 게다. 대부분 아이들 동반이었고, 아이가 보채서 들어오면 이쪽은 아이를 안아 올려 망원경을 보게 해 주면 끝이었다. 오늘 손님은 그들과 달랐다. 무언가를 간파하려고 들어와 거침없이 무언가를 낚아채고 나가 버린 것이다. 지금까지 도루 자신도 그곳에 있는 줄 알지 못했던 무언가를.
 오후 5시였다. 비 올 것 같은 하늘은 금세 해가 저물어 어둑해졌다.
 바다의 기다란 진녹색 조목[54]이 거대한 장례식 완장 같았다. 그것이 바다에 진정된 감정을 부여한다. 오른쪽으로 멀리 떨어져 있는 화물선 한 척 외에 다른 배는 보이지 않는다.

요코하마 본사에서 출항선을 알리는 전화가 왔다. 그 뒤로는 전화가 없다.

평상시라면 저녁 식사를 준비할 시각이지만 가슴이 꽉 막힌 듯해 아직 식욕이 나지 않아서 책상 위 스탠드를 켜고 펀넬 마크 도판의 책장을 넘겼다. 심심할 때는 이것을 보면 따분함을 잊을 수 있었다.

그 하나하나에 그의 호오가 있었고 몽상이 있었다. 좋아하는 것은 예를 들면 스위디시 이스트 아시아 라인(Swedish East Asia Line)의, 노란 바탕에 파란 원을 그리고 원 안에 세 개의 노란 왕관을 배치한 마크와, 오사카 조선소의 코끼리 마크다.

이 코끼리 펀넬 마크를 단 배는 평균 한 달에 한 번 정도 시미즈에 들어온다. 검은 바탕에 노란 하현달 위에 탄 하얀 코끼리를 그린 마크는 멀리서도 눈에 띄었다. 달을 탄 하얀 코끼리가 먼바다에서 모습을 드러낼 때를 보는 것이 좋았다.

또 런던 프린스 라인의, 세 개의 화려한 깃털 장식을 단 투구도 도루는 사랑했다.

캐나디안 트랜스포트(Canadian Transport)의, 초록 전나무 하나가 선명하게 도드라진 펀넬 마크가 항구에 들어올 때면, 하얀 화물선 전체가 커다란 선물 상자이고 굴뚝에 멋진 그리팅 카드를 꽂은 듯이 보였다.

이것들은 모두 도루의 자의식과 전혀 관계없는 것들의 표

---

54 潮目. 난류와 한류처럼 성질이 다른 해수의 경계에 생기는 선.

시였다. 망원경 시야 내로 들어와야 비로소 식별 대상이 되고 도루의 세계와 관계가 생기지만, 그때까지는 전 세계의 바다에 흩뿌려진 화려한 트럼프 카드처럼, 도루와 아무런 관계없는 거대한 놀이에서 어떤 손이 이리저리 움직일 뿐이었다.

그는 결코 자기 자아를 반영하지 않는 것들의 먼 반짝임을 사랑했다. 이 세상에 만약 도루가 사랑하는 것이 있다면 그것뿐이다.

……아까 왔던 노인은 도대체 무엇일까.

이곳에 있었을 때는 확실히 그 제멋대로이고 멋을 잔뜩 부린 노부인만 신경 쓰였는데, 가고 나니 또 한 사람, 굉장히 조용했던 노인의 존재가 마음에 남는다.

매우 지적이고 피곤했던 눈빛, 들리지 않을 정도로 작은 목소리, 거의 상대를 업신여기는 느낌마저 주는 극도의 정중함……. 그 사람은 도대체 무엇을 견디고 있었을까.

도루는 지금까지 그런 사람을 본 적이 없었다. 진정한 지배욕이란 굉장히 조용한 형태임을 알지 못했던 것이다.

모든 것이 기지(旣知)일 텐데, 도루의 예리한 인식으로는 바위처럼 가로막아 깨뜨릴 수 없는 것이 그 노인에게는 있었다. 그것이 무엇일까.

곧 천성인 냉정한 오만이 되살아나 그 이상의 억측을 멈추었다. 그 노인은 그저 무료한 은퇴한 변호사일 뿐이라고 생각하는 편이 좋다. 그 정중함도 그저 직업적 습관일 것이다. 도루는 도시 사람에게 가지는 과도하고 촌티 나는 경계심을 자신 안에서 느끼자 부끄러웠다.

저녁을 준비하려고 일어서서 종잇조각을 쓰레기통에 버리는데 바닥에 있는 시든 수국의 꽃잎 조각을 보았다.

'오늘은 수국이었지. 게다가 돌아갈 때 내 머리에 꽂아 놓고 가서 심한 창피를 당했어.' 하고 도루는 문득 생각했다. '얼마 전에는 수레국화였어. 또 그 전에는 치자나무였지. 미친 사람의 변덕일까, 아니면 이렇게 일련의 꽃을 머리에 장식하는 것에 무슨 의미가 있는 걸까. 우선 그게 꼭 그 아이의 의지라고는 할 수 없지 않나. 누군가가 매번 기누에의 머리에 꽃을 꽂아 주고, 기누에는 아무것도 모른 채 어떤 신호를 운반하는 데 이용되는 건 아닐까? …… 그 녀석은 언제나 자기가 하고 싶은 말만 하고 돌아가는데 다음에는 꼭 붙잡고 물어봐야겠다.'

어쩌면 도루 주변에 일어나는 일에 우연은 하나도 없을지 모른다. 갑자기 도루는 모르는 사이에 자기 주변에서 치밀한 악의 구도가 펼쳐지는 느낌이 들었다.

12

호텔로 돌아와 저녁 식사 때까지 혼다가 아무런 말도 꺼내지 않아 게이코도 그 생뚱맞은 양자 문제에 대해 아무 말도 하지 않았다. 저녁 식사 후 게이코가 물었다.
"당신이 올 거야? 아니면 내가 가?"
둘이서 여행할 때는 습관이 있어 저녁 식사 후 자기 전까지 누군가의 방에서 룸서비스로 술을 주문하고 잡다한 이야기를 나누곤 했는데, 피곤해서 거절해도 아무런 불평도 남기지 않는 암묵적 합의가 있었다.
"피곤도 풀렸으니 삼십 분 후에 내가 그쪽으로 갈게."
혼다는 그렇게 말하고 게이코의 손목을 잡고는 손 안에 있는 열쇠의 룸 넘버를 확인했다. 혼다가 사람들 앞에서 그런 행위를 하는 미묘한 허영심이 게이코는 배를 잡고 웃을 정도로 우스웠다. 혼다는 그런 면과, 옛날 판사 시절의 음울한 위엄을 번갈아 가며 갑작스럽게 나타내곤 했다.

혼다가 방에 오면 놀려 줄 생각으로 옷을 갈아입고 기다리고 있던 게이코는 곧 생각이 바뀌었다. 진지한 소리를 하면 용서 없이 놀리지만 장난만은 전부 진지하게 한다는 둘 사이의 불문율이 생각났기 때문이다.

혼다가 와서 두 사람은 창가의 작은 테이블을 사이에 두고 마주 앉았다. 룸서비스로 요즘 유행하는 물 섞은 커티삭 위스키를 한 병 주문하고, 게이코는 안개가 소용돌이치는 창밖으로 시선을 돌린 뒤 손가방에서 담배를 꺼냈다. 담배를 손가락 사이로 집었을 때 게이코는 평상시보다 주의 깊은 눈이었다. 하지만 불을 붙여 주기를 강요하듯이 기다리는 외국식 태도는 둘 사이에서는 이미 오래전부터 통용되지 않았다. 혼다가 그것을 좋아하지 않았기 때문이다.

갑자기 게이코가 입을 열었다.

"기겁했어. 그렇게 보지도 알지도 못하는 아이를 양자로 삼겠다니. 이유는 하나밖에 없네. 당신, 그쪽에 취미가 있는 걸 지금까지 나한테 숨겼구나. 나도 참 눈이 멀었지. 십팔 년이나 알고 지내면서 여태 알아보지 못했다니. 우리가 이렇게 친해진 건 분명 서로 닮은 취미가 처음부터 우리를 무의식적으로 다가가게 하고, 안심시키고, 동맹을 맺게 해서일 거야. 잉 찬은 그저 부록일 뿐이었잖아? 혹시 나와 잉 찬의 관계를 알고서 그런 연극을 행한 건 아니야? 정말로 방심할 수 없는 사람이네."

"그렇지 않아. 잉 찬과 그 소년은 똑같아."

혼다는 이렇게 단정적으로 말하더니 그 뒤 게이코가 집요하게 "왜?" 하고 계속 물어도 "술이 오면 천천히 얘기할게."라고 만 말할 뿐 이야기를 진전시키지 않았다.

술이 왔다. 알고 싶은 마음으로 가득 찬 게이코는 딴 일은 다 잊어버리고 그저 혼다의 말을 기다릴 뿐이었다. 게이코의 지휘 능력은 무력해졌다.

그리고 혼다는 모든 것을 이야기했다.

혼다가 기쁘게 느낀 것은 게이코가 평상시에 자주 꺼내는 개괄적인 감탄사를 삼가고 진지하게 들어 준 점이었다.

"그런 이야기를 말하거나 쓰지 않은 건 현명했어." 하고 게이코는 술로 촉촉해진 목으로 부드럽고 자애로운 목소리를 내었다. "그랬다면 세상은 당신을 미치광이 취급을 했을 것이고, 지금까지 쌓아 온 신용도 뚝 떨어졌을 거야."

"나한테 사회적 신용 따위 이제 아무것도 아니야."

"아니. 그런 걸 말하는 게 아니야. 나한테도 십팔 년 동안 아무 말 하지 않은 것은 역시 당신다운 현명한 행동이야. 지금 이야기는 사람들이 비밀로 숨기는 가장 부끄러운 것들, 가장 꺼림칙한 것들, 이를테면 사람들과 다른 성적 지향이 있다든가, 친족 중에 정신질환자가 세 명이나 있다든가⋯⋯ 그런 식의 사회적 비밀을 아무것도 아닌 것으로 만들어 버리는 뭔가 무서울 정도로 만능 효험이 있는 극약 같은 비밀이나 마찬가지야. 한번 알고 나면 자살도 강간도 어음 사기도 아무것도 아닌 일로 만들어 버리는 크고 느슨한 법칙이지. 판사였던 당신이 그 법칙을 알고 말았다는 게 얼마나 우스운 일이야? 만약에 한 가지 커다란, 하늘보다 더 큰 하나의 고리에 포위된 자신을 발견하고 그 느슨한 법칙에 둘러싸여 있음을 알면, 다른 평범한 법들은 아무런 가치가 없어지는 거지. 당신은 우리가 방목됐을 뿐이라는 걸 보아 버린 거야. 아무것도 모르고, 짐승끼리 임시방편으로 합의하며 서로를 속박하는 것을." 말하다 멈추고 게이코는 한숨을 쉬었다. "당신 이야기는 나도 치료해 주었어. 나는 이래 봬도 나름대로 열심히 싸우며 살아왔는데 그럴 필요가 없는 일이었어. 우리는 한 사람도 빠짐없이 같은 그물에 잡힌 물고기야."

"하지만 여자로서는 치명적인 것이, 이제 이것을 안 이상 사람은 두 번 다시 아름다워질 수 없어. 당신이 그 나이에도 아름답게 있고 싶다면, 내 이야기에는 귀를 닫았어야 했어.

그것을 안 사람의 얼굴에는 일종의 보이지 않는 나병의 징후가 나타나. 신경 나병이나 관절 나병이 '보이는 나병'이라면 그건 투명 나병이라고 말할 수 있을까. 그걸 알면 누구나 즉시 나병에 걸려. 인도에 갔을 때부터(그때까지 수십 년 동안 병이 잠복했던 거지.) 나는 틀림없는 '정신의 나병 환자'였어.

여자인 당신이 아무리 짙은 화장으로 맨살을 가려도 '아는 사람'의 피부는 아는 사람끼리 한눈에 알아볼 수 있어. 피부는 기이하게 투명하고, 영혼이 뚝 걷히에 있음이 비쳐 보이고, 살이 아름다움을 잃고 살 그 자체로 꺼림칙하게 웅어리진 것이 보이고, 목소리가 쉬고, 낙엽처럼 온몸에서 털이 빠져 떨어져. 이게 이른바 '보는 자의 오쇠'야. 오늘부터 당신에게도 그 증상이 나타나겠지.

이쪽이 먼저 피하지 않아도 서서히, 서서히 사람들이 어쩐지 피하게 돼. 알아 버린 자는 자기도 모르는 불쾌하고 꺼림칙한 냄새를 풍기는 거지.

인간의 아름다움, 육체적으로나 정신적으로나 대체로 아름다움에 속하는 것은 무지와 미몽에서만 태어나. 앎으로써 더욱 아름다워지는 것은 허용되지 않는다. 똑같은 무지와 미몽이라면, 그것을 감추는 데 아무것도 필요하지 않은 정신과, 그것을 감추는 데 빛나는 살이 필요한 육체는 싸움의 상대가 되지 않아. 인간에게 본래의 아름다움이란 육체미밖에 없어."

"과연. 잉 찬도 그랬어." 하고 게이코는 가볍게 추모하는 눈으로 안개에 싸인 창밖을 바라보았다. "그래서 당신도 두 번째인 이사오란 사람에게도, 세 번째인 잉 찬에게도 끝까지 그 이야기를 하지 않은 거구나."

"그 말을 하면 운명을 완성하는 데 방해가 되리라는 잔혹한 배려가 그때마다 내 입을 막은 건지도 몰라. ……하지만 기요아키 때는 달랐어. 그때는 나도 알지 못했어."

"당신도 아름다웠다고 말하고 싶은 거네."

게이코가 비꼬는 눈으로 혼다를 머리부터 발끝까지 한눈에 훑어보았다.

"그렇게 말하지는 않았어. 나는 그때부터 알기 위해 열심히 무기를 닦았을 뿐이니까."

"알았어. 오늘 만난 그 소년에게 이 일은 절대로 비밀로 해야 하는 거네. 스무 살 때 그 아이가 죽을 때까지."

"그래. 앞으로 사 년 참는 거지."

"그 전에 당신이 죽을 일은 없어?"

"하하, 그건 생각지 못했네."

"다음에 또 둘이 암 연구소에 갑시다." 하고 게이코는 시계를 보고 색색으로 알약이 들어 있는 약통을 꺼내 그 안에서 순간적으로 세 알을 손끝으로 골라 집어 물 섞은 스카치로 삼켰다.

혼다가 게이코에게 말하지 않은 한 가지가 있다. 그것은 오늘 본 소년이 그 전의 세 명과 확실히 다르다는 것이다. 그 소년의 자의식이 지닌 기계 장치가 유리를 통해 비치듯 훤히 보였다. 그것은 기요아키에게서도, 이사오에게서도, 잉 찬에게서도 혼다가 일찍이 보지 못한 것이었다. 그 소년의 내면은 혼다의 내면과 꼭 닮은 듯이 생각된다. 그렇다면, 있을 수 없는 일이지만 그 소년은 앎으로써 더욱 아름다워지는 예외적인 존재인 것일까. 그러나 그런 일은 있을 수 없다. 있을 수 없다면, 나이도 검은 점도 뚜렷한 흔적을 보이긴 하지만, 어쩌면 그 소년은 처음으로 혼다 앞에 나타난 정교한 가짜인 것은 아닐까.

― 슬슬 졸음이 와서 화제는 꿈 이야기로 바뀌었다.

"나는 꿈은 좀처럼 꾸지 않아." 하고 게이코가 말했다. "지금도 가끔 꾸는 건 시험 보는 꿈 정도야."

"시험 보는 꿈은 평생 꾼다고들 하는데, 나는 과거 수십 년간 꾼 적이 없어."

"학교에서 우등생이었기 때문이야, 분명."

하지만 게이코와 꿈 이야기를 하는 것은 너무나 어울리지 않았다. 은행원과 뜨개질 이야기를 하는 것처럼.

이윽고 두 사람은 각자 방으로 가서 잤다. 혼다는 그날 밤,

좀 전에 그렇게나 꾸지 않는다고 큰소리했던 시험 꿈을 꿨다.

바람이 강하게 불면 마치 나무 우듬지에 걸린 오두막처럼 흔들리는 목조 학교 건물 2층에서, 십 대의 혼다는 팔랑거리며 책상 위로 전달되는 답안지를 받았다. 두세 줄 뒤에 기요아키가 있는 것은 확실했다. 칠판에 쓰인 문제와 답안지를 번갈아 보며 혼다는 매우 침착하고 맑은 정신으로 연필을 한 자루 한 자루 송곳처럼 뾰족하게 깎았다. 답은 전부 막힘없이 나왔다. 서두를 필요는 조금도 없었다. 창밖에는 포플러나무가 바람에 흔들렸다…….

한밤중에 눈을 뜨자 이 꿈이 하나도 빠짐없이 떠올랐다.

이런 유의 꿈에 달라붙는 초조함은 전혀 없었지만, 혼다가 꾼 것은 틀림없이 시험 보는 꿈이었다. 그런데 누가 혼다에게 이 꿈을 꾸게 했을까.

게이코와 나눈 대화를 아는 사람은 게이코와 혼다 둘밖에 없으므로, 그 '누구'는 분명 게이코이거나 혼다. 하지만 혼다는 스스로 그런 꿈을 꾸고 싶다고 결코 바란 적이 없다. 혼다에게 아무런 예고도 없이, 그 희망을 전혀 참작하지 않고 멋대로 이런 꿈을 꾸게 한 것이 혼다 자신이라면 좋은 일은 아니다.

물론 혼다는 비엔나 정신분석학자들[55]이 쓴 꿈에 대한 책을 여럿 읽었지만, 자신을 배신하는 것이 실은 자신의 소원이라는 설에는 수긍하기 어려웠다. 그보다 자신 아닌 누군가가

---

[55] 『꿈의 해석』으로 주목을 받은 지그문트 프로이트가 1902년에 창립한 비엔나 정신분석학회의 참여 학자들. 칼 융, 알프레드 아들러, 오토 랭크 등이 있다.

늘 자신을 감시하고 있어 무언가를 강요한다는 생각이 더 자연스럽다.
 눈 뜨고 있을 때 자신은 의지를 가지고 있고, 원하든 원하지 않든 역사 속에 살고 있다. 하지만 자신의 의지와 상관없이 꿈속에서 자신에게 강요하는 것, 초역사적인 혹은 무역사적인 것이 이 어둠 속 어딘가에 있었다.
 안개가 걷히고 달이 뜬 듯, 약간 짧은 커튼이 채 가리지 못한 창틀 아래쪽이 희푸르게 빛난다. 그것은 어둠 속 바다 저편에 가로놓인 거대한 반도의 그림자처럼 보인다. 밤에 인도양에서 다가가는 배가 바라보는 인도는 분명 저런 모습일 것이라고 혼다는 생각했다. 그런 생각을 하는 동안 잠이 들었다.

13

8월 10일.

아침 9시에 교대 근무로 신호소에 와 업무를 이어받은 도루는 혼자가 되자 늘 그러듯이 신문을 펼치고 천천히 읽었다. 오후까지는 올 배가 없다.

오늘 조간신문은 닷코(田子) 해변의 헤도로 공해[56] 뉴스로 가득했다. 하지만 닷코 해변에는 제지 회사가 백쉰 곳이나 있는 반면 시미즈에는 작은 곳 하나밖에 없다. 게다가 해류가 동쪽으로만 흐르기에 헤도로는 시미즈항을 거의 침범하지 않는다.

닷코항에서 벌어진 데모에는 전학련 사람들이 꽤 많이 온

---

56 1970년대 초 제지 공장의 폐수가 시즈오카현 닷코항에 흘러 들어와 검고 악취 나는 진흙(헤도로)이 쌓여 발생한 공해.

듯하다. 그 소동은 30배율 망원경으로 보아도 시야를 훨씬 벗어났다. 망원경에 비치지 않는 것은 도루의 세계와 아무런 관련이 없다.

시원한 여름이다.

이즈반도가 또렷이 보이고 빛나는 푸른 하늘에 적란운이 우뚝 솟은 여름날은 올해 들어 좀처럼 없다. 오늘도 반도는 안개에 감춰지고 햇빛은 흐릿하다. 최근에 기상 위성에서 찍은 사진을 본 적이 있는데 스루가만은 항상 절반쯤 스모그에 덮여 있는 것 같다.

웬일인지 오전 중에 기누에가 왔다. 입구에서 들어가도 되느냐고 물었다.

"오늘은 소장이 요코하마 본사에 갔으니까 아무도 안 와."라고 말하자 들어왔다.

기누에는 겁먹은 눈이다.

장마철에 도루가 기누에를 붙잡고 왜 매번 올 때마다 다른 꽃을 달고 오는지 캐물은 뒤로 얼마 동안 방문이 뜸했다가 요즘 다시 잦아졌는데, 이제 머리에 꽃을 달고 오지는 않았지만 대신 방문의 구실로 삼는 겁먹음과 불안을 점점 과장했다.

"두 번째야, 이번이 두 번째. 게다가 다른 남자야."

의자에 앉자마자 아직 숨을 헐떡이며 그렇게 말했다.

"무슨 일이야?"

"당신을 노리고 있어. 나는 여기에 올 때도 주위를 둘러보면서 절대로 사람 눈에 띄지 않도록 주의해. 그러지 않으면 당신한테 폐 끼칠지도 모르잖아. 만약 당신이 죽기라도 하면 전부 내 탓이니 죽음으로 사과할 도리밖에 없어."

"도대체 무슨 일인데?"

"두 번째야. 두 번째라서 내가 아주 신경이 쓰여. 지난번에도 바로 얘기해 줬잖아. ……이번에도 비슷하지만 조금 달라. 오늘 아침 내가 고마고에 해안으로 산책하러 나갔어. 갯메꽃을 꺾고 나서 바닷가에서 멍하니 바다를 바라봤지.

고마고에 해안은 사람도 적고, 나는 사람들이 빤히 쳐다보는 게 지긋지긋하니까. 바다를 보고 있자니 마음이 굉장히 진정됐어. 나의 아름다움을 저울 한쪽에 올려놓고 바다를 다른 한쪽에 올려놓으면 균형이 꼭 맞을지도 몰라. 그래서 나의 아름다움의 무게를 바다에 맡긴 느낌이 들어 그렇게 마음이 가벼워지는 건가 봐.

해안에는 두세 명 낚시하는 사람뿐이었어. 그중 한 명이 조금도 고기가 잡히지 않아서 지겨워졌는지 나를 계속 쳐다보는 거야. 모른 척하고 바다를 봤는데 그 남자의 시선이 파리처럼 내 얼굴에 달라붙어 있는 거야.

아아, 절대로 모를 거야, 그때의 불쾌한 기분을. 또 시작했어. 또 나의 아름다움이 내 의지에서 떨어져 홀로 걸으며 내 자유를 속박하는 그런 기분. 나의 아름다움은 내 뜻대로 되지 않는 영혼 같은 것인지도 몰라. 나는 아무에게도 간섭받지 않고 조용히 살고 싶은데, 그 영혼이 나를 거역해 재앙의 불씨를 만들어. 만약 영혼이 바깥에 있다면 그것이 진정한 미녀라고 생각해. 하지만 바깥에 있는 영혼처럼 다루기 어렵고 뜻대로 되지 않는 것은 없지.

그것이 다시 남자의 욕망을 동요시켜. 아아, 끔찍하다, 하고 생각하는 동안에도 내 매력이 남자를 기막힌 속도로 사로잡는 걸 알 수 있어. 지금까지 아무것도 아니었던 길가 사람이 순식간에 추한 짐승으로 변하는 거야.

내가 요즘 당신에게 꽃을 가져오지 않지만, 혼자 있을 때는 머리에 장식하는 걸 좋아해서 그때도 분홍 갯메꽃을 머리에 꽂고 노래를 불렀어.

무슨 노래인지 잊어버렸다. 바로 아까 불렀는데 이상하네. 나의 아름다운 목소리에 어울리는, 쓸쓸하고도 마음이 저 멀리 홀린 듯이 가는 그런 노래였다고 생각하는데. 아무리 천박한 노래여도 내 입술로 부르면 전부 아름다운 노래가 되어 버리니 시시한 일이지.

드디어 그 남자가 다가왔어. 아직 젊은 사람이고, 몹시 예의 바르더군. 하지만 그 눈에는 숨겨도 숨길 수 없는 욕망이 타고 있었어. 끈적거리는 눈으로 내 스커트 자락을 쳐다보는 거야. 여러 이야기를 했는데, 나는 결국 위험한 상황에서 내 몸을 보호했어. 안심해. 몸은 보호했지만 여기서 걱정되는 건 당신이야.

다른 이야기를 섞으면서 당신에 대해 여러 가지를 묻더군. 당신 인품이라든지, 일하는 태도라든지, 다른 사람에게 친절한지. 물론 나는 대답했어. 당신처럼 친절하고 일 열심히 하고 훌륭한 사람은 없다고. 다만 내 대답 중 단 하나에 그 남자가 이상한 얼굴을 했는데, 내가 '그 사람은 인간 이상이에요.'라고 말했을 때야.

하지만 나, 직감적으로 알았어. 이번 일이 두 번째란 걸. 열흘 전에도 비슷한 일이 있었잖아. 이건 분명 나와 당신 사이를 의심하고 있는 거야. 아직 모습을 드러내지 않은 무서운 남자가 어딘가에 있고, 내 소문을 전해 들었는지, 아니면 멀리서 나를 보았는지 몰라도 나에게 푹 빠져서 부하를 시켜 내 신변을 탐색하고, 내 애인으로 생각되는 남자를 없애려고 노리는 거야. 나를 향해 어딘가에서 광적인 사랑이 마침내 다가오는 거야. 나는 무서워. 만약 아무 죄도 없는 당신한테 내 아름다움 때문에 위험이 닥치면 어떡해. 여기에는 분명 음모가 있어. 절망적인 사랑이 꾸미는 미치광이 같은 음모가. 보이지 않는 먼 곳에서 나를 노리며 당신을 죽이려고 꾸미는 사람은 무시무시한 힘이 있는 부자에 두꺼비처럼 추한 남자야."

기누에는 거기까지 쉬지 않고 말하더니 펄럭이듯이 몸을 떨었다.

도루는 청바지 입은 다리를 꼬고 담배를 피우며 듣고 있었다. 요점이 무엇일까 생각했다. 기누에의 극적 망상은 그렇다 치고, 도루를 누군가가 간접적으로 조사하고 있음은 확실해 보였다. 누구일까? 또 무엇을 위해서? 경찰이라고 생각하기에는 그는 미성년자 흡연 말고는 아직 법에 저촉되는 범죄를 저지른 적이 없다.

그런 건 나중에 혼자서 생각해 보기로 하고, 이윽고 도루는 기누에가 좋아하는 망상을 거들고자, 그 망상에 논리적 골격을 부여하고자 사려 깊은 말투로 입을 열었다.

"그 말은 아마 맞을 테지만, 나는 너처럼 아름다운 사람을 위해 죽는다면 조금도 후회가 없어. 이 세상 어딘가에는 굉장한 부자에 추하고 강력한 존재가 있어서 순수하고 아름다운 것을 없애려고 호시탐탐 노리고 있어. 그리고 드디어 우리가 그 녀석들 눈에 띈 거야.

그런 녀석들을 상대로 싸우려면 보통 각오로는 안 돼. 녀석들은 세상 어디에나 그물을 치고 있으니까. 처음에는 녀석들에게 무저항으로 복종하는 척하고 무엇이든 말한 대로 따르는 거야. 그렇게 천천히 시간을 들여 녀석들의 약점을 찾아. 이때다 싶을 때 반격하려면, 우리 쪽에서도 충분히 힘을 비축하고 적의 약점을 완전히 파악해 두어야 해.

순수하고 아름다운 사람은 원래 인간의 적임을 잊어서는 안 돼. 녀석들의 싸움이 유리한 이유는 인간은 전부 녀석들의 편에 선다고 알려졌기 때문이야. 녀석들은 우리가 정말로 무릎을 꿇고 인간의 일원임을 스스로 인정할 때까지는 결코 감시를 늦추지 않을 거야. 그러니 우리는 만약을 대비해 흔쾌히 후미에[57]를 밟을 각오를 해야만 해. 무리하게 버티며 후미에를 밟지 않으면 죽임을 당하니까. 그렇게 일단 후미에를 밟아 놓으면 녀석들도 안심해서 약점을 드러내지. 그때까지 참는 거야. 하지만 그때까지는 자기 마음속에 있는 강한 자존심을 단단히 지키고 있어야 해."

"알았어, 도루 씨. 난 뭐든지 당신이 말한 대로 할 거야. 그

---

57 踏み繪. 사람의 사상을 강압적으로 조사하는 것을 뜻하는 말. 에도 시대에 기독교 신앙을 금지하며 신자를 가려내기 위해 마리아와 그리스도가 새겨진 목판, 동판을 밟게 한 데서 유래한다.

대신 확실하게 나를 지탱해야 해. 아름다움의 독으로 늘 내 다리가 후들후들하니까. 당신과 내가 손잡으면 인간의 추한 욕망을 근절하고, 잘하면 전 인류를 빠짐없이 표백해 버릴 수 있을지도 몰라. 그러면 이 지상은 천국이 되고 나도 아무런 두려움 없이 살아갈 수 있겠지."

"그럼. 그러니 안심해."

"기뻐. ……나는 말이야." 하고 기누에는 뒷걸음질로 방을 나가며 빠르게 말했다. "나는 세상에서 당신이 제일 좋아."

― 기누에가 돌아간 뒤면 도루는 언제나 그 부재를 즐겼다. 그런 추함도 한번 자리를 비우면 아름다움과 어디가 다를까. 모두 기누에의 아름다움을 전제로 나누었던 대화는 그 아름다움 자체가 존재하지 않았으므로, 기누에가 이곳을 떠난 지금도 아까와 조금도 다르지 않게 그윽한 향기를 풍겼다.

……먼 곳에서 아름다움이 울고 있다고, 도루는 생각할 때가 있었다. 아마도 수평선 조금 너머에서.

아름다움은 학처럼 소리 높여 운다. 그 목소리가 천지에 메아리치고는 곧바로 사라진다. 인간의 몸속에 머무르기도 하지만 아주 잠깐이다. 기누에만이 추함의 올가미로 그 학을 잡는 데 성공했다. 그리고 또 멈추지 않는 자의식의 먹이를 주며 오랫동안 사육하는 데에도.

― 오후로 예정된 배 고요마루(光洋丸)는 3시 18분에 입항했

다. 이제 저녁 7시에 다음 배가 들어올 때까지는 예정이 없다.

시미즈항에는 현재 안벽에서 계류 중인 아홉 척을 포함해 총 스무 척의 배가 들어와 있다.

3구역에 계류 중인 배는,

닛케이마루 2호, 미카사마루, 카멜리아, 류와마루, 리앙가 베이, 우미야마마루, 요카이마루, 덴마루쿠마루, 고요마루.

히노데 부두에는 가미시마마루, 가라카스마루.

후지미 부두에는,

다이에이마루, 호와마루, 야마타카마루, 아리스토니코스.

그 외 안벽이 아닌 부표에 계류하며 목재를 하역하는 목재 선박 전용 오리토만에는,

산텐마루, 도나 로사나, 이스턴 메리.

그리고 접안이 위험하다 판단되어 계류 상태에서 파이프로 기름을 올리는 유조선 전용 계류 수역 돌핀에는, 이제 곧 나가는 오키타마마루 한 척이 있을 뿐이다.

페르시아만에서 원유를 싣고 온 대형 유조선은 돌핀에 정박하고, 정유를 실은 소형 유조선은 소데시 안벽에 접안했다. 그곳에 닛쇼마루.

또 도카이도선 시미즈 역에서 갈라진 선로가 큰 안벽의 잔교 몇 곳을 지나고, 여름 햇빛을 대각선으로 선명하게 반사하는 쓸쓸한 보세(保税) 창고 사이를 지나 점점 여름 풀숲에 묻히고, 창고들 사이로 엿보이는 바다의 빛이 조소하듯 육로의 끝을 알리는데도 마치 고풍스러운 증기관차가 바다에 투신하는 용도로 만들어진 듯한 그 붉게 녹슨 고독하고 편협한 선로

가 오로지 바다를 향하다가 마침내 반짝이는 바다와 만나 퍼뜩 끝나 버리는 곳, 그 끝나는 곳이 철도 안벽이라고 불리는 곳이었다. 오늘 그곳에 정박한 배는 없었다.

······도루는 이 안벽들을 구분해 둔 칠판에 3구역에 '고요마루'라는 선명을 분필로 써 넣은 참이다.

먼바다에서 기다리는 배의 하역은 내일로 미뤄졌다. 그래서 고요마루 입항에 대한 문의 전화도 서두름 없이 한없이 시간을 끌다가, 4시쯤 돼서야 입항을 확실히 했는지 묻는 전화가 왔다.

4시에는 수로 안내인에게서 전화가 왔다. 여덟 명이 교대로 수로 안내를 담당하는데, 내일 들어오는 배를 누가 분담했는지 알려 주는 전화였다.

— 저녁까지 손이 빈 도루는 망원경에 붙어 바다를 바라보았다.

하지만 들여다봄과 동시에 아까 기누에가 들여온 불안과 악의 환영이 생각나 렌즈에 어둑한 필터가 끼워진 기분이었다.

생각해 보면 올해 여름 자체에 악의 필터가 끼워진 듯했다. 빛 속으로 악이 치밀하게 스며들어 빛을 흐리고, 여름 특유의 검고 짙은 그림자를 흐렸다. 구름은 날카로운 윤곽을 잃고, 검푸른 강철색 수평선에도 이즈반도가 보이지 않고, 먼바다는 그저 텅 비었다. 바다 색깔은 단조로운 떫은 녹색으로 지금 조금씩 밀물이 들어온다.

도루는 렌즈를 약간 낮추어 물가의 파도를 주시했다.

파도가 부서질 때면 물의 앙금 같은 물거품이 등 뒤로 미끄러지고, 지금까지 짙은 녹색의 누적이었던 삼각형이 한꺼번에 변모하여, 하얗고 불안한 혼란으로 가득 차 몸을 길게 뻗어 부풀어 오른다. 바다가 그곳에서 발광하는 것이다.

길게 뻗었을 때 이미 끄트머리에는 낮은 파도가 부서지는 것이 보이는 한편, 높은 파도의 복부는 그 순간 외쳐도 소용없는 비명 같은, 뒤죽박죽이 된 하얀 물거품 반점을 수많은 기포처럼 드러낸, 날카롭고 매끄러우면서 균열이 가득한 두꺼운 유리벽이 된다. 그것이 부서지며 극에 달함과 동시에 파도의 하얀 앞머리가 한꺼번에 아름답게 빗겨 앞으로 흘러내리고, 조금 더 흘러내리면 정연하게 늘어선 검푸른 목덜미가 보이고, 이 목덜미에 촘촘하게 떠오른 하얀 힘줄이 금세 전부 흰색이 되어 잘린 목처럼 땅에 떨어져 사방으로 흩어진다.

물거품의 확장과 퇴거. 검은 모래 위를 갯강구처럼 줄지어 일제히 달리며 바다로 돌아가는 수많은 작은 포말들.

경기를 끝낸 선수의 등에서 급속하게 후퇴하는 땀처럼 검은 자갈 사이에서 후퇴하는 하얀 포말들.

한 장의 파란 석판이 무한히 있는 것 같은 해수는 물가로 와서 부서질 때 얼마나 섬세한 변신을 보이는가. 무수히 흐트러진 미세한 파도 머리와 세세하게 나뉘는 하얀 물방울은 괴로운 나머지 이토록 수많은 실을 뿜어내며 바다의 누에 같은 성질을 드러낸다. 하얗고 섬세한 성질을 안에 품고 있으면서 힘으로 누르는 것은 얼마나 미묘한 악인가.

4시 40분.

위에는 푸른 하늘이 펼쳐졌다. 언젠가 도서관에 있는 미술 전집에서 본 퐁텐블로파[58] 천장화처럼 젠체하는 인색한 푸른 하늘. 그럴듯한 구름과 함께 서정적으로 치장한 이 푸른 하늘은 결코 여름 하늘이 아니다. 하늘은 달콤한 위선으로 덮여 있었다.

망원경 렌즈는 이미 물가를 떠나 하늘로, 수평선으로, 넓은 바다로 향했다.

그때 순간적으로 렌즈 안에 하늘에 닿기라도 할 듯한 하얀 파도의 비말 한 방울이 나타났다. 이렇게 한 방울만 높이 떨어져 나온 물보라는 어디를 향한 것일까. 그 가장 높은 곳의 파편은 무엇 때문에 그렇게 선택된 것일까. 그 한 방울만?

자연은 전체에서 파편으로, 다시 파편에서 전체로 끊임없이 반복하며 순환했다. 파편의 형태를 취할 때의 덧없는 깨끗함에 비하면 전체 자연은 언제나 불쾌하고 암울했다.

악은 전체 자연에 속할까?

아니면 파편에?

4시 45분. 보이는 범위에 배는 없다.

해변은 쓸쓸하고 수영하는 사람도 없고 낚시꾼 두세 명이 보일 뿐이다. 배가 한 척도 보이지 않을 때의 바다는 헌신에서 최대한 멀리 있다. 지금 스루가만은 사랑 하나도 없이 도취도 없이 완전히 차갑게 식은 시간 속에 드러누웠다. 이 나태한,

---

58 16세기 프랑스의 퐁텐블로 성과 관련해 활약한 화파. 인공적인 우아함과 세련된 장식이 특징이다.

이 흠 없는 완전함을 이윽고 백광을 발하는 면도날처럼 미끄러지듯 다가와 베어 내는 배가 있어야 한다. 배는 이런 완전함을 상대하는 차가운 모멸의 흉기이며, 그저 상처를 내기 위해 바다의 팽팽하고 얇은 피부 위를 달려가는 것이다. 하지만 결국 더 깊은 상처를 주지는 못한 채.

5시.

하얀 파도가 부서지며 순간 노란 장미의 색으로 물들었을 때 해가 저물기 시작했음을 알았다.

왼쪽에서 크고 작은 검은 유조선 두 척이 연이어 먼바다를 향해 나아가는 모습이 보였다. 4시 20분에 시미즈를 출항하는 1,500톤의 오키타마마루와, 4시 23분에 출항하는 300톤의 닛쇼마루 두 척이다.

그러나 오늘은 배의 모습이 환영처럼 안개 속에서 보였다 안 보였다 하여 그 항적도 뚜렷하지 않다.

도루는 렌즈를 다시 물가로 돌렸다.

파도는 점점 석양빛을 띠면서 동시에 험상궂고 단단한 성질의 것이 되었다. 빛은 점점 악의에 물들고 파도 복부의 색은 어둡고 비참한 기색을 더해 갔다.

그렇다. 부서지는 파도는 숙음 그 자체의 노골적인 구현이라고 도루는 생각했다. 그렇게 생각하자 오로지 그렇게 보이기만 한다. 그것은 단말마의 크게 벌어진 입이었다.

하얗게 드러난 치열에서 하얀 침이 실을 무수히 늘어뜨리고, 쩍 벌린 고통스러운 입이 하악 호흡을 시작한다. 석양에 물든 보랏빛 땅은 청색증에 걸린 입술이다.

임종의 바다가 크게 벌린 입 속으로 죽음이 급속하게 날아 들어 온다. 이렇게 수많은 죽음을 노골적으로 되풀이해 보이고, 그때마다 바다는 경찰처럼 서둘러 사체를 수용하여 사람들 눈에서 감춰 버린다.

그때 도루의 망원경은 보지 말아야 할 것을 보았다.

턱을 벌리고 괴로워하는 파도의 커다란 입 속에 문득 다른 세계가 나부끼는 느낌이 든 것이다. 도루의 눈이 환영을 볼 리는 없으므로 본 것은 실재해야만 한다. 하지만 그것이 뭔지는 알 수 없다. 바닷속 미생물이 우연히 그린 무늬 같은 것일지도 모른다. 어두운 깊은 곳에서 반짝인 광채가 다른 세계를 드러낸 것인데, 분명히 한 번 보았던 장소라고 느껴지는 것은 헤아릴 수 없이 먼 기억과 관련이 있어서일지도 모른다. 전생이란 것이 있다면 그것일지도 모른다. 어쨌든 그것이 명쾌한 수평선의 한 발짝 너머로 도루가 끊임없이 내다보려 했던 것과 어떤 연관이 있는지는 알 수 없다. 부서지려 하는 파도 복부에 수많은 해조가 달라붙어 휘감기면서 솟구친 것이라면, 순식간에 그려진 세계는 구역질 날 만큼 불쾌한 해저의 점액질 보라, 분홍의 주름과 오돌토돌한 것들의 축소화였는지도 모른다. 하지만 거기에 빛이 있고 섬광이 스친 것은 번개가 꿰뚫은 바닷속 광경이기 때문일까. 그런 모습이 이 온화한 해질녘 물가에 보일 리가 없다. 우선 그 세계와 이 세계가 동시에 존재해야 한다는 법은 없다. 그곳에 있던 언뜻 보였던 것은 다른 시간의 것일까. 지금 도루의 손목시계가 가리키는 것은 다른 시간 아래에 있는 어떤 것일까.

도루는 머리를 흔들며 이 불쾌한 시각에서 벗어났고, 이윽고 그 망원경까지 꺼림칙해져 다른 쪽 구석에 있는 15배율 망원경으로 옮겨 가 방금 출항한 큰 배의 모습을 좇았다.

요코하마로 향하는 YS라인의 야마타카마루, 9,183톤이 나갔다.

"그쪽으로 야먀시타 선박이 출발했습니다. 야마타카. 야마타카. 17시 20분입니다." 하고 요코하마 본사에 전화를 건 후 다시 15배율 원경으로 돌아와 안개 탓에 돛대마저 희미한 야마타카마루의 행방을 좇았다.

주황빛 바탕에 위쪽에 검은 선만 그려진 펀넬 마크, 선복의 검은 바탕에 크게 쓰인 'YS라인'이라는 글자, 하얀 선루, 붉은 데릭. 배는 망원경 렌즈의 둥근 시야에서 달아나려 애쓰면서 선두로 하얀 파도를 가르며 먼바다로 나아갔다.

— 배는 떠났다.

망원경에서 떨어져 창문 아래를 내려다보니 딸기밭 이랑에 모닥불이 타고 있었다.

장마가 끝날 때까지 그토록 이곳을 빈틈없이 덮었던 비닐하우스는 완전히 걷혔고, 딸기의 계절은 지나갔다. 이미 촉성재배[59]용 딸기 모종이 후지산 5부 능선까지 운반됐으니, 그곳에서 인공 겨울을 지내고, 10월 말쯤 이곳으로 다시 돌아오면

---

59 온실, 온상, 비닐하우스 따위를 사용하여 일반 재배법보다 일찍 심고 일찍 수확하는 재배법.

크리스마스 판매용으로 파는 데 시간이 맞는다.

비닐하우스 틀만 남아 있거나 그 틀조차 치워진 자리에는 검은 밭이랑이 고스란히 드러나 있고 사람들은 부지런히 일하고 있었다.

도루는 저녁 식사 준비를 하러 수돗가로 갔다.

책상에서 간단히 저녁 식사를 하며 바라본 창밖은 이미 날이 저문 빛이었다.

5시 40분.

남쪽 하늘 높이, 구름 사이로 반달이 떴다. 희미한 장미색 저녁 구름 사이에 상아 빗을 떨어뜨린 듯 보이는 이 반달은 바로 섞여 구름 한 조각과 구분이 되지 않았다.

바닷가 소나무 숲의 초록이 어두워지고, 그곳에 주차하려는 낚시꾼 차의 빨간 미등이 눈에 띄는 시각이었다.

딸기밭 길거리에 아이들 몇 명이 나타났다. 불가사의한 저녁의 아이들. 해가 지자 어디랄 것도 없이 사방에서 나와 미친 듯이 뛰노는 신비로운 아이들.

밭이랑 여기저기에 피어오르는 모닥불 불길의 혀도 더 밝아졌다.

5시 50분.

문득 눈을 든 도루는 남서쪽 바다 멀리, 보통 육안으로는 결코 알아볼 수 없는 아주 희미한 배의 낌새를 내다보고 전화기에 손을 얹었다. 잘못 봤을 리가 없다는 자신감이, 확인하기도 전에 먼저 손을 전화기로 뻗게 했다.

대리점이 전화를 받았다.

"여보세요. 데이코쿠 신호입니다. 다이추(大忠)가 보이기 시작했어요."

연분홍색으로 침침해진 남서쪽 수평선 위에 더러운 손가락으로 한 번 문지른 자국 같은 그림자가 보인다. 유리 표면에 남은 희미한 지문을 알아보듯, 도루의 눈이 그것을 알아보고 그렇게 단언한다.

선박 명부에 따르면 다이추마루는 3,850톤의 라왕 목재[60] 운반선으로 전체 길이 110미터, 속력은 12.4노트인데, 20노트 이상의 속력을 낼 수 있는 것은 외국 항로 상선뿐이고 목재 선박은 더 느렸다.

다이추마루에는 각별한 친근함이 있다. 이곳 시미즈의 가나사시(金指) 조선소에서 작년 봄에 막 준공한 배이기 때문이다.

6시.

이미 다이추마루의 모습은 그곳을 나가는 오키타마마루와 스쳐 지나가는 형태로 장미색 먼바다에 모호하게 떠 있다. 그것은 말하자면 꿈속에서 번져 나오는 일상의 그림자, 관념 속에서 번져 나오는 현실, ……시가 실체가 되고, 심상이 객관이 되는 이상한 순간이었다. 무의미하게 보이지만 또 홍조로도 보이는 것이 어떤 가감을 거쳐 일단 마음에 머무르면, 마음이 거기에 붙들려 무슨 일이 있어도 그것을 이 세상에 가져와야 한다는 긴박한 힘이 생기고, 마침내 그것이 존재하게 됐다

---

60 필리핀어에서 유래한 열대 지방의 목재로 가벼운 무게와 유연한 목질이 특징이며 가구나 베니어판에 자주 사용된다.

면 다이추마루는 도루의 마음에서 태어난 것일지도 모른다. 처음에 깃털의 감촉으로 마음을 스친 그림자는 4,000톤에 육박하는 거대한 배가 됐다. 하지만 그것은 전 세계 어딘가에서 끊임없이 일어나는 일이었다.

6시 10분.

배는 이쪽을 향해, 각도 때문에 실제보다 투박해 보이는 모습으로 검은 딱정벌레의 뿔처럼 두 개의 데릭을 세우고 다가온다.

6시 15분.

이미 육안으로도 확실히 알 수 있는 배가, 그러나 또한 선반 위에 놓고 간 물건처럼 수평선 위에 검게 놓인 듯 보인다. 거리가 세로로 쌓여 있기에 어디까지나 수평선 선반 위의 검은 술병처럼 보이는 것이다.

6시 반.

망원경 렌즈 너머로 흰 바탕에 그려진 붉은 원 안에 N이라고 표기한 펀넬 마크도 대각선으로 보이고, 갑판까지 산더미처럼 쌓인 라왕 목재도 알아볼 수 있었다.

6시 50분.

눈앞 수로로 들어온 다이추마루는 수평으로 옆면을 보이며, 하얀 달도 구름에 가려진 저녁 빛 속에서 붉은 장등을 깜박이기 시작했다. 다이추마루는, 저편으로 환영처럼 비틀거리며 나아가는 배와 스쳐 지나갔다. 스치는 배들 사이에는 꽤 거리가 있었지만, 장등의 빛에는 멀고 가까움이 없어 서로 스치는 두 개의 붉은 장등은 저녁 땅거미 진 바다에서 담배 두 개비가 불씨를 주고받고 헤어지는 듯이 보였다.

　직수입 선박 다이추마루는 갑판에 쌓인 라왕이 떨어지지 않도록 앞뒤로 희고 튼튼한 철책 두 개를 선복부터 높이 세워 지탱했다. 흘수선도 보이지 않을 만큼 제한량까지 가득 채운 라왕은 열대의 햇빛을 받으며 자란 굵직한 진갈색 줄기 묶음이 되어 첩첩이 단단하게 묶여 눕혀져 있었다. 갈색 피부의 건장한 죽은 노예들을 묶어 눕혀서 운반하고 오는 듯이 보였다.

　도루는 '만재 흘수선 규칙'이라는, 마치 밀림처럼 지극히 세세하고 번거로운 새 해사법(海事法)을 떠올렸다. 목재 만재 흘수선은 하계 목재 만재 흘수선, 동계, 동계 북대서양, 열대, 하계 담수, 열대 담수 여섯 종류로 나뉘고, 그중 열대 목재 만재 흘수선은 다시 열대역과 계절 열대 구역 두 가지로 나뉘었다. 다이추마루는 전자와 관련이 있었다. 그것은 '갑판 목재 적하를 운송하는 선박에 관한 특별 규정'이다. 도루는 이 규칙에서 '열대역'을 정하는 세세한 흘수선, 자오선, 남회귀선 등의 규정을 흥미롭게 읽은 적이 있어 기억하고 있었다.

　열대역이란, 아메리카 대륙 동해안에서 서경 60도까지 이르는 북위 13도 위도선, 거기서 북위 10도 서경 58도 점까지 이르는 항정선, 거기서 서경 20도까지 이르는 북위 10도의 위도선, 거기서 북위 30도까지 이르는 서경 20도의 자오선, 거기서 아프리카 서해안까지 이르는 북위 30도의…… 거기서 인도 서해안까지의…… 거기서 인도 동해안까지의…… 거기서 말레이시아 서해안까지의…… 거기서 북위 10도의 베트남 동해안까지 이르는 아시아 대륙 동남해안…… 브라질 산토스항에서…… 아프리카 동해안에서 마다가스카르 서해안까지의……
그리고 수에즈 운하, 홍해, 아덴만, 페르시아만…….

대륙에서 대륙으로, 대양에서 대양으로 보이지 않는 선을 가로세로로 긋고 그 안을 '열대'라고 이름 붙이면 '열대'가 갑자기 나타났다. 그 야자수와 함께, 그 산호초와 함께, 그 바다의 남빛과 함께, 그 연달은 적란운과 함께, 그 스콜과 함께, 그 색색깔 앵무새들의 울음소리와 함께.

라왕 목재는 하나하나 금색, 붉은색, 초록색을 풍성하게 쓴 휘황찬란한 '열대' 라벨을 붙이고 운반돼 왔다. 갑판에 쌓인 라왕은 열대 지방부터 여기까지 항해를 계속해 오는 동안, 몇 번인가 열대 소나기에 젖고, 젖은 나무껍질이 뜨거운 별 하늘을 비추고, 어떤 때는 파도에 씻기고, 어떤 때는 깊이 숨은 현란한 딱정벌레에 몸이 깎이며, 설마 도착한 끝에 인간의 심심한 일상생활에 봉사할 일이 기다리고 있다고는 꿈에도 생각하지 못했을 것이다.

7시.

다이추마루는 제2 철탑을 지났다. 목적지 시미즈항의 불빛은 찬란하게 빛났다.

시간 외 입항이므로 어차피 검역과 하역은 내일 아침으로 미뤄진다. 그래도 도루는 통선 관계자에게, 수로 안내인에게, 경찰에, 항만관리사무소에, 대리점에, 식품 공급업자에, 세탁업자에 차례대로 전화했다.

"다이추, 3의 G로 들어옵니다."

"여보세요. 데이코쿠 신호인데요, 다이추가 3의 G로 들어옵니다. 적하 말입니까? 거의 제한량까지 산더미로 쌓여 있네요."

"시미즈 선식입니까. 데이코쿠 신호입니다, 늘 신세 지고 있습니다. 다이추, 3의 G로 들어오니까 확인 부탁합니다."

"다이추…… 네, 다이추. 3의 G로 들어오니까 확인해 주세요."

"데이코쿠 신호인데요, 안녕하세요. 다이추가 3의 G로 들어왔습니다. 지금 미호 등대 쪽입니다."

"시즈오카현 경찰이죠? 다이추가 들어왔습니다. 내일 7시로요. 네, 부탁합니다."

"다이추, ……다이추. 3의 G로 들어왔습니다, 확인 부탁합니다."

14

 8월 하순 어느 날 저녁, 비번인 도루는 혼자 아파트에서 저녁 식사를 마치고 목욕을 한 후 남쪽에서 불어오는 시원한 밤바람을 맞기 위해 문을 열어 아직 낮의 늦더위가 후끈하게 남아 있는 파란 비덮개 아래 복도로 나갔다. 지상에서 철 계단을 올라가 이 조잡한 복도로 나오면 각 방의 문들이 줄지어 있다.
 남쪽 바로 맞은편에는 4,000평에 이르는 목재 집적장이 있는데 어두운 불빛 아래 거대한 퇴적의 단면이 보인다. 목재는 때때로 말 없는 커다란 짐승처럼 보인다고 도루는 생각했다.
 저편 숲 안쪽에는 화장터가 있을 텐데, 저렇게 장대한 굴뚝연기에 섞인 불을 한 번쯤 보고 싶다고 생각했지만 도루는 아직 본 적이 없다.
 남쪽의 시커먼 하늘을 가르는 산들의 봉우리가 니혼다이

라다. 산을 빙빙 돌며 올라가는 자동차 도로에서 자동차 전조등이 유동하는 모습이 잘 보인다. 산 정상에는 호텔 불빛이 작게 한데 모여 반짝이고, 텔레비전 탑의 붉은 항공장애표시등이 점멸한다.

도루는 아직 그 호텔에 가 본 적이 없다. 사치스러운 사람들의 사치스러운 생활은 아무것도 모른다. 논리와 부가 합치하지 않는다는 정도는 잘 알지만, 그렇다고 이 세상을 논리적으로 만들려는 시도에는 조금도 관심이 없었으므로 혁명은 다른 사람의 일이었다. 도루에게 '평등'이란 관념처럼 참을 수 없는 관념은 없었다.

땀도 식어서 방으로 돌아가려고 했을 때 계단을 올라가는 입구 바로 앞에 코로나[61] 한 대가 도착했다. 밤에 보아 확실하진 않지만 본 적이 있는 차다. 차에서 내린 소장의 모습을 보고 도루는 놀랐다.

큰 종이 가방을 움켜쥐고 습격하듯이 발을 쿵쿵 구르며 철 계단을 올라오는 소장은 평소 작업장에 올 때와 같은 모습이다.

"여봐, 야스나가 군. 오늘 밤 집에 있어서 다행이네. 술을 가지고 왔어. 한잔하면서 자네 방에서 이야기 나누세."

소장은 아무 거리낌도 없이 큰 소리로 말했다. 이 이례적인 첫 방문에 압도되어 도루는 거의 뒷걸음치며 문을 열었다.

"참 꼼꼼하다. 깨끗하구나." 하고 소장은 권해 준 방석에 책

---

61 도요타 회사가 1957년부터 2001년까지 생산한 자동차.

상다리를 하고 앉아 땀을 닦고 주위를 둘러보며 말했다.

작년에 지은 건물인 데다 깔끔하게 하고 살아서 티끌 하나 없는 느낌이 든다. 알루미늄 새시 창문에는 단풍잎 무늬 유리창이 끼워졌고, 안쪽에 또 장지문이 있다. 벽은 연한 자줏빛 새 자재이고, 천장의 나뭇결은 지나치다 싶을 만큼 매끈하며, 출입문은 조릿대 잎 무늬 유리창을 끼운 고시다카 장지문[62]처럼 보이고 후스마에도 미묘한 무늬가 있다. 건축업자의 취향에 따라 모두 새 기성품을 쓴 것이다.

방세가 1만 2,500엔, 공동 관리비가 250엔이고 그 절반을 회사가 부담해서 도루는 새삼 감사의 말을 했다.

"그런데 혼자서 외롭지 않나."

"저는 혼자 있는 게 아무렇지 않아요. 작업장에서도 혼자이고."

"그건 그렇지." 하고 소장은 종이 가방에서 네모난 산토리 위스키 병과 마른 오징어, 새우 전병 등 안줏거리가 든 봉투를 꺼냈다. 그러고는 유리잔이 없으면 컵으로 마시자고 말했다.

소장이 이렇게 신호소 직원 자택으로 술을 들고 불시에 찾아온 것은 아주 이례적인 일이다. 좋은 이야기일 리가 없다. 도루는 경리 일은 하지 않으니 금전적 잘못이 있을 수는 없는데, 무언가 자신이 깨닫지 못한 중대한 실수가 있었다는 생각만 든다. 게다가 평소에는 미성년자에게 엄격한 소장이 술을 권

---

62 腰高障子. 위에서 허리 부근까지 장지를 붙이고 그 아래는 판자를 붙인 장지문.

하고 있다.

도루는 해고를 각오했지만, 노동조합도 없는 한편으로 아무리 3급 무선통신사라 해도 열심히 일하는 소년을 당장 구하기는 힘든 추세임은 자신도 잘 알고 있었다. 조금만 참으면 일할 곳은 얼마든지 있다. 도루는 냉정한 마음으로 오히려 소장을 가련하다는 듯 바라봤다. 설령 해고 선고라 해도 부동의 자존심으로 대처할 자신이 있다. 상대가 어떻게 생각하든 도루는 '두 번 다시 얻지 못할 보석 같은 소년'이었다.

도루는 무리하게 권하는 술을 거절하고, 바람이 불지 않는 한구석에서 눈만 아름답게 빛내며 앉아 있었다.

기댈 것이 하나도 없는 세상에서 이 소년은 인간의 좌절의 근원이 되는 출세욕과도, 야심과도, 금전욕과도, 연애와도 어떤 관계도 없는 작은 얼음 성을 쌓았다. 처음부터 자신을 타인과 비교하는 것을 좋아하지 않았으므로 질투도 선망도 없었다. 세상과 화해하는 길을 처음부터 끊었으므로 누구와도 싸우지 않았다. 무해하고 상냥하고 귀여운 한 마리 흰 토끼로 여겨지는 데에 자신을 맡겼다. ……직업을 잃는 일쯤 사소한 문제였다.

"이삼일 전에 요코하마 본사에서 나를 불렀는데 말이야," 하고 소장은 스스로 기세를 돋우려고 위스키를 마셨다. "무슨 일인가 싶어서 갔더니 사장이 직접 부른 게 아니겠어? 나는 당황했네. 무슨 일일까 생각하는데, 창피한 얘기지만 사장실로 들어가는 발이 떨렸어. 보니 사장이 싱글싱글 웃으며 자, 앉아, 하고 말하는 거야. 이거 나쁜 일은 아니겠다 했는데 들어 보니 딱히 나한테 나쁘고 좋고 할 얘기가 아니었어. 뭐였을 것 같나? 자네 얘기였어."

도루는 눈을 크게 떴다. 그가 인식하지 못한 의외의 이야기가 있었던 것이다. 거기까지 듣는다면 해고는 아무런 문제가 아니었다.

"그게 또 놀랄 만한 이야기야. 사장이 신세 진 적 있는 선배를 통해 이야기가 들어왔는데, 자네를 꼭 양자로 삼고 싶다는 사람이 있어. 게다가 내가 직접 중재에 나서서 무슨 일이 있어도 승낙을 얻어 달라고 해. 사장이 부탁했으니 중대한 일이지. 자네도 상당히 기대를 받는 사람이야. 아니면 자네를 알아본 상대방이 안목이 있다고 해야 할까."

거기까지 듣고 도루는 번뜩 떠올렸다. 양자 신청인은 언젠가 명함을 준 노변호사가 틀림없다고 생각한 것이다.

"그, 저를 양자로 삼고 싶다는 분이 혹시 혼다라는 사람 아닌가요."

"맞아. 어떻게 알아?"

이번에는 소장이 눈을 동그랗게 떴다.

"한 번 신호소에 견학을 왔었어요. 그래도 한 번 만났을 뿐인데 바로 양자라니 이상하네요."

"그쪽은 흥신소에 의뢰해서 두 번, 세 번 면밀히 조사한 것 같았어."

이 말을 듣자 도루는 기누에의 이야기가 떠올라 미간을 찌푸렸다.

"불쾌한 방식이네요."

소장은 당황하며 거듭 말했다.

"그래도 그 결과 자네가 더할 나위 없는 모범적 수재란 걸 알았으니 좋은 일 아닌가."

도루의 머릿속에서는 그 노변호사보다, 그 제멋대로에 서양식이고 도루가 사는 세계와 전혀 기질이 달랐던 노파가 현란한 인분을 뿌리며 나방처럼 날아다녔다.

소장은 그날 밤 졸린 도루를 붙잡고 11시까지 이야기를 늘어놓았다. 이따금 도루는 무릎을 안고 꾸벅꾸벅 졸았지만 취한 소장이 그 무릎을 흔들며 이야기를 계속했다.

상대방은 독신에다 홀로 사는 노인으로 부유한 명사다. 도루를 눈여겨본 것은 명문 집안의 아들을 데려와 양자로 삼기보다는 정말로 우수하고 향학심 있는 소년을 데려오는 편이 혼다 집안뿐 아니라 일본의 장래를 위해서도 유익하기 때문이다, 양자로 삼으면 바로 고등학교 입학 준비를 시키고 일류 대학에 보내기 위해 가정교사를 붙이고 싶어 한다. 또 양부로서는 법과나 경제과에 보내고 싶지만 장래 직업 선택은 본인 희망에 맡길 것이고 그러기 위해 양부는 후원자로서 모든 원조를 아끼지 않겠다, 양부도 여생이 얼마 남지 않았지만 죽은 후에는 시끄러운 친척도 없고 혼다 집안의 재산은 모조리 도루 소유로 돌아갈 것이다……. 소장은 이렇게 거듭 말하며 세상에 이렇게 좋은 일만 그득한 이야기는 없다고 말했다.

하지만 왜? 하는 생각이 도루의 자존심을 자극했다.

상대방이 무언가 뛰어넘은 것이 있다. 그것은 이쪽에서 뛰어넘은 무언가와 우연히 일치한다. 이런 비상식적 이야기를 당연히 여기는 느낌이 상대방에게 있다면 도루에게도 있고, 그 비상식에 속는 것은 소장을 비롯해 중간에 있는 상식적인 사람들이다.

도루는 솔직히 이 이야기를 전혀 놀랍지 않게 받아들였다. 그 조용한 노인과 처음 만났을 때부터 왠지 이런 이상한 귀결을 예상했다. 도루는 결코 사람에게 간파되지 않을 자신이 있었지만, 오해받아도 놀라지 않는 인식력이 터무니없는 오해에 대한 점검조차 게을리하게 만들어, 오해에서 발생한 결과까지 그대로 받아들이는 자부심을 갖게 해 버렸다. 만약 바보 같은 일이 일어난다면 그것은 아름다운 오해의 결과이며, 세상의 인식 착오를 자명한 전제로 한다면 어떤 일도 일어날 수 있었다. 자신을 향한 타인의 선의와 악의가 모조리 오해에 근거한다는 생각에는 회의주의가 마지막으로 다다른 자기 부정이 있으며 눈먼 자존심이 있었다.

도루는 필연을 경멸하고 의지를 가볍게 여겼다. 그가 지금 자신을 진부한 「실수 연발」[63]의 와중에 있다고 상상하는 이유가 충분히 있었다. 의지 없는 인간이 의지를 짓밟혔다고 말하며 화를 낸다면 그것보다 웃긴 일이 없음은 분명하다. 마음을 냉정하게 다잡고 논리적으로 행동한다면, 도루에게 '특별히 양자가 되고 싶은 의지는 없다.'라는 말은 곧 '양자가 됨을 받아들인다.'라는 말과 똑같았다.

---

63 셰익스피어의 초기 희극으로 어릴 때 헤어진 두 쌍둥이가 성년이 되어 재회한다는 줄거리다.

보통 사람이라면 이런 신청에 근거가 희박하다는 점에 바로 불안을 품을 것이다. 하지만 그것은 애초에 상대방의 평가와 이쪽의 자부심을 비교하는 문제로, 도루의 사고방식에는 그런 이치가 통용되지 않는다. 자신을 누구와도 비교하지 않기 때문이다. 외려 모든 것이 어린아이 장난처럼 필연이 결여되고 부자의 변덕에 가까우면 가까울수록 이 신청은 불가피한 요소가 흐려지고, 그만큼 도루가 받아들이기 쉬운 것이 되었다. 숙명이라고는 없는 그가 불가피함이라는 실에 휘감길 일은 없었다.

요컨대 이 이야기는 교육의 가면을 쓴 시혜의 신청이었다. 보통의 외골수 소년처럼 도루는 "나는 거지가 아닙니다."라고 소리칠 수도 있을 것이다. 하지만 그것은 너무 소년 잡지 같은 반항이었고, 도루에게는 더 정체를 알 수 없는 미소라는 무기가 있었다. 본질적인 거절로 사물을 받아들인다는 무기가.

사실 가끔 거울을 볼 때 자기 미소의 은은함을 잘 살펴보면, 거울에 비치는 빛의 정도에 따라 소녀의 미소와 닮았다고 느낄 때가 있었다. 어딘가 먼 나라의 말이 통하지 않는 소녀는 이 미소를 타인과 이어지는 유일한 통로로 삼고 있는지도 모른다. 자기 미소가 여성스럽지는 않다. 하지만 교태도 아니거니와 수줍음도 아닌, 밤과 아침 사이 어스레한 빛 속에서 밝아 오는 길과 강이 구분되지 않는, 한 발 내디디면 익사할지도 모르는 위험을 상대방 때문에 안고 있고, 망설임과 결단 사이의 가장 미묘한 둥지 안에서 기다리는 새 같은 미소는 듬직한 남자의 미소라고는 할 수 없다. 도루는 혹시 이 미소는 아버지에게서도 어머니에게서도 아닌, 어린 시절 어딘가에서 만난 낯선 여자에게서 물려받은 것은 아닐까 하고 생각할 때가 있었다.

……또 한편으로, 받아들이는 도루가 자기 값어치를 잘못 생각해 자만에 빠졌기 때문이 아님도 분명했다. 구석구석까지 제 눈에 자기가 보여, 어떤 날카로운 눈을 가진 타인도 도루 자신만큼 도루가 보이지 않는다는 점이 그의 자존심의 근거였으므로, 어떤 식으로 도루가 타인의 눈에 비치더라도 그에게 금전을 베푸는 신청은 말하자면 도루의 그림자에 베푸는 시혜이고, 자존심에 상처를 줄 만한 것은 아무것도 없었다. 도루는 안전했다.

그런데 상대방의 동기가 그렇게나 이해 불가능한 것일까? 여기에도 조금도 이해 불가능한 것이 없다. 도루는 알고 있었다. 심심한 인간은 지구를 고물 장수에게 팔아 치우고도 태연하다는 것을.

……도루는 무릎을 안고 꾸벅꾸벅 졸며, 이미 자기 생각은 정리했지만 '네.'라고 말하는 것은 소장이 좀 더 초조해지고 설득하는 데 쏟은 땀을 다른 사람에게 자랑할 수 있을 때까지 기다리는 것이 예의라고 생각했다.

도루는 지금 자신이 꿈을 꾸지 않는다는 사실이 새삼 기뻤다. 소장을 위해 모기향을 피워 두었지만 모기가 와서 도루의 발을 물었다. 그 가려움이 졸음 속에서 달이 뜬 것처럼 빛났다. 도루는 자기 발을 긁은 손을 다시 씻어야겠다고 멍하니 생각했다.

"이제 졸려 보이네. 야근한 날이니 무리도 아니지. 이런, 벌써 11시 반이다. 너무 오래 있었군. 그럼, 야스나가 군. 이 이야기는 된 거지. 승낙한 거지." 하고 소장은 일어서서 도루의 어깨를 손으로 누르듯이 힘주어 잡았다.

도루는 그제야 번쩍 잠에서 깬 척했다.

"네. 좋습니다."

"승낙해 주는 거지."

"네. 승낙합니다."

"이야, 고마워. 나머지는 내가 부모를 대신해서 이야기를 진행하려는데, 괜찮지."

"네. 부탁합니다."

"나도 이 출장소에서 자네처럼 우수한 인재를 잃어 굉장히 유감이야." 하고 소장은 말했다. 차 운전은 도저히 할 수 없을 정도로 취했기에 도루는 근처까지 나가 택시를 불러서 소장을 집으로 태워 보내고 돌아왔다.

15

 다음 날도 비번이어서 도루는 하루 종일 영화를 보기도 하고 항구에 배를 보러 가기도 했다. 그다음 날 아침 9시부터 다시 도루가 근무할 차례였다.
 몇 번인가 태풍이 오고 나서 늦더위의 하늘이 비로소 여름 구름을 보였다. 이 신호소에서 보는 여름도 아마 마지막이 될 것이라고 생각하자 오가는 구름이 한층 눈에 띄었다.
 그 해질녘 하늘은 아름다웠다. 먼바다의 몇 줄기 가로진 구름 저편에 적란운이 신처럼 멈춰 서 있었다.
 옅은 오렌지색을 띤 삼엄한 그 구름은 그러나 뒤통수가 또 가로진 구름에 잘렸다. 적란운의 억센 근육은 여기저기서 수줍은 장미색을 띠고, 구름 뒤 푸른 하늘은 숭고한 물색으로 쏟아져 내리고, 어떤 가로진 구름은 어둡고 또 어떤 가로진 구름은 활시위처럼 빛났다.

그 구름은 가장 가까이 있고 가장 높게 보이는 적란운으로, 훨씬 먼 바다까지 일렬로 이어지는 수많은 적운은 어떤 과장된 원근법으로 맑은 대기 속에 계단식으로 키를 낮추었다. 그렇다면 그것은 구름의 사기가 아닐까 도루는 생각했다. 실은 점점 낮아지는 구름의 횡대가 원근법을 모방해 눈을 속이는지도 모르는 것이다.

하얀 하니와[64] 병사 무리처럼 죽 늘어선 구름 중에는 위쪽이 검게 소용돌이치며 회오리처럼 하늘로 이어진 것도 있다. 반쯤 무너지는 형태로 장미색에 물든 것도 있다. 이내 가로진 구름의 색이 하나하나 옅은 빨강, 노랑, 보라로 나뉘더니 이어서 적란운의 색도 건강함을 잃었다. 도루가 깨달았을 때 방금 그렇게 하얗게 빛나던 신의 얼굴은 잿빛 죽은 얼굴이 되었다.

---

64 埴輪. 3세기에서 6세기 사이 일본 고분에서 발견되는 장식물로서 고분 위에 적갈색 흙으로 만든 동물 따위의 상.

16

혼다는 도루의 생일이 1954년 3월 20일이란 것을 알고 잉 찬이 죽은 날이 그보다 나중이면 논외가 되므로 여러 연고를 거치며 알아보았지만, 확실히 밝히지 못하고 시간이 흐르는 와중에 도루를 양자로 맞는 수속에 들어가고 말았다.

잉 찬의 쌍둥이 언니에게서 들은 바는 잉 찬이 죽은 때가 '봄'이라는 것뿐, 그 날짜를 확인하지 못한 일이 후회스러웠다. 그 뒤 미국 대사관에 연락해 이미 미국으로 돌아간 언니의 주소를 알고 두세 번 문의하는 편지를 보냈지만 감감무소식이었다. 이윽고 상황이 궁해져 외무성에 있는 친구에게 부탁해 방콕에 있는 일본 대사관을 통해 알아보도록 했지만 지금 조사 중이라는 답변만 올 뿐 그 뒤로 아무런 소식도 없다.

돈을 아끼지 않는 방법이라면 얼마든지 생각해 낼 수 있지만 혼다가 가진 노년의 초조함과 심한 인색함은 도루의 양자

입양에만 급급하고 잉 찬의 기일을 조사하는 일은 소홀히 하게 했다. 여러 가지로 귀찮았던 것이다.

1952년 당시 재산의 고전적 삼분법[65]에 불안을 느꼈던 혼다의 신경은 아직 젊고 유연했으리라. 그런 고전적 상식이 무너진 지금, 혼다는 외려 고집을 부리며 자기보다 열다섯 살이나 어린 재무 고문과 싸워 헤어지고 말았다.

그래도 물론 지난 이십삼 년 동안 재산은 적어도 다섯 배가 불어나 17, 8억 엔이 됐다. 1948년에 얻은 3억 6천만 엔은 1억 2천만 엔씩 깔끔하게 삼등분하여 토지, 증권, 은행 예금으로 배분했다. 토지는 열 배가 되고, 증권은 세 배가 되고, 예금은 줄었다.

혼다는 오래된 영국식 클럽에서 윙 칼라를 입고 당구를 치는 신사들의 자산주 취향을 벗지 못했다. 도쿄 해상, 도쿄 전력, 도쿄 가스, 간사이 전력 같은 '품격 있고 견실한' 주식의 주주인 것이 신사의 자격이었던, 그 시대의 투기를 경멸하는 취향에서 자유롭지 못했다. 하지만 재미없는 자산주로만 채워도 지난 이십삼 년 사이 자산 가치는 세 배나 됐으며, 배당금의 15퍼센트가 소득 공제된 덕분에 배당금 수입으로 내는 세금은 문제될 것이 없었다.

주식 또한 넥타이 취향과 같아서, 요즘 유행하는 과감하게 화려한, 프린트 무늬의 폭이 넓은 타이는 노인에게는 어울리지 않았다. 그것을 매지 않으면 거기서 발생하는 이득을 받을

---

65 재산을 부동산·현금·주식으로 나누어 관리하는 것.

수 없는 대신 그것이 초래하는 위험을 무릅쓰지 않아도 된다.

1960년부터 십 년간 사람들은 미국이 그랬듯 서서히 주식으로 그 사람 나이를 점칠 수 있게 됐다. 화려한 우량주는 날이 갈수록 저급해지고, 날이 갈수록 어떤 내력인지도 모르는 것이 됐다. 트랜지스터라디오의 작은 부품을 제조하는 업체가 연 매출 100억 엔을 기록하고, 50엔이었던 주가가 1,400엔으로 오르는 일이 일상다반사였다.

주식 품격에는 이렇게나 신경을 쓰면서 혼다는 토지 품격은 조금도 신경 쓰지 않았다.

1953년, 사가미하라(相模原) 미군 기지 주변에서는 미국인에게 임대하는 집을 짓는 것이 아주 높은 수익을 올렸다. 당시에는 토지 매입보다 집을 짓는 데 더 돈이 들었다. 혼다는 재무 고문의 권유로 집은 쳐다보지도 않고 1만 평 나대지를 1평당 300엔에 샀다. 그것이 지금은 1평당 7, 8만 엔으로 올라, 300만 엔에 산 토지가 7억 5천만 엔이 됐다.

물론 이것은 요행이라고 할 만한 것으로, 운 좋은 토지도 있고 운 나쁜 토지도 있었다. 그래도 가격이 내려간 토지는 한 평도 없었다. 이렇게 되니, 원금 3억 6천만 엔에 해당하는 산림을 적어도 절반은 산림 상태로 받아 두면 좋았을 텐데 그러지 않아 지금 와서 후회가 됐다.

돈 벌기는 이상한 경험이다. 혼다가 더 대담했다면 재산을 몇십 배는 더 불릴 수 있었다는 생각이 드는 한편으로, 오직 견실함 하나로 살아왔기 때문에 재산을 잃지 않을 수 있었다는 생각이 들어, 자신이 걸어온 길이 최선의 길이었다고 생각할 수밖에 없었다. 그렇지만 희미한 후회와 불만이 있었다. 이 느낌을 더 파고들면 자신의 천성에 대한 회한이라고 할 만한 것에 부닥치고, 거기서 일종의 불건전한 정서가 생기는 것은 어쩔 수 없다.

혼다는 적어도 시대착오적인 재산 삼분법을, 손해를 볼 것을 알면서도 원칙으로 지켜 안정적 기분을 얻었다. 그것은 옛날식 자본주의의 삼위일체를 숭배하는 것이다. 거기에는 또한 어떤 신성한 데가 있고, 자유주의 경제의 예정 조화의 이상이 잔광을 발하고 있었다. 또 그것은 원시적이고 불안정한 단일 문화로 괴로워하는 식민지에 대해 본국의 신사들이 가지는, 느긋하고 이지적인 자부심과 균형 감각을 상징했다.

하지만 그런 삼분법이 아직 일본에 있을까. 세법이 바뀌지 않는 한, 모든 기업이 자기 자본에 따른 경영으로 되돌아가지 않는 한, 은행이 융자 담보로 토지를 요구하기를 그만두지 않는 한, 일본 국토라는 거대한 전당물은 고전적 법칙 따위는 신경 쓰지도 않고 분명 계속 가격이 오를 것이다. 이 가격 상승이 멈추는 때는 경제 발전이 멈췄을 때든가, 아니면 공산당 정부가 생겼을 때밖에 없다.

그것을 백번도 알고 있으면서 혼다는 안전하고 견실하고 낡은 환상에 충실하고자 했다. 생명 보험에도 가입하고, 나날이 붕괴하는 화폐 가치를 차라리 우둔하게 수호하는 자가 되고자 했다. 혼다에게는 이사오가 그토록 격렬하게 살았던 시대의, 금본위제라는 먼 황금빛 환영이 남아 있는지도 모른다.

자유주의 경제학의 아름다운 예정 조화 꿈이 무너진 때는 훨씬 오래전이지만, 마르크스주의 경제학의 변증법적 필연성도 이미 오래전부터 수상했다. 멸망이 예언되었던 것이 살아남고, 발전이 예언되었던 것이(확실히 발전은 했지만) 별개의 것으로 변질됐다. 순수한 이념이 살아갈 여지는 어디에도 없었다.

세계가 붕괴를 향해 간다고 믿는 일은 간단하고 혼다가 스무 살이라면 그것을 믿기도 했겠지만, 세계가 좀체 붕괴하지 않는 것이야말로 그 표면을 스케이터처럼 타며 살다가 죽는 사람에게는 소홀히 할 수 없는 문제였다. 얼음이 깨질 줄 안다면 누가 타겠는가. 또 절대로 깨지지 않음을 안다면 타인이 실수하는 즐거움을 잃어버린다. 문제는 자신이 얼음을 타는 동안 깨지느냐 아니냐일 뿐이며, 혼다가 타는 시간은 이미 정해져 있었다.

그리고 그동안에도 이자와 각종 이득은 시계가 똑딱똑딱 지날수록 조금씩 증가했다.

사람들은 그렇게 재산이 조금씩 늘어난다고 생각한다. 물가 상승률을 추월할 수 있다면 사실 재산은 늘어나는 것이 틀림없다. 게다가 원래부터 생명과 반대되는 원리에 선 그러한 증가는 생명 쪽에 선 것을 조금씩 침식하는 방법으로만 있다. 이자 증식은 시간의 흰개미가 침식하는 것과 똑같았다. 어딘가에서 조금씩 이득이 증가하면, 시간의 흰개미가 조금씩 착실하게 갉아먹는 소리가 뒤따른다.

그때 사람은 이자가 생겨나는 시간과 자신이 살아가는 시간의 성질이 다름을 깨닫는다…….

— 이런 것은 혼다가 일찍 눈을 뜬 침상에서 새벽빛을 기

다리며 생각을 좇는 놀이에 빠져 있을 때쯤이면 반드시 반복해서 하는 생각이었다.

이자는 한없는 시간의 평야 위에 이끼처럼 무성하게 늘어난다. 우리는 그것을 끝까지 좇을 수는 없다. 우리의 시간은 쉬지 않고 언덕길을 따라 우리를 어김없이 절벽 위로 데려가기 때문이다.

자의식이 자아하고만 관련된다고 생각했던 시절의 혼다는 아직 젊었다. 자신이라는 투명한 수조 안에 검은 가시투성이 성게 같은 실질이 떠 있고, 그것과 관련된 의식만 자의식이라고 부른 혼다는 젊었다. '항상 변하리니, 폭류처럼.' 인도에서 그것을 깨달은 후, 매일매일의 생활 속에서 체득하기까지 삼십 년이나 걸렸다.

나이가 들면서 결국 자의식은 시간의 의식에 귀착했다. 혼다의 귀는 흰개미가 뼈를 갉아먹는 소리를 들을 수 있게 되었다. 일 분 일 분, 일 초 일 초, 두 번 다시 돌아오지 않는 시간을 사람들은 얼마나 희박한 생의 의식으로 빠져나가는가. 나이가 들어서야 비로소 그 한 방울 한 방울에 농도가 있고 취기까지 있음을 배우는 것이다. 희귀한 포도주의 농밀한 한 방울 한 방울처럼, 방울져 떨어지는 아름다운 시간. …… 그렇게 피를 잃듯 시간을 잃어 간다. 모든 노인은 바싹바싹 말라 죽는다. 풍성한 피와 풍성한 취기를 본인은 조금도 의식하지 못하고 그것들이 끓어오르던 멋진 시기에 시간을 멈추기를 게을리한 대가로.

그렇다. 노인은 시간이 취기를 품고 있음을 배운다. 배웠을 때는 이미 취할 정도의 술을 잃은 후다. 왜 시간을 멈추려고 하지 않았는가?

그렇게 자책해 보아도 혼다는 자신이 게으름이나 겁 때문에 그래야 했을 때 시간을 멈추지 못했다고는 생각하지 않았다.

눈꺼풀 뒤로 이윽고 번져 들어온 새벽빛을 느끼며 혼다는 머리를 베개에 댄 채 마음속으로 독백했다.

'아니다. 내게는 시간을 멈추는 데 '지금이 아니면'이라고 할 만한 때가 없었다. 숙명 같은 것이 만약 내게도 조금이나마 있다면 '시간을 멈출 수 없었다'야말로 나의 숙명이었다.

자신에게는 청춘의 절정이라고 할 만한 때가 없었으므로 멈춰야 할 때가 없었다. 절정에서 멈춰야 했다. 하지만 절정은 분별할 수 없었다. 이상하게도, 그 점에는 후회가 없다.

아니다. 설사 청춘을 조금 지난 시기라 해도 좋다. 만약 절정이 온다면 거기서 멈춰야 한다. 다만 절정을 알아보는 눈을 인식의 눈이라고 한다면, 나는 거기에 조금 이견이 있다. 나만큼 인식의 눈을 쉬지 않고 움직이고, 나만큼 의식을 촉각도 잠들지 못하게 하며 살아온 남자는 달리 없을 것이기 때문이다. 절정을 알아보는 눈은 인식의 눈만으로는 부족하다. 거기에는 숙명의 도움이 필요하다. 하지만 내게는 최소한의 희박한 숙명밖에 주어지지 않았음을 나 자신이 잘 안다.

그것을 내 강인한 의지가 숙명을 막았기 때문이다, 라고 말하기는 쉽다. 정말 그럴까. 의지는 숙명의 남은 찌꺼기는 아닐까. 자유 의지와 결정론 사이에는 인도의 카스트처럼 선천적인 귀천의 구별이 있지는 않을까. 물론 천한 것은 의지 쪽이다.

젊었을 때 나는 그렇게는 생각하지 않았다. 모든 인간 의지는 역사에 관여하려는 의지라고 생각했다. 그 역사는 어디로 갔는가? 그 비틀거리기만 하던 구걸하는 노파는?

······그러나 어떤 유의 인간은 생의 절정에서 시간을 멈추는 천부적 재능을 지녔다. 나는 내 눈으로 그런 인간을 봐 왔으므로 믿을 수밖에 없다.

얼마나 굉장한 능력이고 얼마나 굉장한 시이고 얼마나 굉장한 행복인가. 산꼭대기에 올라 하얀 눈의 반짝임이 눈에 닿는 순간, 그곳에서 시간을 멈출 수 있다는 것은! 그때, 산의 미묘한 마음을 우뚝 솟게 하는 듯한 경사와 고산 식물의 분포는 이미 그에게 예감을 주었으며 시간의 분수령은 분명히 예각할 수 있었다.

조금 더 가면 시간은 상승을 멈추고, 쉴 새 없이 끝없는 하강에 접어들 것을 안다. 하강하는 길에서 많은 사람은 천천히 수확을 거두기를 기대한다. 하지만 수확 따위가 뭐란 말인가. 그 길에서는 물도 길도 곧장 아래로 떨어진다.

아, 육체의 영원한 아름다움! 그것이야말로 시간을 멈출 수 있는 인간의 특권이다. 지금, 시간을 멈추려고 하는 절정 직전에 육체의 아름다움의 절정이 나타난다.

하얀 눈의 절정을 정확히 예감한 사람의 육체가 지닌 맑은 아름다움. 불길한 순수함. 모멸하는 냉정함. 그때 인간의 미와 영양(羚羊)의 미가 멋들어지게 일치한다. 고상하게 뿔을 세우고, 거절에 눈물을 머금은 상냥한 눈빛으로, 흰 반점이 섞인 유려한 앞발굽을 약간 들어 올리며, 반짝이는 산꼭대기의 눈을 머리에 올리고, 결별의 자부심으로 가득 차.

지상에 남기고 가는 것, 시간이 흐르기를 멈추지 않는 곳에 계속 있는 자들을 향해 손을 들어 결별 인사를 하려고 해도, 내게 그런 것은 도무지 어울리지 않는다. 내가 갑자기 길모퉁이에서 손을 들어 결별 인사를 하기라도 하면 잘못해 택시가 와서 멈추리라.

나는 시간을 멈추지는 못한 채, 그저 계속 택시만 멈춰 왔는지도 모른다. 자신을 또 다른 지점으로, 거기서도 역시 시간의 흐름이 멈추지 않는다는 것을 아는 다른 장소로 단호한 의지를 가지고 옮겨 가기 위해. 오직 그것만을 위해. 시도 없고 행복도 없이.

……시도 없고 행복도 없이! 이것이 가장 중요하다. 살아가는 비결은 그것밖에 없다는 것을 나는 안다.

시간을 멈춰도 윤회가 기다린다. 그것 또한 나는 이미 알고 있다.

도루에게는 나와 마찬가지로 결코 그런, 막연하고 불안한 시도 행복도 허용해서는 안 된다. 이것이 그 소년에 대한 나의 교육 방침이다.'

……혼다는 거기까지 생각하고 잠에서 완전히 깨 몸 여기저기에 고인 아픔과 목 가래로 하루가 시작되었다는 의식을 선명히 확인하며, 자는 동안 따로따로 흩어진 것들을 다시 짜 맞춰야 한다는 의무 같은 것에 사로잡혀 낡은 접이의자를 세우듯 자기 몸을 침상에서 일으켰다. 방은 환해졌다. 베개 바로 옆에 있는 인터폰으로 일어났다고 알리는 것이 습관이었지만,

문득 생각난 것이 있어 관두고 대신에 다른 선반에서 마키에[66] 상자를 가져와 도루의 서류를 꺼내 필요한 부분을 유심히 다시 읽었다.

「양자 입양 조사 보고서」

    접수번호   M 제2582호

    신청자 번호   제1493호

    혼다 시게쿠니 귀하

                              1970년 8월 20일

                           주식회사 다이니치 흥신소

    이름   야스나가 도루 1954년 3월 20일생 (16세)

    본적   시즈오카현 이하라군 유이정 6-152

    현주소 시즈오카현 시미즈시 후나바라정 2-10 메이와소

    (1) 본인 사항

    ① 경력과 현황 (생략)

    ② 체질과 용모 (생략)

    ③ 성격과 품행

    두뇌는 명석하며 IQ 159라는 이례적으로 높은 수치를 봐도 영재임을 알 수 있다. IQ 140 이상 출현률은 0.6% 정도로 IQ 100 정도가 47%인데 비해 극히 적다. 이렇게 재능이 뛰어난 소년이 일찍 부모를 잃고 가난한 삼촌 손에 자랐다는 불행한 사정 때문에 중졸로 학력을 중단해야 했던 일은 애석하기 그지없

---

66 蒔繪. 칠기 표면에 옻칠로 무늬를 그리고 그 위에 금이나 은가루를 뿌리는 공예 기법.

다. 게다가 자기 영특함에 취하지 않고 단조로운 일을 양심적이고 충실하게 하며 겸허한 태도로 상사와 동료들에게도 사랑을 받았음은 그 사람의 인품이라고 해야 할 것이다. 여하튼 아직 열여섯 살이므로 품행에 대해서는 어떤 평가도 할 수 없지만, 근처 사람들에게서 바보 취급 받고 비웃음을 받는 광인 기누에라는 여성을 비호하고 진지하게 상대한다는 소문은 결코 이성 관계에서 나온 것이 아니라 본인의 상냥한 마음씨와 휴머니즘을 증명하는 것이다. 기누에도 연하의 도루를 신처럼 존경한다.

④ 취미와 취향

취미라고 할 만한 것은 아무것도 없으며 휴일에는 도서관에 가거나 영화를 보러 가거나 시미즈항에 배를 구경하러 가는 것이 전부인데, 다소 고독한 기질이 있어 놀러 나갈 때도 혼자일 때가 많은 듯하다. 다만 미성년자임에도 담배 피우는 습관이 있는데, 이것도 단조롭고 고독한 일의 성질상 어쩔 수 없는 부분이라고 여겨진다. 담배 때문에 생긴 건강 문제는 나타나지 않는다.

⑤ 결혼 여부

물론 미혼이다.

⑥ 사상과 교우 관계

연소자인 이유도 있는데, 과격한 정치 활동에는 일절 관여하려는 의향이 없고 오히려 모든 정치 활동을 혐오하는 듯하며, 회사에는 현재 노동조합이 없는데 조합 결성의 움직임에도 관여하는 모습이 없다. 독서력은 연소자임에도 굉장히 풍부하고 독서 경향도 다방면에 걸쳐 있으나 소장한 책은 거의 없어

열심히 도서관에 다니며 비범한 기억력으로 내용을 마스터하고 오는 듯하다. 좌우 불문 과격한 사상서를 탐독한 흔적은 없으며, 오히려 백과사전식 지식의 축적을 의도하는 듯 보인다. 친구는 중학교 시절 옛 친구 두세 명 정도로 가끔 왕래하기는 하나 특별히 친한 사이는 아닌 듯하다.

⑦ 종교와 신앙

돌아가신 부모의 종교는 불교이나 본인은 종교에 대한 관심이 희박하고, 또 어떤 신흥 종교에 소속되지도 않았으며, 신자들의 집요한 권유도 계속 거절하며 오늘에 이르렀다.

(2) 가정 (생략)

(3) 집안, 혈통, 친족 관계

아버지 쪽, 어머니 쪽 모두 증조부까지 조사했지만 정신 질환의 원인은 보이지 않는다. (이하 생략)

17

혼다는 10월 말의 어느 날을 도루에게 양식 예절을 가르치는 첫날로 정해, 소응접실에 식탁을 차리고 출장 프랑스 요리와 출장 급사를 불러 정찬 형식의 저녁 식사를 주문하고 막 만들어 온 남색 정장을 도루에게 입혔다. 우선 의자에 앉는 법부터 시작해, 깊숙이 앉아 의자와 식탁 사이를 되도록 가깝게 하고 절대로 식탁에 팔꿈치를 올리고 턱을 괴지 말 것, 접시 위로 고개를 숙이지 말 것, 양 팔꿈치를 옆구리에 꼭 붙일 것 등을 하나하나 가르치고, 냅킨을 펴는 법부터 수프를 마시는 법, 숟가락을 기울여 입에 넣으면 소리가 나지 않는다는 것까지 만반의 주의를 주었다. 도루는 순순하게 지시에 따르고, 하지 못하는 부분은 몇 번이나 고쳐 다시 했다.

"양식 예절은 시시하게 보이지만," 하고 혼다는 가르치면서 말했다. "바른 예절로 자연스럽고 여유롭게 양식을 먹으면, 그것을 보기만 해도 상대방은 안심하는 법이야. 바르게 자랐다는 인상을 조금만 주어도 사회적 신용은 급격히 올라가고, 일본에서 '바르게 자랐다.' 함은 다시 말해 서양식 생활을 몸으로 체득했다는 뜻이니까 말이야. 순연한 일본인이란 하층 계급이든가 위험인물이든가 둘 중 하나야. 둘 다 앞으로 일본에서는 적어지겠지. 일본이라는 순수한 독은 엷어져서 이제 세계 어느 나라 사람의 입맛에도 맞는 기호품이 된 것이야."

그렇게 말하며 혼다가 이사오를 떠올렸음은 의심의 여지가 없다. 이사오는 아마 양식 예절 따위는 몰랐을 것이다. 이사오의 고귀함은 그런 것과 관련 없었다. 그렇기 때문에 도루는 열여섯 살 때부터 양식 예절을 배워야 했다.

요리는 왼쪽에서 운반되고, 음료수는 오른쪽에서 운반되고, 나이프와 포크는 바깥쪽부터 집을 것, ……정신없이 죄다 가르치며, 그것을 배우는 도루가 물속에서 뭔가를 잡는 잠수부처럼 천천히 손을 뻗는 모습을 바라보며, 혼다는 이렇게 덧붙였다.

"식사할 때는 적당히 말을 하며 대화에서 사람 기분을 편안하게 해야 해. 음식을 씹으며 말하면 입 속의 것이 튀어나오니까 사람이 말을 걸면 자기가 씹는 타이밍과 잘 맞춰야 해. 아버지가 말을 걸 테니 잘 대답해 보려무나. ……그래. 오늘 밤부터 아버지를 아버지라고 생각하지 말고, 어느 훌륭한 세상 사람이고 그 사람이 날 귀여워하면 여러모로 득을 볼 수 있다고 생각해 보려무나. 둘이서 연극을 하는 거야. 알겠니. 너는 공부를 잘하고 가정교사는 세 명 모두 굉장히 감탄하는데,

친구를 조금도 만들려고 하지 않는 것은 왜일까.”

"딱히 친구를 원하지 않으니까요.”

"그것 봐, 그렇게 대답하면 안 돼. 그 말 하나로 세상 사람들은 너를 차가운 눈으로 보며 이상한 사람이라고 생각할 거야. 그러면 어떻게 대답해야 되겠니?”

"……."

"안 되겠네. 공부를 잘해도 상식이 없으면 안 돼. 되도록 쾌활하게 이렇게 대답하는 거야. '지금은 공부로 바빠서 친구 만들 시간이 없지만 고등학교에 들어가면 자연히 친구가 생길 거예요.' 말해 보렴.”

"지금은 공부로 바빠서 친구 만들 시간이 없지만 고등학교에 들어가면 자연히 친구가 생길 거예요.”

"그래그래, 그렇게 하는 거야. ……자, …… 그리고 미술 이야기로 넘어가. 이탈리아 미술에서 어떤 걸 좋아하니.”

"……."

"이탈리아 미술에서 어떤 걸 좋아하니.”

"만테냐[67]요.”

"어린아이가 만테냐라니 터무니없어. 게다가 상대방은 아마 이름도 들어 보지 못했을 테니 그런 대답으로는 불쾌한 인상만 줄 뿐, 너는 아는 척하는 잔재주 있는 아이로 여겨질 거야. 이렇게 대답하면 돼. '르네상스는 멋지죠.' 말해 보렴.

---

67 Andrea Mantegna. 1431~1506. 르네상스 시기 이탈리아 북부에서 활동한 궁정 화가로 신화적 주제를 극단적 원근법을 사용한 프레스코로 표현했다.

"르네상스는 멋지죠."

"바로 그거야. 그런 대답은 상대방이 우월감과 연민을 갖게 하고 너를 귀여워하게끔 만들어. 그리고 어설프게 아는 지식을 네게 강의할 기회를 주지. 그 내용이 전부 틀려도, 또 틀리지 않은 부분은 전부 네가 이미 알고 있는 것이라 해도, 호기심과 존경의 눈빛을 빛내며 들어야 해. 세상이 젊은이에게 요구하는 역할은 속기 쉬운 성실한 청자, 그 이상 아무것도 없어. 상대방이 마음껏 말하게끔 하면 네가 승자가 되는 거야. 그걸 한시도 잊지 마라.

세상은 결코 젊은이에게 뛰어난 재주를 요구하지는 않지만, 동시에 지나치게 균형 잡힌 젊음을 만나면 처음부터 의심하는 경향이 있어. 너는 선배의 흥미를 끌 만한 어떤 무해한 외고집을 가져야 해. 기계를 만지작거린다든지, 야구나 트럼펫처럼 되도록 평균적이고 추상적이고 정신과 아무런 관련 없는, 당연히 정치하고도 아무런 연관 없고 게다가 그다지 돈도 들지 않는 취미 말이야. 그걸 발견하면 선배들은 네 잉여 에너지의 배출구를 알게 돼서 안심해. 그 점에서는 다소 과장되게 자부심을 보여도 좋아.

고등학교에 들어가면 공부에 방해가 되지 않는 정도로 스포츠를 해야 하는데, 그것도 건강함이 겉으로 두드러져 보이는 스포츠가 좋아. 스포츠를 한다고 하면 사람들이 바보로 생각해 주는 이득이 있어. 정치는 아무것도 모르고 선배한테는 충실한 것만큼 지금 일본에서 요구하는 미덕은 없으니 말이다.

너는 학교를 최고 성적으로 졸업하면서도 사람을 안심시키는 바보스러움의 미덕을, 바람을 가득 품은 아름다운 연처럼 품고 있어야 해.

돈에 대해서는 고등학교에 들어가면 가르쳐 주마. 지금 너는 돈 걱정은 전혀 하지 않아도 되는 부족함 없는 신분이니까."

―얌전한 도루에게 이렇게 집요하게 설파하는 사이, 어느덧 혼다는 눈앞에 기요아키와 이사오와 잉 찬을 두고 대답이 돌아오지 않는 푸념을 늘어놓는 기분이 들었다.

그들도 그렇게 했다면 좋았을 것이다. 자기 숙명을 직진해 완성하려 하지 말고 세상 사람들과 보조를 맞추고 날아가는 능력을 사람들 눈에서 숨기는 지혜를 갖추었으면 좋았을 것이다. 날아가는 인간을 세상은 용서하지 않는다. 날개는 위험한 기관이다. 날기 전에 자멸로 이끈다. 그 바보들과 잘 타협하기만 했다면 날개 같은 것은 보아도 보지 않은 척을 해 주었을 것이다. 그뿐 아니라 "그 사람의 날개는 그저 액세서리일 뿐이에요. 신경 쓸 필요 없어요. 사귀어 보면 극히 평범하고 상식적인 신뢰할 수 있는 사람이니까요."라며 여기저기에 선전해 주었을 것이다. 이렇게 입으로 전해지는 보증은 대체로 약해지지 않는다.

기요아키도 이사오도 잉 찬도 전혀 이런 수고를 하지 않았다. 그것은 인간 사회에 대한 모멸이기도 하고 오만이기도 하여 조만간 벌을 받는다. 그들은 고뇌에서조차 지나치게 특권적으로 행동했던 것이다.

18

　가정교사 세 명은 모두 도쿄 대학의 수재였는데 한 명은 사회와 국어를, 한 명은 수학과 과학을, 한 명은 영어를 가르쳤다. 1971년 입시에서는 지금까지의 OX식 문제를 대신해 주관식 문제가 늘어날 것으로 예상하며, 영어 듣기와 국어 작문이 늘어날 것이라고 했다. 도루는 갑자기 영어 방송 뉴스 듣기를 해야 했고, 이것을 테이프에 녹음해 귓가에서 수십 번이나 들어야 했다.
　과학에서는 지구와 천체의 운동에 대해 다음과 같은 기출 문제가 있었다.
　(1) 새벽에 금성이 가장 오래 관측될 때 금성은 어느 위치에 있는가? 그림 속 부호로 답하시오.
　(2) (1)의 위치에 있는 금성을 천체 망원경으로 관찰하면 어떤 형태로 보이는가? 다음 ①~④ 중 가장 알맞은 것 하나를 골

라 부호로 답하시오.

① 서쪽 절반이 밝게 보인다.

② 동쪽 절반이 밝게 보인다.

③ 초승달처럼 가늘고 밝게 보인다.

④ 동그랗게 밝게 보인다.

(3) 일몰 시 화성이 정남쪽 하늘에서 밝게 보일 때 화성은 어느 위치에 있는가? 그림 속 부호로 답하시오.

(4) 오전 0시경 화성이 정남쪽 하늘에서 밝게 보일 때 화성은 어느 위치에 있는가? 그림 속 부호로 답하시오.

……도루는 바로 그림 위의 B점을 가리켜 문제(1)의 정답을 골랐고, 문제(2)에서는 ③을 고르고, 문제(3)에서는 L점을 가리키고, 또 문제(4)에서는 태양-지구-화성이 일렬로 늘어선 G점을 바로 찾아, 네 문제 모두 정답을 맞혀 가정교사를 놀라게 했다.

"이 문제는 전에 풀어 본 적이 있니?"

"아뇨."

"그런데 어떻게 이렇게 빨리 답을 맞힐 수 있지?"

"화성과 금성은 매일 보고 있으니 잘 알아요."

도루는 어린아이가 자신이 기르는 작은 동물의 습성에 대한 질문을 받고 올바르게 대답한 것처럼 당연하다는 표정으로 말했다. 실제로 별들은 그 신호소 망원경의 작은 우리 안에서 온종일 쳇바퀴를 굴리는 생쥐 같은 존재였다. 그는 단지 바라보기만 하며 그것들에게 사념의 먹이를 주었다.

하지만 도루는 자연을 그리워하지도, 망원경 속 세계를 상실한 것을 슬퍼하지도 않았다. 그 이상할 정도로 단순한 일 그 자체에 그가 사랑했던 '일'의 감각이 있고, 수평선 너머를 바라보는 것이 그의 행복의 근거였지만, 사랑도 행복도 잃어서 아쉽지는 않았다. 적어도 스무 살 성인이 될 때까지는 노인 슬하에서 동굴 속을 손으로 더듬으며 걸어갈 것을 스스로에게 부과했다.

가정교사는 혼다가 직접 면접을 하고 되도록 밝고 세속적인 성격의 수재를, 도루가 본받을 만한 사람을 고르려고 유념했는데, 원숭이도 나무에서 떨어진다더니 국어를 가르치는 후루사와(古沢)라는 학생은 도루의 머리뿐 아니라 성격에도 각별한 관심을 가지고 공부에 지친 도루를 달랠 겸 근처 찻집에 데리고 가거나 때로는 멀리까지 산책도 같이 가곤 하여, 그 밝은 겉모습에 속은 혼다는 외려 감사를 표했다.

도루 또한 아무렇지 않게 혼다를 나쁘게 말하는 후루사와가 좋았다. 자신은 절대로 경망스럽게 맞장구치지는 않았지만. 어느 날은 혼고 마사고 언덕을 어슬렁어슬렁 내려와, 구청 앞에서 왼쪽으로 꺾어 스이도바시를 향해 둘이서 걸었다. 6호선 지하철 공사로 차도가 엉망이고 곳곳마다 높은 망루가 세워져 고라쿠엔 쪽 전망은 가려져 있었는데, 롤러코스터는 섬세한 철골로 짜여 있어서 여기저기 올이 풀린 텅 빈 바구니처럼 11월 하순의 이른 저녁 빛 하늘을 그 사이로 보여 주었다.

트로피와 우승컵 가게, 운동용품 가게, 메밀국숫집 등을 지나 두 사람은 고라쿠엔 유원지 입구가, 무지개색 벽에 아치를 뚫어 두 줄로 이어진 전구가 왼쪽에서 오른쪽으로 쉼 없이 흐르며 점멸하는 모습이 강 건너 보이는 곳까지 왔다. '8시까지 하는 야간 영업은 11월 23일까지만 합니다.'라는 입간판이 세워졌다. 그렇다면 밤마다 빛에 탐닉하는 이 주변 밤하늘은 이제 이삼일 뒤에 끝나는 셈이다.

"어때, 저기서 찻잔 놀이기구라도 타고 머리를 뒤흔들어 볼까?" 하고 후루사와가 물었다.

"아." 하고 도루는 모호하게 대답하고는 적은 손님을 상대로 알전구가 반짝이는 곳에서 때가 탄 분홍색 찻잔을 타고, 주변 풍경이 빛과 어둠의 가로줄무늬로만 보일 정도로 여의치 않음에 휘둘리는 자신을 상상했다.

"응? 어떻게 할 거니? 시험까지 구십이 일 남았지만 끙끙대지 마. 분명 합격할 테니까."

"그냥 찻집이나 가요."

"너는 굉장히 비행동적이구나."

야구장 3루 쪽 점보 스탠드가, 저녁 어둠을 가장자리까지 가득 채워 넘쳐흐르도록 내버려둔 거대한 성배 같은 그림자를 우뚝 세운 바로 맞은편에 르누아르라는 찻집이 있어 후루사와는 발이 향하는 대로 계단을 내려갔다.

후루사와를 따라 내려가 보니 그곳은 의외로 넓고 분수 주변에 여유 있게 의자를 배치한 가게로, 테이블과 테이블 사이 간격도 넓었다. 연갈색 카펫이 잔잔한 조명을 온화하게 흡수했다. 손님도 많지는 않다.

"이런 곳이 집 근처에 있는 줄은 몰랐어요."

"그만큼 네가 온실 속에 있는 거야."

후루사와는 커피를 두 잔 주문하고 주머니에서 담배를 꺼내 도루에게 권했다. 도루는 그것을 보자 덥석 받았다.

"집에서 숨어서 피우려니 괴롭네요."

"혼다 선생님도 심해. 보통 중학생하곤 다른데. 한번 사회인이 되었던 사람에게 또 담배를 금지하고 어린아이로 되돌리려고 하다니. 하지만 스무 살이 될 때까지 참아야 해. 도쿄 대학에 입학해 거기서 마음껏 날개를 펼쳐 아버지를 깜짝 놀라게 하면 돼."

"그러네요. 저도 그렇게 생각해요. 하지만 이 이야기는 비밀이에요."

후루사와는 약간 눈살을 찌푸리고 가엾다는 듯이 가볍게 웃었다. 그 자체가 아직 스물한 살인 후루사와가 무리하게 어른스러운 척하는 표정임을 도루는 알고 있었다.

후루사와는 안경을 끼고 있었지만 둥그런 얼굴이 느긋한 인상을 주고, 웃으면 작은 코 옆에 주름이 생겨 독특한 애교가 있었다. 안경다리가 헐렁해서 늘 집게손가락 끝으로 브리지를 미간까지 밀어 올리는 모습이 끊임없이 자신을 질책하는 듯이 보였다. 손발도 크고 도루보다 훨씬 몸집도 큰데, 철도원의 아들인 이 가난한 수재는 커다란 암적색 새우 같은 영혼의 꿈틀거림을 사람에게 보이지 않는 깊은 곳에 숨기고 있었다.

도루가 자신과 똑같이 가난한 집에서 태어난 만큼 요행으로 얻은 양가의 부를 손에서 놓지 않겠다는, 어린 나이에도 열심히 노력하고 인내하겠다는, 후루사와가 가지고 있는 도루의 초상화를 도루는 갑자기 깰 마음은 없었다.

타인이 자신에 대해 그리는 이미지는 모두 자유였다. 원래 그의 자유는 타인의 것이었다. 확실하게 자신의 것이라고 말할 수 있는 것은 모멸뿐이다.

"혼다 선생님이 정말로 무슨 생각인지는 모르겠지만, 선생님은 아마 너를 영재 교육의 실험 대상으로 삼는 듯해. 하지만 넌 괜찮아. 물려받을 재산이 산더미만큼 많고, 세상의 쓰레기 더미를 조금이라도 높이 올라가려고 손을 더럽히며 악착같이 기어오르는 수고는 하지 않아도 되니까. 하지만 자존심은 단단히 가져야 해. 목숨을 버릴 정도의 자존심을."

그것을 가지고 있다고 말하려는 것을 누르고 도루는 "네." 하고 말했다. 어떤 대답이든 한 번 입 속으로 핥으며 시험해 보는 습관이 생겼다. 자신이 생각하기에 지나치게 달콤하면 삼켜 버리면 된다.

오늘 밤 혼다 아버지는 변호사 동료가 모이는 회식에 초대받아 집을 비웠다. 후루사와와 어디서 간단히 저녁 식사라도 하고 천천히 집으로 돌아가면 되었다. 아버지가 집에 있는 저녁에는 무슨 일이 있어도 오후 7시에 함께 저녁 식사를 해야 한다. 초대받은 손님이 식사에 합류할 때도 있었는데 도루는 게이코가 오는 저녁이 가장 괴로웠다.

커피를 마시고 나니 눈이 다시 맑아졌다. 하지만 눈으로 보기에 가치 있는 것은 아무것도 없었다. 잔 바닥에 반원을 그린 채 남은 커피 찌꺼기를 본다. 망원경 렌즈와 똑같이 둥근 그 바닥이 두꺼운 자기(磁器)의 불투명함으로 도루의 시선을 막는다. 잔 바닥에는 이 사회의 바닥이 분명하게 흰 자기의 표면을 드러냈다.

후루사와가 옆얼굴을 보인 채, 갑자기 담배꽁초를 재떨이에 던지듯이 이렇게 말했다.

"너는 자살을 생각해 본 적이 있니?"

"아뇨."

도루는 놀라서 눈을 크게 떴다.

"그런 눈으로 보지 마. 나도 그렇게까지 진지하게 생각한 적은 없으니까.

대체로 나는 자살하는 사람의 쇠함이나 약함을 좋아하지 않아. 그래도 한 가지 용서할 수 있는 종류의 자살이 있어. 그건 자기 정당화의 자살이야."

"그건 어떤 자살인데요."

"흥미 있어?"

"네, 조금."

"자, 그럼 이야기하지…….

예컨대 자신을 고양이라고 믿었던 쥐의 이야기야. 왜인지는 모르지만, 그 쥐는 자신의 본질을 잘 점검해 보고 자신은 틀림없이 고양이라고 확신하게 됐어. 그래서 동류인 쥐를 보는 눈도 바뀌어. 모든 쥐는 자기 먹이일 뿐이지만 자신은 그저 고양이임을 들키지 않기 위해 쥐를 먹지 않을 뿐이라고 믿었지."

"꽤 큰 쥐였나 보네요."

"육체가 크고 작고의 문제가 아니야. 신념의 문제지. 그 쥐는 자신이 쥐 형태를 한 것이 고양이라는 관념이 덮어쓴 가장일 뿐이라고 생각했어. 쥐는 사상을 믿고 육체는 믿지 않았어.

자기가 고양이라는 사상을 가진 것만으로 충분했고 사상을 체현할 필요는 없다고 느꼈어. 그 편이 경멸하는 즐거움이 컸으니 말이야.

그러던 어느 날……."

후루사와는 안경을 손끝으로 밀어 올리고 작은 코 옆에 굉장히 설득력 있는 주름을 새겼다.

"그러던 어느 날, 그 쥐가 진짜 고양이를 만나게 된 거야.

'너를 먹을 거야.' 고양이가 말했어.

'아니, 나를 먹을 수는 없어.' 쥐가 대답했지.

'왜.'

'왜냐하면 고양이가 고양이를 먹을 수는 없기 때문이야. 그것은 원칙적으로도 본능적으로도 불가능해. 그 이유는 내가 이렇게 보여도 고양이니까.'

그 말을 들은 고양이는 뒤집어지며 웃었어. 수염을 떨고, 앞발로 허공을 할퀴고, 흰 부드러운 털로 감싸인 배가 출렁거리도록 웃었어. 그러고 나서 일어서더니 단숨에 쥐에게 달려들어 잡아먹으려 했어. 쥐는 소리쳤어.

'왜 날 먹으려고 하는 거야?'

'너는 쥐니까.'

'아냐, 난 고양이야. 고양이가 고양이를 먹을 순 없어.'

'아냐, 너는 쥐야.'

'나는 고양이야.'

'그러면 그걸 증명해 봐.'

쥐는 옆에서 하얀 세제 거품을 내뿜고 있는 세탁물 대야에 갑자기 몸을 던져 자살을 했어. 고양이는 앞발을 조금 담갔다가 핥아 보았는데, 세제 맛이 최악이어서 위로 떠오른 쥐의 사체를 그대로 두고 자리를 떴지. 고양이가 떠난 이유를 알아. 요컨대 먹을 수 없는 것이기 때문에.

이 쥐의 자살이 내가 말하는 자기 정당화의 자살이야. 하지만 자살해서 특별히 고양이에게 자신을 고양이로 인식시키는 일에 성공한 것도 아니고, 자살할 때의 쥐도 그 정도는 틀림없이 알고 있어. 그러나 쥐는 용감하고도 현명하고 자존심으로 가득했어. 그 쥐는 쥐의 두 가지 속성을 간파했어. 일차적으로는 모든 점에서 육체적으로는 쥐라는 점, 이차적으로는 따라서 고양이에게는 먹을 만한 가치가 있다는 점, 이 두 가지야. 이 일차적 속성은 그 쥐는 바로 포기했어. 사상이 육체를 경시한 대가를 치른 거야. 하지만 이차적 속성은 희망이 있었어. 첫째, 자신이 고양이 앞에서 고양이에게 먹히지 않고 죽었다는 점, 둘째, 자신을 '도저히 먹을 수 없는' 존재로 만들어 냈다는 점. 이 두 가지로 적어도 그 쥐는 자신이 '쥐가 아니었다'고 증명할 수 있지. '쥐가 아니었다'인 이상, '고양이였다'고 증명하는 일은 훨씬 쉬워져. 왜냐하면 쥐 형태를 한 것이 만약 쥐가 아니었다면 이제 그 밖의 모든 것이 될 수 있기 때문이야. 이렇게 쥐의 자살은 성공하고, 그 쥐는 자기 정당화를 이루었어. ……어떻게 생각해?"

도루는 청년의 입에서 나오는 이 우화의 무게를 마음속으로 이리저리 저울로 재면서 들었다. 후루사와는 아마 몇 번이고 이 이야기를 자기 마음에 하며 거듭 다듬었을 것이다. 사실 후루사와의 외견과 내면의 괴리를 도루는 일찍부터 깨달았다.
 후루사와가 자기 문제를 말하기 위해 이런 이야기를 했다면 좋은데, 만약 도루의 내부에서 이미 뭔가를 발견하고 에둘러 꼬집을 셈으로 이야기한 것이라면 경계해야 한다. 도루는 보이지 않는 정신의 촉수를 뻗어 속을 떠보았다. 그럴 염려는 없는 것 같았다. 이야기하면 할수록 후루사와의 영혼은 점점 자신의 심해로, 다른 것이 결코 눈에 보이지 않을 정도로 깊이 몸을 숙여 버렸다.
 "그런데 쥐의 죽음은 세계를 뒤흔들었을까?" 그는 더 이상 도루라는 청자가 있다는 것도 신경 쓰지 않고 깊이 열중한 어조로 말했다. 혼잣말이라고 생각하고 들으면 된다고 도루는 생각했다. 목소리에서는 이끼가 가득한 나른한 고뇌가 엿보였고 이런 후루사와의 목소리는 처음 듣는다. "그래서 쥐에 대한 세상의 인식은 조금이라도 달라졌을까? 이 세상에는 쥐 형태를 하고 있지만 사실은 쥐가 아닌 자가 있다는 옳은 소문이 퍼졌을까? 고양이들의 확신에는 다소나마 금이 갔을까? 아니면 소문이 퍼지는 것을 의식적으로 막을 정도로 고양이들이 예민해졌을까?
 그런데 놀라지 마. 고양이는 아무것도 하지 않았어. 바로 잊어버리고 세수를 시작하고, 그러고는 드러누워 잠에 빠졌어. 그 고양이는 고양이임에 흡족하고, 게다가 고양이임을 의식조차 하지 않았어. 그리고 이 완전히 늘어진 게으른 낮잠 속에서, 고양이는 쥐가 그렇게나 열렬히 꿈꿨던 타자로 손쉽게 되었어. 고양이는 무엇이든 될 수 있었어. 그러니까 무사안일에 따라, 자기만족에 따라, 무의식에 따라. 잠자는 고양이 위에는 푸른 하늘이 펼쳐지고 아름다운 구름이 흘렀어. 바람이 고양이의 향기를 세계에 나르고, 비린내 나는 자는 숨결이 음악처럼 퍼졌어……."

"권력을 말하는 건가요."

도루는 맞장구를 쳐야 한다는 의무를 느끼고 말했는데, 상대방이 곧바로 사람 좋게 싱글벙글 웃으며 "맞아. 잘 아는구나."라고 대답해 실망했다.

그래서 모든 것은 청년이 좋아할 만한 슬픈 정치 은유로 끝나 버렸다.

"너도 언젠가 깨달을 때가 올 거야." 하고 주위를 거리낄 필요도 없는데 목소리를 낮추며 후루사와가 테이블 위에서 얼굴을 가까이 들이대고 말했을 때, 도루는 문득 지금까지 잊고 있었던 후루사와의 구취를 맡았다.

왜 지금까지 잊고 있었을까. 국어 시험공부를 할 때 얼굴이 가까이 왔을 때도 몇 번인가 후루사와의 구취를 느꼈으나 특별히 혐오의 이유는 되지 않고 지나갔지만, 지금은 그것이 분명하게 혐오의 근거가 됐다.

이 고양이와 쥐 이야기 전체에, 또 이야기하는 후루사와에게 악의는 조금도 없지만 도루를 화나게 하는 무언가가 있었다. 하지만 그것을 이유로 후루사와를 미워하고 싶지는 않고, 그렇게 하면 점점 자신을 얕볼 것 같았다. 후루사와를 미워하고 증오하기까지 하는 것을 자신에게 충분히 이해시킬 만한 다른 이유가 필요했다. 그래서 구취가 갑자기 참을 수 없어진 것이다.

후루사와는 조금도 알아채지 못하고 말을 계속했다.

"너도 언젠가 깨달을 때가 올 거야. 기만에서 시작한 권력은 기만을 세균처럼 시시각각 증식시킴으로써만 유지된다는 것을. 이쪽이 공격하면 할수록 기만의 내성도, 증식력도 강해진단다. 끝에 가서는 이쪽의 영혼에까지 모르는 사이에 곰팡이가 생겨나."

— 두 사람은 잠시 뒤에 르누아르를 나가 근처에서 라멘을 먹었는데 아버지와 같이 먹는 접시 수만 많은 저녁 식사보다 도루에게는 훨씬 맛있게 느껴졌다.

라멘에서 올라오는 김 때문에 눈을 가늘게 뜨며 후루룩 먹으면서도 도루는 이 학생과 자신 사이의 공감의 위험도를 측정했다. 어떤 공통된 심성이 있음은 확실했다. 하지만 심금의 공명은 제어됐다. 어쩌면 도루에게서 뭔가를 알아내기 위해 아버지가 테스트에서 뽑은 스파이일지도 몰랐다. 이렇게 도루를 데리고 나온 뒤에는(물론 아버지가 요구했겠지만) 행선지를 보고하고, 들인 비용을 아버지에게 청구한다는 것을 도루는 알고 있었다.

돌아오는 길에 고라쿠엔 쪽 보도를 걷는데 또 후루사와가 도루에게 찻잔을 타자고 권했다. 후루사와 자신이 타고 싶어 한다는 것을 알아챈 도루는 응했다. 입장권을 사고 들어간 곳에 바로 그 기구가 있었다. 기다려도 다른 손님이 나타나지 않자 직원은 마지못해 두 사람만 태우고 스위치를 켰다.

도루는 초록색 컵에 타고 후루사와는 일부러 멀리 떨어진 분홍색 컵에 탔다. 그 컵 겉면에는 한쪽에만 건물들이 늘어선 지극히 쓸쓸한 거리에서 보란 듯이 밝게 켜 놓은 조명이 유리그릇과 자기 겉면을 하나하나 비추는, 교외의 가정용 그릇 가게에서 할인 판매하는 홍차 찻잔을 떠올리게 하는 싸구려 꽃무늬 프린트가 둘러져 있었다.

컵이 돌기 시작하고, 멀리 있다고 생각한 후루사와가 갑자기 바로 가까이에서 스치며, 한쪽 손끝으로 안경을 누르고 웃고 있는 얼굴이 곧바로 날아가 버렸다. 찻잔에 앉을 때부터 바지를 파고들어 허리로 몰려온 추위가 회전을 시작하자 추운 폭풍이 됐다. 도루는 핸들을 가속 방향으로 마구 돌려 아무것도 보이지 않고 아무것도 느낄 수 없는 상태가 좋았다. 세계는 가스로 이루어진 토성의 고리가 되었다.

겨우 움직임이 멈추고 관성이 찻잔을 물에 뜬 부표처럼 흔들흔들하게 했을 때, 도루는 일단 일어섰지만 어지러움을 느껴 다시 앉았다. 아직 완전히 멈추지 않고 움직이는 바닥 위를 걸어온 후루사와가 "왜 그래?" 하고 웃으며 말했다. 도루도 웃기만 할 뿐 일어서지 않았다. 그렇게나 쾌속으로 돌며 시야에서 안 보였던 세계가 또다시 그 삭막한 세부를 그 모습 그대로, 반쯤 벗겨진 포스터와 거대한 붉은 전열기 같은 코카콜라 전광판의 뒷면과 함께 그곳에 억지로 늘어놓은 듯한 모습에 반발심이 들었기 때문이다.

19

다음 날 아침 식사 때 도루는 말했다.
"어제 저녁에는 후루사와 씨가 유원지에 데려가 줘서 찻잔 놀이기구를 탔어요. 저녁 식사로는 둘이서 라멘을 먹었고요."
"그거 잘했구나." 하고 혼다는 깔끔한 전체 틀니를 보이며 웃었다. 그것이 전체 틀니에 어울리는 무기적이고 노쇠한 염담한 웃음이었다면 좋았을 것이다. 하지만 혼다는 진심으로 기뻐하는 것 같았다. 그 점이 도루에게 상처를 입혔다.
도루는 이 집에 온 뒤로 매일 아침 수입 자몽을 얇고 둥근 나이프로 잘라 한 조각씩 숟가락으로 떠먹는 사치스러운 즐거움을 알았다. 그것은 굉장히 향기로운 과일로, 가벼운 쓴맛이 나는 희끄무레하고 윤기 흐르는 과육에 무례할 정도로 가득 찬 과즙이 열을 품은 느른한 아침의 잇몸을 강하게 자극했다.

"후루사와 씨는 구취가 있어요. 공부할 때 조금 참기 힘들 때가 있어요."

도루는 되도록 담담하게 웃으며 말했다.

"이상하구나. 위가 나쁘기라도 한 걸까. 너는 결벽이 있어 그렇게 말하지만 그 정도는 참아야 해. 그렇게 수재인 가정교사는 좀처럼 찾을 수 없으니 말이야."

"그렇지요."

도루는 한 발짝 물러나 동의한 뒤 자몽을 다 먹었다. 음미한 빵의 토스터로 구운 단면이 11월의 아침 햇빛을 받아 부드러운 가죽처럼 광택이 났고, 도루는 거기에 빛나는 버터를 발라 자연스럽게 녹는 것을 지켜본 다음 혼다가 가르친 예절을 따라 베어 물었다. 한 입 베어 물고 이렇게 말했다.

"저기요, 후루사와 씨는 좋은 사람이긴 한데, 사상 같은 걸 조사해 본 적 있으세요?"

혼다의 얼굴에 지극히 속된 동요가 나타나는 모습을 보자 도루는 기뻤다.

"뭔가 그런 얘기를 너에게 했니?"

"아뇨. 확실하게 얘기하지는 않았지만, 저는 왠지 그 사람은 정치 운동을 한 적이 있거나 지금도 하고 있는 사람일 것 같은 인상을 받았어요."

혼다는 자신도 후루사와를 신뢰하고 도루도 후루사와를 좋아한다고 믿었으므로 이런 갑작스러운 고발에 놀랐다. 하지만 그것은 혼다 쪽에서 보면 아버지를 신뢰하는 아들의 경고이고, 후루사와 쪽에서 보면 명백한 밀고였다. 이 미묘한 도덕적 문제를 혼다가 어떻게 처리하는지, 도루는 즐거워하며 은밀히 염탐했다.

혼다는 지금까지 사물의 선악을 점치는 입장에 있었으므로 지금 경솔히 판단해서는 안 된다는 것은 알고 있었다. 도루의 마음의 움직임은 혼다가 꿈꿔 온 인간의 모습에 비추어 보면 추했지만, 혼다가 도루에게 기대해 온 인간의 모습에 비추어 보면 매우 합당했다. 요컨대 그가 도루에게 기대한 것은 추함이라는 것을, 자칫하면 고백해 버릴 지점에 혼다는 있었다.

도루는 혼다의 마음을 편안하게 하기 위해, 작은 질책의 이유를 주기 위해 일부러 난폭하게 어린아이처럼 무릎에 부스러기를 가득 떨어뜨리며 토스트 옆면을 냉큼 베어 물어 입안 가득 넣었다. 하지만 그것도 혼다 눈에는 들어오지 않았다.

도루가 처음으로 자신에게 보인 명백한 신뢰의 표시에 비열함이 섞여 있다 하여 도루를 꾸짖을 수는 없다. 한편 어떤 이유에서든 밀고는 부정하다고 가르치고 싶은 오랜 도덕심의 유혹이, 자신과 도루의 이 행복한 아침 식사를 갑자기 하찮게 보이게 만들기 시작해 혼다는 곤혹스러웠다.

홍차에 설탕을 넣으려고 설탕 단지 스푼으로 뻗은 손가락이 우연히 어색하게 서로 부딪쳤다.

아침 햇빛을 받으며 작은 배신과 밀고가 반짝반짝 빛나는 설탕 단지. 그곳에 동시에 손을 내밀어 버린 공범의 감정. ······ 이것이 바로 도루를 양자로 삼은 뒤 처음으로 자연스럽게 부자간에 싹튼 감정이라는 생각이, 뜻하지 않게 혼다에게 상처를 입혔다.

이 초조함이 또렷이 보이는 만큼, 도루는 즐길 거리가 끊이지 않았다. 그는 아버지가 '적어도 일단 선생님이라고 불렀던 가정교사를 좀 더 신뢰하고 경의를 표하라.'고 설교하고 싶지만 차마 그러지 못하고 주저하는 모습을 눈여겨봤다. 아버지 내부에 있는 문제와, 아버지의 교육 깊은 곳에 숨어 있는 악의가 처음으로 드러난 것이다. 그는 수박씨를 입 안에 넣었다가 내뱉는 해방된 어린아이와 비슷한 기쁨을 맛보았다.

"……음, 이 문제는 아버지에게 맡겨라. 너는 지금까지 해온 것처럼 후루사와 군 지도를 성실하게 따르도록 해. 공부 외의 것에는 쓸데없는 관심 가지지 않는 게 좋아. 나머지는 전부 아버지가 걱정할 테니. ……무엇보다 시험을 통과하는 것이 먼저야." 하고 마침내 혼다가 말했다.

"네. 그렇게 할게요." 하고 도루는 아름다운 미소를 지으며 대답했다.

― 혼다는 그날 하루 종일 고민했다. 다음 날, 오랜 지인인 경시청 공안 경찰에게 이야기해 후루사와를 조사해 달라고 부탁했다. 며칠 후 답장이 왔다. 후루사와는 과격파 좌익의 한 섹트에 속해 있었다. 혼다는 사소한 구실을 만들어 즉시 후루사와를 내쫓았다.

20

　도루는 가끔 기누에에게 편지를 썼고 기누에는 긴 답장을 보내왔다. 봉투를 뜯을 때는 주의가 필요했다. 늘 계절 꽃 압화가 들어 있기 때문이다. 겨울이 되면 들판에 꽃이 없어서 꽃집에서 산 꽃을 보내서 미안하다, 라고 쓰여 있기도 했다.
　종이에 싸인 꽃은 죽은 나비 같다. 살아 있을 때 인분 대신 꽃가루투성이로 날지는 않았을까 하는 느낌을 남긴다. 죽고 나면 날개와 꽃잎은 똑같은 것이 된다. 허공을 날며 색칠하던 것의 유품과, 정지와 체념으로 색칠하던 것의 유품은.
　둥근 꽃잎을 무리하게 납작하게 눌러서 그 혈홍색의 간결하고 힘찬 섬유가 종횡으로 찢기고 갈색을 띤 인디언의 표피처럼 마른 채로 펼쳐진 것은, 편지의 설명을 읽고 나서야 온실에서 자란 붉은 튤립 한 조각임을 알았다.
　편지는 여느 때와 다르지 않았다. 신호소에 올 때마다 이야기했던 정신없는 고백으로 가득 찼다. 그리고 도루를 만나지 못해 쓸쓸하다는 말이 끝없이 이어졌고, 도쿄에 가고 싶다는 말도 빠뜨리지 않았다. 도루는 언젠가 기회가 오면 꼭 부를 테니 몇 년이라도 천천히 기다려 달라고 대답하는 것이 매번 하는 일이었다.

너무 오랫동안 만나지 않은 동안, 가끔 도루는 기누에가 정말로 아름다웠던 것은 아닐까 하는 착각을 하곤 했다. 곧이어 자신의 착오에 웃었다. 하지만 기누에를 잃고 나서 자기 안에 이 광인이 차지했던 장소가 조금씩 도루에게도 보이기 시작했다.

자신의 과도한 명확함을 위로하는 데는 타인의 광기가 필요했다. 그곳에서 확실하게 도루의 눈에 보이는 것들, 예컨대 구름이나 배, 낡고 음울한 혼다가의 현관, 시험 날까지 해야 하는 자습 과목을 가득 써넣어 공부방 벽에 붙여 둔 일정표 등을, 이렇게 명확한 도루의 확신을 배신하고 다른 무언가로 보고야 마는 눈의 소유자를 끌고 와 옆에 두는 일이 필요했다.

도루도 때때로 해방과 자유를 갈망했다. 하지만 그 방향은 정해져 있었다. 이렇게 명확히 보이는 세계의 뒤편, 그곳에서 모든 사물이 폭포처럼 흘러내리는 영역을 향해, 세계의 불확정성을 향해 해방돼야 했다…….

기누에는 자신도 모른 채, 감옥에 갇힌 도루의 자의식에 잠시 동안의 자유를 반입해 주는 상냥한 면회인 역할을 연기했다.

그뿐만이 아니다.

도루의 마음속에서 끊임없이 따끔따끔 아프게 하는 어떤 충동도 역시 기누에의 존재에 안도를 느낀다. 그것은 끝없이 사람을 상처 입히지 않고서는 참지 못하는 충동이다. 도루가 가진 마음의 예리함이 이제는 자루를 뚫고 나온 송곳처럼 사람을 상처 입히고 싶어 근질근질했다. 한번 후루사와로 맛을 들였더니 다음에는 누구를 상처 입힐 수 있는지 주위로 눈을 돌렸다. 녹 하나 슬지 않은 깨끗하기 그지없는 순수는 조만간 흉기로 변신한다. 도루는 보는 일 외에도 자신이 갖춘 힘이 있음을 처음으로 깨달았다. 그 힘의 자각은 끊임없이 긴장하게 했기 때문에 기누에의 편지가 안식의 장소가 됐다. 기누에야말로 그 광기 때문에 결코 도루가 상처 입힐 수 없는 세계에 살고 있음을 도루는 잘 알았기 때문이다.

게다가 자기 자신은 아무것에도 상처받지 않는다는 자부심이 아마도 두 사람을 잇는 가장 단단한 끈이었을 것이다.

후루사와의 후임자는 바로 정해졌지만 굉장히 시시하고 상식적인 학생이었다. 도루는 시험에 합격한 날 새벽에 가정교사 세 명이 은인인 것처럼 구는 얼굴을 보고 싶지 않았기에 나머지 두 사람도 다음 두 달 안에 정리했으면 하는 마음이 없지 않았다.

그렇게 생각하자마자 경계심이 도루를 말렸다. 부리는 사람들을 정리하는 동안 아버지는 분명 도루의 성격에 의심을 품을 것이다. 도루가 제기하는 불만은 가볍게 듣고, 도루가 비난하는 사람의 결점을 믿는 대신에 도루의 불만 제기 자체를 이런저런 의심의 눈으로 볼 것이다. 그렇게 되면 도루의 은밀한 쾌락도 사라진다. ……지금은 참아야 할 것은 참고, 때를 기다려야 한다고 도루는 생각했다. 가정교사 따위와는 비교도 할 수 없는, 더더욱 상처 입힐 가치가 있는 사람이 나타나기를 기다려야 한다. 그 정도 되는 사람을 능숙하게 상처 입힐 수 있다면, 간접적이긴 하지만 그것이 이어져 아버지 역시 더 깊게 상처 입힐 수 있을 것이다. 게다가 아버지가 결코 도루에 대한 원망을 남기지 않는 방법으로. 원망한다면 아버지 자신을 원망할 도리밖에 없는 도루만의 순진무구한 방법으로.

어떤 사람이 앞으로 수평선에 나타나는 배처럼 모습을 드러낼까. 처음부터 배가 도루의 사념이 형태를 띤 사물이라면, 그 사람도 도루의 마음의 예리함이 바라듯이, 자신도 모른 채 도루에게 상처받을 운명을 지고 배도 아니고 환영도 아닌 일말의 그림자를 수평선에 드러낼 것이 틀림없다. ……도루는 거의 미래에 희망을 거는 느낌이 들었다.

21

 도루는 바라던 고등학교에 들어갔다.
 2학년이 됐을 때 어떤 사람을 통해서 혼다의 의중을 떠보는 제안이 왔다. 딸을 장래에 도루와 연을 맺게 하고 싶다는 것이다. 아무리 법률상 적령기에 이르렀다고 해도 열여덟 살인 도루에게는 너무 이른 이야기였으므로 혼다는 웃어넘겼다. 하지만 상대방은 포기하지 않고 다시 다른 사람을 통해서 집착을 보였다. 이 사람은 법조계에서 이름 높은 인물이었으므로 혼다도 무작정 거절할 수는 없었다.
 그때 혼다를 날카롭게 찌른 것은, 스무 살 도루의 죽음을 맞닥뜨리고 몸을 비틀며 슬퍼하는 젊디젊은 약혼자의 환영이었다. 그는 그 여성이 아름답고 박명할 것 같고 창백했으면 좋겠다고 생각했다. 만약 그렇다면 혼다는 재산을 조금도 잃지 않고 미의 투명한 결정체가 성립되는 장면을 다시 한번 만날 수 있다.

이런 환상은 혼다가 도루에게 행하는 교육과 상당히 모순됐다. 하지만 만약 이런 환상의 여지가 조금도 없고, 그런 위기감이 처음부터 전무했다면, 도루를 오로지 추한 영생으로 재촉하는 듯한 교육은 애초에 혼다의 머릿속에 떠오르지도 않았을 것이 틀림없다. 혼다가 두려워하는 일은 혼다가 바라는 일이고, 혼다가 바라는 일은 혼다가 두려워하는 일이었다.

이번 이야기는 교묘한 간격을 두고 물처럼 바닥에 은밀하게 스며들었다. 혼다는 법조계의 그 이름 높은 분이 직접 찾아와, 이 지극히 고지식한 노인이 융통성 없는 이야기를 하는 모습을 재미있게 바라봤다. 어쨌든 도루에게 말해 주기에는 지나치게 일렀다.

노인이 가져온 사진은 혼다를 매료시켰다. 갸름한 얼굴에 어디에도 현대적인 느낌이 없는 아름다운 열여덟 살 여성이었다. 사진 찍히는 것에 당혹스러워하며 희미하게 미간을 찌푸린 표정도 아름다웠다.

"굉장히 아름다운 여성분인데, 몸은 건강하신지요?"

혼다는 진심과 정반대의 질문을 했다.

"저도 잘 아는 따님인데 실물은 이 사진보다 훨씬 건강하고, 병을 앓았다는 이야기는 그다지 들은 적 없습니다. 물론 건강이 가장 중요하긴 하지만, 이 사진은 부모가 친히 고른 만큼 약간 구식 관점이 들어가 있겠지요."

"그럼, 아주 쾌활한 분이신가요?"

"아뇨, 쾌활하다고 하면 뭣하지만, 경박한 인상은 조금도 주지 않는 분입니다." 하고 노인은 분간할 수 없는 말을 했다. 혼다는 그 여성을 만나고 싶은 기분이 갑자기 들었다.

— 돈을 노리고 들어온 제안임은 처음부터 분명했다. 그것이 아니라면 아무리 수재라고 해도 열여덟 살 소년을 신랑으로 바랄 이유가 없다. 이만큼 좋은 미끼를 다른 사람이 채 가지 않도록 부모가 서두르는 것이다.

그런 모든 것을 혼다는 알고 있다. 그리고 이쪽이 이야기를 수락한다면, 노인이 키우기에는 까다로운 열여덟 살 소년의 충동을 미리 잠재우기 위해서일 뿐이다. 하지만 도루를 보고 있으면 별달리 그런 걱정도 들지 않는다. 점점 쌍방의 이해득실은 벌어져서 이야기에 응할 아무런 이유가 없다고 생각된다. 혼다는 오히려 부모와 아름다운 딸의 대비에 약간 흥미가 생긴다. 욕심내는 자존심이 어떻게 굴복하는지 보고 싶은 것이다. 상대 집안은 대단한 명문가라고 하는데 혼다는 그런 것에는 조금도 흥미가 남아 있지 않았다.

상대 집안은 도루와 함께 식사하기를 바랐지만, 혼다는 거절하고 법조계 선배와 둘이서만 그 초대에 응하기로 했다.

— 그날부터 일이 주 동안 일흔여덟 살의 혼다는 틀림없는 '유혹'에 시달렸다.

이미 그 딸은 저녁 식사 자리에서 보았다. 얼마간의 대화도 나누었다. 사진도 몇 장 더 받았다. ……유혹은 그때부터 왔다. 특별히 희망적인 대답을 한 것도 아니고 결단도 내리지 않앉았는데 늙은 마음이, 이성의 판단만으로는 억제할 수 없는 집착에 사로잡혔다. 노년의 고집은 옴처럼 가려움으로 혼다를 애태웠다. 어떻게든 그 사진을 도루에게 보여 주어 반응을 보고 싶었던 것이다.

이것이 도대체 어떤 충동인지 혼다 자신도 알 수 없었지만, 그 유혹의 저변에는 기쁨과 자부심이 작용하고 있었다. 사진을 보여 주면 되돌릴 수 없음을 알고는 있다. 알고 있지만 고집이 허락하지 않는다.

딸과 도루를 이어 주고, 홍백 당구공이 당구대 위에서 부딪치듯 수많은 예상치 못한 결과를 즐겁게 지켜보고 싶다. 딸이 반해도 좋고, 도루가 반해도 좋다. 딸이 도루의 죽음을 슬퍼하든, 도루가 딸의 물욕을 깨닫고 인간이 무엇인지 뼈저리게 알게 되든, 어느 쪽이든 혼다에게는 바람직한 귀결이고 그 자체가 하나의 축제였다.

인생을 진지하고 엄숙하게 생각하는 나이를 혼다는 이미 지났다. 어떤 사악한 장난을 해도 용서받는 나이다. 타인을 아무리 희생시켜도 다가오는 죽음이 모든 것을 보상해 준다. 젊음을 장난감으로 삼고, 인간을 토우[68]로 보고, 세상 관습을 완전히 자기편으로 만들어 모든 성실함을 하룻저녁의 저녁놀 유희로 바꾸어 버릴 수 있는 나이다.

타인 따위는 아무것도 아니라고 일단 마음속으로 정하자, 지금은 유혹에 굴복하는 일이 사명인 듯이 생각됐다.

---

68 고대에 죽은 사람과 함께 묻은 사람, 동물 등의 형상을 한 흙 인형.

어느 날 밤늦게 혼다는 도루를 서재로 불렀다. 아버지 대부터 그대로 쓰고 있는 영국식 서재는 장맛비 때문에 곰팡내가 더욱 심하게 났다. 혼다가 냉방을 켜는 것을 좋아하지 않았기 때문에 눈앞 의자에 앉은 도루의 셔츠에 약간 드러난 하얀 가슴이 땀으로 빛났다. 꺼림칙한 젊음이 그곳에 흰 수국처럼 피었다고 혼다는 생각했다.

"이제 곧 여름 방학이구나." 하고 혼다는 말했다.

"하지만 그 전에 시험이 있으니까요." 도루는 혼다가 내준 민트가 들어간 얇은 초콜릿 한 조각을 가지런한 앞니로 깨물었다가 이를 떼며 말했다.

"너는 다람쥐처럼 먹는구나." 하고 혼다는 웃었다.

"그래요?" 하고 도루는 조금도 상처 입힐 수 없는 쾌활한 웃음을 지었다. 혼다는 그 웃는 하얀 뺨을 보며 여름이 되면 올해 반드시 저 뺨을 거무레하게 태워야겠다고, 하지만 그래도 전혀 여드름은 생길 것 같지 않은 피부라고 생각했다. 서랍에서 꺼낸 사진 한 장을 전부터 생각한 대로 자연스럽게 도루 앞 탁자에 내놓았다.

사진을 집어 든 도루의 반응은 그야말로 볼만했다. 혼다는 그 모습을 빈틈없이 바라보았다. 도루는 먼저 출입증을 검사하는 수위처럼 엄숙하게 사진을 보더니 묻는 듯한 얼굴로 흘긋 혼다를 올려다본 눈을 다시 사진으로 돌리고, 이번에는 소년다운 감동이 호기심을 금세 배반해 귓불까지 붉게 물들였다. 사진을 탁자에 놓고 손가락을 귓구멍에 거칠게 쑤셔 넣고 긁었다. 그리고 약간 화난 목소리로 "아름다운 분이네요."

하고 말했다.

 얼마나 완벽한 반응인가! 하고 혼다는 생각했다. 나이에 어울리는 평범한 마음의 두근거림을 (이렇게 불시에 마주친 국면인데도) 도루는 거의 시적으로 해냈다. 혼다는 자칫하면 그 모든 것이 자신이 바란 대로 도루가 반응하고 있을 뿐이라는 것을 잊을 뻔했다.

 그것은 복잡하고 종합적인 작업이었다. 미묘하게 멋쩍음을 감추는 난폭함까지 가미돼, 혼다의 자의식 자체가 잠시 소년 역할을 연기한 것 같았다.

 "어떠니. 만나 보고 싶은 마음이 있니?"

 혼다는 온화하게 물었다. 소년의 다음 반응을 살피는 동안, 생각대로 잘 진행해 주었으면 하는 불안 때문에 집요한 기침이 이어졌다. 도루는 실로 거뜬하게 일어서서 다가오더니 혼다의 뒤로 돌아가 등을 두드렸다.

 "네." 하고 우물거리듯 대답하며 도루의 눈은 아버지 등 뒤에 있다는 안도감에 방자하게 빛났고, 마음속으로는 이렇게 중얼거렸다.

 '기다린 보람이 있다. 드디어 상처 입힐 가치가 있는 존재가 나타났어.'

 더욱이 도루의 등 뒤 창밖에는 비가 내리고 있었다. 찌든 나무껍질이 창문 불빛에 비쳐 검은 땀처럼 뚝뚝 흘러내리는 비. ……고가 선로를 지나가는 지하철 소리가 밤이 되자 이 주변에 울려 퍼져, 이윽고 지하로 들어서는 차량에서 순간적으로 찬란하게 빛나는 줄지은 창문들을, 아직 멈추지 않는 아버지의 기침 사이사이에 도루가 꿈꾸게 했다. 하지만 배의 기척은 이 밤 어디에도 없었다.

22

"잠깐 사귀어 보면 좋을 것 같구나. 마음에 들지 않으면 바로 말해도 돼. 의리에 얽매일 필요는 없다." 하고 혼다는 도루가 알아듣게 말했다.

여름 방학에 들어간 어느 날 밤, 저녁 식사에 초대받아 도루는 그 딸의 집에 갔다. 식사를 마치고 어머니가 네 방을 보여 주라고 말해, 하마나카 모모코(浜中百子)는 도루를 데리고 2층 방으로 갔다. 다다미 여덟 장 크기의 서양식 방으로 구석구석이 소녀답다. 도루가 이렇게 여성스러운 방에 들어가는 것은 태어나서 처음이었다. 모든 것이 분홍색 주름처럼 부드러운 번잡함으로 가득한 방. 벽지, 그림 액자, 인형, 장식품 하나하나에 공들여 여성스러운 세공을 하고, 숨 막힐 듯한 사랑스러움이 합창한다. 도루는 한구석에 있는 팔걸이의자에 앉았다. 다채로운 자수가 놓인 두꺼운 쿠션 때문에 외려 의자가 앉기 불편했다.

　어른스러워 보이는 여성이었지만 이 모든 것들이 모모코 자신의 취향임은 분명했다. 약간 빈혈기 있어 보이고 해맑은 하얀 얼굴이, 얕게 조각한 고풍스러운 이목구비와 어울렸다. 그만큼 그곳에 떠도는 쓸쓸한 진지함이 이 방의 무수한 사랑스러움 속에서 모모코를 단 하나 사랑스럽지 않은 것으로 만들었다. 모모코의 아름다움은 지나치게 단정해 하얀 종이로 접은 종이학처럼 어딘가 불길한 느낌이 들었다.

　어머니가 다과를 내주고 가자, 지금까지 몇 번 만난 적 있지만 도루와 모모코는 태어나서 처음으로 둘만 있게 됐다. 하지만 그렇다고 공기 밀도가 높아지지는 않았다. 모모코는 지시받은 대로 있을 뿐이라는 안도감을 허물어뜨리려고 하지 않았다. 우선 불안을 가르쳐 줘야겠다고 도루는 생각했다.

　저녁 식사를 하는 동안에도 모두가 거창하게 대하는 것이 도루는 불쾌했는데, 그렇게 열심히 숨겼던 불쾌함이 여기 와서 도지려 하고 있었다. 교배를 계획하고, 미세한 사랑을 핀셋으로 집어 색색깔로 올려놓는다. 그런 과자로 만들어지기 위해서 자신은 이미 오븐에 넣어졌다. ……하지만 도루가 스스로 들어갔든, 넣어졌든 똑같았다. 자신에게 불쾌감을 느낄 필요는 없었다.

　둘만 있게 됐을 때 모모코가 처음으로 한 일은 책등에 번호가 기입된 앨범 대여섯 권 중에서 한 권을 꺼내 와 도루에게 보여 준 일이었으므로 그 평범한 감수성을 알 수 있었다. 무릎 위에 놓고 도루가 펼쳐 보니 허벅지를 넓게 벌린 맨몸의 아기가 헤벌레 웃고 있었다. 플랑드르 기사처럼 기저귀로 부푼 바지. 채 나지 않은 이가 보이는 입 속의 부드러운 분홍빛 질벅거림. 이 아기는 누구? 하고 도루는 물었다.

모모코의 당황은 보통이 아니었다. 앨범을 들여다보자마자 그 페이지를 한 손으로 가리고, 빼앗은 앨범을 가슴에 안고 벽까지 달려가 어깨를 들썩이며 크게 숨을 쉬었다.

"이럴 수가. 책등 번호하고 속이 달라요. 이런 걸 보여 주다니. 나, 어떡하지."

"자기도 아기일 때가 있었다는 게 그렇게 비밀이에요?" 하고 도루는 냉정하게 말했다.

"당신은 참 침착하네요. 의사 선생님 같아요."

이윽고 자신도 침착해지자 앨범을 원래 있던 선반에 꽂으면서 모모코는 말했다. 이런 모모코의 실수를 생각하니, 다음에 건네받을 앨범에는 분명 일흔 살 모모코의 얼굴이 나타날 것이라고 도루는 생각했다.

하지만 다음 앨범은 최근 여행 사진뿐으로 지극히 평범했다. 어떤 사진을 보아도 모모코가 모두에게 사랑받는 사람임을 알 수 있었다. 그것은 굉장히 지루한 행복의 기록이었다. 도루는 모모코가 보여 주고 싶어 하는 작년 여름 하와이 여행 사진보다 어느 가을날 저녁 정원에서 모닥불을 피우는 모모코의 모습에 마음이 끌렸다. 컬러 사진 속 불은 관능적인 불길의 색으로, 웅크려 앉은 모모코의 얼굴을 무녀의 얼굴처럼 위엄 있게 비추었다.

"불을 좋아하세요?" 하고 도루는 물었다.

어떻게 대답할까 망설이는 모모코의 눈동자가 눈앞에 있었다. 이 불길을 넋을 읽고 볼 때의 모모코는 틀림없이 월경 중이었을 것이라는 묘한 확신이 도루는 들었다. 그리고 지금은?

— 성적 호기심에서 완전히 자유롭다면 자신의 형이상학적 악의는 얼마나 완전할 것인가. 도루는 가정교사를 해고했을 때만큼 모든 일이 쉽게 이루어지지는 않을 것임을 알았다. 하지만 아무리 사랑받아도 마음에 차가움을 간직하는 일에는 자신이 있었다. 그것이야말로 자신 안에 있는 진한 쪽빛의 우주적 영역이었다.

23

●

    그해 여름은 아직 도루를 떼어 놓기가 불안했으므로 혼다는 도루를 데리고 홋카이도에 여행을 가기로 했다. 피곤하지 않도록 여유 있게 일정을 짰다. 혼다와 둘이서 여행을 가기가 어렵게 된 게이코는 스위스 대사로 가 있는 지인을 만나러 혼자 제네바로 떠났다. 하마나카가에서 혼다 부자와 이삼일이라도 같이 여름을 보내고 싶어 했기 때문에 두 집안은 시모다(下田)에 있는 호텔에 방을 잡았다. 장마가 끝난 시모다의 격심한 더위에 질려 혼다는 거의 하루 종일 냉방 튼 실내를 벗어날 수 없었다.
    저녁 식사는 두 집안이 함께 하기로 약속을 잡아, 준비가 된 하마나카 부부가 혼다의 방으로 권하러 왔다. 모모코가 여기에 오지 않았느냐고 하마나카 부인이 물었다. 아직 저녁 식사까지 시간이 있다며 도루와 같이 정원으로 산책 나간 참이라고 혼다가 대답했다. 그래서 하마나카 부부는 긴 의자에 앉아 젊은 사람들이 돌아오기를 기다리기로 했다.

혼다는 지팡이를 짚고 넓은 창가에 서 있었다.

실로 바보 같은 일이 시작됐다고 혼다는 내심 생각했다. 식욕도 없고, 호텔 메뉴는 극도로 빈약했다. 식당에 들어서기 전부터 가족을 동반한 식당 손님들의 천박한 소란스러움이 느껴졌다. 그리고 하마나카 부부와 나누는 대화는 대체로 지루했다.

노인은 무리하게 정치적이기를 강요받는다. 일흔여덟 살은 설령 몸의 마디마디가 아파도 애교를 보이거나 쾌활하게 있는 것 외에는 무관심을 숨길 수가 없다. 참으로 대전제는 무관심이었다. 이 세계의 어리석음을 이겨 내고 살아남으려면 그것밖에 없었다. 그것은 종일 파도와 잡다한 표류물을 받아들이는 해변의 무관심이었다.

추종자와 입을 작게 오므린 사람들에게 둘러싸여 살아가기에는 자신은 아직 닿아진 모난 데가 있어 약간 방해가 된다고 혼다는 느끼곤 했지만, 그것도 서서히 없어졌다. 있는 것은 압도적인 어리석음뿐, 저속함이 내뿜는 냄새는 혼화되어 모든 것이 한 가지 색으로 됐다. 이 세상에는 실로 천차만별의 저속함이 있었다. 기품 있는 저속함, 하얀 코끼리[69]의 저속함, 숭고

---

69 불교 설화에서 석가모니의 모친 마야 부인이 태몽으로 하얀 코끼리 꿈을 꿨다고 일컬어져 태국, 캄보디아 등 불교권 동남아시아 국가에서 신성한 동물로 취급된다.

한 저속함, 학[70]의 저속함, 지식이 넘치는 저속함, 학자견[71]의 저속함, 알랑거리는 저속함, 페르시아 고양이의 저속함, 제왕의 저속함, 거지의 저속함, 광인의 저속함, 나비의 저속함, 반묘[72]의 저속함……. 아마도 윤회란 저속함의 벌일 것이다. 그리고 저속함의 가장 크고 유일한 원인은 살고 싶은 욕망이다. 혼다도 분명 그중 한 사람이었지만, 다른 사람들과 다른 점은 자타에 대해 이상하리만치 예리한 후각일 것이다.

긴 의자에 앉은 중년 부부를 혼다는 흘끗 곁눈질로 보았다. 왜 이런 이들이 그의 생활 속으로 들어왔을까. 그 불필요함은 간결함을 사랑하는 그의 정신에 어긋났다. 하지만 지금은 어쩔 도리가 없고, 부부는 혼다 방에 있는 긴 의자에서 십 년이라도 그대로 더 기다릴 것처럼 태연하게 싱글거리며 앉아 있었다.

하마나카 시게히사(繁久)는 쉰다섯 살로 도호쿠 지방의 옛 번주였다. 지금은 무의미한 명문가의 자부심을 소탈함으로 가리고, 「번주」라는 수필을 써 책으로 내 어느 정도 이름이 알려진 사람이었다. 옛 영지에 있는 지방 은행 은행장을 맡고 있으며, 화류계에서는 옛날식으로 '화끈한' 놀이를 한다. 금테 안경을 쓴 이 희고 갸름한 얼굴의 남자는 머리카락도 아직 풍성하고 검은데 근본적으로 정력이 모자란 느낌이 든다. 또박또

---

70 동양에서 학은 장수를 상징하는 길조 동물로 여겨진다.
71 學者犬. 교사가 가르친 대로만 대답하는 학생을 가리키는 말로 주입식 교육을 빗댄 표현으로 쓰인다.
72 斑猫. 딱정벌레목 가뢰과에 속하는 곤충으로 개미와 생김새가 비슷하다.

박 말하는 화술에는 자신감이 있었고, 결론을 말하기 전에 다른 이야기로 뜸을 들였다. 교묘하게 서두를 생략해 민감한 화자임을 짐짓 드러낸다. 언제나 생글생글하고, 온화하게 비꼬지만 노인에 대한 경의는 잊지 않으며, 자신이 심심한 사람일 것이라고는 꿈에도 생각하지 않는다.

아내인 다에코(椊子) 역시 다이묘 화족 출신으로 통통하고 거침없는 여성이었는데, 딸의 얼굴은 아버지를 닮았다. 다에코의 화제는 정말이지 일가친지에 대한 이야기로 정해져 있고, 영화나 연극 같은 것은 본 적도 없이 텔레비전에만 붙어 살았다. 그리고 부부는 이제 막내딸 모모코만 남겨 두고 다른 자식 세 명을 모두 훌륭하게 자립시킨 일이 자랑거리였다.

옛날식 기품이 그대로 이 부부의 경박함의 실질이었다. 혼다는 시게히사가 말하는 현대 성 혁명을 이해한다는 식의 의견이나 거기에 하나하나 옛날식 수치심으로 분노하는 다에코의 반응이나 보고 있기도, 듣고 있기도 힘들었다. 시게히사는 시게히사대로 시대에 뒤떨어진 아내의 반응 하나하나를 손님에게 보여 주는 구경거리로 삼았다.

혼다는 어째서 지금도 자신에게 관대함이 부족한지 의문이 들었다. 처음 사람을 만나는 일이 귀찮아질수록 미소 짓는 것이 얼마나 정력을 요하는 일인가를 알게 됐다. 물론 가장 빨리 느끼는 감정은 경멸이었지만 경멸 자체가 귀찮았다. 그는 그저 의미 없는 응대의 말이 자기 입에서 흘러나오는 것을 느낄 때면 외려 말보다 침을 흘리는 편이 편하겠다는 생각이 들었지만, 말은 어쨌든 유일하게 남겨진 행위였다. 버드나무로

엮은 바구니를 짜부라뜨리듯이, 노인은 말만으로 세계를 일그러뜨릴 수 있다.

"그렇게 서 계신 모습이 정말로 젊어 보이네요. 군인 같아요." 하고 다에코가 말했다.

"당신, 적절하지 않은 비유야. 판사였던 분께 군인이라니. 옛날 독일 서커스에서 본 멋있고 위엄 있는 동물 조련사를 잊을 수가 없는데, 혼다 씨하고 꼭 닮았었지."

"동물 조련사라니, 더 실례야." 하고 다에코는 시시한 말을 하고 자지러지게 웃었다.

"저는 딱히 젠체하려고 서 있는 건 아녜요. 하나는 이곳의 아름다운 저녁 경치를 보기 위해서고, 하나는 젊은 사람들이 산책하는 걸 위에서 감시하기 위해서지요."

"음, 보이나요?" 하고 다에코가 일어나 와서 혼다 옆에 서자 시게히사도 천천히 일어나 다에코 등 뒤로 왔다.

이곳 3층 창문에서 내려다보니 거의 원형으로 된 잔디밭 정원과 정원 주변의 절벽을 따라 조성한 산책로, 바다로 완만하게 내려가는 길 주변 관목들 사이에 두세 개의 벤치가 있는 모습까지 자세히 보인다. 정원에 나와 있는 사람은 적고, 한 층 아래에 있는 수영장 쪽에서 타월을 어깨에 걸치고 돌아오는 가족들이 있다. 그 한 사람 한 사람이 지는 햇빛을 받아 긴 그림자를 잔디밭 위에 드리웠다.

도루와 모모코는 손깍지를 끼고 잔디밭 가운데에 있었다. 그 그림자도 환상적으로 길게 멀리까지 동쪽으로 뻗어 있었다. 마치 장대한 두 마리 상어 그림자가 두 사람의 다리를 물고 있는 것처럼.

 도루가 입고 있는 셔츠는 저녁 바람에 등이 부풀고, 모모코의 머리카락도 나부꼈다. 그것은 지극히 평범한 소년과 소녀 한 쌍일 뿐이었지만, 문득 혼다에게는 그들 그림자가 본체이고, 그들 존재는 그림자에 잠식당하고 깊은 우수의 관념에 좀먹혀, 그 육체가 모기장처럼 성기게 보일 정도로 실질이 빠진 것으로 변해 가는 듯이 보였다. 생명은 저런 모습이 아니라고 혼다는 믿었다. 더 용서할 수 없는 모습이다. 그리고 무섭게도, 도루는 그것이 무엇인지 거의 알고 있었다.

 만약 그림자가 본체라면, 그들의 지나치게 가벼운, 성기게 보일 정도로 쇠한 육체는 날개일지도 모른다. 날아라! 저속함 위로 날아라! 사지와 머리는 날개가 되기에는 거추장스럽고 지나치게 형이하학적이었다. 마음속 모멸이 좀 더 강하다면 여자와 손깍지를 끼고 날아갈 수 있을 텐데, 혼다는 도루에게 그것을 금했다. 노인이 가진 모든 무력함으로 혼다는 질투를 일으켜 젊은 두 사람에게 날아가는 능력을 주자고 마음먹었으나, 질투조차 이미 혼다의 가슴에 불을 지피지 않았다. 이제야 혼다는 깨달았다. 기요아키와 이사오에 대한 자신의 가장 근본적 감정은 모든 지적 인간의 서정의 원천, 즉 질투였음을.

 그럼, 좋다. 도루와 모모코를 지상에서 가장 시시한, 문제 삼기도 뭣한 한 쌍의 청춘이라고 생각해 보자. 그러면 인형극 인형처럼 여기서 혼다가 손가락으로 움직이면, 그들은 분명 주뼛거리며 얽혀 움직이기 시작할 것이다. 그는 지팡이를 짚은 손가락 두세 개를 상하로 움직였다. 그러자 잔디밭에 있던 두 사람이 절벽을 따라 난 산책로를 향해 걷기 시작했다.

"와, 이쪽은 기다리고 있는데 더 멀리 가 버릴 셈인가 보네요." 하고 남편의 손을 어깨에 올려놓은 채로 다에코는 목소리 구석구석에 희미한 흥분을 띠고 외쳤다.

바다 쪽으로 내려간 두 사람은 우거진 숲을 지나 원목 벤치에 앉았고, 목덜미의 방향으로 보아 흐트러진 저녁 구름을 바라보고 있음을 알 수 있었다. 그때 벤치 아래에서 검은 덩어리가 튀어나왔다. 개인지 고양이인지 멀리서 보기에는 확실하지 않았다. 모모코가 놀라서 일어나고, 똑같이 일어선 도루가 그것을 안았다.

"오호." 하는 목소리가 창문에서 내려다보는 모모코의 부모 입에서, 마치 민들레 홀씨가 떠다니듯 한가롭게 새어 나왔다.

혼다는 지켜보지 않았다. 인식자의 눈으로 엿보기 구멍으로 엿보지 않았다. 밝은 저녁 빛이 비치는 공명정대한 창가에서, 자신의 자의식이 명령한 대로 움직이는 모습을, 한쪽에서는 마음속으로 스스로 연기하고, 한쪽에서는 전능한 힘으로 지휘했다.

'너희는 젊으니까 뭔가 더욱 바보스러운 활력의 증거를 보여 줘야 한다. 천둥을 줄까. 갑작스러운 번개를 줄까. 어떤 기괴한 전기 현상을 줄까. 예를 들어 모모코의 머리가 곧바로 곤두서서 불을 내뿜으며 타 버린다거나.'

바다 쪽으로 기울어진, 가지를 거미 다리처럼 흩뜨린 나무가 있었다. 갑자기 둘은 그 나무를 타고 오르기 시작했다. 혼다 옆에서 순간 숨을 죽인 부모의 긴장한 기색이 느껴졌다.

"이런, 판탈롱 같은 걸 입히지 말았어야 했는데. 저렇게 까불다니······." 하고 다에코는 울 것 같은 목소리로 말했다.

두 사람은 나무에 오르더니 나뭇가지 끝에 다리를 벌리고 앉아 각각 나뭇가지를 흔들었다. 달려 있던 낙엽이 땅에 떨어졌다. 나무는, 거기 나무숲에서 그저 한 나무만이 갑자기 광기 어린 발작을 일으킨 듯이 보였다. 두 사람은 석양이 빛나는 바다를 등지고 나뭇가지에 앉은, 그림자극[73]의 커다란 새 같았다.

나무에서는 모모코가 먼저 내려왔다. 하지만 지나치게 조심조심 몸을 비틀며 내려와 외려 밑가지에 머리가 엉켜 버려 떨어지지 않았다. 도루가 급히 내려와서 계속 엉킨 머리를 풀려고 한다.

"사랑하는 거지요."

결국 다에코는 울먹이는 목소리로 외치며 혼자서 몇 번이나 고개를 끄덕였다.

도루는 하지만 머리를 푸는 데 너무 시간을 들였다. 혼다는 도루가 일부러 머리를 더 복잡하게 나뭇가지에 엉키게 하고 있음을 바로 알았다. 아주 미묘한 지나친 행동이 혼다는 두려웠다. 모모코는 안심하고 머리를 잡아당기려 했지만 다시 가지에 걸리면서 극렬한 아픔이 따랐다. 도루는 급하게 할수록 머리가 더 엉키는 척을 하며 다시 마부처럼 밑가지에 다리

---

73 影繪. 인형이나 오린 그림에 등불을 비추어 그림자가 벽이나 장지에 나타나게 하는 예술.

를 벌리고 앉았다. 거기서 조금 떨어진 곳에서 모모코는 긴 머리카락 그물을 당기며 도루에게 등을 돌린 채 두 손으로 얼굴을 감싸고 울었다.

그것은 넓은 정원 건너편에 있는, 더욱이 3층 창문으로 보기에는 그리스 항아리의 조용하고 작은 양식적 그림자에 지나지 않았다. 장대한 것은 바다 쪽으로 눈사태처럼 떨어지는 구름 사이의 빛으로, 오후부터 몇 번인가 여우비를 내린 구름의 여운이 만 표면에 고상한 빛들을 흩뿌렸다. 이 빛 때문에 나무에도, 만 안쪽 섬의 산 표면에도 치밀하고도 치밀한, 섬세하고 단단한 선들에 색깔이 칠해져 공포를 자아낼 정도로 명료하게 보였다.

"사랑하는 거지요."

다에코는 다시 한번 말했다. 그리고 혼다의 마음에 명랑하게 고동치는 극도의 바보스러움 바로 그것처럼, 세 사람이 바라보는 만의 바다 위에 선명한 무지개가 걸쳐졌다.

24

혼다 도루의 수기

×월 ×일

나는 모모코에 대해 많은 오해를 하고 있는 나 자신을 용서할 수 없다. 똑바로 살피며 출발해야 하는데, 조금이라도 오해가 있으면 오해는 환상을 낳고 환상은 미(美)를 낳기 때문이다.

미가 환상을 낳고 환상이 오해를 낳는다고 생각할 정도로 나는 미의 신자였던 적이 없다. 통신원으로서 아직 미숙했을 때, 배를 잘못 본 적도 있다. 특히 야간에는 앞뒤로 있는 장등의 간격을 파악할 수 없어 대수롭지 않은 어선을 외국 항로의 큰 선박으로 잘못 보고 '선명 보내시오.'라고 발광 신호를 친 적이 있다. 그런 정식 송신을 받은 적이 없는 어선은 장난으로 여성 영화배우 이름으로 대답하기도 했다. 하지만 그 배가 특별히 아름다웠던 것은 아니다.

모모코의 아름다움은 물론 객관적 조건을 충분히 충족해야 한다. 한편 나에게 필요한 것은 모모코의 사랑이며, 모모코 자신을 상처 입히기 위한 칼을 우선 모모코에게 주어야 한다. 가짜 종이칼로는 모모코가 자기 가슴을 찌를 수 없다.

많은 '해야 한다'는 엄격한 요구가 이성이나 의지보다 으레 성욕에서 나온다는 것을 나는 잘 안다. 성욕의 까다롭고 자세한 주문은 자주 윤리적 요구로 착각되기조차 한다. 내가 모모코를 상대로 세우는 계획이 이런 혼동을 초래하지 않으려면, 언젠가 성욕용 여자를 별도로 가질 필요가 있을 것이다. 그 이유는 모모코의 육체를 상처 입히지 않고 정신만 상처 입히려고 하는 것이 악의 가장 미묘하고 괴로운 바람이기 때문이다. 나는 나의 악의 성격을 잘 안다. 그것은 의식이, 바로 의식 그 자체가 욕망으로 화신하고야 말겠다는 멈출 수 없는 욕구다. 그것은 달리 말하면, 명료함이 완전한 명료함 그대로 인간의 가장 깊은 곳에 있는 혼돈을 연기하는 것이다.

나는 죽었으면 좋았을 텐데, 하고 생각할 때가 가끔 있다. 죽음의 저편에서라면 이 계획은 완전히 실현될 테니까. 나는 진정한 정당한 원근법(Perspective)을 획득할 테니까. ……살아가면서 이것을 하기는 난중지난이다. 특히 당신이 열여덟 살이라면!

— 하마나카가 양친의 태도는 실로 헤아리기 어렵다. 그들은 우리가 오 년이든 칠 년이든 영속적 인연을 맺기를 희망하

고, 그렇게 선점한 특권으로 나와 모모코가 사회인이 되어 공정한 결혼식을 올리기를 바라고 있음이 확실하다. 하지만 대체 무엇이 그것을 보장한다는 말인가. 딸의 매력에 그 정도로 자신이 있는 것일까. 아니면 만일 혼약 파기 시, 그 정도로 큰 손해배상을 기대할 수 있는 것일까.

그 사람들에게 아마 대단한 계산은 없을 것이다. 남녀가 맺어지는 것에 대한 대략적이고 상식적인 확률밖에 머릿속에 없을 것이다. 언제인가 내 IQ를 듣고 감탄했던 모습을 보면 우생학에, 게다가 수입이 좋은 우생학에 모든 정열을 쏟는 듯도 하다.

시모다에서 헤어지고 아버지와 홋카이도에 갔다가 도쿄로 돌아온 다음 날, 가루이자와에 있는 모모코에게서 전화가 왔다. 만나고 싶으니 꼭 가루이자와에 와 달라는 그 전화는 아무래도 양친이 시켰을 것으로 짐작된다. 그 목소리에 아주 조금 인공적인 데가 섞여 있어 나는 안심하고 잔혹해질 수 있었다. 대학 입시를 준비하는 공부를 시작했으므로 응할 수 없다고 말해 주었다. 하지만 전화를 끊고 나니 예상외의 작은 쓸쓸함이 생겼다. 무언가를 거절하는 것은 동시에 그 거절을 향해 자신이 어느 정도 양보하는 것이기도 하다. 양보가 자존심에 희미한 쓸쓸함을 남기는 것은 당연하다. 나는 놀라지 않는다.

여름이 끝나 간다. 이 느낌은 언제나 통렬하다. 말로 표현할 수 있는 범위에서 통렬하다. 하늘에는 비늘구름과 적운이 번갈아 나타나고, 공기 속에는 아주 조금씩 박하가 섞여 다가온다.

사랑한다는 것은 곧 그것을 따르는 것일 텐데, 내 감정은 뭔가를 따르는 일이 있어서는 안 된다.

시모다에서 모모코가 준 작은 선물이 아직 책상 위에 있다. 유리구 안에 밀봉된 하얀 산호 표본으로, 뒷면에 '도루 씨에게, 모모코'라고 쓰여 있고 화살이 관통한 두 개의 하트가 그려졌다. 왜 모모코가 늘 이렇게 어린아이 같은 취미에 애쓰는지 나는 알 수 없다. 유리구 바닥에는 미세한 주석박이 쌓여 있어 흔들면 날아오르는데, 해저의 흰 모래가 반짝이며 떠오르는 만듦새이고, 게다가 유리의 반 정도가 남색으로 물들었다. 내가 알고 있는 스루가만은 사방 7센티미터의 공간에 갇혔고, 바다가 나의 생활에서 차지하는 위치는 한 여성의 강압적인 서정의 표본이 되어 버렸다. 하지만 그렇게 작아도 하얀 산호는 냉혹하고 고상하고, 이 서정의 중핵에 있는 나의 불가침의 오성(悟性)을 드러낸다.

×월 ×일

도대체 나의 생존의 어려움은 어디서 오는가. 또 이것은 나의 생존이 가진, 일종의 불쾌한 원활함과 용이함으로 바꿔 말해도 같은 말이지만.

때때로 나는 생각한다. 사는 것이 이렇게 용이함은 어쩌면 나란 존재 자체가 이 세상에서는 논리적으로 불가능하기 때문이 아닐까 하고.

그것은 특별히 내가 내 인생에 부과한 난제는 아니다. 확실히 나는 동력 없이 살아 움직이지만, 그것은 영구 기관(Perpetual mobile)처럼 처음부터 원리적으로 있을 수 없는 일이다. 하지만 결코 숙명은 아니다. 있을 수 없는 일이 어떻게 숙명이 되겠는가?

나는 이 세상에 태어나자마자 나란 존재 자체가 배리(背理)임을 알았던 것 같다. 나는 결여를 업고 태어나지 않았다. 이 세상에는 있을 수 없을 정도로 완벽한 인간, 게다가 음화(Negative)로서 태어났다. 그런데 이 세상은 불완전한 인간의 양화(Positive)로 가득하다. 누군가의 손이 나를 현상한다면 그들에게는 아주 큰일이 될 것이다. 나에 대한 공포는 거기서 생긴다.

내게 가장 우스운 것은 세상이 근엄하게 가르치는 '자기 진실을 따라 살아라.'라는 말이다. 그런 일은 애초에 불가능하며, 만약 내가 충실하게 그것을 실행하고자 한다면 바로 죽어야 한다. 왜냐하면 그것은 내 존재의 배리를 무리하게 통일로 집어넣을 뿐이기 때문이다.

자존심이 없다면 다른 방법이 있었을지도 모른다. 자존심을 버리면 아무리 왜곡된 모습도 진실한 자기 모습이라고 사람들에게도 자신에게도 이해시키기가 쉽기 때문이다. 하지만 그저 괴물이기만 한 것이 그렇게 인간적일까. 진실이 괴물이었다고 한다면 세상은 곧바로 안심할 테지만.

굉장히 신중하면서도 자기 방어 본능이 어딘가에서 크게 결여됐다. 게다가 쾌청하게 결여돼서 그곳에서 불어오는 바람이 때때로 나를 도취하게 만든다. 위험이 평상시 상태이므로 위기가 보이지 않는다. 절묘한 균형 없이는 살아갈 수 없으므로 그 균형 감각을 익히는 것은 좋은데, 다음 순간에는 불균형과 실추가 치열한 꿈이 된다. ……세련되면 세련될수록 흉포함도 커지고, 자기 자신의 제어 장치 버튼을 누르기도 피곤해진다. 나는 내 상냥함 따위 믿을 수 없다. 사람에게 상냥하게 대하는 것이 나 자신에게 얼마나 막대한 희생이 되는지 아무도 믿지 못할 것이다.

그러나 요컨대, 내 인생은 전부 의무였다. 뻣뻣하게 굳은 신참 선원처럼. …… 그리고 내게 의무가 아닌 것은 뱃멀미, 즉 구토뿐이었다. 세상이 사랑이라고 부르기에 합당한 것, 그것은 내게 구토였다.

×월 ×일

왜인지 모모코는 우리 집에 오기를 꺼려서, 학교에서 돌아올 때 한 시간 정도 르누아르 찻집에서 만나 이야기 나눌 때가 많다. 때로는 유원지에서 순진하게 놀기도 하고, 둘이서 롤러코스터를 타기도 한다. 하마나카가는 딸의 귀가가 조금 늦어져도 너그럽게 보아주는 듯하다. 물론 모모코와 영화관에 갔다가 집에 데려다줘도 된다. 하지만 그러려면 사전에 허락이 필요하고 귀가 시간을 사전에 알려야 한다. 그런 공인된 교제는 재미가 없으므로, 설령 짧은 시간이라도 둘이서 비공인으로 몰래 만나는 것이다.

오늘도 모모코는 그렇게 르누아르에 왔다. 학교 선생님 험담, 친구들 소문, 무관심을 가장하고 경멸적으로 말하는 영화 스타들의 스캔들. 이런 화제는 겉모습이 고풍스러운 모모코라도 또래 여자아이들과 조금도 다르지 않다. 나는 적당히 맞장구를 치고 들으면서 남자다운 관용을 보여 준다…….

— 여기까지 쓰자 이제 나는 이다음을 쓸 용기가 없어진다. 나의 태도 보류는 겉으로는 십 대 소년들의 흔한 무의식적 태도 보류와 조금도 다르지 않기 때문이다. 그리고 아무리 짓궂게 굴어도 모모코는 조금도 그렇게 느끼지 않는다. 그래서 나는 감정이 향하는 대로 놔둔다. 그러면 뜻밖에도 진솔해진다. 정말로 내가 진솔해지면 고약한 갯벌이 드러나듯 내 존재 자체의 논리적 모순이 얼굴을 드러낼 텐데, 거기까지 가기 전의 간조가 늘 성가시다. 물이 빠지는 어느 단계에서 내 초조함이 다른 소년의 초조함과 완전히 똑같아지고, 내 이마를 스쳐 가는 비애가 내 또래 소년들의 비애와 완전히 똑같아지는 한 점을 지나가기 때문이다. 그 한 점에서 모모코에게 붙잡히면 볼만한 구경거리가 된다.

자신이 사랑받는지 아닌지 하는 괴로운 의문에 끝없이 괴로워하는 여자다, 라는 내 생각은 틀렸다. 그런 의문에 모모코를 한시라도 빨리 몰아넣고 싶지만, 이 작고 재빠른 짐승은 결코 울타리 안에 들어오지 않는다. 설사 내가 '사실은 너를 사랑하지 않아.'라고 고백해도 소용없을 것이다. 거짓말한다고 생각할 테니. 조금 더 시기를 살피며 질투하게 하는 방법만 남아 있을 뿐이다.

나는 자신이, 그 수많은 배를 보내고 맞이하면서 생긴 감각의 탕진 덕분에 어느 정도 변하지 않았을까 생각해 볼 때가 있다. 그것이 정신에 조금도 영향을 미치지 않았다고는 볼 수 없다. 배는 내 관념에서 태어나 금세 자라고, 거대해지고, '이름'을 가진 실재하는 배가 되고, ……내가 관여하는 것은 거기까지이고 항구에 들어와 버리면, 그리고 나가기 전까지는 나와 별개의 세상에 살아서 배를 응대하느라 정신없는 나는 쉽사리 먼젓번 배를 잊을 수 있었다. 하지만 번갈아 가며 배가 되었다가 항구가 되었다가 하는 곡예를 내가 할 수 있을 리 없다. 여자들은 그것을 요구한다. 여자라는 관념이 감각적 실재가 됐다면, 결코 항구를 나가려고 하지 않을 것이다.

통신원으로서 나는 수평선상에 내 관념이 서서히 객관화되는 모습에서 언제나 은근한 자부심과 일탈의 기쁨을 맛보았다. 나는 세계 밖에서 손을 내밀어 무언가를 만들었으므로 스스로 세계 내부로 들어가는 느낌을 맛본 적은 없다. 비가 와서 급하게 건조대에서 걷히는 세탁물 셔츠 같은 느낌을 가진 적이 없다. 그곳에서는 자신을 세계 내부 존재로 전화시키려는 그 어떤 비도 내리지 않았다. 나는 나 자신의 투명도가, 어떤 지적 탐닉 안으로 빨려 들려고 할 때 감각을 정확하게 구제해 줄 것을 믿었다. 그 이유는 배는 반드시 지나가고, 배는 결코 멈추지 않기 때문이다. 바닷바람은 모든 것을 얼룩덜룩한 대리석으로 바꾸고 햇빛은 마음을 수정으로 만들었다.

×월 ×일

나는 독자적이었다. 슬플 정도로 독자적이었다. 내가 인간적인 것에 손이 닿을 때마다 그 세균에 감염되지 않으려고 급하게 손을 씻는 습관을 들인 것은 언제부터였을까. 사람들은 그것을 단지 내 심한 결벽으로만 여긴다.

  나의 불행은 분명 자연을 부인하는 데서 기인한다. 자연이란 일반 법칙을 안에 품고 자기편이 되어 주어야 마땅한데, '나의' 자연은 그렇지 않았으므로 부인하는 것이 당연했다. 하지만 나는 상냥하게 부인했다. 나는 결코 애지중지 자라지 않았다. 나를 상처 입히려고 북적이는 사람들의 그림자를 항상 느꼈으므로, 외려 사람들을 반드시 상처 입히는 결과를 초래하는 상냥함을 발휘하는 데 신중했다. 이것은 굉장히 인간적인 배려라고 말할 수 있을 것이다. 하지만 배려라는 말 자체에 어떤 씁는 느낌이 안 좋은 피로의 섬유가 섞였다.

  나라는 존재가 가진 문제에 비하면 세계의 갖가지 사건, 복잡미묘한 국제적인 큰 문제도 대수롭지 않게 여겨진다. 정치도, 사상도, 예술도 수박 껍데기였다. 어느 여름 해안가에 밀려온, 게걸스레 먹어 흰 데가 대부분이고 붉은 데는 아침노을 하늘처럼 조금만 남았을 뿐인, 먹다 남은 수박 껍데기에 지나지 않았다. 나는 속인들을 경멸했는데, 그 이유는 그들에게서 바로 영생의 가능성을 알아보았기 때문이다.

  나에 대한 깊은 이해의 가차 없음을 생각하면, 무이해와 오해 쪽이 훨씬 나았다. 나에 대한 이해는 믿을 수 없을 정도의 무례함을 뜻하고, 가장 음험한 적의 없이는 이루어지지 않았다. 배가 언제 나를 이해했던가. 내 쪽에서 이해하면 그것으로 충분했다. 배는 귀찮은 듯, 또는 성실하게 선명을 보내오고 뒤도 돌아보지 않고 재빨리 항구로 들어갔다. 배가 만약 내게 조금이라도 의심을 품었다면 그 순간 배는 내 관념으로 폭파

되었을 것이라는 데 생각이 미친 배가 한 척도 없었음은 그들에게 다행이었다.

　나는 인간이라면 이렇게 느끼겠지, 라고 느끼는 정밀한 체계가 됐다. 토박이 영국인보다 귀화한 외국인이 훨씬 영국 신사답게 되듯이, 나는 인간보다 훨씬 인간에 통달했다. 적어도 열여덟 살 소년으로서는! 상상력과 논리가 내 무기가 되고, 그것이 자연, 본능, 경험보다 훨씬 정확도가 높으며, 개연성에 대한 지식과 조정에도 뛰어나 어쨌든 물도 새지 않을 정도로 완벽했다. 나는 인간 전문가가 되었다. 예를 들면 곤충학자가 남미 딱정벌레의 전문가가 되듯이. ……인간이 어떤 종류의 꽃 향기에 황홀해지고 어떤 정서에 휩싸이는 경과를, 나는 향기 없는 꽃으로 실험해 보고 터득했다.

　보는 것은 그런 것이었다. 그 신호소에서 직수입 선박을 바다 위에서 발견했을 때, 나는 배가 어느 정도 거리를 두고 이쪽을 바라보고, 고향을 그리는 마음으로 가득한 채 12.5노트 속도를 내며 초조하게 육지에 건 모든 몽상을 극한까지 부풀리는 모습을 보았다. 그러나 그곳에는 사실 내 눈의 시험용밖에 없고, 눈은 수평선보다 훨씬 저 멀리, 눈이 더 이상 닿지 않는 영역에 나타나는 보이지 않는 것을 향해 있었다. 보이지 않는 것을 '본다'는 것은 무엇인가? 그것은 바로 눈의 마지막 염원, 봄으로써 모든 것을 부정한 끝에 눈이 자기 부정을 하는 것이었다.

　……그러나 때때로 나는, 이렇게 생각하고 이렇게 계획하는 모든 것이 그저 내 안에서 시작하고 내 안에서 끝나 버리

고 말진 않을까, 스스로 의심할 때가 있다. 적어도 신호소에서는 그랬다. 그 작은 방으로 하루 종일 유리 파편처럼 던져지는 세계 파편의 투영은 잠시 벽과 천장에 빛을 흩뜨릴 뿐 흔적도 없었다. 그렇다면 바깥 세계도 그러하지 않을까?

언제나 내가 나 자신을 지탱하며 계속 살아가야 한다. 나는 항상 공중에 떠 있기 때문이다. 중력에 저항하며, 처음부터 불가능한 것의 경계에서.

어제 학교에서 현학적인 선생님이 다음과 같은 그리스 옛날 시를 가르쳐 주었다.

> 신에게서 은혜를 받고 태어난 자는
> 그 은혜의 열매가 상하지 않도록
> 아름답게 죽을 의무가 있다

인생의 모든 일이 의무인 내게도 아름답게 죽을 의무만은 없다. 신에게서 은혜를 받은 기억 따위 전혀 없으므로.

×월 ×일

미소 짓는 일이 내게 무거운 짐이 돼서 모모코 앞에서 얼마 동안 계속 불쾌하게 행동하자는 마음이 생겨났다. 괴물성을 흘긋 엿보게 하는 한편, 욕망이 쌓여 불쾌해진 소년이라는 극히 흔한 해석의 여지를 남겨 두자. 그리고 이들 모두가 목적 없는 연기여선 시시하므로 내게도 어떤 정념이 있어야 한다. 나는 그 정념의 이유를 찾아다녔다. 가장 그럴듯한 것을 찾았다. 그것은 내 안에 태어난 사랑이었다.

 나는 거의 웃을 뻔했다. 아무것도 사랑하지 않는다는 자명한 전제가 무엇을 뜻하는지 지금에야 깨달았기 때문이다. 그것은 언제라도 자유롭게 사랑할 수 있다는 사랑의 자유를 뜻했다. 여름 한낮에 나무 그늘에 주차한 트럭 운전기사가 낮잠을 자기 시작하면서 나는 눈을 뜨면 언제라도 출발할 수 있다고 생각하는 식의 사랑을 나는 작동시킨 것이었다. 만약 자유가 사랑의 본질이 아니라 외려 사랑의 적이라면, 나는 적도 아군도 한꺼번에 손 안에 쥔 셈이다.

 내 불쾌함은 아마도 진짜에 가까웠을 것이다. 그것이 자유로운 사랑의 유일한 형식이고, 요구하면서 거부하는 일이었으므로 당연하다.

 모모코는 기르던 새가 갑자기 식욕을 잃은 모습을 보기라도 하듯 걱정스럽게 나를 바라봤다. 모모코는 행복은 커다란 프랑스빵처럼 다 함께 나눌 수 있다는 저속한 사상에 물들었기에, 이 세상에 한 가지 행복이 있으면 반드시 그에 대응하는 불행이 한 가지 있을 것이라는 수학 법칙을 이해하지 못했다.

 "무슨 일 있어?" 하고 모모코는 물었다. 그것은 일말의 비극적 아름다움이 깃든 얼굴 속 기품 있는 입술에서 새어 나오기에는 어울리지 않는 질문이다.

 나는 모호하게 웃고 대답하지 않았다.

 그러나 '무슨 일 있어?' 하고 물은 것은 그때뿐이고, 모모코는 어느새 자기 수다에 빠졌다. 충실한 청자는 묵묵히 있으면 되었다.

잠시 뒤에 모모코는 오늘 체육 시간에 뜀틀 넘기에서 다친 내 오른쪽 가운뎃손가락의 붕대를 알아차렸다. 알아챈 그 순간, 모모코의 안도감을 나는 보고야 말았다. 모모코는 내 불쾌함의 원인을 확실하게 알았다고 생각했다.

지금까지 알아차리지 못하고 불문에 부친 점을 사과하며 많이 아프지 않느냐고 모모코는 걱정스럽게 물었지만 나는 무뚝뚝하게 아니라고 대답했다.

첫째는, 정말로 그렇게 아프지 않았기 때문이다. 둘째는, 모모코가 나의 불쾌함의 원인을 이렇게 한 가지로 귀결시킨 독선이 용서가 되지 않기 때문이다. 셋째는, 모모코가 알아채지 못하도록 오늘 만났을 때부터 애써 가운뎃손가락의 붕대를 숨긴 나인데 지금까지 알아채지 못한 모모코가 감정적으로 못마땅했기 때문이다.

그래서 나는 점점 더 강하게 아프지 않다고 말하며 모모코의 위로를 물리쳤다. 그러자 점점 더 모모코는 믿지 않고, 내 고집과 내 허세를 찾아낸 듯한 표정으로 더 집요하게 동정하며 내가 우는소리를 하게 만들 의무가 자신에게 있다고까지 생각했다.

모모코는 벌써 회색으로 더러워진 붕대가 불결하다며 나무라고, 바로 일어서서 근처 약국에 가야 한다고 주장했다. 내가 주저하면 할수록, 모모코는 내가 참는 것은 아닌지 헤아렸다. 드디어 둘이서 약국에 가 지극히 전직 간호사처럼 보이는 약국 아주머니에게 붕대를 교환해 달라고 부탁하자, 상처를 보기가 무섭다며 모모코가 몸을 옆으로 돌려 버려 긁혔을 뿐인 상처를 보이지 않은 채 지나갈 수 있었다.
 이어서 약국을 나오자마자 어때, 하고 모모코는 열심히 물었다.
 "뼈가 나오려고……."
 "와, 무서워!"
 "……하지는 않아."
 나는 무뚝뚝하게 넘겼다. 손가락을 잘라야 하면 어쩌지, 하는 내 천연덕스러운 암시에 모모코는 공포에 떨었다. 이 도가 지나친 공포가 소녀의 이기주의적 감각에 대해 강한 인상을 남겼지만 이쪽은 전혀 불쾌하지는 않았다.
 둘이 걸으며 이야기를 나누었다. 갑자기 화자는 모모코 쪽으로 기울었다. 모모코가 자기네 가정의 즐거움, 올바름, 밝음, 가정생활의 온화한 기쁨, 양친의 인품 등에 아무런 의심을 가지지 않고 말하는 방식이 나를 짜증스럽게 했다.
 "너희 어머님도 바깥 남자와 몰래 잔 적은 있을 거야, 긴 인생 사셨으니까."
 "절대로 그런 일은 없어."
 "어떻게 알아? 네가 태어나기 전도 있잖아. 다음에 오빠나 언니한테 물어 봐."
 "거짓말…… 거짓말."
 "너희 아버님도 어딘가에 좋은 여자가 있을걸."
 "그런 일은 절대로 없어."
 "무슨 증거가 있는데."
 "심해. 지금까지 아무도 나한테 그렇게 심한 말을 한 적이 없는데."

그 대화는 말싸움이 될 뻔했지만 나는 말싸움을 좋아하지 않았다. 음울하게 아무 말 없이 있으면 되었다.

둘이 고라쿠엔 수영장 아래쪽 보도를 걸어갔는데, 주변은 평상시와 다름없이 싸구려 재미를 찾는 사람들로 들끓었다. 세련된 옷차림을 한 젊은 사람들은 거의 없고, 기성복이나 기계로 짠 스웨터, 지방 도시의 겉멋 든 사람들로 북적였다. 어린 아이가 갑자기 웅크려 앉아 길바닥에 있는 맥주 캔 고리를 주워 어머니에게 혼났다.

"어쩌면 그렇게 심술궂은." 하고 모모코는 울 듯이 말했다.

나는 심술궂지 않았다. 타인에게 자기만족을 허락하지 않는 것이 나의 상냥함이다. 나는 가끔 나 자신이 심하게 윤리적인 동물인 것은 아닐까, 하고 느낄 때가 있다.

이럭저럭 우리는 발이 향하는 대로 우회전해서 선우후락[74]에서 그 이름을 딴 미토 미쓰쿠니[75]의 옛 집터 고라쿠엔(後樂園) 문 앞에 섰다. 근처에 사는데도 나는 아직 이곳에 온 적이 없다. 문 닫는 시간은 4시 반이고 입장권 매표소는 4시에 마감한다고 쓰여 있는데, 시계를 보니 4시 십 분 전이라 급한 마음에 나는 모모코를 재촉해 들어갔다.

해가 이제 막 문을 열고 들어간 정면 하늘에 기울었다. 10월

---

74 先憂後樂. 송나라 재상 범중엄이 『악양루기』에 쓴 말로 세상에 근심할 일은 남보다 먼저 걱정하고 즐거운 일은 남보다 나중에 즐긴다는 뜻.
75 水戶光國. 본명 도쿠가와 미쓰쿠니. 에도 시대 미토 지방의 2대 번주이자 도쿠가와 이에야스의 손자.

초까지 남은 곤충들의 울음소리가 주위에서 들려왔다.

돌아가는 관람객 무리 스무 명 정도가 스쳐 지나간 뒤에는 가는 길은 한산했다. 모모코가 손을 잡고 싶어 했지만 나는 붕대 감긴 손가락을 내밀며 피했다.

우리는 왜 험악한 감정을 안은 채 마치 연인처럼, 가을 해 질녘에 조용한 옛 공원으로 들어온 것일까. 그때 물론 내 마음속에는 우리를 어떤 불행한 그림처럼 여기게 하는 구도가 있었다. 아름다운 풍경은 마음을 떨게 하고, 마음을 감기 들게 하고, 마음을 열나게 할 것이다. 그것도 모모코에게 충분한 감수성이 있을 때의 이야기인데, 나는 모모코의 마음에서 새어 나오는 헛소리에 귀 기울이고, 참으로 얼토당토않은 일을 겪은 소녀가 고통으로 입술이 말라 가는 모습을 보고 싶었다.

나는 사람이 가지 않는 구석을 찾아 네자메 폭포 옆으로 내려갔다. 작은 폭포는 미약하고 폭포가 떨어지는 연못은 고여 있는데, 수면에 끝없이 잔털이 나는 것은 수많은 소금쟁이가 수면을 기우며 마치 실을 끌고 다니듯 무늬를 그리기 때문이었다. 우리는 연못가 바위에 앉아 그 모습을 가만히 바라봤다.

내 침묵이 이윽고 모모코를 위협하기 시작했음이 느껴졌다. 게다가 내가 불쾌한 이유를 모모코는 절대 알지 못할 것이 확실했다. 나는 감정이란 것을 시험 삼아 가져 보자, 그것이 타인에게 불가지론을 키워 주어 재미있어 어쩔 줄 몰랐다. 감정만 가지지 않는다면 인간은 어떤 식으로든 서로 이어질 수 있다.

연못이라기보다 늪의 표면인 그곳은 내뻗은 잎가지로 덮

여 있었는데, 나뭇잎 사이로 새어 나오는 지는 햇빛은 수많은 곳에 밝게 비치며 얕은 늪 바닥에 쌓인 마른 잎들을 징그러운 꿈을 비추듯 부당하게도 명료하게 비추었다.

"저걸 봐 봐. 한번 빛이 확실하게 닿으면, 우리 마음의 바닥도 저렇게 얕고 저렇게 더러워." 하고 나는 고의로 말했다.

"나는 아니야. 깊고 깨끗해. 보여 주고 싶을 정도로." 하고 모모코는 완고하게 말했다.

"왜 너만 예외라고 분명하게 말할 수 있는지, 그 근거를 말해 봐."

틀림없이 예외자인 나는 타인이 예외임을 과시하는 데 짜증이 나 되받아쳤다. 범상한 마음이 왜 그렇게 예외를 고집하는지 나는 알 수 없었다.

"왜냐하면 내 마음이 깨끗하다는 건 내가 알고 있으니까."

모모코가 빠져 있는 지옥을 그때 나는 잘 알 수 있었다. 모모코의 정신은 지금까지 단 한 번도 자기 증명의 필요성을 느낀 적이 없고, 어떤 슬픔으로 가득 찬 행복에 잠겨, 소녀 취향의 잡동사니부터 사랑에 이르기까지 그 모든 것을 이 모호한 액체 속에 녹여 버렸다. 모모코는 모모코라는 욕조에 목까지 잠겼다. 그것은 굉장히 위험한 사태이나 도와 달라고 할 마음도 없거니와 친절하게 도와주려고 내미는 손도 거부했다. 모모코를 상처 입히려면 어떻게든 일단 손을 내밀어 모모코를 이 욕조에서 끌어내야 한다. 그러지 않으면 칼은 액체에 가로막혀 그 몸까지 닿지 않을 것이다.

지는 해가 비치는 숲에는 가을 매미 울음소리가 가득하

고, 새소리에 섞여 고가 선로를 지나가는 국철 소리가 전해졌다. 늪에 깊숙이 뻗은 가지 하나에 거미줄에 매달린 노란 잎사귀 한 장이 있어, 이것이 돌 때마다 나뭇잎 사이로 비치는 햇빛을 받아 신성하게 빛났다. 공중에 아주아주 작은 회전문 하나가 떠 있는 듯했다.

우리는 아무 말 없이 이 모습을 바라봤다. 나는 마침 석양빛을 받아 황토색으로 물든 이 작은 회전문이 돌 때마다 그 맞은편에 어떤 세계가 펼쳐지는지 유심히 보았다. 바람의 바쁜 출입으로 이렇게나 격렬하게 회전하는 문은 내가 모르는 아주 작은 도시의 번화함을 문틈으로 엿보게 해 줄지도 모른다. 공중에 떠 있는 극히 미세한 도시의 아름답게 반짝이는 왕래를…….

— 앉은 바위의 냉기가 엉덩이에 번졌다. 어차피 우리는 서둘러야 한다. 문 닫는 시간까지 삼십 분밖에 남지 않았다.

그것은 감정이 불편한 갑작스러운 산책이었다. 고요한 정원의 아름다움도 해 지기 전의 부산함으로 가득 차고, 큰 연못의 물새도 소란하고, 꽃 없는 붓꽃밭 옆 싸리나무 덤불의 분홍도 색이 바랬다.

우리는 문 닫는 시각을 구실로 서둘렀지만, 오로지 그것 때문에 서두른 것은 아니다. 가을 해질녘의 정원이 자아내는 정서가 마음에 번질까 봐 두려웠기 때문이고, 한편으로는 무턱대고 빨리 걸음으로써 회전 속도를 높인 레코드의 노랫소리처럼 내면의 목소리가 날카로운 소리를 내기를 바랐기 때문이다.

어디를 보아도 인적이 없는 회유식 정원[76]에서 우리는 한 다리 위에 서 있었다. 우리의 긴 그림자를 잉어가 꿈실대는 등 뒤 큰 연못 쪽으로 다리 그림자와 함께 내던지며. 연못 건너편에 약품 회사의 커다란 네온사인 탑이 보이는 것이 지긋해서 그쪽 하늘에는 등을 돌린 것이다.

그래서 다리 위에서 우리는 키 작은 조릿대로 덮인 둥근 석가산인 쇼로(小蘆)산과, 그 뒤 깊은 나무숲에 마지막으로 강한 빛줄기를 던지는 지는 해의 그물을 마주했다. 그물코에 잡히기를 거부하며 그 눈부심을 참고 강렬한 빛에 반항하는 마지막 한 마리 물고기 같은 나 자신을 느꼈다.

나는 어쩌면 다른 세상을 꿈꿨는지도 모른다. 모모코와 둘이, 옅은 색 스웨터를 입은 고등학생끼리 그렇게 서 있는 다리 위를 죽음을 품은 시간이 갑자기 스쳐 지나간 느낌이 들었다. 동반 자살이라는 관념의 성적 향기로움이 마음을 스치고, 나는 원래 구제를 바라는 사람이 아니지만, 만약 내게 구제가 온다면 의식이 없어진 뒤여야 한다고 생각했다. 오성이 이런 저녁 해 속에서 썩어 간다면 얼마나 유쾌할까.

마침 서쪽 다리 아래에는 연꽃으로 가득 찬 작은 연못이 있었다.

물 위라고 보이지 않을 정도로 밀집한 연꽃잎은 해파리처

---

76 에도 시대에 발달한 정원 양식으로 중앙에 연못이 있고 주변을 돌며 감상하는 형태이다. 고라쿠엔은 대표적인 회유식 정원 중 하나다.

럼 저녁 바람에 흔들렸다. 가죽의 뒷면 같은 표면에 흰 가루가 흩어진 초록 잎이 쇼로산 아래 골짜기 바닥을 채웠다. 연꽃 잎은 빛을 유연하게 흐르게 하고 이웃한 잎의 그늘을 담는가 하면 연못 근처 단풍나무 가지에 달린 잎을 미세한 그림자로 그렸다. 모든 잎이 불안정하게 흔들리고, 빛나는 저녁 하늘을 향해 경쟁하며 구도했다. 그 희미한 합창 소리가 들리는 듯했다.

흔들림을 자세히 바라보는 동안 그것이 실로 복잡한 움직임을 보이는 것을 나는 알아챘다. 바람이 한쪽에서 불어와도 거기에 응해 한꺼번에 다른 쪽으로 나부끼지 않는다. 끊임없이 어딘가가 흔들리고, 어딘가는 완고하게 정지했다. 어떤 잎이 뒤집어지더라도 다른 잎이 따라 뒤집어지지는 않고 나른하게, 고통스럽게, 좌우로 머리를 흔들 뿐이다. 잎 위로 부는 바람과 뿌리 쪽으로 갈팡질팡 부는 바람이 있어 그것이 점점 더 잎을 불규칙하게 흔드는 듯하다. 이래저래 있는 동안 저녁 바람은 이윽고 차갑게 내 몸에 스며들었다.

많은 잎들이 가운데는 잎맥도 풋풋하고 부드러운데 가장자리는 녹슨 색으로 좀먹어 상했다. 흩어진 녹슨 점들에서 잎이 상하기 시작해 옮겨 가 퍼지는 듯하다. 그저께 이후로 비가 내리지 않아 잎 가운데 둥글게 오목한 곳에는 물이 고인 흔적이 갈색 원으로 말랐다. 또는 그곳에 마른 단풍잎 한 장이 들어 있다.

밝은데도 어딘가에서 어둠이 몰려왔다. 우리는 한두 마디 말을 나누었지만, 거의 얼굴을 맞대고 있는데도 지옥에서 멀리 떨어져 서로를 부르는 것 같았다.

"저건 뭐지?" 하고 모모코가 겁먹은 듯 쇼로산 기슭에 뭉쳐 있는 진한 붉은색 실밥 같은 것을 손가락으로 가리키며 물었다.

그것은 붉게 물들인 질긴 머리털이 뭉쳐 있는 듯한 반들반들한 만주사화 수풀이었다.

"이제 문 닫습니다. 나오세요." 하고 나이 든 수위가 우리 옆을 지나가며 말했다.

×월 ×일

고라쿠엔에 간 날 받은 인상이 내게 한 가지 결심을 하게 했다.

그것은 작고 사소한 결심이다. 이날부터 나는, 모모코를 육체적으로가 아니라 정신적으로만 상처 입힐 생각이라면 다른 데서 여자를 알아 두어야 한다는 긴급한 필요에 부닥쳤다.

모모코 안에 있는 어떤 금기를 발견하는 일은 나 자신이 부담해야 할 일이기도 하고 논리 모순이기도 했다. 더구나 모모코에 대한 육체적 관심이 지적 관심에 숨겨진 원천이라면, 내 자부심은 설 자리가 없어진다. 나는 '자유로운 사랑'이라는 화려한 왕홀로 모모코를 상처 입혀야 하는 것이다.

여자를 아는 것은 어려운 일은 아닌 듯했다. 나는 학교에서 집으로 가는 길에 고고를 추러 갔다. 친구 집에서 배운 고고를 잘 추든 못 추든 상관없이 밖에 나가 추기만 하면 되었다. 학교에는 매일 방과 후 혼자 고고클럽에 가서 한 시간 동안 혼자 춤추고 집에 돌아와 저녁 식사를 한 다음 시험공부에 매진하는 건전한 일과를 지키는 친구가 있었다. 그 친구와 함께 가서 한 시간이 지나 친구는 돌아가고 나 혼자 코카콜라를 마시며 시간을 보냈다. 촌스럽게 두껍게 화장한 여자아이가 말을 걸어서 그 아이와 춤췄다. 하지만 이 여자아이는 내가 바라던 대상은 아니었다.

이런 장소에는 반드시 '동정을 노리는' 여자가 온다는 말을 나는 친구에게서 들었다. 상당히 연상인 여자가 상상되겠지만 반드시 그렇지는 않다. 젊지만 교육적 관심을 가진 여자가 있다. 이런 종류의 여자는 의외로 미인이 많고, 자신이 성적으로 노련한 사람의 뜻에 좌우되기에는 자존심이 반항하기에 그 대신 스스로 성교육 교사가 되어 상대방 젊은이의 마음에 잊기 힘든 인상을 남기는 쪽을 택한다. 남성의 순결에 관심을 가지는 이유도 죄로 끌어들일 수 있는 기쁨이 있기 때문인데, 더욱이 그들 자신이 이 행위를 죄로 여기지 않음은 분명하므로 그 기쁨은 다름 아니라 남성에게 죄를 맡기는 기쁨이고, 또 그것은 그들이 다른 곳에서 처음부터 죄의식을 가만히 안고 키워 왔음을 뜻한다. 바보같이 명랑한 타입이 있는가 하면 우수에 찬 타입도 있어 모두 똑같지는 않지만, 죄의 알을 몸속 어딘가에서 덥히는 암탉 같은 느낌이 든다. 그리고 그 알을 부화하는 일보다 젊은 상대방의 이마에 부딪쳐 깨는 일만 꿈꾼다.

그날 밤 나는 그런 사람 한 명을, 상당히 옷차림이 좋은 스물대여섯 살 여자를 알게 됐다. 자기를 나기사(汀)라고 불러 달라고 말했는데 성인지 이름인지는 모른다.

눈이 병적일 정도로 아주 크고 얇고 심술궂은 입술이었지만, 얼굴 전체에 어떤 온난 지방 감귤류의 풍요로움과 비슷한 것이 흘러넘쳤다. 가슴 부근은 방자하게 희고 다리는 복사뼈까지 아름답다.

　"무슨 그런."이라고 말하는 습관이 있어, 그쪽은 시시콜콜 물어보면서 내 쪽이 물어보면 "무슨 그런." 하고 정리해 버린다.

　나는 아버지께 9시 정도에 집에 돌아오겠다고 말해 두었기에 여자와 저녁 식사를 할 시간밖에 없었다. 여자는 지도와 전화번호를 써 주며, 편한 날에 자기 맨션으로 놀러 오라고 하고 혼자 사니 아무것도 거리낄 필요가 없다고 말했다.

　— 며칠 후 찾아갔을 때 일어난 일을 나는 되도록 정확하게 이야기하고 싶다.

　왜냐하면 이런 유의 일은 그 자체가 감각적으로 격렬한 과장, 상상력, 낙담으로 가득 차고 사실이 왜곡된 형태로 생기기 때문에, 그저 냉정하고 객관적으로 묘사하려고 해도 사실에서 멀어지고, 그렇다고 해서 현혹을 섞어 같이 표현하려고 하면 심하게 관념적이 돼 버린다. 나는 조건에 따라 차이가 있는 성적 쾌감, 단순한 미지를 체험한다는 호기심의 떨림, 지적이라고도 감각적이라고도 구분하기 어려운 육박하는 위화감까지 세 가지를 하나도 빠뜨림 없이 다루어, 정확히 분류하고 서로 간의 침범을 막아 지나치거나 부족함 없이 체험 안에 이식해야 한다고 생각한다. 이것은 상당히 힘겨운 일이었다.

　여자는 처음에 내 수치심을 과대평가한 듯이 생각된다. 내가 '처음'이라는 것을 나기사는 몇 번이나 확인했을 정도이므로 나도 저절로 겉으로 뭔가 속이는 것처럼 여겨지고 싶지 않은 마음이 동한 한편, 그런 자랑할 수 없는 일로 여자의 환심을 사고 싶어 하는 종류의 젊은이이고 싶지 않다는 생각이 들었으므로 미묘한 거만함을 보일 필요가 있었다. 그런데 그 자체가, 허영심에 나를 숨긴 수치였다.

나를 편안하게 하려는 기분과 애태우려는 기분이 여자 안에서 싸우는 듯 보였지만 양쪽 모두 결국 자기 자신을 위한 것이었고, 나기사는 여러 번 있는 경험으로 아마 여자의 지나친 유도가 젊은 사람을 넘어지게 할지도 모른다고 두려워하는 듯했다. 이 지극히 이기적인 걱정이 나기사가 달콤하게 소심한 상냥함을 보이는 이유이기도 하고, 나기사가 조심스럽게 몸에 바르는 향수의 향 그 자체이기도 했다. 나는 나를 맞이하는 나기사의 눈 속에서 작은 저울 바늘이 끝없이 떨고 있는 모습을 보았다.

여자가 나의 초조함과 게걸스럽게 날뛰는 호기심을 자기 욕망의 먹이로 삼으려고 함이 자명했으므로, 나는 여자가 나를 보는 것을 허용하고 싶지 않았다. 특별히 본다 해도 부끄럽지는 않지만, 손끝으로 살짝 여자의 눈꺼풀을 감겨 주는 동작이 내게는 지극히 수치심을 요구하는 행동이라고 여자가 생각하게 했다. 이렇게 여자는 어둠 속에서 데구르르 굴러가며 자기를 치고 가는 바퀴의 무게만을 느끼게 될 것이다.

말할 것도 없이 내 쾌락은 시작한 순간에 끝났다. 그래서 굉장히 편안했다. 내가 쾌락 같은 것을 분명히 맛본 때는 세 번째에 이르러서인 듯했다.

그래서 나는 알게 됐다, 쾌락이란 처음부터 지적인 성질을 지녔음을.

다시 말하면 어떤 분리가 생기고, 쾌락과 의식의 희롱이 생기고, 계산과 지략이 생기고, 여자가 자기 유방을 확실히 내려다보듯 자기 쾌락의 형태를 바깥쪽에서 명료하게 보기 전까지는 쾌락은 오지 않음을. 그래도 내 쾌락은 상당히 가시투성이 모양이었으나…….

연습을 해서 비로소 도달한 것의 원형이 처음에 느꼈던 극히 희박하고 극히 짧은 만족 안에 숨어 있었음을 아는 일은 하지만 내 자부심에는 재미없는 일이었다. 가장 처음에 느꼈던 그것은 결코 충동의 에센스가 아니라 오랫동안 쌓여 온 관념의 에센스였다. 이후 쾌락의 지적 조작은 그중 어느 쪽을 많이 업고 일어날까. 관념의 느린 (또는 급격한) 붕괴를 작은 댐으로 삼아, 그 전력으로 충동을 조금씩 풍부하게 하는 것일까. 그렇다면 우리가 지적 경로를 밟고 동물에 도달하는 길은 무한히 멀다.

"너 약간 굉장하다. 정말로 가망이 있어." 하고 나중에 여자가 말했다.

이 작별 선물로 주는 말의 꽃다발로 여자는 배 몇 척을 항구에서 바다로 떠나보냈을까.

×월 ×일

나는 눈사태처럼 떨어진다.

눈이 나의 위험한 단면을 지나치게 온화한 척하며 덮고 있는 것이 불쾌하니까.

그러나 나는 자기 파괴하고도 파멸하고도 연이 없다. 내가 이 몸을 흔들어 털어 집을 부수고, 사람을 상처 입히고, 사람들이 지옥에서 고성을 지르게 하는 이 눈사태는 그저 겨울 하늘이 가볍게 내 위에 일으킨 것이지 나의 본질과는 아무런 관련이 없기 때문이다. 하지만 눈사태가 일어나는 순간에 눈의 상냥함과 나의 벼랑의 격렬함이 교차한다. 재앙을 일으킨 것은 눈이지 내가 아니다. 상냥함이지 격렬함이 아니다.

훨씬 오래전부터, 자연 역사의 가장 오래된 시작점부터 분명 나처럼 책임지지 않아도 되는 가혹한 마음이 준비돼 있었을 것이다. 대부분 바위의 형태로. 그 지순한 것이 바로 다이아몬드다.

하지만 겨울의 지나치게 밝은 해는 내 투명한 마음에도 스며든다. 아무것도 가리지 않는 날개를 내 몸에 달기를 꿈꾸며, 내 인생에서는 아무것도 성취되지 않을 것이라는 예감에 사로잡히는 때는 이런 때다.

나는 자유를 얻겠지. 그러나 그것은 죽음과 참 닮은 자유일 뿐이다. 이 세상에서 내가 꿈꿨던 것은 무엇 하나 손에 들어오지 않을 것이다.

쾌청한 겨울날에 이즈반도를 달리는 자동차의 반짝이는 빛까지 보이는 스루가만을 그 신호소에서 바라볼 때처럼, 나의 눈에는 인생의 미래가 세세하게 또렷이 보인다.

나는 친구를 얻겠지. 현명한 친구는 모두 나를 배반하고 우매한 친구만 남을 것이다. 사람에게 배반당하는 일이 나 같은 인간에게도 일어나는 것은 이상한 일이다. 나의 명확함을 보면 모든 인간이 배반하고 싶은 욕망을 느낄 것이다. 나 정도의 명확함을 배반하는 일보다 더 큰 배반의 승리는 없기 때문이다. 나에게 사랑받지 못하는 모든 인간이 내게서 사랑받는다고 틀림없이 믿고 있을 것이다. 내게서 사랑받는 자는 아름다운 침묵을 지키겠지.

세계의 모든 것이 나의 죽음을 바라겠지. 동시에 앞다투어 나의 죽음을 방해하려고 손을 뻗을 것이다.

나의 순수는 이윽고 수평선을 넘어 보이지 않는 영역으로 헤매며 들어갈 것이다. 나는 사람들을 견딜 수 없는 고통 때문에 끝에 가서는 결국 자신이 신이 되기를 바라겠지. 얼마나 큰 고통인가! 이 세상에는 아무것도 없다는 절대 고요의 고통을 나는 실컷 맛보겠지. 병든 개처럼, 혼자, 몸을 떨며, 구석에 웅크린 채, 나는 견디겠지. 명랑한 인간들은 나의 고통 주변에서 즐거운 듯 노래하리라.

나를 치료하는 약은 이 세상에 없고, 나를 가두는 병원은 지상에 없을 것이다. 내가 사악했음은 결국 인간 역사 어느 한 곳에 작은 금색 글씨로 적힐 것이다.

×월 ×일

스무 살이 되면 나는 맹세코 아버지를 지옥 바닥으로 밀어서 떨어뜨릴 것이다. 그 정밀한 계획을 지금부터 세울까 한다.

×월 ×일

모모코와 약속한 장소에 나기사와 팔짱을 끼고 나타나기란 손쉬운 일이다. 나는 하지만 그런 성급한 해결은 바라지 않았고, 나기사가 시시한 승리에 취한 얼굴도 보고 싶지 않았다.

마침 나기사가 내게 작은 은메달에 자신의 머리글자 N이 새겨진 은사슬 목걸이를 주었다. 집이나 학교에서 찰 수는 없지만 모모코와 몰래 만날 때만 목에 걸고 나갔다. 손가락 붕대 일이 있었기 때문에 모모코의 주의를 끌기가 어렵다는 것은 알고 있었다. 나는 추위를 참으며 칼라를 연 셔츠에 브이넥 스웨터를 입고 구두끈을 풀기 쉽게 묶었다. 구두끈을 다시 묶을 때마다 목걸이가 목에서 흘러내려 메달을 반짝일 테니 말이다.

그날 나는 세 번이나 구두끈을 다시 묶었는데도 결국 모모코가 알아채지 못해 상당히 실망했다. 모모코의 주의력 산만은 자기 행복을 무턱대고 믿는 데서 생긴다. 그렇다고 내 쪽에서 일부러 보일 수도 없는 일이었다.

궁여지책으로 다음에 만날 때는 나카노에 있는 큰 스포츠클럽 온수 수영장에 가자고 모모코에게 권했다. 시모다에서 여름을 보냈던 추억과 관련 있는 수영장 약속은 모모코를 기쁘게 했다.

"당신, 남자네."

"뭐 그렇긴 하지."

이런 전형적인 남녀 대화가, 여성과 남성이 구분되지 않는 하루노부의 우키요에[77] 속 인물들이 그대로 나체가 된 듯한 수

---

77 에도 시대에 발달한 풍속화 다색목판화. 스즈키 하루노부(鈴木春信.

영장 여기저기에서 속삭이는 소리로 들렸다. 나체여도 여성과 구분하기 어려운 장발 남성도 있다. 나는 인간의 성 위를 추상적으로 날아다닌다는 자신감이 있지만, 특별히 다른 성으로 녹아들고 싶은 욕망을 느낀 적은 없다. 미안하지만 여성이 되고 싶지는 않다. 여성의 구조 자체가 명확함의 적이므로.

우리는 조금 수영을 한 뒤 수영장 가장자리에 앉았다. 이런 곳에서도 모모코가 어깨를 가까이 대어 목걸이는 모모코 바로 눈앞에 10센티미터 정도 떨어져 있었다.

드디어 모모코의 눈에 목걸이가 보였다! 모모코가 손을 내밀어 메달을 손으로 집었다.

"N이 무슨 머리글자야?"

노리던 질문을 드디어 모모코가 말했다.

"뭐라고 생각해?"

"당신은 T·H이고. 뭘까."

"생각해 봐."

"아, 알았다. 일본[78]이다."

나는 실망하며 나도 모르게 그만 불리한 반대 신문을 시작했다.

"선물로 받았는데, 누구라고 생각해."

"N이라면 글쎄, 우리 친척 중에 노다와 나카무라가 있어."

"네 친척이 이런 것을 줄 리가 없잖아."

1725~1770)는 가녀린 얼굴을 그린 미인화로 유명하다.
78 일본어로 '니혼'으로 발음한다.

"알았어. 북쪽(North)의 N이구나. 그러고 보니 이 메달 가장자리 디자인이 자석 같다고 생각했어. 선박 회사나 다른 데서 받은 선물 아니니. 새 선박 진수식 같은 데서. 맞다, 북쪽이라면 고래잡이배지? 맞지? 분명 고래잡이배가 당신 신호소에 준 선물이야. 바로 그거야."

정말로 모모코가 그렇게 생각하고 안심했는지, 아니면 그렇게 생각하며 자신을 안심시켰는지, 아니면 불안을 감추려고 모르는 척 연기하는지 알 수 없었지만, 어쨌든 나는 더 이상 '아니야.'라고 말할 기력을 잃어 버렸다.

×월 ×일

이번에는 나기사에게서 방책을 강구하고자 했다. 만사에 똑 부러진 사람이었으므로 담백하고 무해한 호기심에 기대 볼 수 있다. 시간이 있다면 내 어린 약혼자를 멀리서 모른 척 보고 싶은 마음이 없느냐고 나는 물었다. 나기사는 바로 수락했다. 내가 모모코와 동침했는지 아닌지 끈질기게 물었다. 나기사로서는 자기 제자가 어떤 식으로 응용문제를 푸는지 진지하게 흥미가 있는 듯했다. 나는 나기사에게 내게도 일절 인사하지 말고, 전혀 모르는 타인처럼 관찰하기만 해 달라는 조건을 걸고 모모코와 르누아르에서 만나는 날짜와 시간을 알려 주었다. 나는 나기사가 결코 그런 약속을 지킬 사람이 아님을 알고 있었다.

― 그날, 모모코가 오고 나서 잠시 뒤에 우리 뒤로 나기사가 다가와 분수대 맞은편 자리에 태연하게 앉는 모습을 나는

눈가로 느꼈다. 고양이가 소리도 없이 와 앉아서 멀리서 졸린 눈으로 이따금 이쪽을 쳐다보는 듯한 모습이었다. 모르는 사람은 모모코뿐이라고 생각하자 그 순간부터 나와 나기사의 서로에 대한 이해가 갑자기 깊어져, 눈앞에 있는 모모코와 이야기하기보다 나기사와 더 많은 말을 나누는 느낌이 들었다. '몸의 연결'이라는 그 바보 같은 말이 의미가 있었다.

나기사 자리에서는 분수대가 사이에 있긴 하지만 우리 대화가 희미하게 물소리를 통과해 들릴 것이다. 누군가가 대화를 듣는다고 생각하자 나는 말이 갑자기 진솔해졌다. 모모코는 내가 기분 좋은 상태에 있자 기뻐했다. 그리고 모모코가 마음속으로 '우리는 어쩐지 마음이 아주 잘 맞는 것 같아.'라고 생각함을 나는 생생히 알 수 있었다.

나는 대화가 지겨워지자 목걸이 메달을 칼라 안쪽에서 꺼내 입에 물었다. 모모코는 나무라는 대신 순진하게 웃었다. 메달은 달콤한 은 맛이 나고, 잘 녹지 않는 극약 알약처럼 까끌까끌하고, 더구나 당겨진 가는 사슬이 턱에서 입술로 가차 없이 죄어들었다. 하지만 그렇게 있자니 기분이 좋았다. 아주 심심한 개가 된 느낌이었기 때문이다.

시야 한쪽으로 나기사가 일어선 기색이 느껴졌다. 내 옆으로 나기사가 다가온 것을 모모코가 눈을 커다랗게 뜬 움직임으로 알 수 있었다.

갑자기 입가로 빨간 매니큐어를 바른 손톱이 뻗어 오더니 목걸이를 잡아당겼다.

"내 메달 먹지 마라." 하고 나기사가 말했다.

나는 일어서서 모모코를 소개했다.

"나기사라고 합니다. 방해해서 미안해요. 그럼 이만." 하고 나기사는 떠났다.

모모코는 창백하게 떨고 있었다.

×월 ×일

눈이 내렸다. 토요일 오후 나는 계속 집에 있어서 심심했다. 2층으로 올라가는 서양식 계단의 층계참에 창문이 있다. 그 창문으로만 집 앞 거리가 잘 보인다. 창틀에 턱을 괴고 눈을 바라보았다. 그러잖아도 인적이 드문 집 앞 도로는 오전에 생긴 차들의 바큇자국도 오후 눈에 싸여 사라졌다.

미세한 빛이 눈 속에 담겼다. 눈 내리는 하늘은 전부 어두침침한데, 지상의 눈 빛깔은 하루 중 어느 시각도 아닌 기묘한 특별한 시각을 비춘다. 맞은편 집 뒤쪽 콘크리트 담에는 눈이 짝이 맞지 않은 콘크리트 사이마다 쌓였다.

그때 오른쪽에서 한 노인이 우산도 쓰지 않고 검은 베레모와 회색 외투 차림으로 나타났다. 외투 허리 부근이 심하게 부풀고 두 손으로 그것을 안다시피 하며 걷는 모습이, 눈을 피해 짐을 외투 속으로 넣은 듯하다. 노인이 야위었음은 그 부푼 외투와 어울리지 않게 오그라든, 베레모 아래로 보이는 얼굴로 알 수 있다.

집 대문 바로 앞에서 멈추었다. 그 근처에 쪽문이 있다. 나는 주머니 사정에 맞지 않게 아버지를 찾아온 가난한 의뢰인이 아닌가 생각했다. 하지만 들어올 기미는 없이 눈이 하얀 서리로 변한 외투를 털지도 않고 주변을 둘러본다.

　노인의 부푼 허리가 갑자기 깎여 나갔다. 커다란 알을 낳은 듯이 눈 위로 꾸러미를 떨어뜨렸다. 나는 떨어진 것을 뚫어지게 보았다. 처음에는 무엇인지 몰랐다. 지구본처럼 잡다한 색깔과 모양의 것이 눈 속에 파묻혀 희미한 빛을 발했다. 자세히 보니 비닐봉지였고, 안에 채소나 과일 찌꺼기가 가득 들어 있다. 빨간 사과 껍질, 주황 당근, 연녹색 양배추가 커다란 봉지를 가득 채웠다. 처치하기가 곤란해서 버리려고 나온 것이라면 노인은 혼자 사는 까다로운 채식주의자일지도 모른다. 어마어마한 채소 찌꺼기가 비닐에 싸여 눈에 기이하고 신선한 색을 더하고, 초록 채소 조각까지 그곳에서 어떤 역한 소생을 보여 주었다.

　너무 오랫동안 비닐봉지를 본 탓에 내 눈은 이미 걸어가기 시작한 노인을 뒤늦게 따라갔다. 굉장한 종종걸음 발자국을 남기며 노인은 서서히 문 앞에서 멀어졌다. 처음으로 외투 뒷모습이 보였다. 등이 굽은 정도를 고려해도 외투는 형태가 없는 데다 부자연스러웠다. 어딘가가 각지고, 아까만큼은 아니지만 이상하게 부풀었다.

　그대로 노인은 같은 속도로 멀어졌다. 노인 자신은 알아채지 못한 것 같은데, 대문에서 5미터 정도 갔을 때 커다란 먹물 방울이 떨어지듯이 외투 옷자락에서 뭔가가 눈 위로 떨어졌다.

　검은 까마귀 비슷한 새 사체가 떨어져 있었다. 구관조였을지도 모른다. 내 귀에조차 순간 퍼드덕, 떨어진 날개가 눈을 치는 소리가 들리는 착각이 들었는데 노인은 그대로 가 버렸다.

그래서 오랫동안 시커먼 새 사체가 나의 난제가 됐다. 그 위치는 상당히 멀고 앞뜰 정원수 우듬지에 가려지고 게다가 계속 내리는 눈이 형체를 왜곡하여, 아무리 주의 깊게 보아도 눈으로 확인하는 힘에는 한계가 있었다. 쌍안경이라도 가지고 올까 아니면 밖에 나가 확인을 할까, 하는 생각에 사로잡히면서도 어떤 압도적인 귀찮음이 제지하여 그렇게 할 수 없었다.

무슨 새였을까. 너무 오래 뚫어지게 보는 동안 그 검은 날개 덩어리는 새가 아니라 여성의 가발처럼 느껴지기 시작했다.

……드디어 모모코의 고뇌가 시작됐다. 담배꽁초 한 개비에서 산불이 시작되듯이. 평범한 소녀도, 위대한 철학자도, 사소한 차질에서 세계 파멸의 몽상을 끌어내는 점에서는 똑같다.

그 고뇌를 기다렸던 나는 예정대로 태도를 바꿔 저자세로 나갔다. 모모코의 비위를 맞추고 모모코의 말에 맞장구를 치며 나기사에 대해 무례한 험담을 했다. 제발 그 여자와 헤어져달라고 모모코가 울면서 부탁해 나는 헤어지고 싶지만 그러려면 모모코의 도움이 필요하다고, 모모코의 힘을 빌리지 않고서는 그 악마 같은 여자와 헤어지기가 어렵다고 과장해서 말했다.

그래서 모모코가 도와주기로 했는데, 거기에는 조건이 있었다. 나기사에게서 받은 목걸이를 자기 눈앞에서 버렸으면 했다. 내게는 아무런 애착 없는 물건이었으므로 흔쾌히 응해, 모모코를 데리고 스이도바시 역 출입구 다리 위로 올라가 목에서 뺀 목걸이를 모모코의 손에 쥐이며 네 손으로 이것을 더러운 강물에 버리라고 말했다. 모모코는 겨울날 해질녘에 메달을 반짝이며 높이 들더니 때때로 너벅선이 지나가는 악취 나는 흙탕물 강물에 단숨에 던졌다. 마치 사람을 해치기라도 한 듯 흥분으로 숨을 헐떡이며 모모코는 내게 안겼다. 길 가던 사람들은 우리를 이상하게 쳐다봤다.

입시 학원에 갈 시간이 다가와서 내일 토요일 오후에 만나기로 약속하고 우리는 헤어졌다.

×월 ×일

나는 모모코에게 내가 말하는 대로 나기사 앞으로 편지를 쓰게 했다.

그 토요일 오후 모모코 앞에서 나는 '사랑'이란 단어를 몇백 번 썼을까. 내가 이렇게 모모코를 사랑하고 모모코도 나를 사랑한다면, 재앙을 없애려면 둘이 공모해서 거짓 편지를 써야 한다고.

둘이서 메이지 신궁 외원 옆 볼링장에서 만나 얼마 동안 볼링을 치며 놀고, 겨울 햇빛이 비치는 따뜻한 외원에서 겨울 은행나무 그늘을 손깍지 끼고 거닐다가 아오야마 거리에 새로 생긴 찻집에 자리를 잡았다. 나는 준비한 편지지, 봉투, 우표를 종이 가방에 넣어 가지고 걸었다.

산책하는 동안에도 나는 마취를 시키듯 끝없이 모모코의 귀에 사랑을 속삭였다. 나는 알지 못하는 사이에 모모코를 그 광기의 기누에와 동일시하며, 서로의 사랑이 결코 변하지 않는다는 그 너무도 명백한 개념 착오 속에서 처음으로 편하게 숨을 쉴 수 있을 것 같았다.

미녀라고 믿는 기누에도 사랑받는다고 믿는 모모코도 현실을 부정하는 점에서는 같은데 타인의 도움이 필요한 모모코와 달리 기누에는 이제 타인의 말조차 필요 없었다. 모모코를 거기까지 끌어 올릴 수 있다면! 그것이 내 교육적 정열, 이른바 사랑이었으므로 '사랑한다.' 자체는 전혀 거짓말이 아니었다. 하지만 모모코처럼 현실 긍정의 영혼이 현실을 부정하려 하는 것은 방법적 모순이 아닐까. 모모코를 기누에처럼 전 세계를 상대로 싸우는 여자로 만들기는 보통 어려운 일이 아닐 것이다.

하지만 '사랑한다.'고 수없이 반복하며 독경하는 동안, 읽는 이 스스로의 마음속에 어떤 변질이 일어난다. 나는 거의 사랑하고 있는 느낌이 들었고, 사랑이라는 금기 어구의 이 갑작스럽게 날뛰는 해방에 마음속 무언가가 취한 듯이 느껴졌다. 서툰 초심자와 동승해 조종하는, 만약의 사태를 각오해야 하는 비행기 훈련사와 유혹자는 얼마나 비슷한가.

모모코가 요구하는 것은 또 이 지극히 시대에 뒤떨어진 소녀답게, 순수하게 '정신적인' 확인뿐이었으므로 여기에 보답하기에는 말로 충분했다. 지상에 또렷이 그림자를 남기는 날아가는 말, 그것이야말로 나의 본래의 말 아니었던가. 나는 원래 말을 그런 식으로만 쓰도록 태어났다. 그렇다면, (이 감상적인 말투는 나 스스로도 화가 나지만) 내가 사람들 앞에 숨겨 온 본질적 모국어는 바로 사랑의 말이었을지도 모른다.

그리고 본인은 모르지만 불치임이 결정된 암 환자에게 가족들이 수백 번 "꼭 나을 거야."라고 계속 말하듯이, 겨울나무 그늘이 아름답게 짜여진 길 위에서 나는 커다란 애정을 가지고 모모코에게 계속 사랑을 속삭였다.

— 찻집에 자리 잡고 나자 나는 마치 모모코에게 상담을 청하고 의견을 구하는 것처럼, 나기사의 성격을 설명하고 그런 나기사와 싸울 정교한 전술을 개괄적으로 설명했다. 물론 여기서 나기사의 성격은 내가 자유롭게 창조했다.

나기사는, 모모코가 내 약혼자이고 나를 사랑하니 부디 헤어져 달라고 말해도 들을 사람이 아니다. 그러면 경멸하여 더더욱 괴롭힐 것이다. 나기사는 '사랑'이라는 말과 싸우고, 그것을 뒤에서 무너뜨리려고 전력을 다하는 사람이다. 어차피 결혼해서 선량한 남편인 체할 젊은 남자들에게 모조리 나기사를 각인시켜, 모든 타인의 결혼 생활을 보이지 않는 곳에서 비웃으려고 결심한 사람이다. 다만 이런 여성에게도 사람 좋은 약점은 있다. 사랑은 절대로 용서하지 않지만, 자신이 부자인 만큼 '생활고로 분투하는 여성'에게는 묘한 존경과 동정심을 빼놓지 않고 가졌다. 나는 나기사의 입으로 그런 이야기를 자주 들었다. 사랑은 없지만 돈이나 생활상 필요에 나기사라는 존재가 방해가 된다는 호소만큼 나기사의 마음을 움직이는 것은 없다. 그러면 어떻게 해야 좋을까?

"내가 당신을 전혀 사랑하지 않고, 오로지 돈과 생활 때문에 당신이 필요한 사람이라고 하면 되겠다."

"맞아, 그 말대로야."

이 공상에 모모코는 갑자기 들뜨기 시작했다. 그러면 얼마나 좋을까, 하며 꿈꾸듯 말했다.

지금까지 고뇌하던 모습에서 돌변해 모모코가 지나치게 쾌활하고 천진난만하게 들떠 나는 조금 기분이 상했다. 모모코는 거듭 이렇게 말했다.

"게다가 전혀 틀린 말도 아니야. 아버지, 어머니가 열심히 감추고 계시고 나도 사람들한테 말한 적 없지만 우리 집 경제 상태가 그다지 좋지 않아. 뭔가 은행에 문제가 생겼는데 아버지가 떠안는 바람에 국유지를 전부 저당잡혔어. 아버지가 워낙 사람이 좋으시잖아. 그래서 나쁜 사람한테 속은 것 같아."

모모코는 자신이 천한 여자가 되겠다는 공상으로(그것은 모모코가 생각하기에 현실에 있을 수 없는 일이었으므로), 학교 문화제 연극에서 배역을 맡기라도 한 것처럼 열중했다. 이렇게 모모코의 의향을 움직이고 내가 문안을 짜내어 찻집 테이블에서 모모코가 쓴 장문의 편지는 다음과 같다.

……………………………….

'나기사 님

이것은 부탁하는 편지이니 부디 끝까지 읽어 주십시오. 실은 도루 씨와 교제하기를 여기까지만 해 주셨으면 합니다.

그 이유를 지금부터 되도록 솔직히 쓰겠습니다. 저와 도루 씨는 현재 약혼 관계 비슷한 상태이긴 하지만 서로 사랑해서

맺어진 것은 아닙니다. 좋은 친구라고는 생각하지만 그 이상의 감정을 도루 씨에게 가진 적은 없습니다. 제 솔직한 심정을 말하자면, 아버지 말씀대로 도루 씨 집안 같은 부잣집의 며느리가 되면 도루 씨 아버지도 연세가 있으셔서 여생이 길지 않고 재산도 전부 도루 씨 혼자 상속받으므로 시끄러운 가족도 없는 집에 들어가 머리 좋은 도루 씨와 함께 자유롭고 풍족하게 결혼 생활을 즐길 수 있는 점, 또 저희 아버지도 은행 일 등으로 여러 가지로 사람들한테 말 못 할 어려움이 있어 금전적으로 힘들므로 도루 씨 아버지께 도움을 받고 싶은 점, 그분이 돌아가시면 도루 씨에게 도움을 받고 싶은 점 등 여러 사정이 있습니다. 저는 어머니와 아버지를 매우 사랑하고, 여기서 도루 씨의 애정이 다른 사람에게 가 버리면 모든 계획이 수포로 돌아가 희망이 없어집니다. 사실은 돈 때문에 굉장히 중요한 결혼입니다. 저는 돈보다 중요한 것은 세상에 없다고 생각합니다. 딱히 더럽다고 생각한 적 없습니다. 그런 점을 빼고 사랑이니, 연애니, 말하는 것이 더 이상합니다. 나기사 님에게는 잠깐의 장난이겠지만, 제게는 일가가 걸린 중요한 계획을 방해하는 일입니다. 제가 도루 씨를 사랑하니 헤어져 달라고 말하는 것이 아닙니다. 저는 보기보다 훨씬 어른스러운 냉정함이 있는 여자로서 말씀드리는 것입니다.

그러면 도루 씨와 남몰래 만나도 상관없지 않은가, 하신다면 잘못 생각하시는 겁니다. 사귀어 봤자 언젠가는 들통나고, 제가 돈을 위해서라면 무슨 일이든 눈감는 여자라고 지금에 와서 도루 씨가 생각하면 손해이기 때문입니다. 바로 돈 때문에 저는 도루 씨를 감시하고, 제 자부심을 지켜야만 합니다.

이 편지는 절대로 도루 씨에게 보여 주지 마십시오. 여자가 이런 편지까지 쓰는 건 부득이한 일입니다. 만약 당신이 나쁜 사람이라면 도루 씨에게 이 편지를 얼른 보여 주어 제게서 도루 씨의 마음을 떼어 놓고 자기 승리의 도구로 삼겠지요. 하지만 그런 일을 하면, 한 사람의 여자에게서 사랑이 아니라 생활상 필요를 뺏어 버렸다는 죄 때문에 당신은 평생 괴로울 겁니다. 우리 서로에게 감정의 문제는 전혀 없으니 냉정하게 처리해 주십시오. 만약 이 편지를 당신이 도루 씨에게 보인다면 저는 기필코 당신을 죽일 겁니다. 그것도 보통의 살인이 아닌 방법으로 말이지요.

모모코'

……………………………….

"이 마지막 문구는 뭔가 굉장히 박력 있어." 모모코는 더욱 들떠서 말했다.

"만약 내가 이 편지를 보면 큰일 나는 거네." 나도 웃으며 말했다.

"이제 봐 버렸으니 안심이야." 모모코는 이렇게 말하고 몸을 내게 기댔다.

나는 다시 봉투 겉면을 모모코가 쓰게 하고 속달 우표를 붙여 둘이서 우체통으로 손잡고 가서 넣었다.

×월 ×일

오늘 나는 나기사의 집에 가서 모모코의 편지를 읽었다.

분노에 떨며 읽은 뒤 편지를 쥐고 그곳을 나왔다. 입시 학원에서 돌아와 밤늦게 아버지 서재를 찾아가 슬픔에 겨운 모습으로 그 편지를 아버지 앞으로 내밀었다…….

도루의 수기―끝

25

보통은 열다섯 살에 고등학교에 들어가는데, 열일곱 살에 들어간 도루는 1974년 스무 살에 성년이 됨과 동시에 대학에 들어간다. 고등학교 3학년이 되고 나서는 입시 준비로 편할 날이 없었다. 혼다는 도루가 공부를 지나치게 해서 건강을 해치는 일이 없도록 각별히 주의를 줬다.

고등학교 3학년 어느 가을날, 적어도 주말에는 자연의 공기를 마셨으면 해서 혼다는 공부에 방해가 된다고 응하지 않는 도루를 무리하게 문밖으로 데리고 나왔다. 멀리 가고 싶지는 않다고 하여 도루의 희망에 맡겨, 오랜만에 배를 보고 싶다고 말한 도루를 차에 태워 요코하마로 데리고 갔다가 돌아오는 길에 차이나타운에서 저녁 식사를 함께 할 생각이었다.

10월 초인 그날은 공교롭게도 구름이 많았다. 요코하마는 하늘이 넓은 도시다. 남쪽 잔교(South pier)까지 와서 차에서 내려 하늘을 올려다보니 상어 거죽처럼 거친 구름결이 전면에 퍼지고, 군데군데 흰빛의 얼룩이 있을 뿐이다. 굳이 푸른 하늘을 찾자면 멀리 중앙 잔교(Center pier) 위에 종소리의 희미한 여운 같은 푸른 하늘의 여운 비슷한 것이 있다. 게다가 그것도 있는 듯 없는 듯 사라지는 중이다.

"차를 사 주시면 제가 운전해서 여기까지 아버지를 태우고 올 수 있을 텐데요. 운전기사를 쓰기는 아까워요." 하고 차에서 내리자마자 도루는 중얼거렸다.

"안 돼, 안 돼. 도쿄 대학에 들어가면 꼭 축하 선물로 사 주마. 조금만 더 참아라."라고 말한 혼다는 도루를 터미널 표를 사러 보낸 뒤, 올라가야 하는 눈앞 계단을 지팡이에 몸을 기댄 채 답답하게 올려다보았다. 올라가는 데 난색을 표하면 도루가 도와줄 것은 알지만 되도록 사람들 앞에서 그런 모습을 보이고 싶지 않았다.

항구에 오자 도루는 마음이 맑아졌다. 그것은 오기 전부터 알았다. 시미즈항에 한하지 않고 이 항구에도 도루의 타고난 마음에 맞는 일종의 투명한 즉효 약이 들어 있어 그것이 순식간에 무언가를 치유한다.

지금은 오후 2시였다. 오전 9시 당시의 정박선이 표시되어 있었다. 파나마선 Chung Lien Ⅱ 2,167톤, 소련선, 중국선 하이이 2,767톤, 필리핀선 민다나오 3,357톤, 그리고 2시 반 정도에는 나홋카에서 많은 일본인 승객을 태우고 돌아오는 소련선 하바롭스크가 입항할 예정이었다. 터미널 위에 올라오니 그 배들의 갑판이 약간 내려다보이는 위치여서 배를 보기에 알맞은 높이였다.

부자는 충리안마루 선수 근처에 서서 어수선한 항구를 내려다보았다.

이렇게 부자가 말없이 나란히 서서 어떤 광대한 풍경과 각자 마주하기는 계절마다 드문 일은 아니었다. 이것이 혼다가의 부자에게 가장 어울리는 자세일지도 몰랐다. 의식이 서로 통할 때 악이 생겨남을 서로가 알고 있어, 풍경을 매개로 해 서로를 서로의 의식에 맡겨 두는 것이 두 사람의 '관계'라면, 부자는 풍경을 각자 자의식의 거대한 여과기로 쓰는 셈이었다. 마치 염분 강한 바닷물을 이 여과기를 통해 마실 수 있는 담수로 바꾸기라도 하듯이.

충리안마루 앞에는 떠밀려 온 나무 조각이 쌓여 떠 있는 듯도 하고 가라앉는 듯도 한 느낌의 정박지가 있고, 콘크리트 부두에는 아이들이 사방치기 놀이라도 한 것처럼 가로세로로 '주차 금지' 글씨나 직선이 휘갈겨 있었다. 옅은 연기가 어딘가에서 흘러나오고 엔진 진동 소리가 어딘가에서 끝없이 들려왔다.

충리안마루는 검은 선복의 페인트칠이 벗겨지고, 녹 방지제의 주황색이 마치 항만 시설의 항공사진 같은 무늬를 그 검은 선수의 곡선 부분에 선명하게 흩뜨렸다. 푸르게 녹슨 스톡리스 앵커[79]가 호스 파이프[80] 구멍에 거대한 게처럼 들러붙어 있었다.

---

79 배에 다는 닻으로 가로로 박은 쇠막대기가 없는 것. 쇠막대기가 달린 닻은 스톡 앵커라고 한다.
80 닻 체인이 선박으로 올라오는 통로.

"무슨 화물일까. 가늘고 길고, 정성스레 포장한 커다란 족자 같구나."

충리안마루가 하역하는 모습에 이미 정신을 빼앗긴 혼다는 말했다.

"족자일 리는 없잖아요. 무슨 나무 상자 아닐까요."

혼다는 아들도 모른다는 데 만족하며, 하역하는 남자들이 서로 부르짖는 고성에 귀를 기울이고 일생 동안 자신이 전혀 관여한 적 없었던 노동을 가만히 바라보았다.

놀랄 만한 점은 인간이 자기에게 부여된 몸, 근육, 모든 기관을(두뇌는 제외하고) 모조리 등한시한 긴 일생이, 건강의 혜택도 받고 불필요할 정도로 부의 혜택도 받은 점이다. 그렇다고 혼다가 독자적 사상이나 독창적 정신을 구사한 것도 아니다. 냉정하게 분석하고 적확하게 판단했을 뿐이다. 그것이 충분히 돈이 되었다. 이마에 땀 흘리며 하역하는 인부들이 눈으로도 보이고 그림으로도 그려지는 노동하는 모습을 보면, 혼다는 결코 '양심의' 가책을 느끼진 않았지만 자기 생애에 격화소양[81]을 느끼며 고뇌했고, 눈에 보이는 풍경이나 사물, 인체의 움직임 모두가 자신이 접하고 거기서 이득을 얻은 현실 자체라기보다는 어떤 보이지 않는 현실과 거기서 이득을 얻는 보이지 않는 인간 사이를 중개하며 부단히 그 양쪽을 조소하는 불투명한 벽, 삶의 냄새가 독하게 나는 유화 물감으로 구석

---

81 隔靴搔癢. 신발을 신고 가려운 발을 긁는다는 말로 성에 차지 않음을 뜻한다.

구석까지 칠하고 그린 벽인 것처럼 느껴졌다. 게다가 그 유화 물감으로 그린 벽화에 발랄하게 모습을 드러낸 인간은 사실은 가장 갑갑하게 기구에 속박되고 타인의 지배를 받는다. 혼다는 자신이 그런, 지배를 받는 불투명한 존재이고 싶다고 바란 적은 없으나 배처럼 삶과 존재에 단단히 닻을 내리는 쪽은 그들이라는 데 의심을 하지는 않았다. 생각하면 사회는 어떤 희생에 대해서만 대가를 지불한다. 삶과 존재감을 크게 희생할수록 지성을 듬뿍 지불하는 것이다.

이런 한탄은 지금 와서 중히 여길 만한 것이 못 되었으므로 혼다는 끝없이 움직이는 것을 눈으로 즐겁게 좇기만 하면 되었다. 그는 자신이 죽은 뒤에도 입항하고, 출항하고, 햇빛이 환하게 비치는 나라들로 항해하는 배를 생각했다. 세계는 혼다가 없어도 틀림없이 희망으로 가득 찼다. 그가 항구라면, 아무리 절망한 항구여도 수많은 희망이 정박하도록 허용해야만 하리라. 하지만 항구이기조차 못하는 혼다는 이제는 자신이 완전히 불필요함을 세계를 향해, 바다를 향해 선언해도 좋았다.

만약 그가 항구였다면?

'혼다항'에 유일하게 정박한 작은 배, 하역을 열심히 바라보는 도루의 모습을 옆에서 보았다. 이것은 항구와 완전히 똑같은 배, 항구와 함께 썩고 영원히 출항을 거부하는 배였다. 적어도 혼다는 그것을 알았다. 작은 배는 부두에 콘크리트로 접착됐다. 이상적인 부자라고 혼다는 생각했다.

눈앞에는 충리안마루의 거대한 선창이 어두운 입을 벌리고 있었다. 짐이 겹겹이 쌓여 선창 입구로 튀어나오고, 선창에서 산더미 같은 짐 위에 올라탄 인부들이 적갈색 스웨터를 입거나 금실이 들어간 초록 털실 복대를 두른 상반신을 드러낸 채, 노란 헬멧을 목덜미로 기울이며 하늘에서 내리누르는 크레인을 향해 소리쳤다. 데릭에 어질러진 철선은 스스로 신음하며 전율하고, 인부들 손으로 감은 짐들이 이윽고 공중에 떠 불안정하게 흔들리자 그 진동이 저편 중앙 부두에 정박한 흰 화객선에 금색 글씨로 쓰인 선명을 감췄다가 드러냈다가 했다.

선원모를 쓴 사관이 하역을 감시하며 입가에 웃음을 띠고 뭔가 큰 소리로 외치는 모습이 거친 농담으로 인부들을 격려하는 것 같았다.

언제까지나 끝나지 않는 하역을 보기가 질려, 부자는 팬스레 발을 옮겨 충리안마루의 선미와 그 뒤 소련선의 선수를 비교할 수 있는 지점으로 왔다.

시끌벅적한 선수와 달리 충리안마루 선미는 낮은 선루에 인적 하나 없었다. 제각각 방향으로 난 황토색 통풍구. 아무렇지 않게 쌓인 폐목재. 녹슨 철 테가 둘러진 낡고 더러운 고전적 술통. 흰색 난간에 걸어 놓은 구명 튜브. 여러 가지 배 도구들. 똬리를 튼 밧줄. 황토색 덮개 아래로 보이는 구명보트의 흰 선복의 창백하고 아름다운 섬세한 주름. …… 그리고 파나마 국기 장대 아래에 불 켜진 채 놓인 고풍스러운 랜턴.

그것은 지극히 번잡한 구도의 네덜란드 정물화[82]와 비슷하

---

82 17세기 네덜란드에서 발달한 장르로 일상적 사물을 사실주의적으로 표현함과 동시에 삶과 죽음 같은 철학적 메시지를 담고 있다.

여 바다의 음울한 빛을 받은 사물 각각이 우수를 띠고, 배 위에서 흔들거리는 기나긴 권태의 시간을, 본래 육지 사람에게는 보여서는 안 될 배의 치부를 적나라한 낮잠으로 보이는 듯이 느껴졌다.

한편 거대한 은색 크레인 열세 대를 실은 소련선은 검은 선수를 우뚝 세우고 이쪽에 붙어 있었는데, 호스 파이프에 엉겨 붙은 커다란 닻에 생긴 붉은 녹이 그 녹이 흘러간 흔적인 붉은 거미줄로 선복에 미세하게 색을 입혔다.

배 두 척을 육지에 잇는 계류줄은 각각 웅대하게 풍경을 나누고, 교차하는 세 줄로 된 밧줄 각각은 보풀이 일어 마닐라삼 수염을 가득 늘어뜨렸다. 이렇게 배 두 척이 움직이지 않는 거대한 철 병풍을 세운 사이로 잠시도 쉬지 않는 항구의 소란스러운 움직임이 엿보이고, 현 쪽에 검은 폐타이어를 늘어놓은 작은 증기선이나 하얀 유선형 파일럿 보트가 오갈 때마다 그 항로가 잠시간 매끄러운 수로를 만들어 어두운 물의 초조함도 잠시 진정되었다.

도루는 휴일에 자주 혼자 구경하러 갔던 시미즈항 경관을 떠올렸다. 그때마다 마음이 어지러워지고, 항구 전체의 무시무시하게 넓은 흉강에서 내뿜는 한숨 같은 것에 닿고, 그 끝없이 철이 울리는 엔진 소리와 사람들의 고성에 귀를 막으면, 억압과 해방을 동시에 맛보며 유쾌한 공허가 가득 찼다. 그것은 지금도 똑같았지만 옆에 있는 아버지 존재가 방해가 됐다.

혼다가 이렇게 말을 꺼냈다.

"그 하마나카가 딸과 초봄에 파혼한 것이 지금은 오히려

잘됐구나. 이렇게 너도 공부에 열중할 수 있고, 기분도 정리가 됐으니까 지금 이런 이야기도 할 수 있고. 아버지가 그런 제안에 경솔하게 넘어간 것이 나빴다."

"괜찮아요."

도루는 마음속으로 시끄럽게 느끼며 말로는 다소 소년다운 애수와 씩씩함을 담아 대답했다. 하지만 혼다는 그것으로 물러서지 않았다. 혼다의 진의는 사과보다 전부터 기회를 엿보며 묻고 싶었지만 묻지 못한 다음 질문이었다.

"하지만 그 아이의 편지 말이다. 정말 바보 같은 걸 쓴 게 아니냐. 돈을 노린 건 처음부터 알고 있었고 그건 눈감아 줄 생각이었는데, 그 어린 여자아이의 입으로 노골적으로 말하다니 얼마나 실망스러운지. 양친은 이런저런 변명을 했지만 말이다. 중매한 선생도 그 편지를 보여 줬더니 아무 말 없으셨다."

그때 이후로 한 마디도 없던 아버지가 지금 일단 말을 시작해 아무런 꾸밈도 없이 말을 늘어놓자 도루는 기분이 좋지 않았다. 도루는 아버지가 모모코와의 약혼에 기뻐한 것과 마찬가지로 파혼에도 기뻐했음을 직관적으로 알았기 때문이다.

"그도 그럴 것이 집으로 오는 혼담이란 게 다 그렇지 않나요. 모모코는 솔직했을 뿐, 빨리 손을 써서 잘된 일이지요." 하고 도루는 터미널 난간에 두 팔꿈치를 올려놓고 아버지 얼굴은 보지 않고 대답했다.

"그건 그것대로 잘된 일이라고 나도 말하고 있는 거다. 하지만 포기하지는 않았어. 머지않아 또 좋은 여자가 생길 거야. ……하지만 그래도 그 편지는……."

"그 편지는 왜 지금 그렇게 신경 쓰시는 건데요?"

혼다는 가볍게 팔꿈치로 도루의 팔꿈치를 쿡 찔렀다. 도루는 해골의 팔꿈치가 닿은 느낌이었다.

"그 편지 네가 쓰게 했잖니. 그렇지?"

도루는 놀라지 않았다. 언젠가 아버지가 이 질문을 할 것이라 예상했기 때문이다.

"그렇다고 한다면 어떻게 하실 건데요."

"어떻게 하기는. 네가 인생을 처리하는 방법을 하나 터득했을 뿐이지. 어쨌든 그것은 암담한 것이야. 응석의 여지 따위 조금도 없다."

이 말은 도루의 자존심을 자극했다.

"저도 응석 부리는 남자로 보이고 싶지는 않아요."

"하지만 그 약혼에서 파혼까지 너는 내내 응석받이이지 않았느냐."

"전부 아버지 의향에 따랐을 뿐인데요."

"네 말이 맞다."

노인이 바닷바람을 향해 이를 드러내고 웃는 웃음이 도루를 오싹하게 했다. 부자가 서로 한 가지 합의에 이르렀다는 점이 도루에게 거의 살의를 안겼다. 이 터미널에서 노인을 밀어서 떨어뜨리면 즉시 살의가 완성됨을 알면서도, 그런 인식조차 노인이 알고 있을 것이란 생각이 소년의 마음을 무력하게 했다. 자기를 밑바닥부터 이해하려고 하고 또 그 이해하는 능력이 있는 사람과 늘 얼굴을 마주 보고 사는 일에는 우울 이상의 것이 있었다.

그리고 부자는 입을 다문 채 터미널을 한 바퀴 돌고 반대편 부두에 측면을 댄 필리핀선을 잠시 바라보았다.

바로 눈앞에는 문이 열린 선실 입구가 보이고, 희미하게 빛나는 흠투성이 리놀륨 복도가 보이고, 한 바퀴 돌며 아래로 내려가는 계단의 철제 난간이 보인다. 사람이 없는 그 짧은 복도가 아무리 항해 중인 먼바다 위에서라도 결코 사람 몸에서 떨어지지 않는 인간 생활의 얼어붙은 일상을 암시한다. 희고 과감한 큰 배 안에서 그곳만 어느 집에나 있는 심심하고 어두운 오후의 쓸쓸한 복도 한구석을 대표한다. 사람이 거의 없는, 노인과 소년만 살 뿐 그저 넓기만 한 집의 복도처럼.

갑자기 도루가 커다란 몸짓을 한 데 놀라 혼다는 목을 움츠렸다. 손가방에서 꺼낸 둥글게 만 대학 노트 겉표지에 붉은 색연필로 '수기'라고 적힌 것이 혼다의 눈에도 흘긋 보였는데, 그것을 멀리 필리핀선 선미 쪽 바다로 던졌다.

"뭐 하는 거냐."

"필요 없는 노트예요. 낙서한."

"그런 행동을 하면 비난받아."

하지만 주위에 사람은 없고, 필리핀선 선미에 우연히 있던 선원이 놀라 바다 수면을 쳐다봤을 뿐이다. 고무줄로 철된 노트는 파도 이랑에 흘긋 보였다가 가라앉았다.

그때 선두에 붉은 별이 달리고 금색 글씨로 하바롭스크란 선명이 적힌 흰 소련 연락선이 가시가 가득 돋은 붉은 데친 새우 같은 색의 돛대를 세우고 예인선에 이끌려 같은 안벽으로 천천히 다가오는 모습이 보였다. 그 배가 닿는 곳 근처 난간에는 마중 나온 사람들이 모여 머리카락을 바닷바람에 나부끼며 발끝으로 서 있고, 아이들은 어른들 어깨에 앉아 조급하게 손을 흔들며 소리쳤다.

26

●

 1974년 크리스마스를 도루가 어떻게 보내는지 혼다에게 묻는 일에조차 게이코는 분노가 일었다. 특히 9월 사건 이후로 이 여든 살 노인은 모든 일을 무서워한다. 옛날 혼다의 지적 맑음은 사라지고, 무슨 일에든 비굴하고 벌벌 떠는 태도를 보이고 끊임없이 불안에 겁먹는다.
 이렇게 된 것은 9월 사건 때문만은 아니다. 도루가 양자로 들어오고 햇수로 사 년 동안은 평온해 보였고 도루의 변화도 눈에 띌 정도는 아니었는데, 올봄 도루가 성년이 되어 도쿄 대학에 입학한 뒤로 모든 것이 달라졌다. 도루는 갑자기 의붓아버지를 무자비하게 대했다. 거스르면 바로 손을 올렸다. 혼다는 도루에게 난로 부지깽이로 이마를 맞아 찢어진 것을 넘어져서 다쳤다고 거짓으로 말하고 병원에 다니고, 그 뒤로는 이제 도루의 의견을 듣는 데 급급했다. 한편 도루는, 혼다 편이라고 믿는 게이코에게는 언제나 모든 면에서 냉혹한 태도를 취했다.

오랫동안 재산을 노리고 몰려들 것 같은 친척들을 전부 멀리하며 살아온 탓에 지금 와서 혼다를 동정하는 일가친척은 한 사람도 없었다. 양자 결연에 반대했던 사람들은 예상한 대로 되자 기뻐했다. 그러면서도 그들은 혼다 말을 전혀 믿지 않고 노인이 불평해서 동정을 사려고 하는 것일 뿐이라고 생각했다. 도루와 만나면 오히려 도루 쪽을 동정했다. 이 눈이 아름답고 순진무구한 모습을 한 젊은이는 성심성의껏 노인을 보살피는데, 외려 노인의 시기와 의심 때문에 누명을 쓴다고만 생각했다. 또 그 해명은 이치가 있었고 예의 바름은 누구와도 비할 바가 아니었다.

"폐를 끼치게 됐네요. 누가 그런 시시한 고자질을 했을까요. 분명 히사마쓰 씨겠지요. 그분도 좋은 분이긴 하지만 아버지가 하는 말은 뭐든 진짜로 받아들이니까요. 요즘 들어 아버지의 망령 든 행동이 심해졌어요. 게다가 그 피해망상은 또 뭐예요. 재산을 열심히 지키는 동안 점점 그렇게 되신 것 같은데, 한 지붕 아래 사는 자기 자식을 도둑 취급 하고, 그래서 저도 젊어서 결국 참지 못하고 말대꾸하면 다음에는 저한테 괴롭힘을 당했다고 말하고 다니는 거예요. 언젠가 정원에서 넘어져 매화 고목에 이마를 부딪쳤을 때도 히사마쓰 씨한테는 저한테 부지깽이로 맞아서 그렇게 됐다고 말했으니까요. 게다가 히사마쓰 씨도 즉각 믿어 버리니 저도 설 자리가 없네요."

올여름에 시미즈에 있는 광인 기누에를 떠맡아 별채에 살게 한 일에 대해서는 이렇게 말했다.

"아, 그 일이요. 그이는 정말 불쌍한 아이이고 시미즈에서 일할 때 제가 다방면으로 신세를 졌어요. 자기가 사는 동네에서 모두에게 놀림받고 아이들한테 괴롭힘만 당해서 도쿄로 가고 싶다, 가고 싶다 말하는 것을 부모님께 허락을 구해서 제가 데리고 왔어요. 정신 병원에라도 들어가면 살해될지도 모르니까요. 그리고 얌전한 광인이라서 아무런 해도 끼치지 않아요."

겉핥기식으로 대하는 관계에서 도루는 어느 연장자에게서도 사랑을 받았고, 자기 생활에 참견할 것 같으면 교묘하게 경원시하며 물리쳤다. 세상 사람들은 오히려 혼다에게 주목해, 그렇게나 총명했던 사람이 결국 노인성 섬망에 빠졌다고 말했다. 여기에는 이십 년 전에 요행으로 얻은 부에 대한 매우 기억력 좋은 질투가 작용했다.

……도루의 하루.

그는 이제 바다를 보지 않아도 된다. 배를 기다리지 않아도 된다.

정말로 이제는 대학에 가지 않아도 되지만 오로지 세상의 신용을 얻기 위해 다닌다. 도쿄 대학은 걸어서 십 분도 걸리지 않는 거리에 있지만 일부러 차를 타고 다닌다.

하지만 정해진 시간에 눈을 뜨는 습관은 남아 있다. 창문 커튼의 밝기로 날이 맑은지 비가 오는지 가늠하며 자신이 지배하는 세상의 질서 상태를 점검한다. 기만과 악은 정확히 시계처럼 움직이고 있는가? 세계가 이미 악에 지배받고 있음을 깨달은 사람은 없는가? 모든 일이 법적으로 틀림없이 진행되고, 게다가 어디를 둘러봐도 사랑이 없는 상태는 제대로 유지되고 있는가? 사람들은 그의 왕권에 만족하는가? 악은 시의 모습으로 투명하게 사람들 머리 위를 덮고 있는가? '인간적인 것'을 주의 깊게 배제했는가? 정열이 반드시 웃음거리가 되도록 세심하게 배려했는가? 사람들의 영혼은 완전히 죽었는가……?

자기의 희고 아름다운 손을 세계 위에 다정하게 내뻗은 것만으로 세계는 확실히 어떤 아름다운 병에 걸린다고 도루는 믿었다. 예상치 못한 요행이 언제나 예견되고, 한 가지 요행을 얻으면 또다시 의외의 행운이 따라옴을 도루가 믿는 것도 당연했다. 그 가난한 통신사 소년이 무슨 이유에서인지 부유한 데다가 관 속에 한 발을 들여놓은 노인의 양자로 선택된 것이다. 다음에는 어느 나라에서 왕이 와서 그를 왕자로 삼기를 바랄 것이다.

침실 옆에 만들어 둔 샤워실로 뛰어 들어가 겨울이어도 차가운 물로 샤워했다. 맑게 눈뜨는 데는 이것이 최고다.

몸을 움츠리게 하는 차가운 물이 심장을 빠르게 고동치게 하고, 투명한 물 채찍으로 가슴을 때린다. 수천 개의 은 바늘이 피부를 찌르는 듯하다. 잠시 물의 기세를 등으로 견딘다. 다시 물로 향하자 심장은 아직 냉기에 익숙하지 않다. 가슴은 철판으로 강하게 누르는 듯하고, 맨몸이 갑갑한 물 갑옷을 입는다. 물 밧줄에 몸이 매달려 비틀리듯 뱅글뱅글 몸이 돈다. 드디어 피부가 눈을 뜨고, 물이 알갱이를 이루어 튀기는 젊은 피부가 군림한다. 그때 도루는 왼팔을 높이 올려 겨드랑이에 물을 맞으며 세 개의 검은 점이 급류 아래에 있는 세 개의 검은 돌멩이처럼 물에 비치며 빛나는 것을 본다. 그것은 바로 평소에는 접혀서 가려진 날개의 반점, 아무도 알아채지 못하는 '선택된 자'의 표시였다.

— 샤워실에서 나와 몸을 닦는다. 인터폰을 누른다. 몸은 벌써 화끈거린다.

아침 식사를 정성스레 준비하고 부르자마자 방으로 식사를 운반해 오는 일은 하인 쓰네의 역할이다.

쓰네는 도루가 간다의 찻집에서 데리고 온 여자아이로 그의 명령은 무엇 하나 거스르지 않았다.

도루는 여자를 안 지 아직 이 년밖에 되지 않지만, 절대로 자신을 사랑하지 않는 남자를 여자가 어떻게 충실히 따르게 하는지 그 법칙을 바로 알아 버렸다. 도루는 또 자신이 하는 말을 반드시 듣는 여자를 바로 알아보는 능력이 있었다. 지금은 혼다 편에 설 것 같은 하인들을 남김없이 내쫓고, 자기가 눈여겨보고 동침한 여자아이를 집에 들여 메이드라고 부르며 하인으로 부렸다. 쓰네는 그중에서도 가장 바보 같고 가장 가슴이 컸다.

테이블에 아침 식사가 놓이자 아침 인사로 손끝으로 가슴을 찔렀다.

"팽팽하네."

"네, 상태가 좋아요."

쓰네는 무표정하면서 공손한 얼굴로 그렇게 대답한다. 어디든 불만이 쌓인 듯한 숨 막힐 듯이 더운 몸 자체가 공손하다. 그중에서 특히 공손한 곳은 우물처럼 깊게 파인 그 배꼽이었다. 쓰네는 그러면서도 어울리지 않게 아름다운 다리를 가지고 있었다. 그것을 자기도 알고 있어, 찻집의 울퉁불퉁한 바닥을 오가며 커피를 나를 때도 마치 고양이가 관목에 등을 문지르며 걷듯이, 그 종아리가 상태 나쁜 고무나무 아래쪽의 잎을 스치고 지나가는 모습을 도루는 보았다.

도루는 문득 창가로 가서 가운 사이로 가슴을 드러내 아침 바람을 쐬며 정원을 내려다보았다. 혼다가 지금도 고집스럽게 지키는, 일어난 직후 정원을 산책하는 시각이다.

11월 아침 햇빛의 줄무늬 속을 지팡이에 기대 비틀비틀 걸어가는 노인은 미소 지으며 손을 흔들고, 겨우 들리는 무력한 목소리로 좋은 아침이다, 하고 말했다.

도루도 미소 지으며 손을 흔들고, "아니, 아직도 살아 있었어요?" 하고 말했다. 이것이 도루의 아침 인사였다.

혼다는 미소 지은 채로 말없이 위험한 징검돌을 피해 산책을 계속한다. 자칫 잘못 대답하면 무슨 일이 벌어질지 몰랐다. 이 잠깐의 굴욕을 참으면 적어도 저녁까지 도루는 집에 돌아오지 않는다.

한번은 도루에게 너무 가까이 다가갔다가 "노인네는 더러워. 냄새 나니까 저리 가."라는 말을 들은 적이 있다. 혼다는 분노로 뺨이 떨렸지만 되돌려 줄 방법이 없었다. 도루가 소리 지르며 말했다면 그나마 대답할 방도가 있다. 하지만 그럴 때 도루는 창백한 얼굴에 미소를 지으며 아름답고 순진한 눈으로 이쪽을 가만히 바라보고, 차갑게 중얼거리듯 말한다.

도루 쪽에서 보면 사 년간 같이 살며 점점 노인이 미워졌다. 그 추하고 무력한 몸, 무력함을 메우는 장황하고 쓸데없는 수다, 똑같은 말을 다섯 번이나 하는 시끄러운 반복, 반복할 때마다 말에 짜증의 정열이 담기는 오토마티즘(Automatism), 그 오만함, 그 비굴함, 그 인색함, 게다가 정성스럽게 보살필 이유가 없는 몸을 보살피고, 끊임없이 죽음을 두려워하는 너절한 겁먹음, 무엇이든 용서하는 태도, 기미투성이 손, 자벌레 같은 걸음걸이, 표정 하나하나에서 보이는 뻔뻔한 다짐과 간절한 바람의 혼합, ……그 모든 것이 도루는 미웠다. 게다가 일본 전체가 노인들 천지였다.

— 아침 식사를 하러 돌아와 쓰네를 한쪽에 서서 시중 들게 하며 커피를 따르게 한다. 설탕을 넣게 한다. 토스트가 구워진 상태를 불평한다.

도루에게는 일종의 미신이 있어 하루가 아주 쾌적하게 미끄러져 나가는 것이 무엇보다 중요했다. 아침은 흠 하나 없는 수정 구슬이어야 했다. 통신원이라는 지루한 직업을 견딜 수 있었던 것은 그저, 보는 행위가 자존심을 상처 입힐 일은 절대로 없기 때문이었다.

한번은 쓰네가 "제가 있던 찻집 마스터가 도루 씨한테 아스파라거스라는 별명을 붙여 줬어요. 파랗고 가늘기 때문이라고요."라고 말했을 때 도루는 자기 담뱃불을 말없이 쓰네 손등에 대고 눌렀다. 그 이후로 쓰네는 바보이면서도 말 한 마디

한 마디마다 조심한다. 아침 식사 시중 때는 특히 더 조심했다. 메이드 네 명이 순번제로 일하는데, 세 명이 매일 교대하며 도루와 혼다와 기누에를 담당하고 한 명이 결원이 된다. 도루에게 아침 식사를 나르는 메이드가 그날 밤 도루의 상대가 되는데 일이 끝나면 서둘러 내쫓으므로 도루 침실에서 자지는 못한다. 한 명의 메이드가 사 일에 한 번씩 도루의 정을 받고, 일주일에 한 번씩 결원 차례가 된 메이드가 순서대로 휴일 외출을 허락받는다. 이 통제가 훌륭하게 지켜지고, 게다가 여자들 사이에서 다툼도 없다는 데 혼다는 내심 혀를 내둘렀다. 도루는 정말이지 자연스럽게 명령을 따르게 한다.

도루의 아랫사람 교육은 혼다를 '큰 주인'으로 부르게 한 점에서도 만사 빈틈이 없고, 어쩌다 오는 손님은 요즘 집에 이렇게 아름답고 이렇게 예절 교육을 잘 받은 하인은 본 적이 없다며 칭찬하기도 했다. 도루는 혼다를 아무런 불편 없이 살게 하면서도 계속 모욕하고 있었다.

— 아침 식사를 마치고 나갈 준비를 하면, 도루는 등교하기 전에 반드시 기누에가 있는 별채로 갔다. 기누에는 화장을 끝내고 실내복을 입고 소파 가장자리에 누운 채 그를 맞이했다. 병든 척하는 것이 기누에의 새로운 교태(Coquetterie)였다.

도루는 이때 실로 달콤하고 진솔한 다정함으로 추한 광인을 대했다. 소파 가장자리에 앉아 "안녕. 기분이 어때." 하고 말하는 것이다.

"덕분에 오늘은 좋아. ……하지만 말이야, 아름다운 여자가 늘 병에 걸려서 아침에 화장만 정성 들여 하고 소파에 나른하게 누운 채 '덕분에 오늘은 좋아.' 하고 말하는 것만큼, 이 세계에 덧없는 아름다움이 떠다니는 순간은 없어. 아름다움이 무거운 꽃처럼 흔들리고, 눈을 감으면 눈꺼풀에 올려져. 어때? 이게 당신에게 줄 수 있는 나의 단 한 가지 보답이야. 나는 정말로 감사해. 이 세상에 내게 아무것도 요구하지 않고 내 바람을 들어 주는 상냥한 남자는 당신뿐인걸. 그리고 여기 오고 나서 매일 당신을 만날 수 있으니 다른 데로 나가지 않아도 되고. 다만 당신 양아버지만 안 계시면 좋을 텐데."

"안심해. 이제 곧 죽을 거야. 9월 건은 다 해결됐고, 그 뒤의 일도 전부 잘 진행되고 있어. 내년에는 네게 다이아몬드 반지를 사 줄 수 있을 거야."

"기쁘다. 매일 그걸 기대하며 살아갈게. 오늘은 아직 다이아몬드가 없으니 꽃으로 괜찮아. 정원의 저 흰 국화를 오늘의 꽃으로 할게. 꽃을 따다 주겠어? 기쁘다. 거기 말고 그 화분 쪽. 그래. 그 꽃잎이 실처럼 처진 희고 동그란 큰 국화."

혼다가 정성스레 가꾸는 화분 국화를 도루는 가차 없이 휘어 꺾어 기누에에게 주었다. 기누에는 병든 미인처럼 나른하게 그 큰 국화를 손끝으로 돌리더니, 입가에 지극히 덧없는 미소를 띠고 그다음에 국화를 자기 머리에 꽂고선 "그럼, 잘 다녀와. 학교에 늦겠어. 수업 중에도 종종 나를 생각해 줘." 하고 말하고는 헤어지는 인사로 손을 흔들었다.

— 도루는 차고로 간다. 올봄에 입학 축하 선물로 아버지가 사 준 스포츠카 머스탱에 엔진 키를 넣었다. 배의 둔중하고 로맨틱한 엔진은 그토록 선명하게 파란 파도를 가르고 물살을

일으켜 항적을 남기는데, 머스탱의 예민하고 섬세한 8기통 엔진은 왜 시시한 인간 군중을 발로 차 흩뜨리고, 그 살덩어리들을 종횡으로 가르고, 배가 흰 물방울을 흩뜨리듯 붉은 물방울을 흩뜨릴 수 없는 걸까!

그러나 그것은 조용히 제어됐다. 진정하고, 억제하고, 가만히 온화한 척하도록 강요받았다. 사람들은 예리한 스포츠카를 반짝이는 칼을 보듯 찬탄하며 바라보지만, 그것은 자신이 흉기가 아님을 증명하기 위해 아름다운 보닛의 페인트 도색을 무리하게 빛내며 미소 지었다.

그리고 시속 200킬로미터도 달릴 수 있는 자동차는 아침에 출근하는 사람들로 붐비는 혼고 3번 부근을, 그 자체로 심한 자기 모독과 다름없는 40킬로미터 제한 속도로 달리기 시작했다.

······9월 3일 사건.

그것은 도루와 혼다 사이에 일어난 그날 아침의 작은 말다툼에서 이어졌다.

여름 동안 혼다는 하코네로 피서를 떠나 도루와 만나지 않고 지낼 수 있어 다행이었다. 고텐바 별장이 불탄 이후로 혼다는 별장을 갖기를 꺼렸고, 폐허가 된 고텐바 땅은 그대로 둔 채 매년 더위에 약해지는 몸을 이끌고 여름마다 하코네의 숙소로 갔다. 도루는 반대로 도쿄에 남아 여기저기 산으로 바다로 친구들과 함께 자동차 여행을 가기를 좋아했다. 9월 2일 밤에 혼다가 도쿄로 돌아와 오랜만에 얼굴을 마주했을 때, 유감

없이 햇볕에 탄 도루의 얼굴에는 맑은 분노의 눈이 이글거렸다. 혼다는 무서웠다.

백일홍은 어쨌어? 하고 3일 아침 혼다는 정원으로 나가 엉겁결에 소리쳤다. 별채 앞에 있던 오래된 배롱나무가 뿌리에서 잘려 있었다.

여름 내내 집에 있던 사람은 7월 초에 이곳 별채로 이사 온 기누에다. 애초에 기누에를 집으로 들인 것도 이마에 상처를 입고 나서 혼다가 점점 도루를 무서워해 도루가 말한 대로 했기 때문이다.

그 목소리를 듣고 도루가 정원으로 나왔다. 왼손에는 부지깽이를 들었다. 도루의 침실은 귀빈용 응접실을 개조한 방이므로 이 집에서 유일하게 난로가 있었고, 여름에도 난로 옆에 있는 못에 부지깽이를 걸어 두었다.

물론 도루는 그것을 들고 나가는 것만으로 요전에 이마를 맞은 혼다가 개처럼 떨 것을 알고 있다.

"그런 걸 가지고 나와서 뭘 어쩌겠단 말이냐. 이번에는 반드시 경찰에 신고할 테니까. 요전에는 가문의 수치라고 생각해 참았지만 이번에는 그리하지 않을 테니 알아 두는 게 좋을 게다." 하고 혼다는 어깨를 떨며 있는 힘껏 말했다.

"그쪽이야말로 지팡이를 가지고 있잖아요. 그걸로 몸을 보호하는 게 좋을걸요."

9월 초에 집으로 돌아올 때 만개한 백일홍 꽃을, 마치 하얀 나병 피부처럼 매끄럽게 닦인 줄기에 비친 모습을 기대했는데, 정작 돌아와 보니 백일홍 없는 정원이 있을 뿐이었다. 예전 정원과 전혀 다른 그 새로운 정원을 만든 것은 분명 아뢰야식일 것이다. 정원도 변화한다고 느낀 순간, 다른 곳에서 도저히 통제할 수 없는 분노가 생겨 혼다를 소리 지르게 했지만 소리 지를 때부터 혼다는 두려웠다.

사실은 기누에가 이사 오고 나서 장마가 끝나고 별채 앞에 백일홍 꽃이 피었을 때, 기누에가 이 꽃이 마음에 들지 않아 머리가 아프다고 말하며 결국에는 혼다가 음모로 자신을 미치광이로 만들려고 이런 꽃을 눈앞에 두었다고 말하기 시작해서 혼다가 피서를 갔을 때 도루가 잘랐을 뿐이다.

당사자인 기누에는 별채 어둠 속 깊이 몸을 숨기고 모습을 보이지 않았다. 도루는 요전의 이런 사정을 혼다에게 이야기하지 않았다. 이야기하면 허점을 잡히기 때문이다.

"네가 잘랐지." 하고 한 걸음 물러선 목소리로 말했다.

"네, 잘랐어요." 하고 도루는 명랑하게 대답했다.

"왜."

"그 나무는 이제 노인네가 돼서 필요 없어요."

도루는 아름다운 미소를 띠었다.

이런 때 도루는 두꺼운 유리벽을 스르륵 눈앞에 내린다. 하늘에서 내려오는 유리. 아침의 맑은 하늘과 완전히 똑같은 재질로 만들어진 유리. 혼다는 그 순간, 이제는 어떤 외침도 어떤 말도 도루의 귀에는 닿지 않으리라고 확신한다. 상대방에게는 열고 닫는 혼다의 전체 틈니 치열만 보일 것이다. 이미 혼다의 입은 유기체와 아무런 연관 없는 무기질의 틈니를 받아들였다. 이미 부분적으로 죽기 시작했다.

"그러냐…… 그러냐…… 그렇다면 알겠다."

혼다는 그날 하루 종일 방에 틀어박혀 몸을 조금도 움직이지 않았다. '메이드'가 가져오는 식사도 조금 건드리기만 하고 돌려보냈다. '메이드'가 도루에게 가서 무슨 말을 보고할지 생생하게 그려졌다.

"할아버지가 삐져서 큰일이네."

실제로 이 노인의 괴로움은 그저 '삐졌다.'뿐인지도 모른다. 혼다 자신도 이 고뇌가 뭐라고 변호할 여지가 없을 정도로 바보 같다는 것을 잘 알았다. 모든 일은 혼다가 자초했고 도루의 죄는 아니었다. 도루의 변모조차 전혀 놀랄 일이 아니고, 이 소년을 처음 만났을 때부터 혼다는 그 '악'을 간파했을 터였다.

하지만 모든 일은 혼다가 원한 것이라는 생각이 자존심에 가한 상처의 깊이는 가늠하기 어려웠다.

냉방을 기피하고 계단을 무서워하는 나이 때문에 혼다는 정원을 사이에 두고 별채를 바라보는 1층의 다다미 12장짜리 방에서 지냈다. 서원조[83]인 이 방은 이 집에서 가장 오래되고 가장 음울한 방이었지만, 혼다는 마로 된 방석을 네 개 늘어놓아 그 위에 누워 뒹굴거나 웅크리며 시간을 보냈다. 장지문을 모두 닫아 방 안이 점점 무더워지도록 해 두었다. 그리고 이따금 기어가서 탁자 위 물주전자의 물을 마셨다. 물은 햇볕에 둔 것처럼 미지근했다.

---

83 書院造. 일본 무로마치 시대부터 에도 시대에 걸쳐 성립한 저택 양식. 서재를 겸한 거실인 서원을 건물 중심에 두며, 무사들의 저택이 발전하는 과정에서 생겨 '무가조'라고도 불린다.

분노와 슬픔 끝에 졸음이 온 듯했고, 잠과 현실의 경계가 분명하지 않은 채 시간이 흘렀다. 차라리 요통이라도 있다면 시름이 잊힐 텐데, 오늘따라 전신이 무력하고 피곤하기만 할 뿐 통증은 없다.

불합리한 비운이 몸을 덮쳐 오는 듯한데, 그 불합리라고 생각되는 것에 미세하고 정확한 눈금이 달려 있어 미묘한 약을 조합하듯 그것이 바로 지금 소기의 효험을 나타냈다고 느껴지는 것이 더욱 견디기 힘들다. 허영심, 야심, 체면, 권위, 이성, 그리고 특히 감정에서 혼다의 노년은 전부 자유로울 터였다. 하지만 그 자유에는 명랑함이 없었다. 감정을 느끼는 일은 훨씬 오래전에 잊었을 터인데, 음울한 짜증과 분노가 끝없이 숯불처럼 잦아들었다가 다시 휘저어져 음산한 불꽃이 되곤 했다.

장지에 비치는 햇빛에는 가을 기운이 있지만, 자신에게는 이 고독 속에서 계절 변화처럼 뭔가가 다른 것으로 옮겨 가는 움직임의 징조가 없다. 모든 것이 정체됐고, 분노나 슬픔처럼 있지 말아야 할 것이 비 온 뒤의 물웅덩이처럼 체내에 언제까지나 마르지 않고 고여 있는 모습이 생생하게 보인다. 오늘 태어난 감정이 벌써 십 년은 지난 부엽토 같고 게다가 찰나마다 새롭다. 그리고 인생의 불쾌한 기억들이 이쪽을 겨냥해 무리 지어 다가오지만, 결코 청년 때처럼 자기 인생을 불행하다고 단정할 수 없었다.

그늘이 서원 창문으로 옮겨 와 저녁이 다가왔음을 알렸을 때, 그렇게 웅크린 혼다의 체내에 색정이 동했다. 갑작스러운 색정이 아니라 슬픔과 분노를 하루 종일 휘젓는 동안 어느새 부화한 미지근한 색정으로 붉은 실지렁이처럼 머릿속에 휘감겼다.

계속 부렸던 운전기사가 노령으로 그만두고, 그다음에 고용한 운전기사가 금전상 부정을 저지른 뒤로, 혼다는 차를 팔아 버리고 외출할 때는 전용 택시를 쓴다. 밤 10시가 되자 서원 창문에 있는 인터폰으로 하인에게 연락해 전용 택시를 부르게 했다. 그리고 직접 검은 여름 양복과 회색 스포츠 셔츠를 꺼내 입었다.

도루는 어딘가로 나가고 없었다. 하인들은 수상한 눈으로 여든 살 노인이 한밤중에 외출하는 모습을 바라보았다.

—차가 신궁 외원으로 들어갔을 때, 혼다 가슴속 색정은 어떤 가벼운 메스꺼움 같은 것이 됐다. 이십몇 년 동안 발길을 끊었던 이 장소로 다시 왔다.

하지만 차로 이곳에 오는 동안 혼다 마음속에 끓어오른 것은 색정이 아니었다. 지팡이에 양손을 기대고 평소보다 더 등줄기를 꼿꼿이 세우고 좌석에 앉아서 입 속으로 "남은 반년만 참으면 돼. 남은 반년만 참으면 돼." 하고 중얼거렸다.

"남은 반년만 참으면 돼. ······만약 그 녀석이 진짜라면······."

하지만 떠오른 이 유보 조건이 혼다를 떨게 했다. 도루가 만 스물한 살이 되기 전, 반년 안에 죽어 준다면 모든 일을 용서해 줄 수 있다. 그것을 모르고 지금 거만하게 구는 젊은이의 혹독함과 박정함은, 혼다가 그것을 아는 것만으로 간신히 참을 수 있다. 하지만 만약 도루가 가짜라면······.

　도루의 죽음을 생각하는 일이 요즘의 혼다를 위로했다는 것은 중요한 일이었다. 굴욕의 바닥에서 이 젊은이의 죽음을 빌고, 마음속으로는 이미 그를 죽였다. 운모를 통해 햇빛을 보듯이 젊은이의 난폭함과 냉혹함을 통해 저편에 있는 죽음을 보면, 마음이 편안해지고 기쁨이 솟았으며 연민과 관용이 코를 벌름거리게 했다. 그때 혼다는 자비심이라는 공정한 잔혹함에 취할 수 있었다. 일찍이 아무것도 없는 광활한 인도의 들판 빛 속에서 혼다가 발견한 감정은 이것이었는지도 모른다.

　혼다에게서는 아직 명백한 죽을병의 징후가 보이지 않는다. 혈압은 걱정할 데가 없고, 심장에도 이렇다 할 이상은 없다. 길게 잡아 반년 동안 참으면 그 뒤에 그는 도루보다 하루라도 더 오래 살 수 있으리라 믿었다. 지극히 평온한 눈물을 이 젊은이의 급사에 마음껏 흘릴 수 있으리라! 게다가 어리석은 세상 앞에서는 모처럼 만년에 이르러 얻은 자식을 잃은 불행한 아버지 역까지 연기할 수 있다. 모든 것을 아는 자가 달콤한 독에 스민 조용한 사랑으로 도루의 죽음을 예견하며 그 횡포를 견디는 일에 어떤 쾌락이 없다고는 할 수 없다. 그 시간을 내다보았을 때 앞에 있는, 하루살이 날개처럼 사랑스럽고 빼어난 도루의 포악함. 인간은 자기보다 오래 사는 가축을 사랑하지 않는다. 사랑받을 조건은 생명의 짧음이다.

　어쩌면 도루도 역시 일찍이 매일 바라보던 수평선 저편에 갑자기 모르는 기괴한 배가 나타난 것처럼, 어떤 예감이 도래해 초조할지도 모른다. 더 단적으로 죽음의 예감이 무의식으로 도루를 움직여 이렇게나 짜증스럽게 만드는지도 모른다. 그렇게 생각하자 무한한 상냥함이 혼다의 마음속에 생겨나고, 이 전제하에 도루뿐 아니라 모든 인간을 사랑할 수 있을 것 같았다. 그는 모든 인간애의 불길함을 배웠다.

하지만 만약 가짜라면……, 도루가 계속해서 살아가고, 혼다가 그 생을 따라잡지 못하고 조만간 노쇠해 죽는다면…….

그는 지금에야, 아까 몸속에서 눈뜬 목을 세게 조르는 듯한 색정은 바로 이 불안에 뿌리가 있음을 알았다. 먼저 죽는 쪽이 자신이라면, 어떤 비열한 색정도 단념할 수 없다. 아니면 자신은 처음부터 이 굴욕 속에서, 오산 속에서 죽을 운명인지도 모른다. 도루에 대한 오산 자체가 혼다의 운명에 설치된 함정인지도 모른다. 만약 혼다 같은 남자에게도 운명이 있다면.

도루의 의식이 자신과 지나치게 닮은 점이, 생각해 보면 오랜 불안의 씨앗이었다. 도루는 모든 것을 읽는지도 모른다. 도루야말로 도루 자신의 영생을 알고, 게다가 그의 요절을 믿는 노인이 그렇게 실무 교육을 해 온 공들인 악의를 읽고 거기에 대한 복수를 계획했음도 있을 수 있는 일이다…….

여든 살 노인과 스무 살 젊은이는 지금 생사를 놓고 팽팽한 접전을 벌이는 중인지도 모른다.

─그러는 동안 차는 이십 년 만에 신궁 외원의 밤으로 들어갔다. 곤다와라(權田原) 입구에서 들어가 좌회전해 원형 도로를 달리는 차에서, 거추장스러운 장신구처럼 헛기침을 앞세우며 "더 도세요. 더 도세요." 하고 혼다는 요청했다. 밤의 숲을 따라 도는 동안 숲 안쪽에서 언뜻 달걀색 셔츠의 형체가

움직이다가 사라졌다. 혼다의 가슴속에 실로 오랜만에 그 특수한 두근거림이 일어났다. 자신의 오래된 색정이 작년의 낙엽처럼 아직 나무 그늘에 쌓여 남아 있는 느낌이 들었다.

"더 도세요. 더 도세요." 하고 혼다는 말했다.

차는 오른쪽으로 계속 돌며 회화관 뒤쪽, 그늘이 가장 어둡게 진 보도를 따라 갔다. 두세 쌍의 남녀가 걷고 있었는데 옛날 그대로 불빛은 약했다. 갑자기 왼쪽에 현란한 빛 다발이 나타났다. 밤 공원 한가운데에 고속도로 입구가, 손님 없는 유원지처럼 적막한 수많은 전구 빛으로 된 턱을 크게 벌리고 있었다.

오른쪽은 회화관 바로 왼쪽에 있는 숲일 텐데, 무성한 밤의 나무들은 그 돔형 지붕을 엿보게 하지 않고, 가지들은 보도까지 흘러넘치고, 전나무, 플라타너스, 소나무 등이 뒤엉키고 용설란이 줄지어 있는 곳 속에서 가득 울리는 벌레 울음소리는 달리는 차 창문으로도 들렸다. 저 안은 각다귀가 굉장하지, 살에 들러붙는 모기를 때리는 탁탁거리는 소리가 여기저기 풀숲에서 들렸었지 하고 혼다는 어제 일처럼 생각했다.

회화관 앞 주차장 쪽에 차를 세웠다. 이제 돌아가도 된다고 운전기사에게 말했다. 운전기사는 좁은 이마 아래에서 흘긋 혼다를 봤다. 이런 순간의 시선이 때때로 보이는 쪽의 인간을 무너뜨리는 법이다. 돌아가도 좋다고 한 번 더 강하게 말했다. 자기 몸보다 먼저 지팡이를 보도에 내밀고 차에서 내렸다.

— 회화관 앞 주차장은 밤에는 닫았고 한쪽에는 야간 출입 금지라는 표지판이 서 있었다. 울타리는 차도를 막고 있고

주차장의 작은 경비실은 불이 꺼지고 인기척이 없었다.

전용 택시가 떠나는 것을 지켜본 뒤, 혼다는 천천히 용설란을 따라 보도를 걸었다. 용설란은 가장자리가 허옇게 색 바랬고 어둠 속에서 가시 뾰족한 잎을 튀기며 악의의 풀숲처럼 조용히 있었다. 행인은 거의 없었다. 반대편 보도에 있는 남녀 한 쌍이 보일 뿐이다.

회화관이 정면으로 보이는 곳까지 오자 혼다는 지팡이를 세우고, 혼자 있는 자기를 둘러싼 넓은 구도를 둘러보았다. 돔형 지붕에 좌우에 날개가 우뚝 솟은 회화관은 달 없는 밤 속에 의연히 있었다. 그 앞에 사각형 연못과 창백한 테라스가 있는 구성, 자갈이 어슴푸레한 어둠을 조수의 경계처럼 나누는 외등의 기다란 빛, ……왼쪽 하늘은 대경기장의 둥글고 높은 외벽 위에서 불 꺼진 조명등이 키 큰 뒷모습으로 하늘을 나누고, 그 훨씬 아래쪽에는 숲 일부의 우듬지가 무성한 곳에만 외등이 안개 같은 빛의 윤곽을 부여했다.

색정이라고는 조금도 없는 이 질서 정연한 광장에 멈춰 서서, 혼다는 문득 자신이 태장계 만다라[84] 한가운데에 서 있는 듯한 기분이 들었다.

태장계 만다라는 두 근본 세계 중 하나로서 금강계 만다라와 짝을 이룬다. 그것은 연꽃으로 표상되고, 태장계 부처의 자비의 덕을 나타낸다.

태장은 품고 있다는 뜻을 가지고 있으며, 세상의 비천한

---

84 부처의 자비심을 모태에 비유한 그림.

여자가 배 속에 윤왕의 성태(聖胎)를 얻었듯이, 범부의 진흙탕 같은 번뇌의 마음도 부처의 지혜로운 공덕을 품고 있음을 말한다.

그 눈부신 만다라의 완전한 대칭은 가운데에 있는 중대팔엽원을 중심으로 당연히 대일여래를 감싼다. 거기서 12대원이 동서남북으로 흘러나오고, 각각의 부처가 거처하는 장소는 정교하게 좌우대칭으로 정해졌다.

달 없는 밤하늘에 우뚝 솟은 회화관의 돔형 지붕을 대일여래가 거처하는 중대팔엽원이라고 한다면, 연못 건너편 지금 혼다가 서 있는 넓은 차도는 허공장원보다 더 서쪽, 그 공작명왕이 거처하는 소실지원 주위일지도 모른다.

금빛 찬란한 만다라에 기하학적으로 가득 늘어앉은 부처들의 배치를 이 어두운 숲에 둘러싸인 대칭적 광장으로 옮겨 보면 자갈의 공백도 포장도로의 공허도 바로 채워져, 모든 곳에서 자비로 가득 찬 얼굴이 북적이고 낮 햇빛이 갑자기 눈부시게 비치는 기분이 들었다. 총 209존, 외금강부 205존이라는 수많은 얼굴이 숲 겉면에 나타나고 땅은 밝게 빛났다…….

걷기 시작했을 때 이 환상은 무너지고, 주변은 벌레 울음 소리로 가득 차고, 바늘로 한 땀 두 땀 꿰매는 듯한 밤 매미의 울음소리가 나무 그늘을 날아다녔다.

익숙한 길은 숲 그늘에 지금도 남아 있었다. 회화관을 마주 봤을 때 오른쪽에 있는 숲이다. 풀 냄새, 나무들의 밤의 냄새가 혼다의 색정에 불가결한 요소였던 때가 갑자기 애절하게 떠올랐다.

밤에 어떤 산호초 바다에 있는 것처럼 갖가지 갑각류, 극피동물, 조개, 물고기, 해마 등의 움직임을 발바닥으로 느끼며, 미지근한 바닷물의 흔들림이 발등에 닿으며, 한 걸음 한 걸음 뾰족한 바위 모서리에 다치지 않도록 주의하며 간석지를 건너가는 기분. ……혼다는 몸을 에는 듯한 쾌활함이 되살아나는 것을 느꼈다. 몸은 달릴 방도가 없는데 쾌활함은 질주했다. 모든 곳에 '기색'이 있었다. 이윽고 눈이 어둠에 익숙해지자, 학살의 흔적처럼 숲의 어둠 속 여기저기에 흰 셔츠가 흩어져 있는 모습이 보였다.

혼다가 몸을 숨긴 나무 그늘에는 이미 먼저 온 손님이 있었다. 거무레한 셔츠를 입은 것만으로 노련한 엿보는 자임을 알 수 있다. 키가 매우 작아 혼다 어깨 근처까지만 와서 처음에는 소년이라고 생각될 정도였다. 희미한 빛으로 반백의 머리임을 알고 나서 혼다는 그 남자의 축축한 숨소리조차 가까이서 듣기가 소름 끼쳤다.

잠시 뒤 남자의 눈은 봐야 할 것에서 떨어져 혼다의 옆얼굴을 뚫어지게 살폈다. 혼다는 될 수 있으면 그쪽을 보지 않으려고 했지만 아까부터 반백의 짧은 머리가 관자놀이 부근에서 곤두선 듯한 머리 모양새가 불안한 기억과 관련 있다고 느껴, 생각해 내느라 안달했다. 안달하자 아무리 참으려고 해도 평소의 음침한 기침이 입 밖으로 나왔다.

이윽고 남자의 숨소리에 확신이 선 결단이 더해졌다. 몸을 곧게 펴며 혼다 귓가에 이렇게 속삭였다.

"또 만났네요. 역시 지금도 오시는 겁니까, 옛날을 잊지 못하고."

혼다는 그쪽으로 문득 고개를 돌리고 쥐같이 작은 남자의 눈 색을 보았다. 이십이 년 전 기억이 갑자기 되살아났다. 마쓰야 PX 앞에서 혼다를 불러 세웠던 남자가 틀림없었다.

그리고 그때, 사람을 잘못 본 척하며 이 남자를 냉담한 태도로 대했던 일을 공포를 느끼며 떠올렸다.

"좋아요, 좋아. 여기는 여기. 저기는 저기. 서로 각자의 길을 가자고요." 하고 남자가 혼다의 심적 동요를 알아챘는지 지레짐작으로 말하는 모습이 외려 불쾌하다.

"하지만 기침을 하면 안 되죠." 하고 남자는 거듭 말하더니 다시 바쁘게 나무줄기 쪽으로 눈을 돌렸다.

혼다는 남자가 자신에게서 약간 떨어지자 안심하고 나무 반대편에서 풀숲을 엿보았다. 하지만 가슴 두근거림은 사라졌다. 그 대신 불안이 들고, 또다시 분노와 슬픔에 가슴이 막혔다. 망아(忘我)를 좇으면 좇을수록 거기에서 멀어졌다. 풀밭 위의 남녀를 보기에는 적당한 장소이지만, 그들의 행위 자체가 마치 누가 보고 있음을 알고 시치미 떼고 연출하는 듯이 보였다. 보는 쾌락도 없고, 주시할 때 뒤에서 압박해 오는 감미로운 절박함도 없고, 명확함에 도취하지도 못했다.

불과 1, 2미터 앞에 있는데도 빛이 약해서 세세한 모습도 얼굴 표정도 알 수 없다. 그 사이에 장애물 같은 것도 없어서 더 가깝게 다가갈 수도 없다. 혼다는 보는 동안 분명 옛날 두근거림이 되돌아오리라 생각하며, 한 손은 나무줄기에 기대고 한 손은 지팡이에 의지하며 풀밭에 누운 남녀를 바라봤다.

그 작은 남자는 방해하지도 않는데 혼다는 딴생각만 한다. 혼다의 지팡이는 직선이고 휘지 않았으므로 스커트를 능란하게 걷어 올렸던 노인처럼 기예를 부릴 수 없다는 점, 그 노인은 상당히 나이를 먹었으니 이제는 분명 죽었을 것이라는 점, 이 숲 주변 '관객'들 중 최근 이십 년 사이에 죽은 노인이 꽤 많을 것이라는 점, 젊은 '배우'들조차 결혼해서 이곳을 떠나거나 교통사고로 죽거나 젊은층 암, 젊은층 고혈압, 심장병, 신장병 등으로 죽은 사람이 적지 않을 것이라는 점, 물론 '배우'들이 '관객'들보다 훨씬 이동(異動)이 잦으므로 지금쯤 도쿄에서 민영 전철로 한 시간이나 걸리는 베드타운 단지의 한 방에서 아내와 아이들의 야단법석을 제쳐놓고 노려보듯 가만히 텔레비전을 볼 것이라는 점, 그런 그들이 이번에는 '관객'이 돼 이곳에 올 날이 멀지 않았다는 점…….

갑자기 나무줄기에 기댄 오른손에 부드러운 것이 닿아 봤더니 커다란 달팽이가 나무줄기를 타고 내려오고 있었다.

혼다는 가볍게 손가락을 치웠지만, 비누가 녹고 남은 끈적이는 잔여물이 먼저 손에 닿고 이어서 셀룰로이드로 된 비눗갑 뚜껑이 닿은 듯한, 그 연한 살과 껍데기가 연달아 닿은 촉감이 가슴속에 불쾌한 쓴맛을 남겼다. 그 촉감 하나로도 세계는 황산 탱크에 던져진 사체처럼 즉시 녹아 버릴 수 있었다.

……다시 한번 남녀의 자태로 눈을 돌렸을 때 혼다의 눈은 거의 간절한 바람으로 가득 찼다. 내 눈을 취하게 해 다오, 부

디 한순간이라도 빨리 취하게 해 다오, 세상의 젊은이들이여, 그 무지와 무언으로, 게다가 노인 따위에게는 눈길 줄 시간도 없는 그 자신들만의 열중한 모습으로 마음껏 나를 취하게 해 다오……'.

벌레 소리가 가득한 곳에서 흐트러져 누워 있는 여자가 상반신을 반쯤 들어 올려 양손으로 남자 목에 매달렸다. 검은 베레모를 쓴 남자는 여자 스커트 밑으로 깊숙이 손을 넣었다. 남자의 흰 와이셔츠 등 주름을 손끝이 섬세한 움직임으로 타고 움직였다. 여자는 남자의 가슴 안에서 나선형 계단처럼 몸을 비틀었다. 그리고 헐떡이더니 먹어야 하는 약을 급하게 먹듯 목을 들고 남자에게 입 맞추었다.

……혼다는 눈이 아플 정도로 주시하는 동안 그때까지 허무했던 바닥에서 갑자기 새벽빛이 비치듯 색정이 솟아남을 느꼈다.

그때 남자가 바지 엉덩이 주머니에 손을 넣는 모습이 보였는데, 아마 돈을 누가 훔치지 않았는지 한창 정사를 벌이는 와중에도 신경을 쓰는 심사가 혼다에게는 교활했고 그 생각만으로 모처럼 솟아난 색정이 얼어 버린 듯이 느껴진 찰나, 자기 눈을 의심하게 하는 일이 일어났다.

남자가 바지 엉덩이 주머니에서 꺼낸 것은 잭나이프다. 엄지손가락이 그것을 만지자마자 뱀이 혀를 비비는 듯한 소리가 나더니 어둠 속에 칼날이 번득였다. 어디를 상처 입혔는지는 알 수 없지만 여자의 무시무시한 비명 소리가 들렸다. 남자는 잽싸게 일어나 목을 돌리며 주위를 둘러보았다. 검은 베레모가 뒤로 미끄러져 앞머리와 얼굴이 처음으로 혼다 눈에 보였다. 머리는 온통 백발이고 마른 얼굴은 구석구석까지 주름이 새겨진 육십 대 노인의 얼굴이다.

망연자실해 있는 혼다 바로 옆을 그 나이라고 느껴지지 않는 질풍 같은 속도로 남자가 도망갔다.

"도망갑시다. 여기 있으면 큰일 나요."

쥐같이 작은 남자가 숨을 헐떡이며 혼다의 귀에 대고 말했다.

"하지만 도망가려고 해도 나는 못 뛰어." 하고 혼다는 힘 빠진 목소리로 대답했다.

"약해졌군요. 잘못 뛰다간 의심받을 테고, 차라리 증인이 되시는 게." 하고 손톱을 깨물며 작은 남자는 주저했다.

호루라기 소리가 들리고 발소리가 흐트러지고 사람들이 술렁거리며 일어섰다. 손전등 불빛이 생각지 못한 가까운 관목 숲 사이에서 흔들렸다. 즉시 순찰 경찰들이 나타나 쓰러진 여자를 에워싸고 목소리 높여 말하는 소리가 들렸다.

"어디를 다친 거야."

"허벅지다."

"큰 상처는 아닌데."

"범인은 어떤 녀석이에요. 네? 말해 봐요."

여자 얼굴에 손전등 불빛을 비추며 웅크려 앉았던 경찰이 일어섰다.

"노인이라고 하네. 멀리 가지 못했을 거야."

혼다는 몸을 떨며 나무줄기에 이마를 대고 눈을 감았다.

나무껍질이 축축해서 달팽이가 이마를 기어가는 듯한 느낌이 들었다.

눈을 희미하게 뜨고 빛이 자기 쪽을 향했음을 느끼자마자 뒤에서 누가 부딪쳐 밀었다. 손 높이를 보고 그 작은 남자의 짓임을 알았다. 혼다의 몸은 거목 줄기에서 밖으로 비틀거리며 나오고, 앞으로 기운 이마가 거의 경찰과 맞부딪칠 뻔했다. 경찰 손이 혼다 손을 잡았다.

― 경찰서에는 마침 추문을 다루는 데 능한 어떤 주간지 기자가 다른 취재로 와 있었다. 신궁 외원에서 밤에 여성 상해 사건이 일어났다는 말을 듣고 매우 기뻐했다.

혼다는 응급 처치를 받아 허벅지에 큰 붕대를 두른 여자와 대질했는데 그 대질에서 자신의 결백이 입증되기까지 세 시간이나 걸렸다.

"어떤 사정이든 간에 이 할아버지는 아니에요." 하고 여자는 말했다. "저하고 그 두 시간 전에 전철에서 알게 된 사람이었어요. 노인이긴 한데 행동거지가 젊고, 아주 말을 잘하고, 사교적인 사람이었어요. 설마 그런 사람인 줄은 생각도 못했어요. 네, 그 사람 이름도 주소도 직업도 전혀 몰라요."

대질 전에 혼다는 실컷 조사를 받아 신원도 밝혀지고, 그런 직업을 가진 사람이 그 시각에 그런 장소에 있었던 이유를 일일이 자기 입으로 말해야 했다. 혼다는 이십이 년이 지난 오래전에 고참 변호사였던 친구에게서 들은 무서운 이야기가 지금 자신에게 일어나고 있는 것이 꿈으로밖에 느껴지지 않았다. 이 낡은 경찰서 건물, 조사실의 더러운 벽, 미묘하게 밝은 전등, 조서를 적는 형사의 벗어진 이마가 결코 현실이 아니라 어떤 명확한 꿈처럼 보였다.

오전 3시에 혼다는 귀가를 허락받았다. 하인이 일어나 내키지 않은 얼굴로 문을 열었다. 혼다는 아무 말도 하지 않고 침상으로 들어갔는데 끝없는 악몽으로 몇 번인가 잠에서 깼다.

다음 날 아침, 감기에 걸려 침상에 누워 있었다. 낫는 데 일주일이 걸렸다.

오늘 아침은 조금 상태가 좋다고 느껴진 아침, 웬일로 도루가 와서 싱긋 미소를 띠며 혼다 머리맡에 주간지를 놓고 갔다.

'상해 사건 범인으로 오인된 전직 판사 관음증자의 고난'이라는 제목이 붙어 있다.

돋보기안경을 꺼낼 때부터 혼다는 가슴이 불쾌하게 두근거렸다. 기사는 질릴 정도로 정확하고 정밀해 혼다의 본명까지 용서 없이 나왔다. '여든 살 관음증자의 등장은 노인의 일본 사회 지배가 치한 세계까지 퍼졌음을 말하는 듯하다.'라는 말미 어구가 있다.

'혼다 씨의 이러한 기벽은 지금 시작한 것이 아니라 이십몇 년 전부터 있었으며 이 부근에는 그의 얼굴을 아는 사람도 많아……'라고 쓰인 몇 줄에서 혼다는 이 기사를 쓴 기자가 찾아가 취재한 사람이 누구인지 알 수 있었고, 그 인물을 소개한 사람은 다름 아닌 경찰이라는 점도 직감했다. 일단 이런 기사가 나온 이상 설령 명예 훼손 소송을 건들 거듭 수치가 될 뿐이다.

그것은 모두 하룻밤 사이에 일어난 웃음거리일 뿐인 저속한 사건이었다. 하지만 잃을 명예도 체면도 가지고 있지 않다고 믿었던 혼다는 잃고 나서야 비로소 그것들이 있음을 깨달았다.

이후 사람들이 혼다의 이름을 그의 정신적, 지적 업적이 아니라 추문으로 오랫동안 떠올릴 것은 확실했다. 사람들은 결코 추문을 잊지 않음을 혼다는 알고 있었다. 도덕적 분개로 잊지 않는 것이 아니다. 어떤 인간을 개괄하는 데 이것처럼 단적이고 이것처럼 간단명료한 표시는 없기 때문이다.

혼다는 속으로 자신이 육체적으로도 한층 무너져 내린 데가 있음을 좀체 낫지 않는 감기의 병상에서 절실히 느꼈다. 피의자가 되는 일은 어떤 사상의 자부심이 없는 상태에서는 살도 뼈도 부서지는 경험이었다. 어떤 식견도, 어떤 학식도, 어떤 사상도 이것을 구할 수 없었다. 그가 인도에서 얻은 관념을 형사에게 세세히 이야기한들 무슨 소용이 있겠는가.

앞으로 혼다가 명함을 꺼내며 '혼다 변호사 사무소/ 변호사 혼다 시게쿠니'라고 자기소개를 한들 사람들은 바로 행간의 미세한 공백에 한 줄을 추가해 '혼다 변호사 사무소/ 여든 살 관음증자/ 변호사 혼다 시게쿠니'라고 읽을 것이 틀림없다. 이것으로 혼다의 생애는 단 한 줄로 요약되고 말았다. '전직 판사 여든 살 관음증자.'

긴 일생 동안 혼다의 인식이 쌓아 온 보이지 않는 건축물은 어처구니없이 무너지고 이 한 줄만 초석에 새겨졌다. 그것은 날카롭게 타오르는 칼날 같은 요약이었다. 그리고 전부 진실이었다.

— 이 9월 사건 이후, 도루는 모든 일이 자기에게 유리해지도록 냉정하게 움직였다.

그는 혼다와 견원지간인 고참 변호사를 자기편으로 끌어들여, 이 사건이 혼다를 준금치산자[85]로 만들 수는 없는지 상의했다. 그러려면 혼다를 정신박약자로 진단하는 정신 감정이 필요한데 변호사는 이 점에 대해서는 자신 있는 태도를 보였다.

실제로 이 사건 이후 혼다가 일절 밖에 나가지 않고, 주뼛주뼛 굴고, 극도로 비굴해진 변화는 누가 보기에도 확실했다. 여러 징후를 가지고 혼다의 노인성 섬망을 증명하는 일은 쉬울 것 같다. 그것을 증명한 뒤 가정법원에 도루가 준금치산 선고를 청구하고 이 변호사를 혼다의 보호인으로 세우면 되는 것이다.

변호사는 친한 정신과 의사와 상의했고, 의사는 세상에 널리 알려진 혼다의 추행 속에서 노쇠에서 온 초조함이 그려 내는, 불이 비치는 거울 같은 그저 '반영으로서의 색정'이 가진 좀체 무시할 수 없는 강박관념의 힘과, 노쇠에서 온 자제력 상실 두 가지를 인정했다. 나머지는 법률 구성뿐이라고 변호사는 말했다. 거기서 혼다가 어떤 재산을 위태롭게 하는 비상식

---

85 준금치산자와 금치산자는 정신적 장애로 특히 재산 관리를 혼자서 하기가 어려운 사람들을 지원하는 구 민법상 제도다. 일본에서는 2000년, 한국에서는 2013년에 성년후견제도로 명칭과 내용이 바뀌었다.

적 낭비라도 시작해 주면 좋지만 그런 징후는 없어서 어렵다고 말했다. 도루는 돈보다 실권을 빼앗기를 더 바랐다.

27

11월 말에 도루는 게이코에게서 멋진 영문 초대장이 들어간 서신을 받았다.

편지에는 이렇게 쓰여 있다.

'혼다 도루 님

그 뒤로 오래오래 격조했습니다.

크리스마스가 다가오는데, 다들 이브 당일에는 여기저기서 모이는 자리가 있는 듯해 저는 12월 20일에 조금 이른 만찬회를 열까 합니다. 작년까지는 아버님을 초대했지만 올해부터는 노령이기도 하고 초대하면 외려 폐가 될 것 같아 도루 씨가 오셨으면 합니다. 단, 오시는 일은 아버님께는 비밀로 하고 초대장이 당신 앞으로 간 일도 전부 비밀로 해 주시길 부탁합니다.

여기까지 말해 버리니 제 천성대로 전부 말하게 되는데,

그 9월 사건 때문에 저도 다른 손님들 체면상 아버님을 초대하기가 어려워졌습니다. 오랜 친구에게 박정하다고 생각하시겠지만, 우리 세계에서는 뒤에서 뭘 하든 일단 앞에 드러나면 끝이라 표면적 교제는 조심해야 합니다.

도루 씨를 초대하는 이유는 앞으로 혼다가 하는 교제는 도루 씨를 통해서 하고 싶은 제 평소 바람 때문이므로 부디 흔쾌히 수락해 주셨으면 합니다.

당일에는 각국 대사 부부와 따님들, 일본인은 외무 대신 부부나 경단련 회장 부부, 또 아름다운 따님들도 오시니 부디 혼자 와 주십시오. 카드에도 쓰여 있는데, 턱시도 차림으로 오십시오. 그리고 수고스럽지만 동봉한 엽서로 즉시 참석 여부를 알려 주셨으면 합니다.

히사마쓰 게이코'

— 이것은 보기에 따라서는 굉장히 고압적이고 무례한 편지였지만 혼다 사건을 두고 게이코가 곤혹스러워하는 모습이 도루를 미소 짓게 했다. 그렇게나 무도덕을 자만하던 게이코가 추문에 대해 갑자기 문짝을 닫고 떨고 있는 모습이 행간에서 읽혔다.

'하지만 뭔가 냄새가 나네.' 하고 도루는 정밀한 경계심이 동했다. '그렇게나 추문을 두려워하면서 나를 초대하는 이유는 어디까지나 아버지 편인 게이코가 나를 웃음거리로 만들려는 의도는 아닐까. 젠체하는 그 많은 손님들 앞에서 일부러 나를 혼다 시게쿠니의 아들이라고 소개하고 손님들을 흥겹게 할 때 그걸로 상처받는 사람은 아버지가 아니라 다름 아닌 나

란 걸 계산하고 한 행동은 아닐까. ……맞다. 분명 그거다.'

이런 의혹이 외려 도루가 도전에 응하도록 기분을 돋우었다. 자기는 추문으로 이름 높은 남자의 아들로서 그곳에 갈 것이다. 물론 아무도 그 말을 하지는 않을 것이다. 하지만 자기는 아버지 추문에 주눅 들지 않는 아들의 광휘를 발할 것이다.

상처받기 쉬운 섬세한 영혼이 결코 자기 탓이 아닌 그 더럽고 작은 동물 같은 추문의 해골을 머리에 연달아 달고 약간 슬프게 보이는 아름다운 미소를 띠며 사람들 사이를 말없이 걸어 다니는 모습의 창백한 시정을 도루 자신은 잘 알아보았다. 노인들의 모멸과 방해가 점점 젊은 여자들이 저항하기 힘든 힘으로 도루에게 끌리게 하리라. 게이코의 계획은 무너지리라.

도루는 턱시도를 갖고 있지 않으므로 급하게 주문해 완성되기를 기다렸다. 19일에 완성돼 온 것을 곧바로 걸쳐 보고 기누에 방으로 보여 주러 갔다.

"아주 잘 어울려. 멋있다, 도루 씨. 그걸 입고 나를 데리고 댄스파티에 가기를 분명 아주 기대하고 있었던 거지. 하지만 미안하네, 몸이 아파서 함께 가지 못해서. 정말로 미안하게 생각해. 그래서 적어도 이렇게 새로 맞춘 턱시도를 입은 모습을 보여 주려고 온 거지. 얼마나 다정해. 나는 도루 씨가 제일 좋아."

기누에는 굉장히 건강하고, 이곳에 오고 나서 운동 부족에다가 많이 먹어서 반년 동안 못 알아볼 정도로 살쪄 몸을 움직이기 힘들었다. 그 무거운 몸과 불편한 거동이 점점 기누에에게 병에 걸린 실감을 주었고, 끊임없이 소화제를 먹고는 언제 사라질지 모르는 나뭇잎 사이의 푸른 하늘을 툇마루 끝 소파에서 바라보았다. "이 상태로는 나, 분명히 오래 살지 못할 거라 생각해." 하고 입버릇처럼 말해 절대로 기누에 앞에서는 웃으면 안 된다고 도루에게서 강하게 지시를 받은 하인들을 괴롭게 만들었다.

도루가 언제나 감탄하는 점은, 어떤 조건이 주어지면 바로 앞질러 가 거기서 자기에게 매우 유리한, 즉 자신의 '미'의 위신도 지키면서 어느 정도 비극적인 상황을 뽑아내는 기누에의 지혜였다. 도루의 턱시도 차림을 본 순간 자신을 동반해 가는 것이 아님을 간파한 기누에는 그 상황에 맞춰 바로 자기 '병'을 이용했다. 이렇게 견고하게 지키는 기누에의 높은 자부심을 도루는 때때로 배워야 한다고 생각했다. 기누에는 어느새 도루 인생의 스승이 돼 있었다.

"뒤돌아 봐. 옷이 잘 만들어졌네. 목에서 어깨로 이어진 선이 아주 멋있어. 도루 씨는 뭘 입어도 어울려, 마치 나처럼. 내일 밤은 내가 함께 가지 못한 일 따위는 잊어버리고 마음껏 즐기고 와. 하지만 가장 즐거운 시간에는 아주 조금이라도 좋으니까 집에서 병들어 누워 있는 내 생각을 해 줘."

도루가 떠나려 하자, "아, 조금 기다려. 턱시도 칼라 단춧구멍에 꽃이 없으면 이상해. 내가 건강하면 직접 따서 달아 주겠는데. 메이드, 부탁해요. 저 빨간 겨울 장미가 좋겠어요. 저 꽃을 따다 줘요."

기누에는 그렇게 말하며 꽃봉오리가 막 핀, 짙은 빨강의 작은 겨울 장미를 하인이 따게 한 뒤 손수 도루의 단춧구멍에 꽂았다. 지극히 허무하고 나른하게 손끝을 구부려 장미 줄기를 구멍에 꽂고 광택 나는 실크 칼라를 가볍게 두드리더니 "다 됐어. 정원에 서서 다시 한번 모습을 보여 줘." 하고 살찐 기누에는 숨이 끊어질 듯한 목소리로 말했다.

― 다음 날 오후 7시 정각에 도루는 혼자 머스탱을, 약도에 표시된 대로 아자부에 있는 게이코의 저택으로 가 넓은 자갈 앞뜰에 세웠다. 아직 다른 차는 한 대도 오지 않았다.

처음으로 방문한 이 저택의 굉장히 낡은 모습에 도루는 놀랐다. 앞뜰 나무 밑 투광기가 프린스 리젠트 스타일로 호를 이룬 전면(파사드)을 비추었는데, 엉킨 담쟁이덩굴의 단풍이 밤의 빛으로 거뭇해진 면도 있고 해서 일종의 처연한 느낌을 전했다.

흰 장갑을 낀 급사의 안내를 받아 돔형 천장의 원형 로비를 지나 찬란한 모모야마식 응접실의 루이 15세 양식 의자에 앉자 도루는 자신이 가장 먼저 온 손님이라는 사실이 창피했다. 집 안은 반짝이기만 할 뿐 매우 고요했다. 방 한구석에 커다란 크리스마스트리가 있었는데 이것이 굉장히 장소에 어울리지 않는 느낌이 들었다. 술 주문을 받은 급사가 떠나고 혼자 남겨진 도루는 고풍스러운 각진 세공의 유리창에 기대, 정원 나무숲에서 떨어져 반짝이는 마을의 불빛과 여기저기에 있는 네온사인으로 보랏빛이 깃든 밤하늘을 바라보았다.

삼나무 문이 미끄러지는 소리가 들리더니 게이코가 나타

났다.

일흔 살 남짓한 노파의 화려한 정장에 도루는 말을 잃었다. 통이 큰 소매가 치마 밑단까지 늘어진 스와레[86]가 구석구석 비즈 자수로 뒤덮였다. 가슴 부근에서 밑단까지 비즈의 색채와 무늬가 점차 변화하며 시선을 빼앗게끔 만들어졌다. 가슴 부근은 황금 비즈 바탕에 공작새 날개를 본뜬 초록 비즈, 소매는 자줏빛 비즈가 물결을 이루고, 아래는 밑단까지 이어지는 포도주색의 연속된 무늬, 밑단에는 다시 자줏빛 물결과 금색 구름이 나타나고 각각 무늬의 경계는 금색 비즈로 잇댔다. 자수 바탕천인 순백 오건디를 통해 비치는 은색 천은 세 장으로 겹쳐진 서양식 에바누이[87]다. 밑단 아래로는 보랏빛 새틴 구두코가 나오고, 늘 그러듯 위엄을 가지고 세운 목덜미에는 바닥에 끌리는 에메랄드 색 조젯 스톨을 감아 어깨 뒤로 늘어뜨렸다. 머리 모양은 평소와 달리 착 달라붙게 매만진 숏헤어에 아래로 금 귀걸이가 흔들리고, 거듭된 성형으로 고갈된 가면 같은 얼굴에서 몇몇 타고난 부분이 점점 거만하게 스스로를 드러냈다. 위엄 있는 눈과 잘생긴 코. 마치 쭈그러든 사과의 검붉은 껍질 한 조각을 붙인 듯이 보이는, 빛날 정도로 짙게 연지를 바른 입술…….

새겨진 미소조차 화석이 된 그 얼굴이 가까이 다가와 "기다리게 해서 미안해요."라고 쾌활한 목소리로 말했을 때 도루

---

86 Soirée. 저녁 파티, 이브닝드레스를 뜻하는 프랑스어.
87 繪羽縫い. '에바'는 일본 전통 의상에서 봉합선을 넘어 이어지는 커다란 무늬를, '에바누이'는 에바가 어긋나지 않도록 가봉한 상태를 말한다.

가 "옷이 굉장하네요."라고 말하자 게이코는 "고마워요." 하고 말하고는 서양 여성이 지을 법한 순간적인 황홀한 표정을, 잘생긴 콧구멍을 약간 위로 올리며 보이다가 바로 멈췄다.

식전주가 나오고 "불을 끄는 게 좋겠어요."라는 게이코의 목소리에 급사가 샹들리에를 껐다. 크리스마스트리 전구만 깜박이는 어둠 속에 몸을 담가 게이코의 눈동자가 깜박이고 스와레의 비즈도 깜박이는 모습을 보는 동안, 점점 불안이 도루에게 닥쳐왔다.

"다른 손님은 늦네요. 아니면 제가 너무 빨리 온 걸까요?"

"다른 손님이요? 오늘 밤 손님은 당신뿐이에요."

"편지에 쓰여 있던 건 거짓말이었군요."

"아, 미안해요. 그 뒤로 계획이 바뀌었어. 오늘 밤은 당신과 둘이서만 크리스마스를 축하할까 하고."

도루는 분노가 치밀어 일어섰다.

"그럼 저는 이만 실례하겠습니다."

"어머, 왜?"

게이코는 의자에 침착하게 앉은 채 일어서서 말리지도 않았다.

"어떤 음모지요. 아니면 함정이겠지요. 어차피 아버지와 미리 짜고 꾸민 일 아닌가요. 비웃음 받는 건 이제 질렸습니다."

도루는 다시 첫 만남 때부터 얼마나 자신이 이 노파를 미워했는가를 떠올렸다.

게이코는 조금도 동요하지 않았다.

"혼다 씨와 짠 일이라면 이렇게 귀찮은 절차는 밟지 않지.

오늘 밤은 꼭 당신과 둘이서만 천천히 이야기를 나누고 싶어서 초대했어. 처음부터 둘이서 만나자고 하면 와 주지 않을 테니까 거짓말을 조금 하긴 했지. 둘만 있어도 크리스마스 정찬임은 변함없어. 나도 이렇게 정장을 입고 있고 당신도 그렇고."

"천천히 설교를 하실 예정인 거군요." 하고 대답한 도루는 묵묵히 돌아가지 않고 벌써 상대방에게서 할 말을 들어 버린 자신의 패배에 짜증이 났다.

"설교 같은 건 전혀 없어. 그저 이번 기회에, 혼다 씨가 내가 말한 것을 알면 나를 목 졸라 죽일지도 모르는 일을 당신에게 몰래 이야기해 주자고 생각했을 뿐이야. 혼다 씨와 나만 알고 있는 비밀인데, 뭐 듣고 싶지 않다면 할 수 없고."

"비밀이라뇨, 무슨."

"조바심 내지 말고 여기에 앉아."

게이코는 쓴웃음이 깃든 우아한 미소를 소리 없이 계속 지으며 막 도루가 일어선, 와토의 「전원의 연회」 좌판 그림이 군데군데 헌 팔걸이의자를 손으로 가리켰다.

― 곧 급사가 와서 식사가 준비됐음을 알리고 벽처럼 보였던 미닫이문을 좌우로 열어 붉은 촛불을 밝힌 식탁이 있는 옆방 식당으로 안내했다. 일어선 게이코가 걸어갈 때마다 비즈로 가득한 스와레는 갑옷 속 미늘 속옷이 스치는 소리를 냈다.

이야기를 재촉하기에도 부아가 난 도루는 입을 다문 채 식사를 했으나, 나이프나 포크를 다루는 법 하나하나가 처음부터 혼다가 공들여 가르친 성과라는 생각을 하면, 게이코와 혼다를 만나기 전까지는 생각지도 않았던 자신의 상스러움을 매번 일부러 상기시키는 사람을 괴롭히는 교육이었던 것 같아 새삼 분노가 솟구쳤다.

바라보니 딱딱한 바로크식 대형 은촛대 건너편에서 뜨개질하는 노부인을 떠올리게 하는 손놀림을 하고 있는데, 방심한 듯한 조용함과 정성스러운 주도면밀함으로 손가락을 움직이며 게이코가 다루는 나이프와 포크는 거의 어릴 때부터 손끝이 그대로 성장해 그렇게 된 듯한, 직접 그 손톱과 이어져 있는 느낌이 들었다.

칠면조 냉육은 마른 노인의 피부 같아 조금도 맛이 없었다. 속을 채운 채소나 밤, 냉육에 얹힌 크랜베리 젤리 그 모든 것에서 달콤새콤한 위선 그 자체의 맛이 난다고 도루가 생각했을 때, "애초에 왜 당신이 갑자기 혼다가의 양자로 받아들여졌는지 알아?" 하고 게이코가 물었다.

"그런 건 모릅니다."

"태평하긴. 지금까지 알려고도 하지 않았어?"

도루는 말이 없었다. 게이코는 나이프와 포크를 접시에 놓고 촛불 너머로 빨간 손톱으로 도루의 턱시도 가슴을 가리켰다.

"실은 간단해. 당신의 왼쪽 옆구리에 나란히 있는 세 개의 검은 점 때문이야."

도루는 놀람을 감출 수 없었다. 지금까지 이 검은 점은 자기만의 자부심의 근거로 누구의 주의도 끈 적이 없다고 생각했는데 게이코가 알고 있는 것이다. 일순간에 도루는 자신을 다잡았다. 놀람은 자신의 비밀스러운 자부심의 표상과 타인이 생각한 어떤 표상이 우연히 일치했다는 데 있었다. 검은 점 자체가 뭔가를 움직인 일은 사실이라 해도 상대방이 도루의 마음 깊은 곳까지 알 수는 없다. 하지만 이렇게 생각한 도루는 노인들의 섬뜩한 직감을 가볍게 봤다.

도루 얼굴에 나타난 경악이 게이코에게 용기를 준 듯 그다음부터는 일사천리로 말하기 시작했다.

"봐 봐. 믿을 수 없지? 처음부터 모든 일이 바보스럽고 비상식적으로 일어났잖아. 당신은 그 뒤로 모든 일이 냉정하고 현실적으로 척척 진행됐다고 생각하겠지만 제일 처음의 비상식적 전제는 완전히 그대로 넘어갔어. 한 번 보자마자 낯모르는 타인이 마음에 든다고 양자로 삼고 싶어 하는 바보 같은 일이 있겠어? 당신, 우리가 양자로 들어와 달라고 부탁하러 갔을 때 뭐라고 생각했어? 물론 이쪽에서 당신에게도, 당신 상사에게도 여러 가지 그럴 듯한 구실은 늘어놓았어. 하지만 진실이 뭐라고 생각한 거야……? 자만하고 있었지? 인간이란 자기에게도 어떤 장점이 있다고 바로 믿고 싶어 하니까 말이야. 그때까지 당신이 마음속에 품고 있던 어린아이 같은 꿈과 우리가 한 제안이 잘 부합한다는 느낌이 들었지? 당신이 어린아이 때부터 지켜 온 이상한 확신이 드디어 증거를 보여 주었다는 느낌이 들었지? 그렇지?"

도루는 처음으로 게이코란 여성에게 공포를 느꼈다. 계급적 압박 따위는 조금도 느끼지 않았지만 아마 이 세상에는 어떤 신비한 가치의 냄새를 맡는 속물이 있는 듯하고, 그 사람들이야말로 진정한 '천사를 죽이는' 사람들이다.

칠면조 접시가 치워지고 디저트가 나와 급사 앞에서 대화는 순간 중단되고, 도루는 대답할 기회를 잃었다. 다만 도루는 자기가 상대하는 적이 생각보다 훨씬 만만치 않음을 알았다.

"하지만 자기 소망이 타인의 소망과 일치하고 누군가의 바람이 타인 덕으로 쉽게 이루어지는 일이 있을 수 있다고 생각해? 사람은 모두 각자의 목적을 가지고 살아가고 자기 생각밖에 하지 않아. 다만 가장 자기 생각만 하는 당신이 그만 그 점을 지나쳐 버려 눈멀게 된 것이지.

당신은 역사에 예외가 있다고 생각했어. 예외는 없어. 인간에게 예외가 있다고 생각했어. 예외는 없어.

이 세상에 행복의 특권이 없듯 불행의 특권도 없어. 비극도 없고 천재도 없지. 당신의 확신과 꿈은 근거가 전부 불합리해. 만약 이 세상에 선천적으로 각별하고, 특별히 아름답거나 특별히 악하다거나 그런 것들이 있다면 자연이 가만두지 않아. 그런 존재는 근절해 버리고, 인간에게 줄 엄한 교훈으로 삼아, 인간은 누구 하나 '선택되어' 이 세상에 태어나지 않음을 인간의 머릿속에 각인시킬 거야.

당신은 스스로가 그런 보상이 필요 없는 천재라고 생각해 왔을 거야. 인간 세계 위에 떠 있는 어떤, 악의를 품은 아름다운 한 조각 구름인 것처럼 자기를 상상해 왔을 거야.

당신을 만나고 당신의 검은 점을 봤을 때부터 혼다 씨는 한눈에 그걸 간파했어. 그래서 당신을 꼭 가까이 두어 위험에서 구해야 한다고 결심했지. 이대로 두면, 그러니까 당신을 당신이 꿈꾸는 '운명'에 맡겨 놓으면 분명 스무 살 때 자연이 죽일 것을 알았기 때문이야.

당신을 양자로 삼아 이치에 맞지 않는 '신의 자식'이란 자부심을 깨부수고, 세상의 평범한 교양과 행복의 정의를 주입해 어디에나 있는 평범한 청년으로 바로잡아 당신을 구하려고 했던 거야. 당신은 우리와 같은 출발점을 가지고 있음을 인정하지 않았어. 그 표시가 세 개의 검은 점이야. 어떻게든 당신을 구하려고 사정을 밝히지 않고 양자로 삼은 것은 명백히 그 사람의 애정 때문이야. 하지만 그것은 인간에 대해 너무 많이 아는 사람의 애정이지."

도루는 점점 불안에 휩싸여 이렇게 물었다.

"왜 제가 스무 살에 죽어야 하는 건데요."

"지금은 그런 걱정은 하지 않아도 된다고 생각하는데, 그 점에 대해서는 아까 방으로 돌아가서 천천히 설명해 주지." 하고 게이코는 테이블에서 일어나 도루를 재촉했다.

식사하는 동안 응접실 난로에는 새빨간 불이 피워져 있었다. 금 구름떼를 전면에 그리고 고에쓰[88]의 작품 한 폭을 걸어 도코노마처럼 꾸며 놓은 곳의 선반 아래에 작은 금색 후스마가 있어 그것을 좌우로 열면 난로가 나오게 되어 있었다. 두 사람은 불을 바라보며 작은 탁자를 사이에 두고 나란히 앉았다. 그리고 게이코는 혼다에게서 들은 대로 긴 환생의 경과를 이야기했다.

---

88 혼아미 고에쓰(本阿彌光, 1558~1637). 에도 시대 예술가로 서예, 도예, 칠기 등 다방면에서 작품을 남겼다.

도루는 불이 타고 꺼지는 모습을 바라보며 멍하니 이야기를 들었다. 타고 남은 장작이 부서지는 희미한 소리도 소름이 끼쳤다.

불은 장작을 휘감으며 연기와 함께 몸을 비틀 듯이 거세지는가 하면 아직 검은 장작과 장작 사이에서 고요하고 밝은 안식으로 가득 찬 불의 거처를 보여 주었다. 그 거처는 누군가의 집처럼 눈부신 금색과 붉은색의 작은 바닥이 장작의 조야한 서까래로 나뉘어 깊은 고요 속에 있었다.

침울한 어두운 장작 위쪽의 갈라진 틈에서 갑자기 타오르는 불길은 밤의 평원 끝에서 타오르는 들불처럼 보이기도 했다. 이 난로 안에 있는 수많은 광대한 자연 정경이 보였고, 난로 안쪽에서 끝없이 움직이는 그림자극은 마치 정치적 동란의 불길이 하늘에 그리는 그림자극의 축소화 같았다.

불은 어느 장작에서는 쇠약해지며, 세세한 갑골 무늬 같은 재가 흰 깃털 더미처럼 불안에 떠는 아래쪽에서 불의 온화한 붉은색이 남김없이 드러나기도 했다. 장작을 견고하게 묶은 덩어리가 가장 아래쪽 뿌리에서 무너져 위태로운 균형을 유지한 모습이 공중에 뜬 성채처럼 잠시 불에 반짝이며 엄숙하게 보이는 찰나도 있었다.

그러나 모든 것이 흘러 다녔다. 안정적으로 보이는 온화한 연속된 불길이 끝없이 와해됐다. 장작 한 토막이 역할을 다하고 무너지는 모습을 보니 보는 마음에 외려 안도가 생겼다.

— 이야기를 다 들은 도루가 툭 말했다.

"재미있는 이야기네요. 하지만 대체 무슨 증거가 있어요."

"증거라니." 하고 게이코는 약간 주춤했다. "진리에 증거가 있어?"

"당신이 진리라고 말씀하시면 거짓말 같아요."

"굳이 증거라고 한다면 혼다 씨가 마쓰가에 기요아키란 사람의 꿈 일기를 지금도 소중하게 보존하고 있을 테니 보여 달라고 해 보면 어때. 꿈밖에 쓰여 있지 않은 일기인데 그 꿈이 전부 실현됐대. …… 그거야 어쨌든, 지금까지 한 이야기는 전부 당신과 아무런 관계가 없을지도 몰라. 잉 찬이 죽은 때가 봄이고 당신 생일은 3월 20일이고 당신도 세 개의 검은 점을 지니고 있으니 당신이 잉 찬의 환생이 틀림없다고 생각은 되지만, 잉 찬이 죽은 날짜가 도저히 확실히 밝혀지지 않아. 잉 찬의 쌍둥이 언니도 봄이라고만 말할 뿐 엉성하게 동생 기일을 기억하지 못하고, 혼다 씨가 그 뒤로 여러 가지 손을 써 봤지만 확실한 건 알 수가 없어. 그러니 잉 찬이 뱀에 물려 죽은 날이 3월 21일 이후라면 당신은 무죄 석방이야. 환생이 일어나기 전까지 중유가 짧게 잡아 칠 일이니까, 당신 생일은 반드시 잉 찬이 죽은 날부터 칠 일 이상 뒤여야 해."

"내 생일은 실은 확실하지 않아요. 아버지가 항해 중일 때 태어나서 제대로 보살펴 주는 사람이 없어 출생 신고를 한 날이 생일이 됐는데, 실제로 태어난 날이 3월 20일보다 전인 것은 확실해요."

"날짜가 이르면 이를수록 확률이 낮아지지." 하고 게이코는 차가운 말투로 말했다. "그래도 그건 아무 의미 없을지도 몰라."

"아무 의미도 없다는 말은 무슨?"

도루는 약간 노여운 기색으로 되물었다.

지금까지 들은 황당무계한 이야기를 믿을지 믿지 않을지는 제쳐 두더라도, 그것과 자신의 관계가 아무 의미도 없다는 말은 도루의 존재 이유에 대한 게이코의 노골적인 무시를 암시했다. 게이코는 타인을 벌레와 동급으로 다루는 능력을 갖추고 있었다. 그것이 게이코의 늘 변함없는 쾌활함의 본체였다.

게이코의 스와레의 다채로운 비즈는 난롯불을 받아 중후한 광채를 발하고, 밤 무지개를 몸에 감은 듯이 찬란했다.

"……그래, 의미 없어. 왜냐하면 처음부터 당신은 가짜였을지도 모르거든. 그럼, 내가 보기에 당신은 분명 가짜야."

도루는 난롯불을 향해 통보하듯 그렇게 단언하는 게이코의 옆얼굴을 유심히 보았다. 불이 강하고 빛나는 윤곽을 부여한 그 멋있는 옆얼굴은 무엇과도 비교할 수 없었다. 높은 콧날의 자부심을 불이 머문 눈동자가 더더욱 드높여 옆에 있는 사람들을 어린아이의 초조함으로 빠뜨리고 무자비하게 복종시켰다.

도루는 살의를 느껴 어떻게 하면 이 여자를 혼란에 빠뜨리고 비굴하게 목숨을 구걸하게 해 죽일 수 있을지 생각했다. 목졸라 죽여도, 이대로 부딪쳐 밀어 불 속으로 얼굴을 처넣어도 게이코는 태연하게 타오르는 얼굴을 당당하게 들어 이쪽을 향할 듯이 느껴졌다. 장려한 불의 갈기를 얼굴 주위에 곤두세우고. 도루의 자존심은 이미 아렸고 게이코의 다음 말에 자존심이 피를 흘리지는 않을까 두려웠다. 그가 인생에서 가장 두려운 것은 자존심의 상처 자리가 벌어져 피가 흐르기 시작하는 일, 그 혈우병의 출혈을 두 번 다시 막지 못하는 일이었다. 그렇기 때문에 그는 지금까지 모든 자기 감정을 이용하고, 감정과 자존심 사이에 언제나 선을 긋고, 사랑에 빠지는 위험도 피하며 무수한 가시로 된 갑옷을 입고 온 것이었다.

그러나 게이코는 조금도 격해지지 않고 평소의 예절도 흐트러지지 않고 할 말은 하겠다는 기세를 보였다.

"……당신이 앞으로 반년 안에 죽지 않는다면 가짜임을 마지막에 알게 되겠지만, 적어도 혼다 씨가 찾던 아름다운 씨앗의 환생이 아니라 어떤, 곤충으로 말하자면 비슷한 하위종일 뿐임이 명확해지겠지만, 나는 반년까지 기다릴 것도 없다고 생각해. 내가 보기에 당신에게는 반년 안에 죽을 운명이 갖춰져 있지 않아. 당신에게는 필연성도 없고 누군가가 당신을 잃어서 아깝다는 생각이 들 만한 데가 하나도 없어. 당신을 잃은 꿈을 꾸고 눈을 떴더니 이 세상에 갑자기 그림자가 드리운 느낌이 드는, 그런 데를 하나도 가지고 있지 않아.

당신은 천하고 작고 어디에나 굴러다니는 약아빠진 시골 청년으로 양부의 재산을 빨리 손에 넣고 싶어서 임시방편으로 준금치산 선고를 받아 내려 하고 있어. 놀랐지? 난 뭐든 알아. 돈과 힘을 손에 넣으면 그다음에 원하는 것은 출세야? 아니면 행복이야? 어차피 당신이 생각하는 것은 세상 일반의 평범한 청년의 생각을 한 걸음도 벗어나지 않아. 혼다 씨가 당신에게 실시한 교육은 그 사람의 의도와 달리 그저 당신 본연의 모습에 눈뜨게 한 것에 지나지 않아.

당신에게는 특별한 곳이 한 군데도 없어. 내가 당신의 영생을 보장할게. 당신은 결코 하늘의 선택을 받지 않았고, 당신과 당신의 행동이 일체가 되는 일은 절대 없고, 신의 속도로 자신을 멸망시키는 젊음의 번개 같은 푸른빛 따위는 처음부터 갖추고 있지 않아. 그저 미숙한 늙음이 있을 뿐. 당신 일생은 이 자로 연명하는 생활에나 어울려.

나나 혼다 씨를 죽이는 일 같은 건 당신은 할 수 없어. 당신의 악은 언제나 합법적인 악이니. 관념이 낳은 망상에 우쭐해져 운명을 기다릴 자격도 없는데 운명을 가진 자처럼 거드름 피우고, 이 세상 끝을 꿰뚫어 본다고 믿지만 여태 한 번도 수평선 너머의 초대를 받은 적 없고, 빛과도 계시와도 연관 없고, 당신의 진실한 영혼은 몸으로도 마음으로도 발견되지 않아. 적어도 잉 찬의 영혼은 빛나는 아름다운 육체에 깃들어 있었지. 자연은 당신을 쳐다보지도 않고 당신에게 적의를 갖는 일도 결코 없어. 혼다 씨가 찾는 환생은 자연이 자신이 만든 것에 질투하지 않고는 못 견디는 그런 생물이니까.

당신은 정말로 시시한 한 명의 어린 천재로 학비만 내 주면 어렵지 않게 대학 입학시험도 통과하고, 훌륭한 직장에서도 손을 내밀어 오는 육영자금 재단의 모범생이었지. 물질적 부족만 충족시켜 주면 묻힌 수재를 얼마든지 발굴할 수 있다는 저 인도주의자들의 선전 재료에 지나지 않았어. 혼다 씨는 당신에게 지나치게 베풀어 점점 이상한 자신감을 주었는데, 당신은 단지 그 점만으로 '약 조제를 잘못한' 예일 뿐이었어. 약

조제를 바르게 하면 본궤도로 돌아올 수 있어. 누군가 저속한 정치인의 서생으로라도 들어가면 눈뜨게 될 거야. 언제든 소개해 줄게.

내가 한 말을 잘 기억하는 게 좋아. 당신이 보고 알고 터득했다고 믿었던 것들은 30배율 망원경의 작은 원 안에 있는 것들일 뿐이야. 그 안만 들여다보고 세계라고 생각한다면 당신은 영원히 행복하겠지."

"거기서 나를 끌어낸 건 당신 아니었나요."

"거기서 기꺼이 나온 건 처음부터 당신이 자신은 다른 사람들과 다르다고 생각했기 때문이잖아.

마쓰가에 기요아키는 예상치 못한 사랑의 감정에 사로잡히고, 이누마 이사오는 사명에, 잉 찬은 육체에 사로잡혔어. 당신은 도대체 뭐에 사로잡혔지? 자신은 다른 사람들과 다르다는, 아무런 근거도 없는 인식뿐이잖아?

바깥에서 사람을 붙잡고 무리하게 그 사람을 끌어내는 것이 운명이라면, 기요아키 씨도, 이사오 씨도, 잉 찬도 운명을 가진 자였어. 그러면 당신을 바깥에서 끌어낸 것은 무엇? 그야 우리들이지."

게이코는 가슴 부근의 녹색과 금색의 공작새 날개를 마음껏 빛내며 웃었다.

"인생 대부분에 질리고, 마음은 차갑고 냉소적인 두 노인이었다고. 우리 같은 사람들을 운명이라고 부르기를 당신 자부심이 허락하겠어? 이 불쾌한 할아버지와 할머니를. 관음증자 영감과 동성애자 노파를.

당신은 세계를 멀리까지 내다본다고 생각했겠지. 그런 아이를 꾀러 온 사람들은 죽어 가는 '내다보는 자'들일 뿐이야. 자만하는 인식자를 끌어내려 온 사람들은 더 닳고 닳은 동업자들일 뿐이야. 다른 사람들은 절대로 당신의 문을 두드리러 오지 않아. 그래서 당신은 인생을 누가 두드리는 일 없이 살았고, 만약 두드렸다 해도 결과는 똑같았을 거야. 당신에게 운명은 없으니까. 아름다운 죽음이 있을 리가 없으니까. 당신이 기요아키 씨, 이사오 씨, 잉 찬처럼 될 리가 없으니까. 당신이 될 수 있는 것은 음침한 상속인뿐. ……오늘 당신을 오게 한 것은 당신이 그걸 뼛속까지 절절히 알게 하기 위해서야."

도루의 손은 분노로 떨리고 눈은 오로지 난로 옆에 걸린 부지깽이를 향해 있었다. 자기가 지금 꺼져 가는 불을 휘젓는 척하며 거기에 손을 뻗기는 쉽다. 거기까지는 어떤 의심도 받지 않고 갈 수 있으리라. 그다음은 그것을 쳐들기만 하면 된다. ……도루는 자기 손에 쥔 쇠막대기의 무게를 벌써 생생히 느끼며 이 금색으로 번쩍이는 루이 15세 양식 의자와 난로 문의 금 구름떼가 용솟음치는 피로 빛나는 모습을 실감나게 보았다. 하지만 결국 손은 뻗지 않았다. 목이 심하게 말랐지만 물을 달라고 할 수도 없었다. 증오심으로 뜨거워진 뺨을 도루는 태어나서 처음으로 지닌 열정의 표시처럼 느꼈지만 그 열정은 밀봉돼 출구가 없었다.

28

혼다는 도루가 드물게 공손한 자세로 부탁하러 와서 만났다. 기요아키의 꿈 일기를 읽고 싶다며 빌려 달라고 했다.

혼다는 빌려주기가 불안했지만 거절하기는 더 어려웠다.

이삼일 빌려 달라고 한 것이 일주일이 됐다. 오늘은 꼭 돌려받아야겠다고 생각한 12월 28일 아침, 하인들의 비명 소리에 놀랐다. 도루가 자기 침실에서 독을 마신 것이다.

연말이라서 알고 있는 의사는 찾기 어려웠으므로 세상에 보이는 체면이 신경 쓰이지만 구급차를 부를 수밖에 없었다. 사이렌을 울리며 구급차가 문 앞에 도착했을 때 근처 이웃들이 빙 둘러쌌다. 한 추문이 생긴 집에 다음 추문이 일어나기를 바라는 기대가 충족됐다.

혼수상태가 계속되고 경련도 동반했으나 생명은 무사했다. 하지만 혼수상태에서 깨자마자 격렬한 눈 통증이 일어나고 양측성 시력 장애가 시작해 완전히 실명했다. 독이 망막 신경절 세포에 침투해 회복 불능의 시신경 위축을 초래했다.

　도루가 마신 독은 한 메이드에게 부탁해 그의 친척이 운영하는 마을 공장에서 연말의 번잡함을 이용해 훔치게 한 공업용 용매 메탄올이었다. 도루의 명령에 무조건 따랐던 메이드는 설마 도루가 그것을 마실 줄은 생각도 못 했다고 말하며 울었다.

　실명한 도루는 거의 말을 하지 못하게 됐는데, 새해가 되고 나서 혼다가 기요아키의 꿈 일기에 대해 물으니 "그건 독을 마시기 전에 태웠어요." 하고 짧게 대답했다.

　왜 태웠느냐는 물음에 도루가 대답한 것은 뚜렷했다.

　"저는 꿈을 꾼 적이 없으니까요."

　─ 요전에 혼다는 몇 번인가 게이코에게 도움을 요청했으나 게이코의 태도에는 이해하기 어려운 데가 있었다. 도루의 자살 동기를 게이코만 알고 있는 듯이 느껴졌다.

　"자존심만은 다른 사람보다 강한 아이니 자기가 천재임을 증명하기 위해 죽은 거지."

　게이코가 이렇게 말해 추궁하니, 크리스마스 정찬 때 모두 이야기했다고 털어놓았다. 게이코는 혼다에 대한 우정이라고 주장했지만 혼다는 이때 게이코에게 절교를 선언했다. 그래서 이십몇 년 동안 이어진 그토록 아름다운 우정도 끝이 났다.

　혼다는 준금치산 선고를 면했고, 만약 혼다가 죽어 도루가 재산을 상속하게 되면 이 맹인이 법률상 보좌인이 필요해져 외려 도루에게야말로 준금치산 선고가 내려져야 하는 상황이 됐다. 혼다는 공정증서로 유언장을 작성하고, 도루를 오랫동안 도와줄 수 있는 가장 신뢰할 수 있는 보좌인을 지정했다.

맹인 도루는 학교를 그만두고 하루 종일 집에서 지내며 기누에 외에는 누구하고도 말하지 않았다. 메이드는 모두 해고하고 혼다가 전직 간호사 여성을 새로 고용했다. 도루가 하루 대부분을 보내는 곳은 기누에가 있는 별채다. 하루 종일 장지를 통해 기누에의 다정한 목소리가 들린다. 도루는 여기에 일일이 대답하며 싫증 내지 않는다.

이듬해 생일인 3월 20일이 지났으나 도루에게는 아무런 죽음의 기미가 없었다. 점자를 배우고 책을 읽게 됐다. 혼자 있을 때는 평온하게 레코드음악을 들었다. 정원에 오는 새들의 소리로 새 종류를 맞힐 수 있게 됐다. 어느 날 도루가 오랜만에 혼다에게 말했다. 기누에와 결혼하게 해 달라고. 기누에의 광기가 유전임을 알고 있는 혼다는 조금도 망설이지 않고 허락했다.

쇠망은 천천히 진행되고 종말은 조용히 징조가 보였다. 이발소에서 돌아왔을 때 옷깃 언저리를 콕콕 찌르는 머리털처럼, 잊고 있을 땐 잊고 있는데 죽음이 떠오를 때마다 목덜미를 콕콕 찔렀다. 혼다는 어떤 힘에 따라 죽음을 맞이할 조건이 전부 무르익었다고 생각했는데 아직 죽음이 찾아오지 않아 이상하게 여겼다.

다만 이 어수선한 와중에 혼다는 왠지 위 주변이 압박받는 느낌이 자주 들었으나, 평생 그랬듯이 급하게 의사에게 곧장 가지는 않고 소화불량 때문에 위가 무거운 것이라고 자가 진단을 했다. 해가 바뀌어도 식욕은 여전히 없는데, 만약 이것이 도루의 자살 미수를 비롯한 여러 가지 근심 때문이라면 자기 근심을 경멸하는 혼다운 모습도 아니다. 조금씩 야위어가듯 느끼는 것도 무의식의 경계에 있는 고뇌나 비애 때문이라면 꽤나 예상외의 형국이다.

하지만 고뇌가 정신적인 것인지 육체적인 것인지, 이제 혼다는 구별해야 할 아무런 이유가 없다고 느끼기 시작했다. 정신적 굴욕과 전립선 비대 사이에 무슨 차이가 있을까. 어떤 날카로운 슬픔과 폐렴의 흉통 사이에 무슨 차이가 있을까. 늙음은 바로 정신과 육체 양쪽의 병이었는데, 늙음 자체가 불치병인 것은 인간 존재 자체가 불치병인 것과 같고, 게다가 그것은 어떤 존재론적 철학적 병이 아니라 우리 육체 자체가 병이며 잠재적 죽음이었다.

쇠함이 병이라면 쇠함의 근본 원인인 육체야말로 병이었다. 뼈와 살의 본질은 멸망에 있고, 육체가 시간 속에 놓이는 것은 다름 아니라 쇠망의 증명, 멸망의 증명에 쓰이기 위함이다.

사람들은 왜 늙고 쇠하고 나서야 이것을 깨달을까. 육체의 짧은 한낮에 귓가를 스치는 벌들의 윙윙거림처럼 그것을 설령 희미하게나마 마음속으로 들어도 왜 곧바로 잊어버리는 것일까. 예컨대 젊고 건강한 운동선수가 운동 후에 샤워하며 상쾌함의 황홀에 빠져 자신의 반짝이는 피부 위로 싸락눈처럼 거세게 흩날리는 물방울을 바라볼 때, 그 흘러넘치는 생명 자체가 격렬하고 가혹한 병이자 호박색 어둠의 덩어리임을 왜 느끼지 못할까.

지금에야 혼다는 삶이 늙음이고 늙음이야말로 삶이었음을 어렴풋이 알았다. 이 동의어가 서로 상대방을 끝없이 비방해 온 일은 잘못이었다. 늙고 나서야 혼다는 이 세상에 태어나 떨어진 뒤 팔십 년 동안 어떤 기쁨의 절정에서도 계속 느꼈던 여의치 않음의 본질을 알기에 이르렀다.

이 여의치 않음이 인간 의지의 여기저기에 나타나 불투명한 안개를 떠돌게 한 것은, 삶과 늙음이 동의어라는 가혹한 명제를 의지가 늘 스스로 두려워해 인간 의지 자체가 내놓은, 몸을 지키는 안개였기 때문이다. 역사는 이것을 알고 있었다. 역사는 인간의 창조물 중에서 가장 비인간적인 소산이었다. 그것은 모든 인간 의지를 총괄해 자기 가까이 끌어당기고 그 캘커타의 칼리 여신처럼 한쪽 끝부터 입가에 피를 뚝뚝 흘리며 먹어 치운다.

우리는 뭔가의 배를 채우는 먹이였다. 불에 타 죽은 이마니시는 지극히 그다운 경박한 방식으로 이것을 피상적으로나마 깨달았다. 그리고 신에도, 운명에도, 인간의 영위 속에서 이 두 가지를 모방한 유일한 것인 역사에도, 인간이 정말로 늙을 때까지 이 점을 깨닫지 못하게 만든 일은 현명한 방식이었다.

하지만 혼다는 어떤 먹이였는가! 얼마나 양분 없고, 얼마나 무미하고, 얼마나 버석버석한 먹이였는가. 본능적으로 맛있는 먹이이길 피하며 주도적으로 살아온 남자는 인생의 마지막 바람으로서 자기의 맛없는 인식의 작은 뼈로 먹이를 먹으려 드는 자의 입 속을 찌르겠다고 노리지만 이 계획 또한 반드시, 완전히 실패한다.

도루가 자살 미수 끝에 실명하고 스물한 살에 달해서도 계속 살아가는 모습을 보며, 혼다는 이제 자기가 모르는 곳에서 스무 살에 죽은 진실한 환생자 젊은이의 흔적을 찾아낼 기력도 잃었다. 그런 사람이 있다면 좋은 일이다. 지금 와서 자기는 그런 삶과 마주할 여유도 없거니와 굳이 마주하지 않아도 된다. 별의 운행은 자기에게서 떨어져 어떤 극히 작은 오차를 일으켜 잉 찬의 환생의 행방과 혼다를 광활한 우주에서 각각 다른 방향으로 인도했는지도 모른다. 혼다의 생애를 통틀어 세 세대에 걸친 환생이 혼다 삶의 운행에 달라붙어 반짝인 뒤(그조차 일어날 것 같지 않은 우연이었지만), 지금 바로 빛줄기를 남기며 혼다가 모르는 하늘 한구석으로 날아가 버렸다. 아니면 그 몇백 번째, 몇만 번째, 몇억 번째 환생과 혼다는 어딘가에서 또다시 만날지도 모른다.

서두를 필요는 없다!

혼다의 궤도가 어디로 혼다를 이끌고 가는지 그 자신도 모르므로 서두른다 한들 무슨 소용이 있겠느냐며, 결코 죽음을 서두른 적 없는 이 남자는 생각했다. 바라나시에서 혼다가 본 것은 이른바 우주의 원소인 인간의 불멸이었다. 내세는 시간 저편에 흔들거리며 존재하지도 않거니와 공간 저편에 찬란하게 존재하지도 않았다. 죽어서 사대(四大)로 돌아가 집합적 존재로 일단 융해된다고 한다면, 윤회환생이 되풀이되는 장소도 이 세상 이곳이어야 한다는 법은 없었다. 기요아키, 이사오, 잉 찬이 연달아 혼다 주위에 나타난 일이 우연임은 말할 것도 없다. 만약 혼다 안에 있는 한 개의 원소가 우주 끝에 있는 한 개의 원소와 동질하다고 한다면, 일단 개성을 잃은 뒤에는 일부러 공간과 시간을 빠져나가 교환의 절차를 밟을 필요가 없다. 왜냐하면 이곳에 있는 것과 저곳에 있는 것이 완전히 똑같은 의미를 갖기 때문이다. 내세의 혼다가 우주의 다른 끝에 있는 혼다라고 해도 아무런 지장이 없다. 실을 잘라 일단 탁자 위에 흐트러뜨린 수많은 다채로운 비즈를 다시 다른 순서로 실에 꿰었을 때, 탁자 아래로 떨어진 비즈가 없는 한 탁자 위 비즈의 개수는 불변이며 그것이야말로 불멸의 유일한 정의였다.

자아가 존재한다고 생각하기 때문에 불멸이 생기지 않는다는 불교의 논리는 수학적으로 정확하다고 이제 혼다는 생각했다. 자아는 처음부터 자신이 정하므로 아무런 근거가 없는, 실에 꿴 이 비즈의 배열 순서였다.

……이런 생각과 혼다 몸의 극히 느린 쇠망은 차의 양쪽 바퀴처럼 같이 움직였으므로, 이렇게 말해도 된다면 외려 유쾌할 정도였다.

5월 즈음부터 위 근처가 아프기 시작하고 이것이 언제까지나 계속되더니 통증은 이따금 등줄기까지 퍼졌다. 게이코와 교제할 때였다면 일상생활에서 반드시 병 이야기가 나와 무심코 말한 가벼운 몸의 불쾌함을 다른 한쪽이 법석을 떨며 품평하고, 쏘는 듯한 친절과 집요하고 명랑한 과장을 겨루며 알고 있는 모든 흉악한 병명을 붙이고는 장난 섞인 기대를 가지고 바로 병원에 갔을 것이다. 하지만 게이코와 절교하고 나서 혼다는 이런 정열과 불안을 이상하리만치 잃었고, 참을 수 있는 정도의 통증은 안마사에게 맡겨 일시적으로 견딜 수 있었다. 의사 얼굴을 보기조차 귀찮았다.

 게다가 전신의 쇠함과 파도처럼 때때로 높아졌다가 낮아지는 통증의 습격이 외려 혼다의 생각에 자극을 주어, 한 가지에 집중하기 어려운 노쇠한 뇌가 반대로 똑같은 주제에 집중할 수 있는 힘이 되살아나고, 그뿐 아니라 불쾌함이나 통증을 생각에 적극적으로 맡겨 지금까지는 그저 이치로만 따졌던 것들을 더 잡다한 생의 불순물로 살찌게 만들기까지 했다. 그것은 혼다가 여든한 살이 되어 처음으로 얻은 심오한 경지였다. 이치보다 몸의 기이한 탈락감이, 이성보다 내장의 둔한 통증이, 분석력보다 식욕 부진이 세계를 얼마나 포괄적으로 바라보게 하는가를 혼다는 깨달았다. 맑은 이치로 보는 정교한 건축물 같은 세계에 정체를 알 수 없는 등의 통증을 하나 더한 것만으로 곧바로 기둥과 돔형 천장에는 균열이 생기고, 딱딱한 석재라고 믿었던 것이 연한 코르크가 되고, 견고한 형태로 생각되던 것이 형태 없는 점액질 덩어리가 됐다.

 죽음을 내면에서 산다는, 이 세상 소수에게만 허락된 감각의 수련을 혼다는 스스로 터득했다. 한번 쇠한 것이 회복되기를 바라고, 고통도 일시적인 것으로 믿으려 하고, 행복도 덧없는 것이라 생각해 게걸스레 탐하고, 행복 뒤에는 불행이 온다고 생각하고, 기복과 성쇠의 반복을 자기 통찰의 근거로 하자 이른바 평면에서 나아가는 여정인 듯했던 삶과 달리, 이 세상을 한번 종말 쪽에서 바라보니 모든 것은 확정되고, 실 하나로 당겨지고, 끝을 향해 발맞추어 나아갔다. 사물과 인간의 경계도 사라졌다. 백일홍이 그렇게 갑자기 잘린 것처럼, 흉한 몇십 층짜리 미국식 빌딩도 그 아래를 걸어가는 허약한 인간도 '혼다보다 오래 살아남는다.'라는 조건을 똑같이 가지면서 그것과 똑같은 무게로 '반드시 멸망으로 향한다.'라는 조건도 똑같이 가졌다. 혼다는 동정할 이유를 잃고 동정을 돋우는 상상력의 근원도 잃었다. 상상력이 빈약한 그의 기질은 여기에 알맞았다.

이치는 아직 움직였으나 얼어붙었다. 미는 모두 환영처럼 되었다.

뭔가를 계획하고 의지를 갖는 인간 정신의 그 가장 사악한 경향도 잃었다. 어떤 의미에서 그것은 몸의 고통이 주는 더할 나위 없는 해방이었다.

세상을 누런 흙먼지처럼 감싼 인간들의 말소리를 혼다는 들었다. 시끄럽게 언제나 내세우는 그 조건부 대화를.

"할아버지, 병이 나으면 온천에 가요. 유모토 온천이 좋아요, 아니면 이카호 온천이 좋아요?"

"이 계약 문제가 정리되면 어디서 한잔합시다."

"좋네요."

"지금이 주식을 사야 할 때라는 게 정말인가요."
"어른이 되면 슈크림 한 상자를 전부 혼자 먹어도 되지?"
"내년에는 둘이서 유럽에 가자."
"삼 년 지나면 저금한 돈으로 염원했던 요트를 살 수 있어."
"이 아이가 클 때까지 나는 후련하게 죽을 수가 없어."
"퇴직금을 받으면 아파트를 지어 노후를 조용히 보내자."
"모레 3시? 모르겠어, 갈 수 있을지 없을지. 왜냐면 정말로 모르니까. 만약 마음이 내키면 가는 걸로 해 두자."
"내년에는 이 방 에어컨도 새로 갈아야지."
"곤란하네. 내년부터는 적어도 교제비만이라도 줄여야 할까."
"스무 살이 되면 술도 담배도 마음껏 즐길 수 있는 거지."
"고맙습니다. 그러면 말씀하신 대로 다음 주 화요일 밤 6시에 찾아뵙겠습니다."
"그러니까 말했잖아. 그 남자는 항상 그래. 봐 봐, 이삼일 지나면 분명 겸연쩍은 얼굴로 사과하러 올 테니."
"자, 그럼 내일 또 보자. 안녕."

여우는 모두 여우의 길을 걸었다. 사냥꾼은 그 길의 덤불 그늘에 몸을 숨기고 있으면 쉽게 잡을 수 있었다.

여우이면서 사냥꾼의 눈을 가지고 있고, 게다가 잡힐 것을 알면서 여우의 길을 걸어가는 것이 지금의 자기라고 혼다는 생각했다.

계절은 여름으로 무르익었다.

혼다가 드디어 마음을 먹고 암 연구소 의사의 진료를 예약한 것은 7월 중순에 들어서고 나서이다.

병원 검사를 받기 전날, 혼다는 웬일로 텔레비전을 봤다. 장마가 막 갠 쾌청한 오후였는데 어딘가의 수영장에서 중계방송을 했다. 인공 착색 음료처럼 기분 나쁘게 파란 수영장 물을 남녀 젊은이들이 드나들거나 물장구를 치며 수영하거나 펄쩍 뛰어오르곤 했다.

순간의 향기롭고 아름다운 몸!

이 몸들을 전부 부정하고 많은 해골이 여름 햇빛을 받으며 수영장에서 유희하는 모습을 머릿속에 그리는 것은 진부하고 지루한 상상이었다. 그런 것은 누구나 할 수 있다. 삶을 부정하는 것은 실로 쉽고, 모든 청춘 안에서 해골을 꿰뚫어 보는 일은 어떤 평범한 남자라도 할 수 있었다.

하지만 그것이 도대체 무슨 복수가 될 수 있을까. 혼다는 결국 아름다운 몸의 소유자 자신의 마음속으로 들어가는 일 없이 생애를 끝낸다. 그저 한 달이라도 그런 몸속으로 들어가 살아 볼 수 있다면. 정말로 그렇게 해 봐도 좋은 일이다. 아름다운 몸을 자기 것으로 갖추는 것은 어떤 기분일까. 자기 앞에서 넙죽 엎드린 사람들을 보는 것은 어떤 기분일까. 특히 자기의 아름다운 몸을 향해 무릎을 꿇고 엎드린 모습이 상냥하고 온화한 형태를 취하지 않고 미친 듯한 격렬한 숭배에 달해 이쪽은 고통밖에 느끼지 못할 때, 그 도취와 그 고민 속에서 반드시 신성을 획득할 수 있으리라. 혼다가 인생에서 놓친 최대의 것은 바로 몸을 통해 신성에 달하는 이 어두운 좁고 험한 길이었다. 물론 그 또한 극히 소수의 사람들에게만 허락된 특권이지만.

　내일은 오랜만에 의사 진찰을 받는데 그 결과가 어떨지 모르고, 혼다는 그저 몸을 깨끗하게 해 두자고 생각해 저녁 식사 전에 목욕 준비를 부탁했다.

　더 이상 도루를 신경 쓰지 않고 혼다가 고용한 전직 간호사 중년 가정부는 두 번이나 남편을 잃은 불행한 여성이었는데 부족함 없이 친절해, 혼다는 지금부터 유산을 일부 고려해서 주어야 한다고 생각했다. 욕조까지 혼다 손을 끌고 가 혼다가 미끄러지지 않도록 세세하게 주의를 주고, 또 그 끌면서 걸어가는 거미줄 같은 걱정의 실밥을 탈의실에 남겨 두고 갔다. 자기 나체가 여자에게 보이는 것을 혼다는 좋아하지 않았다. 욕실에 있는 김 서린 흐린 거울 앞에서 혼다는 유카타를 벗었다. 거울에 비친 자기 몸을 살펴보았다. 가슴 갈비뼈가 하나하나 그림자를 새기고, 배가 아래로 갈수록 부풀고, 그 부푼 배의 그림자에는 시든 흰강낭콩 같은 것이 처져 있고, 깎인 듯이 살이 없는 희끄무레한 가는 다리로 이어진다. 무릎이 부종처럼 드러났다. 이 추함을 보고도 태연자약하게 있으려면 얼마나 긴 자기 기만의 햇수가 있어야 할까. 하지만 혼다는 만약 젊을 때 아름다웠던 남자가 노년에 이르러 이렇게 됐다면 어땠을까 하는 생각에, 그런 인간에게 마음껏 짓는 가엾게 여기는 미소로 자신을 구제했다.

　—검사 결과가 나오기까지 일주일이 걸렸다. 그날 또 병원에 가자 "바로 입원합시다. 빨리 수술하는 편이 좋으니까요."라

고 말해 혼다는 그야 그렇다고 생각했다.

"그래도 예전에는 자주 병원에 오셨는데 요즘 통 오시지 않는다고 생각했더니 그동안 이런 걸 저지르고 오시고, 곤란하네요. 조금도 방심해선 안 돼요." 하고 의사는 도락을 꾸짖는 말투로 절묘한 웃음을 지어 보였다. "다행히도 양성 종양으로 췌장 낭종인 것 같으니 떼어 버리면 없어집니다."

"위가 아니었나요."

"췌장이에요. 위내시경 사진도 원하시면 보여 드리죠."

위 내 융기로 췌장 종양을 추측한 결과가 처음의 촉진과 일치했다.

혼다는 입원을 일주일 유예해 달라고 했다.

집으로 돌아와 바로 장문의 편지를 써 속달로 보냈다. 월수사에 7월 22일 간다는 편지였다. 편지가 도착하는 날이 내일 20일 아니면 모레 21일이므로 당일 어떻게든 자기 뜻이 주지를 움직여 만나 주었으면 하는 바람으로, 육십 년 전의 사정을 쓰고 아울러 자기 경력도 쓰고 조급함에 새로 소개장도 받지 않고 연락하는 무례를 사과했다.

21일 길을 나서는 날 아침, 혼다는 도루가 있는 별채에 가겠다고 말했다.

가정부는 이번 여행에 꼭 같이 가게 해 달라고 집요하게 부탁했지만 혼다는 강하게 거절하고 혼자 가는 여행이어야 한다고 말했다. 그래서 가정부는 세세하게 여행에서 조심하라고 주의를 주고, 호텔 냉방으로 감기 걸리지 않도록 옷을 가방에 꽉꽉 넣어서 가방 무게가 노인이 들기에 버거웠다.

도루와 기누에가 있는 별채를 가는 데도 가정부는 또 혼다에게 미리 여러 가지 주의를 주었다. 혼다가 보기에 이것은 가정부가 자기의 감독 부주의로 비칠 만한 일을 미리 변명해 두는 목적이 있었다.

"미리 말씀드리면 도루 님은 요즘 계속 잔무늬 유카타 한 벌만 입고 지내시는데, 기누에 님이 이 옷이 아주 마음에 드시는지 제가 옷을 벗게 해서 세탁하려고 하면 노하시며 제 손가락을 물곤 해서 할 수 없이 그대로 두고 있습니다. 도루 님도 보시는 그대로 말 없는 분이라 낮에도 잠옷으로 계속 그 옷만 입고 있고 아무런 생각도 없으신 듯합니다. 그러니 이 점을 염두에 두시기를. …… 그리고 이것은 굉장히 말씀드리기가 어려운데, 별채에 있는 하인 말로는 기누에 님이 아침에 구역질을 하시거나 식사를 가리실 때가 있다고 합니다. 본인은 어떤 병의 심각한 증상이 나타났다며 기뻐하시는 듯한데 그렇지 않음을 헤아려 주십시오."

자기 자손이 맑은 이성을 잃는다는 거의 확실한 예측에 이때 혼다 눈이 얼마나 반짝였는가를 가정부는 보지 못했다.

별채의 장지문은 열려 있었고, 작은 길을 통해 정원으로 들어가니 집 안이 훤히 보였다. 혼다는 지팡이에 힘을 실으며 바깥쪽 툇마루에 앉았다.

"와, 할아버지, 안녕하세요." 하고 기누에는 말했다.

"안녕. 실은 이삼일 교토에서 나라 쪽으로 여행을 가서 집을 봐 주었으면 하는구나."

"그래요? 여행을 가신다고요? 좋네요."

기누에는 흥미 없다는 듯 지금까지 계속했던 작업으로 손을 돌렸다.

"뭐 하고 있니."

"결혼식 예행연습 중이에요. 어때요? 아름답죠. 저뿐만 아니라 도루 씨도 잔뜩 꾸며 주려고요. 모두들 이렇게 아름다운 신랑 신부는 태어나서 본 적이 없다고 할걸요."

선글라스를 쓴 도루는 두 사람이 대화하는 동안 혼다가 앉은 툇마루 바로 가까이에, 기누에와 혼다 사이에 끼어 앉아 한 마디도 하지 않는다.

실명한 뒤로 도루의 정신 상태가 어떤지 혼다는 관심을 두지 않았고 원래 빈약했던 상상력도 억눌렀다. 그저 그곳에 계속 살아 있는 도루가 있었다. 하지만 실명 이후 아무런 공포도 주지 못하게 된 이 침묵 덩어리만큼 생생하게 타인의 무게를 혼다의 마음에 전하는 것은 없었다.

선글라스 아래의 뺨은 더 창백해지고 입술은 더 붉어졌다. 땀을 자주 흘리는 체질이므로 벌어진 유카타 옷깃 사이 하얀 가슴에 땀방울이 빛난다. 책상다리를 하고 앉아 기누에가 마음대로 하도록 내버려뒀지만, 바로 옆에 혼다가 있는 것을 의식의 구석에도 두지 않으려는 마음가짐이 신경질적으로 유카타 옷단에 왼손을 찔러 넣어 가려운 허벅지를 긁거나 가슴 부근을 긁는 동작으로 나타난다. 하지만 그 방자한 동작에서는 조금도 힘이 느껴지지 않는다. 외려 머리 위를 덮친 넓고 무력한 천장에서 실이 내려와 일거수일투족을 조종하는 느낌이 든다.

　청력은 민감해졌을 터이지만 귀가 활발하게 외부 세계를 파악하고 있는 식으로 느껴지지는 않는다. 도루 옆에 있으면 기누에 외에 누구나 그렇게 느낄 것이 분명한데, 아무리 자신감을 가지고 마주 보아도 결국에는 자신이 도루가 폐기한 세계의 한 조각에 지나지 않는 기분이 든다. 우거진 여름풀에 뒤덮인 공터 한 구석에 버려진 녹슨 깡통처럼 자신을 느끼게 된다.

　도루는 모멸하는 것이 아니다. 저항하는 것이 아니다. 그저 묵묵히 앉아 있을 뿐이다.

　일찍이, 분명 거짓임을 알고 있어도 아름다운 눈과 아름다운 미소는 그를 일시적으로나마 세상의 인정을 받게 했다. 지금은 그 유일한 실마리인 미소도 나타내지 않는다. 만약 회한이나 슬픔이 보인다면 위로할 방도가 있을 텐데, 도루는 기누에 외의 사람에게는 아무런 감정도 보이지 않고 기누에도 본 감정을 사람들에게 말하지 않는다.

　아침부터 매미가 시끄럽고, 툇마루에서 올려다보는 황폐한 정원수의 나뭇가지 잎들이 가린 하늘의 빛은 푸른 구슬을 연이어 걸어 놓은 듯 눈부시므로 방 안은 더욱 어둡다.

　별채 앞 다정(茶庭)의 정경은 그렇지 않아도 외부 세계를 거부하는 듯이 보이는 도루의 선글라스에 남김없이 둥글게 비치며 들어왔다. 쓰쿠바이[89] 옆 백일홍이 잘리고 나서 이렇다

89　일본 정원에 놓는 장식물로 다실에 들어가기 전에 손을 씻는 돌에 담긴 물.

할 꽃나무도 없이 고센스이[90]라고 할 것도 없는 돌들 사이에 잡초가 무성하고, 이것을 에워싼 잡목 나뭇잎 사이로 비치는 빛점도 남김없이 선글라스에 비친다.

도루의 눈에 외부 세계가 비치지 않는 대신, 이제 그 잃은 시력과 자의식과 아무런 관련이 없는 외부 풍경은 치밀하게 검은 렌즈 표면을 채운다. 혼다는 그것을 들여다보고 그곳에 혼다의 얼굴과 배경을 이루는 작은 정원밖에 비치지 않는 모습이 외려 이상하게 여겨졌다. 일찍이 통신소에서 도루가 하루 종일 바라봤던 바다, 배, 그 각각의 화려한 펀넬 마크가 본래 도루의 자의식과 밀접한 관련이 있는 환영이었다면, 선글라스 안에서 이따금 흰 눈꺼풀이 조금씩 움직이는 보이지 않는 눈에 그 영상들이 영원히 갇혀 있다고 해도 의심스럽지는 않다. 혼다에게도 다른 모든 사람들에게도 도루 내면이 영원히 알 수 없는 것이 됐다면, 바다도 배도 펀넬 마크도 똑같이 알 수 없는 세계에 유폐됐다 해도 기묘하지는 않다.

하지만 만약 바다, 배가 도루 내면과 관련 없는 외부 세계에 속한다면, 외려 역력히 그 선글라스 렌즈 위에 정교한 축소화로 나타나야 한다. 그렇지 않다면 도루는 외면 세계를 어두운 내부 세계와 모조리 합쳐 버린 것은 아닐까. ……혼다가 그렇게 생각하는 동안 우연히 흰 나비 한 마리가 둥근 검은 유리그림의 정원을 지나 날아갔다.

---

90 涸山水. 물을 사용하지 않고 모래, 돌만으로 자연 경치를 표현한 일본 정원.

책상다리를 한 도루의 발바닥이 옷단에서 공중을 향해 얼굴을 내민 모습이 익사체의 그것처럼 희고 주름투성이인 데다가 금박을 놓은 것처럼 여기저기에 때가 묻었다. 헌 유카타는 풀칠한 이음매도 흐트러지고, 특히 번진 땀이 노란 구름떼가 되어 옷깃을 적셨다.

　아까부터 혼다는 이상한 냄새를 느꼈는데, 점차 도루가 입고 있는 옷에 밴 때, 기름, 거기에다 젊은 남자들이 여름에 내는 어두운 도랑 같은 냄새가 멈추지 않는 땀과 함께 주위에 풍기고 있음을 알았다. 도루는 그렇게나 가지고 있던 결벽을 버렸다.

　그러면서 꽃향기는 없다. 실내에 그렇게 수많은 꽃이 있는데 향기가 나지 않는 것이다. 아마 기누에가 꽃집에 주문해 사오게 했을 것이 분명한 접시꽃이 홍백이 섞여 다다미에 흩어져 있는데 사오일 전에 주문한 듯 보이고 마르고 시들었다.

　기누에는 자기 머리에 흰 접시꽃을 가득 장식했다. 그저 꽂기만 한 것이 아니라 고무 밴드로 거칠게 고정해서 제각각 고개 숙인 꽃들이, 기누에가 바지런하게 움직일 때마다 시든 꽃잎이 서로 스치는 소리를 공허하게 낸다.

　그 기누에가 일어섰다 앉았다 하며 도루의, 유일하게 예전처럼 윤기 나고 풍성한 검은 머리에 붉은 접시꽃을 장식하고 있다. 오비도메[91] 같은 것으로 도루의 머리를 묶고 그 위에 시든 붉은 꽃을 종횡으로 꽂고 있는 모습이 마치 꽃꽂이 연습을

91　기모노의 허리띠에 해당하는 오비를 고정하는 장신구.

하는 듯해, 두세 송이를 꽂고는 다시 일어서서 멀리서 바라보곤 한다. 꽃 몇 송이가 흘러내려 귀나 뺨이 성가시지 않을 리가 없을 텐데 도루는 목 위는 완전히 기누에에게 맡기고 묵묵히 하는 대로 내버려둔다.

잠시 바라보던 혼다는 일어서서 여행 옷차림을 하고자 방으로 돌아갔다.

29

　옛날과 달리 나라로 가는 차도가 굉장히 편리해졌다고 들은 혼다는 교토에서 숙박하기로 정하고 미야코 호텔에서 1박 한 후 22일 정오에 전용 택시를 예약했다. 더위에 비해 구름이 많고 산간 지방에는 가을비가 내린다는 일기 예보가 있었다.
　차에 탔을 때 드디어 여기까지 왔구나 하고 안도하며 혼다는 피곤한 몸도 마음도 대나무 발이 되어 빠져나간 듯한 감각을 옛날식 달걀색 리넨 양복 속에서 느꼈다. 차의 냉방을 고려해서 무릎 덮개 담요를 가지고 왔다. 닫은 차창으로도 호텔을 에워싼 게아게(蹴上) 부근의 매미 소리가 스며들었다.
　'나는 오늘 절대로 사람 몸속에 있는 해골을 보는 행동은 하지 않을 거야. 그것은 그저 관념일 뿐이다. 있는 그대로 보고 있는 그대로 마음에 새기자. 그것이 나의 이 세상 속 마지막 즐거움이자 임무야. 오늘로 마음껏 보는 일도 마지막이니 그저 보기만 하자. 눈에 비치는 모든 것을 마음을 비우고 보자.' 하고 혼다는 차에 타자마자 단단히 마음을 먹었다.

　　차로 호텔을 출발하면 제호사(醍醐寺) 삼보원[92] 옆을 지나 간게쓰교를 건너 나라 가도로 들어간 다음, 나라 공원을 통과해 덴리 가도를 달려 오비토케[93]까지 한 시간 정도 걸리는 여정이다.

　　교토 거리에 도쿄에서는 좀처럼 본 적이 없는 양산을 쓴 여성이 많이 있음을 혼다는 알아챘다. 파라솔 아래에서 얼굴이 밝은 여성과, 파라솔 무늬가 복잡한 정도에 따르기도 하는데 얼굴이 어두운 여성이 있다. 밝아서 아름다운 여성이 있고 어두워서 아름다운 여성이 있다.

　　야마시나(山科) 남단에서 우회전하자 그곳은 마을 공장이 많은, 여름 해가 무던히도 빛나는 텅 빈 교외였다. 정류장에는 버스를 기다리는 여성과 아이들이 있었는데 폭류 같은 생활이 끝없이 이어지는 데 떠 있는 찌꺼기의 침체가, 커다란 프린트 무늬 옷 속 더워 보이는 임신부의 얼굴에서도 엿보였다. 그 뒤에는 먼지를 뒤집어 쓴 작은 토마토 밭이 있었다.

　　다이고(醍醐) 근처부터는 새 건축 자재와 파란 유약 기와지붕들, 텔레비전 안테나, 고압선과 작은 새, 코카콜라 광고판, 주차장 딸린 스낵바 등 일본 전역 어디서나 볼 수 있는 새롭고 쓸쓸한 풍경이 펼쳐졌다. 높이 솟은 실망초가 하늘을 찌르는

92　三寶院. 제호사 경내는 크게 가람, 삼보원, 영보관으로 나뉜다.
93　帶解. 나라시 남부의 옛 지명.

벼랑 끝에 자동차 폐기장이 있어서 파란색, 검은색, 노란색의 차 세 대가 불안정하게 쌓인 채 차체의 도색을 강렬하게 햇볕에 태우는 모습이 잔해 사이로 보였다. 혼다는 평상시에 자동차가 결코 보이지 않는 그런 상스러운 누적의 자태에서, 어린 시절에 읽은 모험담 중 코끼리가 죽으러 찾아와 상아가 퇴적된 늪의 이야기를 떠올렸다. 자동차 또한 죽을 때를 깨닫고 그렇게 각각 묘지로 모여드는 것인지도 모르지만, 지극히 밝고 부끄럼 없고 사람 눈에 노골적으로 드러나는 면이 자동차다웠다.

우지(宇治)시로 들어가자 산들의 푸름이 비로소 눈에 방울방울 떨어졌다. '맛있는 청량음료'라고 쓰인 간판이 있고 차도에 힘없이 기댄 어린 대나무 잎이 있었다.

우지 강 간게쓰교를 건넌다. 나라 가도로 들어간다. 후시미(伏見), 야마시로(山城) 주변을 통과한다. 나라까지 27킬로미터 남았다는 표지판이 눈에 들어온다. 시간이 흐른다. 혼다는 그런 표지판을 볼 때마다 '저승으로 가는 이정표'[94]라는 말을 떠올린다. 이 길을 한 번 더 되돌아가는 일은 이치에 맞지 않게 느껴진다. 차례차례 길 위에 나타나는 표지판이 길을 막으며 혼다가 가야 할 길을 분명하게 보여 준다. ……나라까지 23킬로미터. 죽음은 1킬로미터씩 다가왔다. 냉방을 피하려고 조금 연 창문으로 매미 소리는 이명처럼 언제까지나 쫓아왔다. 이

---

94 승려 잇큐 소준(1394~1481)의 와카에서 따 온 표현으로, 신정 때 대문에 장식하는 소나무도 장식할 때마다 매해 나이를 먹으므로 죽음에 다가가는 표시가 된다는 뜻이다.

세상이 전부 작열하는 여름 태양 아래에서 쓸쓸한 소리를 발산하는 듯했다.

또 주유소. 또 코카콜라…….

이윽고 오른쪽에 기즈 강의 길고 푸르고 아름다운 제방이 보였다. 인적 없고 아름다운 나무숲이 곳곳에 있는 제방은 그저 하늘을 가르고 있었다. 하늘에는 구름이 뒤섞이고 푸른 반점이 빛났다.

저것은 무엇일까, 하고 혼다는 차가 그 길을 따라가는 동안 쓸데없는 생각을 했다. 그 평탄한 초록 단상은 어떤 히나 인형[95] 같은 것을 장식한 히나 단상처럼 보인다. 뒤에는 구름이 빛나며 흐트러지는 하늘만 있을 뿐이므로 일찍이 줄지어 있던 인형은 잃어버린 듯하지만, 아직 투명한 인형이 줄지어 있고 사람 눈에 보이지 않을 뿐인지도 모른다. 그것들은 토우일까. 그 어둠의 인형들이 빛의 바람 속에서 한꺼번에 부서져 공기 중에 흔적을 남긴 것일까. 그래서 제방은 그렇게 장려하게, 그렇게 공손하게 토우가 줄지었던 흔적이 빛나는 하늘을 떠받드는 것일까. ……아니면 눈앞에 있는 빛이라고 느끼는 것은 바닥을 알 수 없는 어둠의 음화일까.

그렇게 생각했을 때 혼다는 자기 눈이 또다시 사물의 뒤로 돌아가려는 것을 느꼈다. 그런 시선을 혼다는 호텔을 나설 때부터 스스로에게 금지한 터다. 만약 그런 일을 또 시작하면 다

---

95 3월 3일은 히나마쓰리라고 하여 여자아이의 무병장수와 성장을 기원하는 날이다. 히나 인형은 이날 집 안에 장식하는 인형으로 붉은 천을 덮은 단상 위에 놓는다.

시 이 현상 세계는 붕괴라는 쓰라린 일을 겪게 된다. 마치 혼다가 흘긋 들여다본 구멍에서 무너지기 시작하는 제방처럼. ……어떻게든 조금 더, 조금 더 견뎌야 한다. 이 부서지기 쉬운 유리 세공품처럼 섬세하기 그지없는 세계를 자기 손 위에 살며시 올려놓고 지켜야 한다…….

— 차가 기즈 강을 오른쪽에 두고 잠시 나아가는 동안, 모래톱이 많은 강 수면이 눈 아래에 또렷이 드러나고 그 위에 걸쳐진 고압선 전선이 여름 더위에 느슨해진 듯 크게 휘어 강 위로 내려와 있었다.

이윽고 기즈 강이 정면에 나오고 은색 철교를 건너자 벌써 나라까지 8킬로미터 남았다는 표지판이 나타났다. 이삭이 아직 나지 않은 참억새로 둘러싸인 하얀 시골길이 몇 갈래나 보이고 대나무 숲이 길가에 무성했다. 열탕처럼 햇볕을 가득 품은 대나무 숲 어린잎들은 어린 여우의 털처럼 부드러운 금색 반짝임을 띠고 있어 주변 많은 상록수의 어둡고 침통한 초록 잎들의 빛 속에서 눈에 띄었다.

나라가 나타났다.

산골짜기 언덕을 내려갈 때 정면에 있는 소나무 군집에서 당당하게 높이 올라온 동대사(東大寺)의 크고 포용적인 지붕과 금 치미가 나타난 것을 보니 정말로 나라였다.

차는 깊게 고요한 나라 시가지에 있는, 차양 아래 어두운 실내에 하얀 목장갑을 매달아 놓고 파는 가게 등의 오래된 처마들을 지나 나라 공원으로 들어갔다. 햇빛은 강해지고 혼다 후두부에 둥지를 틀고 계속 우는 것 같은 매미 울음소리도 점점 깊어지고, 햇빛 얼룩들 속에 여름 사슴들의 흰 반점이 떠 있었다.

공원을 빠져나가 덴리 가도로 들어가고 햇빛에 반짝이는 논밭 사이를 지난 다음 평범한 작은 다리에서 산기슭으로 접어드니, 우회전을 하면 오비토케 역과 대해사(帶解寺)로 가는 길, 좌회전을 하면 월수사가 있는 산기슭으로 가는 길 두 갈래로 나뉘었다. 논 가장자리를 지나는 그 길도 벌써 포장돼 있어 차는 쉽사리 월수사 문 앞에 도착했다.

30

　절의 정문까지 올라가는 참뱃길은 멀고 차는 정문까지 들어갈 수 있는데, 운전기사는 구름 한 점 없이 맑고 점점 햇빛이 강해진 하늘을 올려다보고 노인이 걸어가기에는 무리라며 타고 가라고 집요하게 혼다에게 권했지만 혼다는 단호히 거절하고 이 문 앞에서 기다리라고 말했다. 어떻게든 육십 년 전 기요아키가 겪은 고생을 자기 몸으로 맛보아야 한다고 생각했기 때문이다.
　혼다는 지팡이에 몸을 기대고 문 앞에 서서 온 길을 바라보았다. 권하는 듯한 문 안쪽 나무 그늘은 등지고 서서.
　주변은 매미 소리, 귀뚜라미 소리로 가득하다. 그렇게나 고요한데, 논 건너편 덴리 가도의 어마어마한 차 소리가 섞여 든다. 하지만 눈앞 차도에는 차가 보이지 않고 갓길에 작은 자갈만이 하얗게 늘어섰다.

야마토 평야의 평온함은 옛날과 다르지 않다. 그것은 인간 세계 바로 그것처럼 평탄하다. 멀리서 작은 조개껍질 같은 지붕이 일일이 늘어선 오비토케 마을이 빛나고, 지금은 마을 공장이라도 있는지 옅게 연기가 솟는다. 육십 년 전 기요아키가 위독한 병으로 신음했던 숙소는 저 마을에 지금도 눈에 선한 언덕 옆 판석길에 있었는데, 숙소가 그 모습 그대로 남아 있을 리는 없으므로 흔적을 찾아가도 소용없는 일이다.

오비토케 마을과 평야 위에는 티 없이 맑은 여름 하늘이 펼쳐지고 뭉게구름은 풀린 명주실을 끌고 가고, 저편 안개 낀 산에서 길게 뻗은 환영 같은 구름이 상단부만은 조각 같은 단아함을 띠고 푸른 하늘을 가른다.

혼다는 갑자기 더위와 피로에 지쳐 웅크리고 앉았다. 웅크리고 앉았을 때 여름풀의 불길하고 날카로운 잎 끄트머리의 빛에 눈이 찔린 느낌이 들었다. 문득, 코끝을 지나가는 파리의 날개 소리에 파리가 썩는 냄새를 맡은 것은 아닌가 하고 혼다는 생각했다.

또 차에서 내려 걱정스럽게 다가오는 운전기사를 혼다는 눈으로 꾸짖으며 일어섰다.

사실 마음속으로는 정문까지 걸어갈 수 있을까 의심스럽다. 위와 등이 동시에 아팠기 때문이다. 운전기사를 손사래를 쳐 물리치고 문을 열고 들어가 저 사람이 보는 동안은 건강한 척하자고 스스로를 고무하며 자갈 많은 울퉁불퉁한 참뱃길 언덕을 올라가는 사이, 왼쪽 감나무 줄기에 무성하게 난 병에 걸린 듯한 선명한 노란 이끼, 오른쪽 갓길에 난 꽃잎이 거의 다진, 머리 벗어진 연보라 엉겅퀴꽃만 눈가에 남기며 꺾이는 길에 의지해 숨차게 걸어갔다.

앞길을 가로막는 나무 그늘 하나하나가 영검하고 신비롭게 느껴졌다. 비가 오면 강바닥처럼 될 그 길의 잡다한 기복이, 해가 닿는 곳은 마치 광산의 노두처럼 빛나고 나무 그늘로 가려진 부분은 보기만 해도 시원하게 술렁인다. 나무 그늘에는 원인이 있다. 하지만 그 원인이 과연 나무 자체에 있을까 하고 혼다는 의심이 들었다.

몇 번째 나무 그늘에서 쉴 수 있을까, 하고 혼다는 자기에게 묻고 지팡이에 물었다. 네 번째 나무 그늘이 이미 차 주위에서는 보이지 않는 꺾이는 길에서 조용히 권했다. 거기까지 가자 맥없이 쓰러지듯 갓길 밤나무 밑동에 앉아 버렸다.

'태초부터 나는 오늘 이때 이 나무 그늘에서 쉬기로 정해져 있었다.'

혼다는 극도의 현실감을 가지고 그렇게 생각했다.

걷는 동안 잊고 있었던 것이 휴식과 동시에 몰려왔는데, 땀과 매미 소리였다. 지팡이에 이마를 대니 은색 손잡이가 이마를 누르는 아픔이 위와 등이 쑤시는 아픔을 가시게 했다.

의사는 췌장에 종양이 있다고 말했다. 게다가 웃으며 양성 종양이라고 말했다. 웃으며 양성이라고. 이런 말에 희망을 잇는다면 팔십일 년이나 살아온 인간의 자부심이 아무런 소용이 없어진다. 혼다가 도쿄로 돌아가서 수술을 거절할 생각을 하지 않은 것은 아니다. 하지만 거절하면 곧바로 의사가 '친인척'에게 수를 써서 강제할 것을 안다. 자신은 이미 함정에 빠졌다. 인간으로 태어난 함정에 한 번 빠졌으면서 가는 길에 그 이상의 함정이 기다리고 있어 좋을 리가 없다. 모든 일을 바보같이 받아들이자고 혼다는 다시 생각했다. 희망을 가진 척하고. 인도에서 제물이었던 어린 염소조차 목이 잘린 뒤에도 그렇게 오랫동안 몸부림치지 않았는가.

혼다는 일어서서 이번에는 성가신 감시자의 눈 없이 지팡이에 기대 방탕할 정도로 비틀거리며 언덕을 올라갔다. 그러는 동안 까불며 비틀거리는 느낌이 들었다. 그렇게 생각하는 순간에는 아픔도 가시고 걸음도 순조로웠다.

여름 초목 냄새가 주위에 가득 찼다. 길 양쪽에 소나무가 무성하고, 지팡이에 기대 올려다본 하늘은 햇빛이 강해서 나뭇가지에 달린 수많은 솔방울의 비늘 그림자도 하나하나 조각처럼 보였다. 드디어 왼쪽에 황량하고, 거미줄과 메꽃 덩굴이 가득 얽힌 녹차밭이 나타났다.

가는 길을 몇 개의 나무 그늘이 다시 가로막는다. 눈앞에 있는 것은 망가진 대나무 발의 그림자처럼 성기고, 멀리 있는 것은 상복의 허리띠처럼 서너 그루가 짙은 검은색으로 가로놓였다.

길에 떨어진 큰 솔방울 하나를 줍는다는 구실로 다시 거송의 튀어나온 뿌리에서 쉬었다. 몸속이 아프고 무겁고 뜨거워져 피로가 발산되지 못하고 녹슨 철사처럼 날카롭게 구부러졌다. 주운 솔방울을 가지고 놀자 말라서 벌어진 적갈색 비늘 하나하나가 강하고 억세게 손가락에 반항했다. 주위에 닭의장풀이 어느 정도 있는데, 꽃이 강렬한 태양에 시들었다. 어린 제비의 날개처럼 약동하는 잎들 사이에서 극히 작은 남보라색 꽃이 시들었다. 등을 기댄 거송도, 올려다본 남보라색 하늘도, 쓸고 남은 것 같은 구름 조각들도 전부 무서울 정도로 말라 버렸다.

주위를 채운 벌레 소리를 혼다는 분별할 수 없다. 모든 벌레 소리의 바닥을 이루는 조용한 소리, 여기에 섞여 드는 악몽이 이를 가는 것과 비슷한 소리, 저렁저렁 무익하게 가슴에 닥쳐오는 소리가 있다.

다시 일어선 혼다는 과연 정문까지 갈 힘이 있을지 의심스러웠다. 걸어가면서 눈은 앞길에 있는 나무 그늘만 세고 있다. 이 더위, 이 등반의 숨 막힘. 앞으로 나무 그늘 몇 개를 더 지나갈 수 있는지 스스로 시험하며 걷는다. …… 그래도 세기 시작한 뒤로 세 개를 지나왔다. 도로 중간쯤에 소나무 가지 끝의 그림자가 잘린 것은 하나로 세야 할지 반으로 세야 할지 망설였다.

왼쪽에 대나무 숲이 나타나기 시작한 것은 길이 약간 왼쪽으로 꺾이고 얼마 가지 않아서이다.

대나무 숲은 인간 세계의 군락처럼, 보드랍고 섬세한 어린 잎들이 아스파라거스 같은 것부터 악의와 고집을 띤 강하고 거무스름한 초록 잎들까지 몸을 맞대고 무리 지어 우거졌다.

그곳에서 다시 잠깐 쉬며 땀을 닦았을 때 처음으로 나비를 보았다. 멀리서 볼 땐 그림자극의 나비였지만 가까이 오니 날개에 황토색을 입힌 코발트색이 선명하게 보였다.

늪이 있었다. 늪 주위 커다란 밤나무의 짙은 초록 아래에서 쉬고 있는데 바람 한 점 없이, 소금쟁이가 그리는 파문만 가득한 누르께한 늪 한구석에 썩은 소나무가 옆으로 쓰러져 다리처럼 걸려 있는 모습을 보았다. 그 썩은 나무 주변에만 희미한 잔물결이 미세하게 반짝인다. 그 잔물결이 물에 비친 퍼런 하늘을 휘젓는다. 잎끝까지 모조리 붉게 시든 쓰러진 소나무는 나뭇가지가 늪 바닥을 찌르며 지탱하는지, 줄기는 물에 잠겨 있지 않고 온통 초록인 곳에서 전신을 붉게 녹슨 색으로 바꾸며 서 있을 때의 모습 그대로 고정돼 가로놓였다. 의심할 여지 없이 계속 소나무인 채로.

아직 이삭이 나지 않은 참억새와 강아지풀 사이에서 비틀비틀 나오는 부전나비를 쫓으려고 혼다는 일어섰다. 연못 건너편 녹청색 편백나무 숲이 이쪽으로도 퍼져 길에 서서히 그림자가 많아졌다.

땀이 와이셔츠에서 배어 나와 양복 등까지 젖은 것이 느껴진다. 더워서 나온 땀인지 기름땀인지 알 수 없었다. 어쨌든 노년이 되고 나서 이렇게 땀투성이가 된 적은 없었다.

편백나무 숲이 이윽고 삼나무 숲에 영역을 내어 줄 즈음에 고립된 자귀나무 한 그루가 있었다. 삼나무의 질긴 잎들 사이에 섞인, 낮잠의 꿈처럼 가냘픈 그 부드러운 나뭇잎이 태국의 추억을 혼다에게 가져다준다고 생각하는 사이에 그곳에 또 흰 나비 한 마리가 날아올라 혼다를 길로 이끌었다.

길의 경사가 가팔랐으나 이제 정문이 가까워졌다는 생각이 들고, 삼나무 숲이 깊어져 시원한 바람이 불어와 혼다는 걷기가 훨씬 편해졌다. 길에서 군데군데 보이는 띠는 전에는 나무 그늘이었는데 이번에는 양지였다.

그 삼나무 숲의 어둠 속을 흰 나비가 비틀비틀 날아갔다. 물방울처럼 떨어진 햇빛으로 눈부시게 빛나는 양치류 위를 안쪽 검은 문을 향해 낮게 비틀비틀 날아갔다. 웬일인지 이곳 나비는 모두 낮게 난다고 혼다는 생각했다.

검은 문을 지나니 정문이 벌써 눈앞에 있었다. 드디어 월수사 정문에 다다랐다고 생각하니 자기는 육십 년간 그저 이곳을 다시 찾아오기 위해 살아왔다는 생각이 강하게 밀려왔다.

차를 대는 육주송[96]이 안쪽에 있는 것이 보이는 정문에 섰을 때, 현실에서 자신이 이곳에 있다는 것이 혼다는 거의 믿어지지 않았다. 정문을 통과하기조차 아쉽고 지금은 이상하게도 피곤함도 치유된 느낌이 들어, 작은 쪽문이 좌우에 있고 열여섯 장 국화 꽃잎 문양의 기와를 지붕에 늘어놓은 정문 기둥에 멈춰 서 있을 뿐이다. 왼쪽 기둥에는 월수사 주지라고 적힌 자그마한 여성스러운 표찰이 있고 오른쪽 기둥에는

 '천하태평(天下泰平)
 봉전독대반야경(奉轉讀大般若經) 전권소수(全卷所收)
 황기공고(皇基鞏固)'

라고 인쇄된 표찰이 글씨도 희미한 채 붙어 있었다.

정문을 들어서자 달걀색으로 다섯 개의 선이 그어진 흙담을 따라 누런 자갈이 깔렸고 그 위에 사각형 돌이 깔린 길이

---

96 陸舟松. 경사진 형태의 배 모양 소나무로 실제로 이 명칭의 소나무는 교토 금각사에 있다.

바둑판무늬로 안쪽 현관까지 이어졌다. 혼다가 지팡이로 하나하나 이것을 세어 90에 달했을 때 굳게 닫힌 장지문 앞에, 국화와 구름 문양의 종이 세공 문고리가 달린 현관문 앞에 그의 몸은 있었다.

혼다 안 깊은 구석구석까지 기억이 명료하게 되살아나 안내를 부탁하는 것도 잊고 계속 서 있었다. 육십 년 전 자기는 한 명의 청년으로서 정말로 똑같은 장지문 앞 똑같은 문지방 앞에 서 있었다. 장지는 백번이나 갈아 붙였겠지만 그 추운 봄날에도 오늘과 똑같이 장지문은 희고 단정하게 눈앞에 닫혀 있었다. 현관 마루의 나뭇결이 옛날보다 도드라진 느낌이 들 뿐 바람과 눈에 닳은 듯이 보이지는 않는다. 모두 잠시 동안 벌어진 일이다.

기요아키는 그 오비토케의 숙소에서 혼다의 월수사 방문에 모든 것을 걸고 열병을 앓으며 오로지 혼다가 돌아오기만을 애타게 기다리고 있을 것 같다. 그 잠시 동안 혼다가 거동하기도 힘든 여든한 살 노인이 됐음을 알면 기요아키는 얼마나 놀랄까.

─ 응대하러 나온 사람은 목깃이 열린 셔츠를 입은 육십대 정도의 집사로 현관 마루를 오르기 힘든 혼다의 손을 이끌고 다다미 여덟 장 크기의 방과 여섯 장 크기 방이 이어진 주인 방으로 안내했다. 편지 내용은 알고 있다며 정중하게 인사하고, 검은 바탕 흰 무늬로 된 다다미 테두리가 있는 방에서 규칙적으로 배열해 놓은 방석을 권했다. 육십 년 전에는 이 방

에 초대받은 기억이 없다.

도코노마에는 셋슈[97]를 모방한 구름과 용을 그린 족자가 걸려 있고 패랭이꽃이 청초하게 꽂혀 있다. 주름 잡힌 흰 기모노에 흰 허리띠를 두른 노인이 네모난 쟁반에 절의 문양을 본뜬 홍백 과자와 차가운 차를 얹어 가지고 온다. 열린 장지문으로 초록이 끓어오르는 듯한 안뜰이 보인다. 단풍나무와 편백나무를 꼼꼼하게 심고, 이 나무들 너머 서원의 흰 벽에 건너가는 복도의 그림자가 비치는 것이 안뜰 경치의 전부였다.

집사는 평범한 이야기를 했고 시간은 무료하게 흘렀다. 혼다는 시원한 바람이 부는 이 방에 그저 정좌하고 있는 것만으로 땀도 식고 아픔도 엷어지며 어떤 구제를 받은 느낌까지 들었다.

그렇게나 다시 방문하기 불가능할 것이라고 생각했던 월수사의 한 방에 지금 이렇게 자기가 앉아 있는 것이다. 죽음의 접근이 갑자기 방문을 손쉽게 성취시키고, 존재 깊은 곳에서 붙잡아 두었던 추를 풀어 놓았다. 참뱃길을 올라올 때의 그 고생이 갑자기 자기에게 몸도 가볍게 느껴지는 평안을 준 것을 보면, 병고를 무릅쓰며 여기까지 당도했던 기요아키는 거부를 당함으로써 일종의 날아가는 힘을 얻었을지도 모른다고 상상하니 그조차 위로가 됐다.

귀에는 매미 소리가 가득한데 어슴푸레한 실내에서 듣자니 종소리의 여운처럼 냉랭하게 들린다. 집사는 편지에 대해

---

97 雪舟. 1420~1506. 무로마치 시대의 승려이자 수묵화가.

서는 더 이상 말하지 않고 세상 이야기로 시간을 보낼 뿐이다. 주지를 만날 수 있을지 어떨지 혼다 입으로 재촉하기는 꺼려진다.

문득 혼다는 이렇게 지극히 허무하게 시간이 흘러가는 것은 주지가 만나 줄 수 없다는 말의 완곡한 표시는 아닐까 하는 의심이 들기 시작했다. 어쩌면 집사는 그 주간지를 봤는지도 모른다. 그리고 주지에게 진언해 가벼운 병을 구실로 만나지 말도록 권유했는지도 모른다.

이 오탁을 짊어지고 주지를 만나는 일을 하지만 혼다는 마음속으로 부끄러이 여기지는 않았다. 이 수치와 죄와 죽음을 짊어지지 않았다면 이곳에 올라올 용기가 생기지 않았을 것도 사실이다. 작년 9월에 있었던 그 추문이 지금 생각하면 월수사를 방문하게 하는 최초의 어두운 재촉이었다. 그리고 도루의 자살 미수가, 그 실명이, 혼다 자신의 발병이, 기누에의 임신이 모두 한 점을 가리켰다. 그것들이 응결해서 한 덩어리를 이루어 혼다의 마음을 뒤흔들며 저 더위 속 참뱃길을 여기까지 올라오게 한 것이다. 그것들이 없었다면 혼다는 멀리 산 정상의 월수사 빛을 우러러보는 일밖에 할 수 없었으리라.

하지만 그 원인으로 주지가 만나 주지 않는 것이라면 숙업이라고 포기하는 수밖에 없다. 이제 이 세상에서 만나는 일은 이뤄지지 않는다. 그러나 설령 이곳에서, 이 세상의 마지막 시간 마지막 장소에서 만나지 못해도 언젠가는 만나는 날이 온다는 것을 혼다는 믿을 수 있을 것 같다.

그러자 초조함 대신 평안이, 슬픔 대신 체념이 점점 시원하게 일어나 시간의 흐름을 견딜 수 있게 해 주었다.

　다시 나타난 노인이 집사의 귀에 무언가를 속삭이고 집사가 혼다에게 "이제 곧 주지 스님이 만나실 수 있다고 하시니 저쪽으로 가시지요."라고 인사했을 때, 혼다는 자기 귀를 의심했다.

　— 작은 정원을 바라보는 북향 손님방은 장지문이 열린 채 정원의 초록이 굉장히 강하게 눈을 찔러 잠시 알아보지 못했지만, 분명 육십 년 전에 혼다가 선대의 주지와 만난 방이었다.
　그때 화려한 쓰키나미 병풍[98]이 있던 기억이 나는데 지금은 그 대신에 갈대로 된 후로사키 병풍[99]이 있었다. 툇마루 저편에는 매미가 울어 대는 녹차밭의 초록이 타오른다. 매화, 단풍, 녹차 등이 무성한 곳 안쪽에 협죽도의 붉은 꽃봉오리가 있는 것이 보인다. 징검돌 사이의 희고 뾰족한 조릿대 잎에 여름 햇빛이 날카롭게 떨어져 뒷산 잡목 숲 하늘의 흰 빛과 어울린다.
　벽에 부딪칠 것 같은 날갯짓이 혼다를 뒤돌아보게 했다. 복도에서 날아온 참새 그림자가 흰 벽에 흐트러지다가 사라졌다.
　안쪽으로 이어지는 당지(唐紙)문이 열렸다. 자기도 모르게 무릎을 모은 혼다 앞에 흰 옷을 입은 제자 손을 잡고 따라오

98　月次屛風. 궁중의 월례 행사나 계절에 따른 서민의 풍속을 그린 병풍.
99　風爐先屛風. 2단으로 접는 넓은 병풍으로 다실 공간을 나누고 다도구에 바람이 닿지 않게 하는 기능을 한다.

는 노인 비구니 주지가 나타났다. 흰 옷에 진보라색 겉옷을 걸치고 푸릇푸릇한 머리를 한 이 사람이 여든세 살이 된 사토코였다.

혼다는 자기도 모르게 눈물이 고여 얼굴을 제대로 들 수 없었다.

탁자를 사이에 두고 눈앞에 앉은 주지는 옛날과 다름없이 수려하고 잘생긴 코와 아름답고 큰 눈을 가졌다. 옛날 사토코와 이렇게나 다르지만 한눈에 봐도 사토코임을 알 수 있다. 육십 년을 건너뛰어 한창 젊을 때에서 노년의 끝에 이른 사토코는 속세의 괴로움이 사람에게 줄 법한 것을 모두 피했다. 정원의 한 다리를 건너온 사람이 나무 그늘에서 양지로 나와 빛의 정도에 따라 얼굴이 달라 보일 뿐으로, 그때의 젊은 아름다움이 나무 그늘의 얼굴이라면 지금의 나이 든 아름다움은 양지의 얼굴일 뿐이다. 혼다는 오늘 호텔을 나올 때 교토 여성들의 얼굴이 파라솔 그늘에 따라 어둡거나 밝게 보였던, 그 명암으로 아름다움의 질을 점칠 수 있었던 일이 떠올랐다.

혼다가 거쳐 온 육십 년은 사토코에게 명암이 뚜렷한 정원의 다리를 건너는 만큼의 시간이었을까.

늙음이 쇠함의 방향이 아니라 정화의 방향으로 한길로 달려가고 윤기 나는 피부가 조용히 빛나고 아름다운 눈은 더욱 맑아지고 예스럽게 안에서 빛나는 것이 있어 그 전체가 빼어난 옥 같은 늙음의 결정이 되었다. 반투명하면서 차갑고 딱딱하면서 부드럽고 입술도 더욱 촉촉하다. 물론 주름은 많이 있지만 그 한 줄기 한 줄기가 씻어 낸 듯 맑다. 약간 구부러지고 작디작은 몸이 어딘지 모르게 화려한 위엄을 품었다.

혼다가 눈물을 숨기고 묵례를 하자 주지는 "어서 오세요." 하고 명랑한 목소리로 응했다.

"갑자기 그런 편지를 보내 드리고, 무례를 범했습니다. 반갑게 맞아 주셔서 고맙습니다."

혼다는 격의 없이 대하면 안 된다고 생각한 나머지 자기가 보기에도 딱딱한 인사를 하고, 목에서 나오는 가래 엉킨 노인 같은 목소리가 창피하게 들렸다. 그래서 자기도 모르게 한 번 더 힘을 냈다.

"집사 앞으로 편지를 보내 드렸습니다만, 읽어 보셨습니까."
"네. 읽어 봤습니다."

거기서 말이 멈추자 제자는 그 틈을 타 주지를 남기고 사라지듯 가 버렸다.

"이게 얼마 만인지요. 저도 이렇게 내일 어떻게 될지 모르는 늙은 몸이 되었습니다."

편지를 읽었다는 말에 기세가 올라 혼다의 말이 경박한 울림을 띠었을 때 주지는 희미하게 흔들리듯 웃었다.

"편지를 읽었는데 매우 열성적이셔서, 아무래도 이것도 불연(佛緣)인 것 같아 만나 뵙기로 했지요."

혼다 안에 이제는 마지막 한두 방울처럼 남아 있던 젊음이 이 말을 듣고 갑자기 용솟음쳤다. 혼다는 육십 년 전 선대의 주지에게 연달아 젊음의 열정을 부딪쳤던 그날로 돌아갔다. 격식도 내다 버리고 이렇게 말했다.

"기요아키 일로 이곳에 마지막 부탁을 하러 왔을 때 선대

주지는 당신을 만나게 해 주지 않았습니다. 할 수 없는 일인 것은 나중에야 알았지만 그때 당시에는 얼마나 원망했는지 모릅니다. 마쓰가에 기요아키는 누가 뭐래도 저의 가장 소중한 친구였습니다."

"그 마쓰가에 기요아키란 분은 어떤 분이셨는지요?"

혼다는 깜짝 놀라 눈을 크게 떴다.

귀가 어둡다 해도 잘못 들은 말이 아니었다. 하지만 주지의 이 말 뜻은 환청으로밖에 생각되지 않을 정도로 이치에 맞지 않았다.

"네?"

혼다는 짐짓 반문했다. 주지가 한 번 더 같은 말을 해 주길 바랐기 때문이다.

하지만 완전히 똑같은 말을 반복하는 주지의 얼굴에서는 조금도 뽐내거나 감추는 것 없이 외려 어린아이 같은 순진한 호기심만 엿보이고, 조용한 미소가 밑에서 끝없이 흘렀다.

"그 마쓰가에 기요아키란 분은 어떤 분이셨는지요?"

주지에게서 혼다 입으로 기요아키에 대해서 말했으면 하는 의중을 겨우 헤아린 혼다는 실례가 되지 않게 조심하며 많은 말을 하지 않고 기요아키와 자신의 관계, 기요아키의 사랑, 그 슬픈 결말을 하나도 소홀히 하지 않고 기억 그대로 이야기했다.

주지는 혼다의 긴 이야기를 듣는 동안 미소를 멈추지 않고 앉은 채로 몇 번 "오호." "오호." 하며 맞장구쳤다. 도중에 노인이 가지고 온 차가운 음료를 기품 있게 입가로 가져갈 때도 혼다의 이야기를 빼놓지 않고 듣고 있음을 알 수 있다.

다 들은 주지는 아무런 감정 없이 평온한 말투로 이렇게 말했다.

"아주 재미있는 이야기지만, 마쓰가에 씨란 분은 모릅니다. 아무래도 저를 그 마쓰가에 씨의 상대방 되시는 분으로 잘못 보신 것 같아요."

"하지만 주지 스님은 원래 아야쿠라 사토코 씨라고 말씀하셨잖아요."

혼다는 기침하며 절실하게 말했다.

"네. 속명은 그렇게 불렸습니다."

"그렇다면 기요아키를 모르실 리 없습니다."

혼다는 분노가 치밀었다.

기요아키를 기억하지 못함은 이제 망각이 아니라 시치미를 떼는 것이어야 한다. 물론 주지에게도 기요아키를 모른다고 고집하는 사정은 있을 수 있지만 속계의 여성이라면 몰라도 적어도 덕이 높은 노승이 뻔한 거짓말을 하는 것은 신앙의 깊이를 의심하게 할 뿐 아니라, 이곳에 와서도 속계의 위선에 사로잡혀 있다면 애초에 신앙에 귀의했을 때의 회심이 의심스러워진다. 오늘 면담을 육십 년 동안 기다린 혼다의 꿈도 이 찰나에 배반당하게 되리라.

주지는 혼다의 도를 넘은 추궁에도 조금도 움츠러들지 않았다. 이런 더위에 시원해 보이는 보라색 겉옷을 입고, 목소리도 눈빛도 조금도 흐트러지지 않은 채 평온하고 아름다운 목소리로 말했다.

"아니요, 혼다 씨. 나는 속계에서 받은 은혜는 하나도 잊지 않았습니다. 하지만 마쓰가에 기요아키란 분은 이름을 들은 적도 없습니다. 애초에 그런 분은 계시지 않았던 것 아닌지요? 혼다 씨는 왠지 있었다고 생각하시는 듯한데 사실은 처음부터 어디에도 없었던 것이 아닌지요? 이야기를 들으니 그런 생각이 강하게 듭니다."

"그럼 저와 당신이 왜 서로 알고 있을까요? 또 마쓰가에와 아야쿠라가의 계보도 남아 있겠지요. 호적도 있겠고요."

"속계의 관계라면 그런 것으로도 풀 수 있겠지요. 하지만 혼다 씨, 그 기요아키란 분을 정말로 이 세상에서 만나신 겁니까? 또 나와 당신이 이전에 이 세상에서 확실히 만났는지 아닌지 지금 분명하게 말할 수 있어요?"

"확실히 육십 년 전에 여기에 올라온 기억이 있으니까요."

"기억이라 해도 비치지 않는 아주 먼 것을 비출 때도 있고, 그것을 가까이 있는 것처럼 보여 주기도 하니, 환영의 거울 같은 것이 아니겠는지요."

"하지만 만약 기요아키가 처음부터 없었다면," 하고 말한 혼다는 구름과 안개 속을 헤매는 듯하고 지금 이곳에서 주지와 만난 일도 반쯤 꿈인 느낌이 들어, 마치 옻칠 쟁반 위에 불어 놓은 흐린 숨이 금세 사라져 버리는 것처럼 잃어 가는 자신에게 일깨우고자 문득 외쳤다. "그랬다면, 이사오도 없었습니다, 잉 찬도 없었습니다. ……게다가 어쩌면 나조차도……."

주지의 눈은 처음으로 약간 강하게 혼다를 바라봤다.

"그것도 각자의 마음이지요."

― 긴 침묵 속에 대좌한 뒤 주지는 조용하게 손뼉을 쳤다. 제자가 나타나 문지방에 공손히 앉았다.

"모처럼 오셨으니 남쪽 정원이라도 보러 가실까요. 제가 안내하겠습니다."

그 안내하는 주지의 손을 다시 제자가 이끌고 간다. 혼다는 조종을 받는 듯 일어나 두 사람을 따라 어두운 서원을 지나갔다.

제자가 장지문을 열고 툇마루로 혼다를 인도했다. 넓은 남쪽 정원이 순식간에 한눈에 들어왔다.

전면에 풀밭이 펼쳐진 정원이 뒷산을 배경으로 강렬한 여름 햇빛에 빛난다.

"오늘은 아침부터 뻐꾸기가 울었습니다."

아직 젊은 제자가 말했다.

풀밭 너머에 단풍나무가 대부분인 정원수가 있고 뒷산으로 이어지는 사립문도 보인다. 여름인데 붉게 물든 나무도 있어 푸른 잎들 속에서 불꽃처럼 탄다. 정원석도 여기저기에 느긋하게 놓였고 돌 옆에 꽃피운 패랭이꽃이 수줍다. 왼쪽 한구석에는 오래된 두레우물이 있고 보기만 해도 해가 뜨거워 앉으면 살이 타 버릴 것 같은 청록색 도기 의자가 안뜰 풀밭에 놓였다. 그리고 뒷산 꼭대기 푸른 하늘에는 여름 구름이 눈부신 어깨를 높이 으쓱한다.

이렇다 할 기교가 없는 조용하고 우아한 밝고 넓은 정원이다. 염주를 매만지는 듯한 매미 소리가 이곳을 점했다.

그 외에는 아무 소리도 들리지 않으며 극도로 적막하다.

이 정원에는 아무것도 없다. 기억도 없고 아무것도 없는 곳에 자기는 와 버렸다고 혼다는 생각했다.

정원은 한낮에 쏟아지는 여름 햇빛 속에 고요히 있다…….

작품 해설
인식의 끝, 드라마의 끝

●

『천인오쇠』는 『풍요의 바다』 4부작 시리즈의 4권으로서 1910년대 메이지 시대 말기부터 1970년대 쇼와 시대 후기까지 혼다라는 인물이 기요아키와 그 환생자들을 관조하는 이야기의 마지막 편에 해당한다. 청년 시절에는 황가와 혼인이 결정된 사토코에 대한 사랑의 열병으로 죽음에 이른 기요아키를, 판사 시절에는 왕에 대한 충정과 정재계 인물들에 대한 분노로 결사를 만들어 궐기, 암살을 하고 자결한 이사오를, 변호사가 된 후에는 태국의 공주 잉 찬을 관음하며 불교의 윤회 철학에 심취했던 혼다는 이제 노년에 이르렀고, 지인이었던 게이코와 서로의 보호자로서 우정을 이어 간다. 그러던 어느 날 혼다는 네 번째 주인공인, 바다를 바라보며 배의 출입을 확인하는 일을 하는 신호소 통신원 야스나가 도루를 우연히 만나고 그에게서 세 개의 검은 점을 발견하고는 기요아키의 환생일지도 모른다는 생각에 입양아들로 맞는다. 도루는 정신 질환이 있고 자신을 연모하는 기누에가 유일한 말벗인, 고독한 일상을 보내는 철학적 소년처럼 보였지만 입양된 후에는 혼다를 학대하는 악역으로 변한다. 그 이유이기라도 하듯, 그 결과이기라도 하듯 게이코는 도루에게 그가 지금까지 혼다가 동경했던 인물들과 달리 "운명을 가진 자"(312쪽)가 아닌 상속인으로나 적합한 평범한 인물이라고 선고를 내리고 이에 도루는 독을 마셔 자살 시도를 한다. 실명한 도루는 더 이상 혼다에게 위협이 되지 못하고, 이런 도루와 기누에를 집 별채에 두고 혼다는 홀연히 월수사에 있는 사토코를 만나러 떠난다. 원이 그려지듯 처음으로 돌아가는 재회 장면, 네 권에 걸쳐 이어진 혼다의 인생과 그 속에서 혼다를 불꽃처럼 사로잡았다가 사라진 인물들이 아지랑이처럼 한순간에 떠오르는 아련한 슬픔의 이 장면은 혼다가 자신이 청년 시절 이후 뭔가에 붙들리듯이 환생을 좇으며 살게 한 기요아키를 사토코와 함께 추억하려는 간절한 바람을 가지고 그를 찾아간 것인데, 정작 사토코는 기요아키를 추억하는 혼다의 이야기를 듣고는 "그것도 각자의 마음이지요."(354쪽)라며 모두 혼다의 마음속에서 일어난 일이었을 뿐이라고 말한다.

혼다가 인식자로서 보아 온 것들이 "환영의 거울"(354쪽)이라는 사토코의 말은 불교 유식론의 발상으로, 간단히 쓰면 인식은 곧 "삼라만상을 (……) 대상을 있는 그대로 아는 것이 아니라 우리들의 마음에 비추어진 대상을 아는 것일 뿐"(장 익, 2012, 23~24)이라는 말이다. 실재는 언어와 개념으로 표상할 수 없는데 우리는 언어와 개념으로 마음속에 표상한 것을 그 실재라고 생각한다. 이런 혼다의 인식에 근거한 드라마를 거짓이라고 결론 짓는 사람이 여성 사토코인 것은 의미심장하다. 처음에는 이야기 안에서 사랑의 대상으로 출현했다가 나중에는 이야기 바깥에서 진실을 알리는 일종의 신으로 출현한다. 그리고 기요아키-이사오-혼다로 이어지는, 이야기의 근간을 이루는 인간 남성의 정치적 유대에는 부재한다. 이런 사토코의 위상이, 오랫동안 인식(철학)과 시선(예술)의 주체가 남성이었고 여성은 그 대상으로 존재했던 역사와 무관하다고 할 수 없을 것이다. 사토코의 말을 두고, "'침묵'의 육십 년"을 보낸 사토코가 "죽음을 무릅써서 획득하는 지고의 에로스 이야기, 신성한 자·어머니 같은 자로 일체화시킨 혼다의 '남성'의 환상에 이용되기를 거절하는 것"(有元, 2010)으로 해석하는 견해는 진실을 알리는 목소리가 동시에 배제된 여성이 항변하는 목소리이기도 함을 시사한다.

    작가 미시마 유키오는 『풍요의 바다』가 '『하마마쓰 중납언 이야기』를 전거로 삼아 꿈과 전생을 다룬 이야기'라고 1권 끝(505쪽)에 부기를 붙인 바 있다.[1] 황가와 약속한 혼인이라는

---

[1] 『하마마쓰 중납언 이야기』는 11세기 후반 헤이안 시대의 왕조 이야기로 간략한 줄거리는 이렇다. 궁중의 한 직위를 가리키는 말인 중납언이란 주인공은 죽은 아버지가 당나라 황자로 환생한 꿈을 꾼 뒤 당나라로 가서 아버지 황자와 황자의 어머니인 당후를 만나고 당후와 사랑에 빠진다. 삼 년 뒤 중납언은 그 사이에서 생긴 아들을 데리고 일본으로 귀국해 요시노 산에 사는 당후의 의붓 여동생 요시노 공주를 마음에 두는데, 요시노 공주가 황태자 시키부쿄노미야와 혼인하기로 결정되자 슬퍼하는 중납언 꿈에 당후가 나타나 자

금기를 어겨 동침을 함으로써 남성 인물은 권위에 도전하고, 여성 인물은 공동체를 벗어나 은거한다는 줄거리가 1권과 비슷하다. 즉 미시마는 옛 문학 형식으로 일본 근현대사를 배경으로 한 거의 한 세기에 걸친 드라마를 펼쳐 보인 것이다. 이 드라마는 일본 문화가 변모하는 이야기이기도 하다. 미시마에게 일본 문화는 미(美)라고 할 수 있는 것인데, 미는 『고사기』와 같은 고대 신화 속 영웅이기도 하고, 국화와 칼·문무양도처럼 서로 상반되는 형태를 띠기도 하며, 2·26 사건[2]처럼 역사적 사건으로서 각인되기도 한다. 신화와 문물과 역사가 일본 문화로 통합이 되고, 그 문화는 고대부터 현재까지 천황을 구심점으로 해 순환하며 연속된다. 『풍요의 바다』에서 윤회를 통해 시간이 돌아가며 처음과 끝이 원으로 이어지는 것은 이 문화의 순환과 연속을 말하기 위함이다.

기요아키는 사랑의 열병으로 '죽고', 이사오는 왕의 충정으로 '죽는다'. 국화에 목숨을 걸든 칼을 사용해 죽든 미시마에게는 정열을 바쳐 죽는 것이 일본적 미였으며, 그 정열은 곧 천

신은 요시노 공주의 태내에 환생하여 있을 것이라고 말한다. 한편, 중납언의 아내인 오이기미 역시 시키부쿄노미야와 혼인 약속이 돼 있었는데 중납언이 이를 어겨 부부가 된 것으로 중납언이 당나라에 가 있는 동안 오이기미는 딸을 낳고 비구니가 된다.

[2] 1936년 2월 26일 일본 육군의 파벌인 황도파 청년 장교들이 천황 친정을 내걸고 일으킨 쿠데타. 정재계의 요직 인물을 암살하고 도내 중심 건물을 점거했으나 천황의 진압 명령으로 실패로 끝나고 이후 또 다른 파벌인 통제파가 군부의 중심이 돼 파시즘이 강화됐다. 이 사건은 미시마의 문학 세계에 큰 영향을 끼쳤으며 이것을 소재로 삼아 2권의 이사오의 행동에서 숭고미를 끌어냈다.

황에 대한 헌신이었다. 잉 찬과 『천인오쇠』의 도루가 기요아키의 환생인지 여부가 불명확한 것은, 패전 뒤 미군 점령으로 연속성이 정지된 일본 문화를 과연 일본 문화로 볼 것인지 주춤했기 때문이며, 게이코가 조소하듯 도루는 죽음으로 달려가는 운명이 없었기 때문이다. 그들은 일본적 미의 원형이라 할 수 있는 기요아키와 멀리 떨어진 이질적이고, 이상과 먼 인물이었다. 도루는 혼다를 닮았다. 관조했던 혼다처럼 바다를 '보는 행위'를 통해 사물과 자연을 인식하고 행복을 느끼기 때문이다. 도루는 정열의 행위자가 아니라 그들을 바라보았던 혼다와 같은 위치에 있는 인식자다. 3권에서 잉 찬을 대상으로 인식의 한계를 실험하고, 보는 행위의 극한에 이르러 관음이라는 나락에 빠졌던 혼다는 이제 자손인 도루에게서 "자의식의 모형"(98쪽)을 보고, 교육을 통해 순종적인 인식자로 키우려 한다. 하지만 인식의 실패를 증명하기라도 하듯, 천인 도루는 점차 오쇠하여 독을 마셔서 실명해 무력한 존재가 되고, 혼다의 인식은 사토코에 의해서 완전히 부정된다.

혼다의 인식이 만들어 낸 미의 드라마가 마지막에 환영이 되어 사라진다. 이것은 미의 소멸로 또 다른 미를 표현하는 것일까, 아니면 자신이 믿었던 것은 환영이었다는 작가의 마지막 메시지일까? 미의 표현이든, 믿음의 무너짐이든 이 작품을 유작으로 남기고 미시마는 1970년 11월 25일 이른바 '미시마 사건'이라 불리는 자살을 했다.

『풍요의 바다』는 '달의 바다'라고 불리는 달의 일부 표면 중 한 부분을 가리키는 이름이라고 한다. 실제로 달은 물이 없고 풍요롭지 않은 황량한 곳인데 4권까지 읽은 지금은 결말의 느낌이 전해지는 제목이라는 생각이 든다. 작가의 탈고 뒤 약 오십오 년이 지나 역자를 포함한 한국 독자들에게 도착한 이 작품이 문학의 의미와 역할, 작가의 섹슈얼리티와 젠더, 탐미주의와 리얼리즘 등 문학을 둘러싼 여러 질문의 답을 찾는 데 조금이나마 발판이 되기를 바라본다.

일 년 육 개월여 동안 함께 걸어오며 원고를 검토해 주신 박지아 편집자님과 양수현 교정교열자님, 다방면에서 출간에 노고를 아끼지 않으신 민음사 관계자분들께 깊이 감사드린다. 일본어 번역과 관련해 늘 조언을 해 주시는 박혜정 번역가님께도 감사의 말씀을 드리고 싶다.

2025년 2월,
유라주

인용 문헌

아리모토 노부코(有元伸子), 2010, 『三島由紀夫 物語る力とジェンダー: 『豐饒の海』の世界』

장 익, 2012, 『불교 유식학 강의』, 정우서적

작가 연보

1925년   1월 14일 도쿄시 요쓰야구에서 농상무성 관료였던 히라오카 아즈사(平岡梓)와 히라오카 시즈에(平岡倭文重)의 장남으로 태어남. 본명은 히라오카 기미타케(平岡公威). 이층집에서 아이를 키우는 것은 위험하다는 이유로 조모 나쓰코(夏子)가 양육한다.

1931년   가쿠슈인 초등부에 입학. 병약하여 결석이 잦았다. 12월 가쿠슈인 초등부 잡지에 단가와 하이쿠를 실은 것을 시작으로 중등부에 진학할 때까지 매호 시와 단가, 하이쿠를 발표한다.

1937년   4월 가쿠슈인 중등부에 진학하여 문예부원으로 활동. 조모의 곁을 떠나 요쓰야구의 본가로 돌아간다.

1938년   3월 첫 단편 소설 「산모(酸模)」와 「좌선 이야기(座禅物語)」를 가쿠슈인 학보인 《보인회 잡지》에 발표.

1939년   1월 조모 나쓰코 사망. 문학적 스승인 시미즈 후미오 (淸水文雄)에게 문법과 작문 수업을 듣는다.

1940년   2월부터 이듬해 7월까지《산치자나무(山梔)》지에 하이쿠와 시가를 투고. 이후 습작의 일부를 모아『15세 시집』으로 발표한다.

1941년   시미즈 후미오의 추천으로《문예문화》9월호부터 4회에 걸쳐「꽃이 한창인 숲」을 연재. '미시마 유키오'라는 필명으로 활동하기 시작한다.

1942년   가쿠슈인 고등부에 진학하여 문예부 위원장이 된다. 《문예문화》동인들과 교류하며 일본 낭만파의 영향을 받는다. 7월, 아즈마 후미히코(東文彦), 도쿠가와 요시야스(德川義恭)와 함께 동인지《아카에(赤繪)》를 창간하였으나 아즈마의 사망으로 인해 2호로 폐간.

1944년   가쿠슈인 고등부를 수석으로 졸업하고 도쿄 제국대학 법학부에 추천 입학. 첫 단편집『꽃이 한창인 숲』을 발간. 징병 검사에서 현역 면제, 보충 병역에 해당하는 '제2을(乙)'급 판정을 받는다.

1945년   학도 동원으로 군마현의 비행기 제작소 총무부 조사과에 소속,「중세」를 집필. 입영 통지를 받지만 입대 전 폐침윤의 '오진' 덕에 귀향한다. 근로 동원으로 가나가와현 해군 공창에서 근무할 무렵『고사기』,『일본 가요시집』, 이즈미 교카(泉鏡花) 등을 애독한다. 8월 15일 열병으로 호덕사(豪德寺)의 친척 집에서 머물다 종전 소식을 듣는다. 10월 여동생 미쓰코가 장티푸스로 사망.

1946년	가와바타 야스나리(川端康成)를 처음으로 만남. 가와바타의 추천으로 《인간》지에 「담배」를 발표. 「우리 세대의 혁명」, 「곶에서의 이야기」 등을 발표. 다자이 오사무를 만난다.
1947년	도쿄 제국대학 법학부 졸업. 고등 문관 시험에 합격해 대장성 은행국 사무관으로 근무한다. 「사랑과 이별」, 「가루노미코와 소토오리히메」, 「밤의 준비」, 「하루코」, 「확성기」 발표. 11월 단편집 『곶에서의 이야기』 간행.
1948년	창작 활동에 전념하기 위해 대장성을 퇴직. 연초부터 왕성하게 작품을 발표한다. 가와데쇼보의 의뢰로 『가면의 고백』 집필을 시작. 《근대문학》 동인으로 참가. 첫 장편 『도적』과 단편집 『밤의 준비』를 발간.
1949년	『가면의 고백』, 단편집 『보석 매매』와 『마군(魔群)의 통과』 간행. 「가와바타 야스나리론의 한 방법: '작품'에 대해」 등을 발표.
1950년	마이니치 홀에서 「등대」 상연, 연출을 담당한다. 《개조문예》에 「오스카 와일드론」을 발표. 『등대』, 『사랑의 갈증』, 『괴물』, 『청(青)의 시대』, 『순백의 밤』 간행. 연극 모임 '구름회'에 참가.
1951년	『성녀』, 평론집 『사냥과 사냥감』, 『금색(禁色)』 1부, 『나쓰코의 모험』을 발간. 《아사히신문》 특별 통신원 자격으로 북남미와 유럽을 순회, 이듬해 5월에 귀국한다.
1952년	『금색』 2부인 『비약(秘楽)』 연재 시작. 《아사히신문》에 「일본제」 연재. 기행문집 『아폴론의 잔(アポロの杯)』

	간행.
1953년	『파도 소리』 취재를 위해 미에 현 가미시마(神島) 방문. 신초사에서 이듬해 4월까지『미시마 유키오 작품집』(전6권)을 출간. 단편집『한여름의 죽음』, 장편『비악』, 희곡『밤의 해바라기』, 노(能)를 근대극으로 번안한『비단북』간행.
1954년	장편『사랑의 수도』, 희곡『젊은이여 소생하라』,『문학적 인생론』간행. 6월에 출간한 장편『파도 소리』로 제1회 신초 문학상 수상.
1955년	장편『가라앉는 폭포』,『여신』, 단편집『라디게의 죽음』, 평론『소설가의 휴가』,「흰개미집」으로 제2회 기시다 연극상 수상.
1956년	1월부터 10월에 걸쳐《신초》에 연재한『금각사』를 간행.『흰개미집』,『근대 능악집』, 평론집『거북이는 토끼를 따라잡는가』, 단편집『너무 길었던 봄』간행. 미국 크노프 사에서『파도 소리』영역판 출간. 단편과 함께 가와바타 야스나리, 모리 오가이에 대한 평론 등을 발표.
1957년	『금각사』로 제8회 요미우리 문학상 수상.「브리타니퀴스」로 제9회 마이니치 연극상 수상.『근대 능악집』영문판 간행을 계기로 도미 후 남아메리카, 이탈리아, 그리스 등지를 경유하여 이듬해 1월에 귀국. 이후『근대 능악집』이 미국, 독일, 스웨덴, 호주, 멕시코에서 상연된다. 희곡집『녹명관(鹿鳴館)』, 장편『미덕의 비틀거

	림』, 평론집『현대 소설은 고전이 될 수 있는가』간행. 신초사에서『미시마 유키오 선집』(전19권) 출간 시작.
1958년	단편집『다리 순례』, 기행문집『여행 그림책』간행. 5월에 간행한『장미와 해적』으로 주간 요미우리 신극상 수상. 가와바타 야스나리의 중매로 화가 스기야마 야스시(杉山寧)의 장녀 요코(瑤子)와 결혼. 10월에 계간지《소리(声)》를 창간, 창간호에『교코의 집』1, 2장을 발표. 미국 뉴 디렉션 사에서『가면의 고백』영문판, 독일 로볼트 사에서『근대 능악집』독문판이 간행된다.
1959년	장편『교코의 집』, 평론·수필집『문장독본(文章読本)』,『나체와 의상』간행. 2월 장녀 노리코(紀子) 태어남. 크노프 사에서『금각사』영역본, 로볼트 사에서『파도 소리』독역본 발간.
1960년	평론·수필집『부도덕 교육 강좌』, 장편『연회 후』,『아가씨』간행. 주연 영화「칼바람 사나이」개봉. 11월부터 두 달간 아내와 함께 세계 일주. 영국 피터 오웬 사에서『가면의 고백』발간.
1961년	1월《소설 중앙공론》에「우국(憂国)」을 발표. 단편집『스타』, 장편『짐승들의 유희』, 평론집『미의 습격』간행.『연회 후』가 사생활 침해로 기소됨.『근대 능악집』뉴욕 상연.『파도 소리』가 미국, 이탈리아, 유고슬라비아에서,『금각사』가 독일, 프랑스, 핀란드에서 번역, 발간됨.
1962년	「10일의 국화」로 제13회 요미우리 문학상 희곡 부문

	수상. 신초사에서 『미시마 유키오 희곡 전집』, 『아름다운 별』 간행. 5월 장남 이이치로(威一郎) 태어남.
1963년	장편 『사랑의 질주』, 『오후의 예항』, 『검(劍)』, 평론 『하야시 후사오론』 간행. 미시마가 모델이 된 호소에 에이코의 사진집 『장미형(薔薇刑)』 발간.
1964년	『육체의 학교』, 『환희의 거문고』, 『미시마 유키오 단편전집』, 『미시마 유키오 자선집』, 수필집 『제1의 성: 남성 연구 강좌』 간행. 10월 간행된 『비단과 명찰』로 제6회 마이니치 예술상 문학 부문 수상. 5월 '풍요의 바다' 1권 『봄눈』을 구상.
1965년	『봄눈』 취재를 위해 2월에는 나라 현의 원조사(円照寺)를, 10월에는 '풍요의 바다' 3권 『새벽의 사원』 취재를 위해 방콕을 방문. 9월부터 1967년 1월까지 《신초》에 『봄눈』을 연재. 스스로 감독과 주연을 맡은 단편영화 「우국」을 완성. 소설 『음악』, 희곡 『사드 후작 부인』 간행. 10월 노벨 문학상 후보에 오른다.
1966년	『사드 후작 부인』으로 문부성 제20회 예술제상 연극 부문 수상. 단편집 『영령의 목소리』, 장편 『복잡한 그』, 『미시마 유키오 평론 전집』, 번역서인 『성 세바스티아누스의 순교』, 대담집 『대화·일본인론』 등을 간행. '풍요의 바다' 2권 『달리는 말』 취재를 위해 교토, 나라, 히로시마, 구마모토를 방문. 11월 25일 『봄눈』 탈고.
1967년	2월부터 이듬해 8월까지 《신초》에 『달리는 말』 연재. 가와바타 야스나리, 이시카와 준, 아베 고보와 함께 중

국 문화 대혁명에 대한 항의 성명을 발표한다. 4월 자위대 체험 입대. 인도 정부의 초청으로 인도와 라오스, 타이 여행. 소설 『황야에서』, 『야회복』, 희곡 『주작가의 멸망』 등을 간행.

1968년   6월 23일 『달리는 말』 탈고. 9월 『새벽의 사원』 연재 시작. 『오후의 예항』으로 포르멘탈 국제문학상 2위 입상. 2월과 7월 육상 자위대 체험 입대. 이후 매해 3월과 8월, '방패회'(楯の会) 회원들을 인솔해 체험 입대. 《중앙공론》에 「문화방위론」 발표. 10월 방패회 정식 결성. 평론 『태양과 철』, 소설 『목숨을 팝니다』, 희곡 『나의 친구 히틀러』 등을 간행.

1969년   5월 도쿄대 전공투 주최 토론에 참가, 6월 『미시마 유키오 VS 도쿄대 전공투』 간행. 『봄눈』, 『달리는 말』, 『문화방위론』, 『젊은 사무라이를 위하여』, 희곡 『나왕(癩王)의 테라스』 등을 발간.

1970년   미국 잡지 《에스콰이어》에서 뽑은 '세계에서 가장 중요한 100인'에 들어 '일본의 헤밍웨이'라는 별명을 얻는다. 이즈음부터 궐기를 계획하기 시작, 육상 자위대에서 매월 군사 훈련을 실시. 7월부터 《신초》에 '풍요의 바다' 4권 『천인오쇠(天人五衰)』 연재 시작, 3권 『새벽의 사원』 간행. 이케부쿠로 도부 백화점에서 '미시마 유키오전' 개최. 11월 25일 새벽 0시 15분, 육상 자위대 이치가야 주둔지 동부 방면 총감실에서 헌법 개정을 위한 자위대의 결기를 외치며 할복자살. 향년 45세.

1971년   1월 14일 다마 공동묘지(多磨靈園) 가족 묘지에 매장.
2월 신초사에서 『천인오쇠』 간행.

천인오쇠

1판 1쇄 찍음   2025년 3월 27일
1판 1쇄 펴냄   2025년 3월 31일

지은이   미시마 유키오
옮긴이   유라주
발행인   박근섭, 박상준
펴낸곳   (주)민음사
출판등록   1966. 5. 19. (제 16-490호)

서울특별시 강남구 도산대로1길 62(신사동) 강남출판문화센터 5층(135-887)
대표전화 02-515-2000 팩시밀리 02-515-2007
www.minumsa.com
한국어 판 ⓒ 민음사, 2025. Printed in Seoul, Korea

978-89-374-7986-1   04830
978-89-374-7982-3   04830(세트)